스물여섯 살의
아픔

스물여섯 살의 아픔

발행일   2019년 3월 20일

지은이   김용우
펴낸이   손형국
펴낸곳   (주)북랩
편집인   선일영   편집   오경진, 최승헌, 최예은, 김경무
디자인   이현수, 김민하, 한수희, 김윤주, 허지혜   제작   박기성, 황동현, 구성우, 정성배
마케팅   김회란, 박진관, 조하라
출판등록   2004. 12. 1(제2012-000051호)
주소   서울시 금천구 가산디지털 1로 168, 우림라이온스밸리 B동 B113, 114호
홈페이지   www.book.co.kr
전화번호   (02)2026-5777   팩스   (02)2026-5747

ISBN   979-11-6299-580-8 03810 (종이책)   979-11-6299-581-5 05810 (전자책)

이 도서의 국립중앙도서관 출판예정도서목록(CIP)은 서지정보유통지원시스템 홈페이지(http://seoji.nl.go.kr)와
국가자료공동목록시스템(http://www.nl.go.kr/kolisnet)에서 이용하실 수 있습니다.
(CIP제어번호: CIP2019009142)

김용우 장편소설

스물여섯 살의 아픔

북랩 book Lab

60중반을 넘어선 꼰대다. 나는 젊은이들에게 많은 질책을 해왔다. 대학 나왔다고 좋은 직장만 찾아다닌다면 궂은일은 누가 하느냐고. 젊어서 고생은 사서도 한다고.

젊은이들은 꼰대가 쏟아내는 조리 없는 말 앞에서 진저리를 쳐가며 구시대의 퇴적물로 여겼다. 1952년에 태어나서 피파세대가 되어버린 나는 이것저것 가리지 않고 열심히 노력해야만 복된 삶을 누릴 수 있다는 것을 철석같이 믿는 사람이었다.

광화문 촛불집회에 참석했다. 최루탄도 없었고 화염병도 없었다. 고사리 같은 손부터 늙은이들까지 촛불을 들고 있었다. 한결같은 화두는 나라 바로 세우기였다. 20대 후반까지 유신과 함께 살아온 나는 새벽까지 술을 마셨다. 광화문 주위는 밤새 술로 찌들었으나 시비도 쓰레기도 없었다.

제군들에게 품었던 오류는 삭정이 같은 나의 육신이었다. 지나간

내 젊음이나 제군들의 젊음은 시대를 초월하여 시공간 속에 있음을 알았다.

스물여섯의 청춘들은 군사독재시절에도 있었고 그 숙주들이 춤추는 현 시대에도 함께 살아가고 있다.

피파세대들은 최루탄 앞에서 무기력했고 오늘의 젊은이들은 촛불로 세상을 승화시켰다. 그러나 제군들이 뱉어내는 헬조선과 이생망의 단어 앞에 나는 42년 전의 스물여섯 사회초년생 앞으로 다가섰다. 당시의 그는 사라졌고 이순 중반을 넘어선 꼰대만 쭉정이처럼 남아 있었다.

사라져버린 당시의 청년이나 현대를 힘겹게 살아가는 동년배들이나 세속에 파묻히는 것은 정서적 간극을 뛰어 넘는 똑같은 삶일 것이다.

시대는 변해도 청춘들의 사고는 시대의 흐름을 역행하지 않고 순리대로 살아간다. 순리 앞에선 노인과 젊음은 무색무취한 존재일 뿐이다.

지난했던 그 시절을 오늘에 버무려서 아플 수밖에 없었던 한 청년의 삶을 얘기해보려 한다. 늙은이의 졸필일지라도 다시 스물여섯으로 태어났기에 용기를 내었다.

머리글

1. 소금을 먹는 사람들 9

2. 오토바이 27

3. 형법364조? 49

4. 창준이 83

5. 사바알 살램 103

6. 정림통상 119

7. 하자들의 혼란 157

8. 청산위원회 191

9. 홍합과 담치 207

10. 장구섬의 노예 235

11. 새로운 도약의 길 261

12. 오사이 칼 285

1

소금을 먹는 사람들

맨발에 군화 끈을 어깨에 메고서 연대장 면담을 요청했지만 인사계의 회유 속에서 면담은 이루어지지 않았다.

32연대는 독수리부대였다. 교육사단에 예속된 부대라서 365일 훈련과 연계되어 있었다. '부모형제, 나를 믿고, 단잠을 이룬다.'라는 군가를 불러가며 문세광의 국모저격사건 때는 펀치볼을 넘어서 북진통일을 해야 한다며 일치단결을 했다. 판문점 도끼만행사건 때는 완전무장에 실탄까지 장착하고서 대암산진지를 아마겟돈이라 여겼다. 대한민국 육군 보병부대 최강이라는 노도부대는 국가의 명령에 죽고 국가의 명령에 살았다. 배고픔 속에서 이유 없는 구타, 상상초월의 빡센 훈련, 허접한 보급품을 받아가면서도 오로지 국가에 대한 충성을 바쳤는데, 국가는 냉담했다. 일반 사병들의 꽃이라는 병장 진급마저도 차단해버렸다. 유신정부는 300원도 아껴야한다면서 1,200원의 병장진급도 금했고 900원의 상병제대를 감행했다. 이해할 수 없는 형태였다. 3~5개월 후임 병들은 죄다 병장으로 진급시켜주었다. 30여 명의 동기들은 국가에 대하여 배신감에 치를 떨었다. 양구 방향으로는 오줌도 싸지 않겠다며 울분을 토로해가면서 양구선착장으로 향했다. 35개월의 군대생활에 종지부를 찍었던 1976년 초가을이었다.

성당의 종소리가 아홉 번 울릴 때 태어났다는 진종구(陳鐘九)는 소양강선착장에서 양구방향으로 고개를 돌렸다. 종구는 상병 제대에도, 900원 봉급에도, 전혀 섭섭하지 않았다, 대한민국에서 태어난 이상 한번은 넘어야할 산이라고 생각해서였다, 그 산 속에는 가

습속에 각인된 교훈도 있었다, '백절불굴 불퇴전'이었다.

청량리역에서 올라탄 버스는 세월이 흘렀어도 만원(滿員)버스였다. 신문포장지를 뚫어가며 노란 살들을 드러내주는 공능동 배밭의 신고들이 있어서 가을정취를 드러내주었고 하계동의 아리랑고개는 여태껏 울렁거렸다. 고향이 팔도에 널려있어서 깃털 빠진 기러기 같은 타성바지들이 아웅다웅 모여 사는 상계동사람들은 갈지자의 아리랑고개를 넘어서면 참아왔던 호흡조절을 시작한다. 종로 5가와 청량리를 경유하여 상계동으로 되돌아오는 시영버스의 일상도 변함이 없었다.

W백을 어깨에 걸친 종구는 양구에서부터 자제해왔던 깊은 숨을 토해냈다. 30여 명의 동기들과 춘천에서 들이마신 막걸리와 막소주가 삭아서 역거웠으나 아무도 개의치 않았다. 짧은 모발의 젊은 놈이었고 상의 단추마저 풀어 헤쳐진 예비군 복장이었으니 개차반 짓을 한번쯤 한다한들 탓하는 사람도 없었다. 그 시절이 그랬고 삶의 흐름이 그런 시절이었다.

상계동, 상계시장 앞에서 하차한 종구는 상계초등학교 뒷산고갯마루를 넘어 오솔길로 접어들었다. 삼각산 인수봉방향에서 턱걸이를 하고 있는 가을 햇살이 늦여름의 꼬리를 잘라냈고 수락산 남쪽 말미에 오목한 분지형태의 백운농장이 군화 발 아래로 드러났다. 백운농장 길 양옆으로는 어김없이 구절초들이 만개하여 생살이 갈라졌던 3년 전이별을 되살려주었다. 백년이 넘었다는 은행나무들은 여전히 불암산을 바라보았고 신사계단의 대리석들도 눈에 밟혔다. 농장의 배밭에서는 농익은 신고향이 군화발을 적시면서 발길을 재촉해왔다. 엽록소들이 빠져나가기 시작한 포도밭을 지나치자 마

들평야 모퉁이의 복숭아밭사이로 거북등처럼 붙어있는 온수동이
나타났다.

매년 이맘때쯤이면 마들평야는 황금들녘을 안고 있었다. 하지만
황금들녘을 안고 있던 평야는 얼어붙어서 을씨년스러웠다. 띄엄띄
엄 문란하게 솟아난 비닐하우스들만이 저녁노을 속에서 삐져나온
격자 빛 태양광선을 퉁겨내고 있었다. 가슴 속에 남아있었던 옛 정
취는 아스라이 멀어졌고 낯설게 느껴지는 쓰레기더미 속에서 인수
봉의 그림자와 하늘까지도 이국땅을 비추어주는 거울처럼 느껴져
왔다. 상계동에 비하여 외곽지역인 마들평야만이 외풍이 밀려들어
와 평야를 두 동강으로 만들어 놓은 먹줄 같은 아스팔트 차도가
생겨나 있었다.

예부터 온수골은 온천이 있었다는 20여 호의 작은 촌락이었다.
중랑천이라는 젓줄이 있어서 가뭄도 몰랐고 중랑천이 흘러서 수해
도 없었다. 행정구역은 경기도 양주군 노해면이었으나, 1960년대
들어서 서울특별시라는 화관을 뒤집어써야만 했다. 특별시라는 화
관을 쓴 대가는 혹독했다. 유신의 경제개발 정책에 부당행위로 부
를 축적한 거대기업들과 위정자들은 자신들의 정체성을 서로 접합
하여 억압적인 지배세력을 형성해가며 기저적 삶을 벗어나지 못하
고 있는 서민들의 울타리를 걷어내기 시작했다. '경제발전' 지상주
의를 앞세운 도심개발 사업은 무소불위의 힘을 가지고 있었다. 사
근동과 자양동, 시구문과 천계천변에서 내몰린 많은 사람들은 상
계동에 정착했고, 자투리로 전락한 30여 호는 비좁은 온수골로 내
밀렸다.

수락산 남쪽에서 발원한 실개천은 마들평야로 흘렀다. 장마 때마

다 토사유입량이 많아서 실개천 양옆으로 논두렁모래톱을 만들어 놓았다. 비좁은 모래톱 공지에 30여 호 철거민들이 터를 다지자마자 온수골은 온수동으로 개명되었다. 철거민들이 온수동에 정착한 지 10여 년 가까이 지날 무렵 또다시 도심의 기득권자들의 쓰레기가 뒤따랐다. 천혜의 땅이었던 마들평야는 유명무실해졌고 한량한 들판을 바라보는 온수동만 남아 있었다.

예비군이 되어서 돌아온 종구는 온수동 사람들의 환영을 받았다. 경상도 아줌마, 충청도 아저씨, 전라도 반장, 강원도 형님까지 진심어린 축하였다. 비닐하우스에서 쪽파 멕끼(묶음) 작업을 하시던 어머니는 양손에 신발 하나씩을 들고서 맨발로 달려오셨다. 마이너리티 집단들의 동질성에 군더더기가 없어서 지저분해보이는 철거민촌이 생생하고 파릇파릇한 삶을 연출해낼 수가 있었다. 3년간 군대생활의 보상을 온수동에서 해주었다. 조촐하지만 진수성찬이라 여겼다. 막걸리와 곤달걀, 겉절이였으나 많고 적음을 떠나서 짬밥에 길들여진 입맛을 고향의 맛으로 되살리기에는 나무랄 데가 없었다. 마들평야는 변했어도 온수동의 손맛은 변함이 없어서 3년 세월이 무색했다. 어른들의 말씀은 한결 같았다. 군대를 다녀와야지만 진정한 사내대장부로 거듭난다는 것이었다.

지난 3년의 여독을 풀어낸 종구는 조급했다. 이념싸움에 말려든 아버지는 불혹을 앞둔 나이에 4남매를 남겨두고 세상을 하직했다. 세상물정에 어두운 어머니는 자식들을 길러 내야한다는 모성애 하나로 변두리를 전전해가며 4남매를 길러냈다. 가난은 그림자도 없었으나 꼬리가 길어서 잘라낼 수도 없었다. 철거민 속에 뒤섞여 이곳에 정착했지만 대들보 같은 큰아들의 징병으로 인해 입 하나라도 줄여야 했기에 열아홉 셋째 딸의 출가를 말리지 못했고, 두 살 터울의 둘째마저도 방위병으로 징집된 탓에 하우스 일당 일을 해가며 여고생인 막내의 뒷바라지 하는 것도 힘겨웠다. 이런 환경에서 자신의 입까지 더해졌다. 하루라도 빨리 움직여야만 집안경제의 실마리라 생각했다.

종구는 제대 다음날 창동으로 향했다. 고종사촌형이 창동시장 골목에서 두꺼비 주점이라는 실비 집을 운영하고 있어서였다. 세상 물정을 꿰뚫어보는 혜안이 있었던 사촌형의 수더분한 성격 덕에 가게에는 제법 많은 단골들이 드나들었다. 어지러운 세속인만큼 각양각색의 손님들을 상대해가면서 다양한 정보를 공유한 형에게 자문을 구해보고 싶어서였다. 잔뜩 기대를 걸었던 사촌형의 대답은 자신의 경험담인 자영업 쪽으로만 무게중심이 쏠렸다. 본인의 사회 경험상 장사만이 가장 빠른 성공을 보장해준다는 것이었다. 종구는 답답했다. 어머니의 하우스 일당 천 원으로 근근이 연명하는 집에선 돈 만 원도 큰돈인데 사업자금은 언감생심이었다.

우울한 심정으로 가게 문을 나선 종구는 담배 한 개비를 입에 물고서 막 성냥을 그을려다말고 건너편을 바라보았다. 허름한 건물입구에서 진득한 안개가 모락모락 피어나서였다. 안개 같은 물질에는 짭짤한 소금기가 배어 있었고, 그 짭짤함이 알 수 없는 힘으로 변하여 자신을 잡아끌어 당겨왔다. 큼큼한 냄새를 내뿜는 물질은 추로수 같은 결정체를 안은 듯하여 쉽게 날지도 못하고 눅눅한 기운을 안고서 무겁게 가라앉기도 했다. 추로수의 무거운 결정체가 자신의 정수리를 때려왔다. 순간, '아~ 가을, 소금'이라는 단어가 머릿속으로 파고들었다. 어느 책에선가 봤던 야생 야크를 기르는 유목민들의 최대자본은 '소금'이었다는 내용이 가물가물하게 떠올라왔다. 그 순간 종구는 홀연히 깨어났다, 그 답은 가을, 소금, 그리고 김장이었다. 종구는 온수동을 떠올렸고 바로 자신의 두 집 건너에 있는 강 씨 아저씨의 리어카가 생각났다. 그랬다. 빠른 시일 내에 가정을 안정시키기 위해선 김장철에 필수적인 소금을 팔아보는 것도 하나의 방편 같을 거라는 생각을 하기에 이르렀다. 종구는 주저 없이 온수동을 향하여 발걸음을 재촉했다.

2

복덕방을 하는 강 씨 아저씨를 만났다. 온수동에서의 복덕방이란 공허한 겉치레에 불과했으나 사람 사는 마을이라는 냄새를 풍기는 허울 같은 것이기도 하여 실웃음이 나왔다. 30여 호 남짓한 철거민촌에선 이사철은 존재하지도 않았다. 중고 리어카는 가뭄에 콩 나듯 동내의 공동작업 때나 하우스 작물작업장의 부산물 운반 대용으로 사용했다. 어찌되든 강 씨의 재산목록 1호는 리어카였다. 그 리어카는 강 씨네 집 복덕방간판 굴뚝 옆에서 개 사슬에 꽁꽁 묶여 일 년 동안 죽어있는 고목인양 을씨년스럽게 버티고 있었다. 1년간 겉늙은 리어카는 저승꽃인양 검은 버짐이 군데군데 피어올라 있기까지 했다.

종구는 강 씨 아저씨에게 속마음을 털어놓고서 리어카를 본인에게 양도해 달라는 부탁을 공손하게 했다. 강 씨 아저씨는 제대한 지 이틀 만에 어머니의 힘겨운 노동력을 분담하려는 녀석에게 외려 감사의 뜻을 내비쳐가면서 1만 원을 받아야 한다면서도 오천 원에

스물여섯 살의 아픔

양도를 해주었다. 종구는 5천 원을 건네주고서 개 사슬을 끊고 리어카를 해방시켰다. 때마침 노원동에서 자전거포를 운영하는 친구 윤제가 있어서 하루 종일 치장한 리어카는 기름진 당나귀처럼 번들거렸다. 어머니에게 대출받은 5천 원과 자건거포에서 외상수리비 천 원을 합하여 6천 원으로 태어난 리어카는 막걸리 고사(告祀)전 앞에서 늠름했다. 종구의 최초 재산 목록1호는 리어카였다.

제대 3일 후 찾아간 소금공장은 희뿌연 증기 속에서 네모난 철판 위로 백설탕 같은 고운 소금들이 반짝반짝 푸른빛을 발산하고 있었다. 백 촉짜리 알전구 빛에서 생성되는 스펙트럼의 파장으로 솜사탕을 만들어내는 요정들의 집인양 착각한 종구는 혼망한 사색 속에서 코를 벌름거렸다. 짭짤한 소금냄새가 후각을 자극했지만 이런 냄새를 안아야만 새롭게 도약할 것 같아서였다.

미지근한 염분열기 속에서 목덜미에 염도가 느껴지기 시작했을 때 사장님을 면담했다. 소금공장 사장님은 딱히 사장이라는 직함을 마빡에 붙이지도 않았고, 정제염을 녹여서 휘젓는 평범한 직원처럼 느껴지는 중늙은이 같았다. 너댓 명의 직원들은 그를 방 사장님이라 호칭했다. 방 사장은 간기가 덜 빠진 정제염을 녹여서 이물질을 걸러 내가며 꽃소금과 천일염을 깔끔하게 만들어내는 기술자이기도 했다. 이마에 맺혀 있는 소금물 같은 땀방울을 하얀 수건으로 연거푸 닦아낸 그는 종구를 사무실로 안내했다. 정수리가 거의 민둥산으로 변한 방 사장은 신입사원을 면접하는 면접관처럼 근엄한 표정으로 종구를 응시해가면서 면접의 변을 토해냈다.

"머리가 짧은 것을 보니 학생 같기도 하고 이마를 보니 아닌 것도 같은데, 암튼 젊은 나이인 것만은 틀림이 없어 보이구만. 소금 장사를 해보시겠다고?"

"네. 제대한 지 3일째입니다. 집안의 어려운 생활고 때문에."

"그래, 높이 사줄만 한 정신력이긴 한데 말이야. 소금이란 짠물의 결정체야. 무슨 뜻이냐 허면, 그만큼 짜야만 먹고 살 수가 있다는 얘기지. 말은 쉽지만 어려운 장산데, 이겨낼 수 있는감?"

"네. 노도부대에서 3년간 박박 기었습니다, 가정을 위하는 일이라면 몸이 분골쇄신이 될지라도 무엇이던지 해내야만 합니다."

방 사장은 머리칼도 몇 올 남지 않은 정수리에 손 빗질을 해가면서 한동안 종구를 응시해왔다. 눈길은 부드러웠지만 입술을 지그시 오물여가면서 고개를 상하로 움직였다. 알 수 없는 그만의 내면 속에서 한 가닥의 길을 찾아내는 진지함이 흘러내린 듯했다. 정면에서 방 사장의 안면을 힐끗거린 종구의 양손마디에 끔끔한 땀방울이 피어나기 시작했다. 일각처럼 느껴진 침묵은 잠들 것 같은 고요한 벽을 쌓았고, 자신의 귀를 휘어감은 침묵의 벽들은 서걱거렸다. 아직 이명도 없는 종구의 머리가 종잡지 못하고 흔들거릴 무렵 방 사장이 긴 침묵을 깨트렸다.

"그런 정신이라면 할 수는 있겠는데 말이야, 소금은 되박장사여. 알고 있는가?"

방 사장의 말에 종구는 혼미한 정신에서 깨어났다. 그런데 소금만 사고 팔면 그뿐인 줄 알았는데 '되박'이라는 말에는 어떤 뉘앙스가 물들어 있는지 알 수가 없었다,

"되박이라면?"

"쉽게 말하자면 쌀가게에서 쌀을 퍼담을 때 쓰는 되인데, 소금 되는 쌀가게 되 하고는 많이 다르다는 말일세. 아무튼 그놈의 되박

밑구녕 간수를 잘하라는 뜻이지."

애써가면서 뱉어내는 방 사장의 말은 사회초년생이 맞딱뜨려야 할 세속이 녹록치 않음을 암시해주는 것 같았다. 본인의 경험담이 담긴 말들은 수채화의 질감처럼, 가슴속으로 흘러들어간 박하사탕처럼 싸한 간지럼으로 다가왔다. 장사의 속성을 나타내는 말의 여운은 자신감을 만들어주려는 이끌림으로 채워졌고, 새롭게 다가가는 세상살이의 험난한 내일을 여러 갈래로 함축시켜서 의미를 부여하는 것처럼 느껴져 왔다.

방 사장이 말하는 되박은 가로세로 20㎝정도의 소금 양을 재는 나무 되였다. 사각의 나무 되는 일정한 규격으로 만들어진 것처럼 보이지만, 밑바닥을 두 겹 내지 심하면 세 겹까지 겹쳤다. 특히 소금을 되 박으로 담을 때 조심해야 할 것은 절대로 꾹꾹 누르지 말아야 한다는 것이었다. 눌러서 담다가는 대들보 빼내어 서까래 만드는 격이었다. 더더욱 고운 꽃소금은 콧김으로 바람을 넣어서라도 살랑살랑 부풀려야만 이문(利文)이 남았다. 물론 우수리는 덤이 아니므로 애초에 밑바닥에 깔린 소금으로 여겨야 한다. 김장 소금은 젊은 주부들보다도 경륜이 많으신 할머니들을 상대할 때가 많아 낯가죽에 참기름을 바르고 아부성이 담긴 미사여구로 혓바닥을 뒤집어야만 먹고사는 문제가 해결된다는 조언이었다. 방 사장은 성심을 다하여 종구에게 소금장사의 원칙들을 설명해주었다. 무일푼의 제대병이라 하여 처음 출하하는 소금 대금도 이틀 정도 외상거래를 해준다는 아량까지 배풀어주어 어깨를 가볍게 만들어주기까지 했다.

종구는 조마조마 했던 가슴을 쓸어내렸다. 소금에 대하여 문외한이라서 혹여 소금출하에 앞서 예치금을 요구하거나 경험이 없다는 것을 내세워 거절당할 수도 있다는 예상에서 벗어나자 대기업 면접에서 합격한 기분이었다. 종구는 속마음으로 방 사장에게 무한한 감사를 했다. 가을하늘은 뜨겁게 익어갔고 종구의 꿈은 꽃소금처럼 부풀었다.

3

제대 4일째의 가을아침은 쾌청했고 소금공장 주위론 리어카가 열 대 넘게 몰려들었다. 그 중에는 1년 내내 소금만 전문적으로 취급하는 붙박이원조들이 있었다. 그 원조들은 그들만의 영토가 있어서 새내기들에게 불가침 철조망을 쳐놓았다. 창동 일대와 도봉동, 수유리, 쌍문동, 번동, 미아리의 노른 자리는 새내기들에게 있어서 금단의 영역이었다. 노른 자리란 재래식 시장에 인접하지 않은 중류층들이 살고 있는 동내들을 지칭했다. 또 하나, 소금은 되박 장사라는 속설들이 새벽이슬이 되어 가가호호 담벼락에 인처럼 박혔으나 사고파는 경계에 철조망은 없었다. 어쩌면 서민들의 세상살이는 유행가 속에서 흥얼거리는 노랫말처럼 고저음이 담백한 조화를 이루기 때문일 것이다.

종구는 되박 밑바닥을 겹치지 않기로 마음먹었다. 청운의 꿈을 품고서 첫발을 내딛는 사회초년생으로서, 초장부터 젊음의 양식을 잃어버리고 싶지 않아서였다. 그렇다한들 알아줄 사람들도 없었지만 군이 자랑스럽게 생각하지도 않았다. 다만 양심 앞에서 진실성을 무너뜨리는 고통을 감내할 자신이 없어서였다.

굵은 천일염과 꽃소금을 리어카 구조물 목판에 나누어 싣고서 반 되, 한 되의 되박과 말통까지 구비한 종구는 창동 변전소 부근에 있는 시장통 골목으로 향했다. 간간히 지나치는 리어카잡상인들의 목소리들은 한결같이 옹골차고 우람하여 가을 햇볕에 졸고 있는 골목의 적막을 깨트리고 있었다.

"새우젓 사려! 새우젓, 광천육젓, 강화추젓, 잘 삯은 조도 댓대기, 추자도 멸치젓도 있습니다! 새우젓 사려! 새우젓!"

"싱싱한 열무요, 열무! 대관령에서 막 올라온 총각보다 더 싱싱한 총각열무요! 김장열무 한단에 100원이요, 100원! 열 단을 사시거들랑 한 단은 덤입니다, 덤!"

그 목소리들은 참기름을 발라놓은 햇김처럼 고소하면서도 트로트 뽕짝의 뒤집어지는 가락처럼 들리면서 애잔한 삶의 애틋한 표현으로 들려오고 있었다. 그들처럼 "소금 사세요!"란 목소리를 쏟아내야 한다며 마음을 다잡았지만 정작 목구멍은 소금이란 말이 생선가시가 되어 성대를 꽉 막아버렸다. "소금"이라는 말을 입 밖으로 토해내기도 전에 홍시처럼 붉어진 얼굴가죽이 먼저 터져버릴 것만 같았다. "소금 사세요!"라는 말은 입안에서만 맴돌고 있는데도 얼굴이 홍당무로 변해갔고, 종구는 주위를 흘어보면서 당황하기 시작했다. 이마에서는 눅진한 땀방울이 맺히기 시작했고 발바닥은 허공에서 허우적거렸다. 25년 인생살이 중에서 "소금 사세요!"라는 다섯 단어가 가장 힘든 말이 되어 기도까지 꽉 막혀버렸다. 처참한 몰골로 변해가기 시작했다. 잡상인이라고 우습잖게 여겼던 자신을 자책하기도 했으나 그렇다고 목소리가 터져 나오는 것도 아니었다. 소금 리어카는 목 줄기에 붙어있는 혹으로 변하여 고개마저도 치켜올리기 힘들어져 갔다. 후들거리는 마음에 무람없이 이 골목 저 골목을 갈지자로 더듬고 다녔다. 매가리가 빠져버린 소금 리어카를 힐끗힐끗 쳐다보는 젊은 아주머니와 아가씨들이 지나칠 때마다 화끈거리는 얼굴은 죄없는 발등으로 내리 꽂혔다.

막다른 골목길로 접어들었다. 리어카 바퀴 위에 무거워진 엉덩이를 짓누른 종구는 줄담배를 피워 댔다. 본인의 환청 속에서 조금 전에 스쳐지나간 리어카 상인들의 외침소리가 카랑카랑 메아리쳐 왔다. 참담한 부끄러움이 정수리를 달궜다. 밀려드는 부끄러움에 오기(傲氣)가 생겨났다. '그렇다. 오기도 용기일 것이다. 살려고 하는 오기는 만용이 아니다.'라는 생각에 다다르자 생기가 되살아났다. 막다른 골목 블록담벼락은 퇴화된 회색이었다. 아니, 두 눈을 부릅뜬 할머니들의 얼굴이었다.

"소금 사세요. 소금입니다. 소금사세요."를 가느다란 목소리를 열 번 넘게 반복연습을 하면서부터 목소리에 살이 붙기 시작해왔다. 스무 번, 서른 번이 지날 무렵부터 그럴듯한 옥타브의 음성이 번들거리는 것 같았다.

"젠장, 시끄러 죽겠네. 소금 안 사요."

카랑카랑한 목소리였다. 뒤편에 있는 쪽문을 열고서 소리치는 녀석은 초등학교 6학년이나 중학생쯤으로 보였다. 연탄 집게를 들고서 우두망찰해 있는 종구를 쳐다보면서 두 볼을 씰룩씰룩 거렸다.

"야 인마, 소금 안 사면 그만이지 왜 꼬장을 죽이냐? 어린 놈이 말이야."

종구의 반말과 항의에 꼬마 녀석은 씰룩거리던 두 볼을 되알지게 오므리면서 어이없다는 표정으로 다시 일갈해 왔다.

"아, 아저씨. 그 목소리로 소금을 팔 수나 있겠어요? 다른 소금장수들은, '소금이요. 소금! 곤소금에 꽃소금, 왕소금에 번들번들한 천일염 소금이요! 소금, 되도 좋고 말도 좋고 덤도 많은 소금이요, 소금!' 이러면서 큰 목소리로 낭랑하게 외치는데 아저씨 목소리는 그게 뭡니까? 제삿날 받아놓은 영감맹이로 축 처져가지고. 기어들어가는 목소리로 '소금 사세요' 하면 누가 삽니까?"

헤벌레 입을 벌리고 눈꼬리가 축 처진 종구는 무르춤한 기색으로 어정쩡하게 서 있었다. 한바탕 사설을 늘어놓은 꼬마 녀석은 처서에 비뚤어진 모기 입처럼 씰룩거렸다. 종구는 자신도 모르게 수치심으로 얼굴이 달아올랐다. 리어카를 돌려세운 종구는 정색을 해가면서 연탄 집게를 들고서 있는 꼬마를 뒤돌아보면서 입을 열었다.

"선생님, 진심으로 감사합니다."

뒷꼭지가 아려왔다. 대한민국에서 제일 빡세다는 노도부대에서 군대생활을 마치고 한 가정을 짊어질 가장이라고, 사통팔달 모두가 등용문이라고 자신했던 초입의 길목에서 꺾여버린 기개는 천일염에 절여져 버린 배추 이파리처럼 삭아져 버린 것이었다.

부끄러웠다. 초심으로 돌아가야만 한다. 초심의 고갱이는 양구였다. 완전무장천리 행군, 바늘과 실, 무박 220K 강행군, 원산폭격, 이마에 붙어있는 사이다 병뚜껑. 그렇다. 어차피 청명에 죽으나 한식에 죽으나 마찬가지다. 가장 좋은 사지는 수많은 대중들 앞일 것이다. 이빨에서 뿌드득 소리를 내가며 야무지게 입을 오므린 종구는 많은 사람들의 이동경로인 시장 초입으로 다가갔다.

그런데 왠놈의 시추에이션? 또다시 얼굴이 화끈거리고 주둥이의 지퍼가 열리지 않았다. 거기에다 지나치는 연놈들마다 도대체, 왜,

무엇 때문에 자신만 힐끗거려가면서 쳐다보는 건지. 홍시 같은 얼굴에 자라목이었다. 많은 대중들 앞에서라지만 터트리지 못하는 자존심의 무게가 무서웠다. 그러나 쉽게 가는 길은 얼마든지 있는 법이다. '자존심'을 무너뜨리는 것이 바로 '자존감'이었다. 그 자존감은 두 눈을 질끈 감고서 큰 목소리로 터트린 "소금 사세요!"였다. 질질거리던 물꼬는 찔끔거렸으나 이내 봇물처럼 터져 나오기 시작했다. 하긴 첫 서방질이 떨리고, 첫 도둑질이 숨 가쁘고, 첫 가위치기가 힘들고, 신장개업까지가 문제지, 시작이 절반이라 하지 않았던가. 막다른 골목 꼬마 선생님의 말씀이 뇌성벽력처럼 들려왔다.

"소금 사세요, 소금이요! 곤소금에 꽃소금, 왕소금에 번들번들한 신안 천일염 소금입니다! 소금! 되도 좋고 말도 좋고 덤도 많은 소금이요, 소금!"

아무리 가사가 좋고 편곡이 훌륭해도 목소리가 따라주지 못한다면 대중들은 외면한다. 다행히 종구의 목소리는 허스키보이스였고 옥타브를 조절할 수 있는 성대를 지녔다. 그렇다한들 아직까지는 대중들의 귓구멍을 후벼 파고들어 가기에 완급조절 주파수가 미력했다. 그 미력에는 비타민이 필요했다. 가장 시급한 비타민은 마수걸이였다. 그러나 엄혹한 현실은 서릿발처럼 차가웠다. 휘청거리는 경제는 이석증에서 헤어나지 못했고, 서민들의 팍팍한 생활고는 근검절약만이 유일한 대응방안이었다.

팍팍하다지만 아등바등하는 세속이라는 강물이 흐르기에 피라미와 더불어 온갖 잡어들이 공존하는 것이다. 악구머리 끓듯 한 시장질서는 각자도생의 활로였다. "소금 사세요! 왕소금, 꽃소금!"을 배짱이 노래로 씨부리다가 입술이 말라서 갈라질 무렵, 첫 손님을 맞이할 수가 있었다. 물론 아줌마였다. 얼핏 삼팔에서 사십 줄 정도로 보이는 중년의 넉넉한 여유가 묻어났다. 오목한 입에서 앞가슴을 때리는 말이 너무나 정겨웠다.

"김장 소금 한 되에 얼마씩이죠?"

아~ 한 되가 아니라, 한 되에 얼마라는 물음표는 두 귓불을 붉게 물들였다. 딱 한 되만 사겠다는 뜻이 아니라는 암시가 담겨있지 않은가? 순간적으로 목구멍이 울컥거렸다. 좋은 예감이 노란 풍선처럼 부풀어왔다. 이런 손님을 흥정에서 놓친다면 두 무릎이 평생 굴절될 것만 같았다. 가슴 밑바닥에 저장된 최고치의 선량한 목소리를 끄집어내었다.

"예, 신안천일염입니다. 한 되에 200원이고 덤도 드립니다."

종구의 설명이 끝나기도 전에 그녀는 소금 두어 알을 집어서 입안으로 털어 넣었다. '맙소사, 소금도 맛보고 사는가'했는데 그녀는 고개를 끄덕거렸다.

"김장용으로 닷 되 정도 사야되는데, 시장 안에서 장보기 하고 나올 거니까 좀 기다릴 수 있겠죠?"

'아이고, 기다림이 문제입니까. 백 천 번이라도 기다릴 겁니다.'

마음속으로 다짐을 한 종구는 연신 고개를 끄덕였다. 장보기를 한다며 시장 안으로 들어간 아주머니는 1년 같은 30분이 지난 다음에서야 나타났다. 그녀의 양손에는 호박넝쿨에 호박달린 것만큼이나 자잘한 비닐봉지들이 들려 있었다. 그 모양새에 소금 닷 되를 손마디에 않길 틈이 없었다. 자신의 처지를 직감한 그녀는 미안스런 어조로 말해왔다.

"연산군 묘 있는 데가 집인데 거기까지 갈 수는 없죠?"

"아, 아닙니다. 연산군 묘가 아니라 우이동 꼭대기라도 좋습니다. 비닐봉지 모두 소금 리어카에 올려놓으셔도 됩니다."

시장에서 연산군 묘가 있는 뚝방길은 울퉁불퉁하여 비지땀을 쏟아내며 30여 분이 지난 다음에야 다다랐는데, 본인이 살고 있는 온수동처럼 다닥다닥 붙어있는 하꼬방촌이었다. 야릇한 정서를 느낀 종구는 수건으로 땀방울을 닦아가면서 아주머니에게 소금 되를 넘겨주었다. 다섯 되를 알아서 퍼 담으라는 제스처였다. 본인이 되를 재는 것보다는 지각(知覺)이 있어 보이는 아주머니에 대한 믿음이 우러나서였다. 찰나의 생각이었는데 살아있는 공기의 온도는 이상한 뜨거움으로 솟아났고 호접몽으로 피어났다. 넉넉할 것 같은 아주머니의 손놀림은 능숙한 소금 장수처럼, 마치 콧김을 불어넣은 솜사탕처럼 소금 닷 되를 퍼 담았다.

인지상정이 이런 것일까? 울컥한 종구는 덤으로 한 되를 더 주려고 했으나 그녀는 한사코 거절했다. 거절할 뿐만이 아니었다. 그녀는 다닥다닥 붙어있는 이웃집 아주머니들을 불러 모으기까지 했다. 너무나 뜻밖의 일이었다. 그녀는 이웃들에게 자신을 먼 친척사촌이라면서 김장 소금을 미리 장만하라며 졸라댔다. 순식간에 소금 몇 말이 팔려나갔다. 물론 모두가 넉넉한 아주머니들은 아니어서 덤을 강제로 퍼 담기도 했고, 가격을 깎으려는 와중에도 소금 한두 알들을 입안으로 털어 넣어 웃음과 함께 정담들이 오고 갔다.

엘리트 카르텔 사회는 서민들에겐 감히 다가설 수 없는 넘사벽일 뿐만 아니라 그들만의 리그사회를 형성한다. 반대로 서민들의 사회는 '의심' 사회였다. 서로가 서로를 믿지 못하는 의심은, 다름 아닌 좁쌀 같은 하루 일상 속의 삶과 직결되기 때문이었다. 그렇지만 서민들의 그 의심 사회는 엘리트 사회의 배타심과는 다른 영역이었다. 서민들의 내심에 잠겨 있는 의심의 삶은 소박한 행위 속에서 꿈틀거리는 일상이었다. 영세 상인들의 속임수라는 가면 속에 잠들어 있는 의심은 '배타'가 아닌 절약의 의미가 내포되어 있었다. 그 밑바탕이 바로 알뜰이라는 고리로 이어져 있는 것이다. 그 알뜰의 힘이 바로 서민경제의 한 축이었다. 어찌 보면 금전적으로 아주 미약하기만 한 단돈 백 원에 흥정이 깨지고 고성이 오가지만, 메마름보다는 저변에 깔려있는 활로개척을 단면적으로 보여주는 삶의 원동력일지도 모른다. 덤으로 가져가는 소금 한 움큼의 값어치는 단돈 몇 십 원이 안 될지라도 한 움큼 속에 들어있는 무가보의 행복은 넉넉한 가을 햇살만큼이나 여유를 만들어냈다.

종구의 소금장사는 그런대로 순조로웠다. 할머니들의 가르침으로 '소금 리어카에다가 돈 담는 깡통을 미리 놓고서 동전 몇 개와 천 원 지폐를 펄럭여라. 그리하면 마수가 아니고 소금이 잘 팔리는 리어카로 안 단다.', '시장이나 골목에서 어슬렁거리고만 있지 말고 무거운 짐을 든 아주머니들을 도와라.', '되는 야박하지만 덤은 듬뿍 안겨라.', '박하사탕을 준비해라. 짭짤한 소금을 털어 넣은 입안에서 박하사탕 맛은 미각을 촉진시키는 아드레날린이란다. 입이 달면 사람의 마음도 달단다.', '항상 낯짝을 펴라. 면상에 그늘이 보이면 꽃소금도 흑소금처럼 보인단다.' 등의 조언들은 종구에게 많은 것을 일깨워주었다.

2

/

오토바이

/

1

가을 귀뚜라미의 앙팡진 울음소리가 늦가을 밤이슬을 때리더니 가로수들은 하나같이 벌거벗기 시작했고, 엊그제 입을 떨군 오동나무는 닥나무 같은 가지들을 허공으로 드리웠다. 첫 눈발이 삼각산과 도봉산의 묏부리를 꽃소금처럼 물들이고 차가운 어둠이 묏부리들을 집어삼키던 날, 종구의 소금장사도 대단원의 막을 내렸다.

제대 후 첫걸음인 소금장사였지만 결과는 만족스러웠다. 소금에 대한 지식이나 정보에 문외한이었으나 서민들의 분수효과가 넘실대던 시기여서 두 달 반의 소금장사로 노도부대 복무말년에 받았던 상병봉급 15년 치에 해당되는 거금 16만 원을 손에 쥐었다. 이런 여건을 만들어준 것은 짜디짠 소금 알들을 입안으로 털어 넣기를 주저하지 않았던 싸움닭 같은 아줌마들의 격랑이 살아있어서였다. 격랑은 살아있었지만 가난이라는 굴레를 안은 골목들은 허허로웠고, 궁핍함을 꼬리처럼 달고 사는 이들의 속사정은 값싼 옷차림 속으로 묻혔다. 엷은 웃음들은 온기 묻은 삶들로 나타났고 무거운 발걸음마다 새벽이슬을 걷어냈다.

시대는 유신이라는 서슬 퍼런 칼날 아래라 공안정치가 살벌했고, 정·재계의 권모술수는 최루탄과 함께 난마처럼 엉키었다. 강남은 룸살롱 공화국으로 돌변해가면서 키클롭스의 밤으로 불야성을 이루었고 강북의 대학가는 군화 발에 짓눌렸다. 땟국물에 찌들은 강북변두리 골목에서 어린아이들이 고무줄놀이를 하며 합창했던 노래는 '고마우신 우리 박정희 대통령'으로 채워졌고, 국민교육헌장은 전염병처럼 전 국토를 뒤덮었다.

이 지난한 세속 속에서도 종구는 필연적으로 가난을 걷어내는 길은 열심히 노력하는 자만이 성취할 수 있는 길이라 여겼다. 16만 원은 사막 같은 소금 속에서 가난이라는 인정의 물을 먹고 피어난 선인장의 꽃이었다. 16만 원은 꽃씨였고 고갱이었다. 하찮은 장사일지라도 본격적인 사업의 첫 삽을 꽂을 수가 있어서였다. 그는 군입대 전 종로 세림약품에서 덴바이(양약을 취급하며 배달을 목적으로 서울시에서 허가해준 약 배달원) 경험이 있었는데, 그 세림약품에서 십자성붕대판매권을 알선해 주었던 것이다. 허나 시대는 3년 전과는 비교조차 되지 않았다. 속도전이 삶과의 연결고리였다. 속도전이 열쇠라지만 자동차는 언감생심이었기에, 오토바이가 유일한 대안이었다. 노원동에서 자전거포를 운영하는 친구 윤제의 도움이 절실했다.

윤제는 지역의 마당발이었다. 녀석은 방학동에 있는 길주 오토바이센터 사장인 최길주를 소개시켜주었다. 최길주는 자신과 비슷한 연령대여서 위화감 없이 가깝게 다가왔다. 그러나 오토바이 가격이 문제였다. 혼다의 90cc 오토바이 출고가격이 27만 원이었다. 본인의 총 재산 16만 원으로는 어림도 없었고, 당시에는 할부제도나 보험제도가 전무한 시절이어서 결국 중고 오토바이를 선택할 수밖에 없었다.

종구의 현실은 감안한 길주는 20만 원을 받아야 하지만 '특별히' 17만 원까지 활인해주겠다는 오토바이를 보여주었다. 오토바이는 거의 신차수준이었다. 번들거리는 오토바이가 마음을 자석처럼 잡아끌었지만 문제는 부족한 1만 원이었다. 더 저렴한 오토바이를 훑어보았으나 한번 마음을 홀려버린 영혼을 되돌릴 수가 없었다. 그렇다고 하루 1천 원 안팎의 어머니 일당으로 근근이 지탱하는 집안살림살이에 1만 원은 너무나 큰 부담감을 안겨주는 돈이었다. 물론 어머니는 자식이라면 자신의 몸까지도 먹이로 내어줄 수 있는 가시고기 같은 분이셨다.

무거운 발걸음으로 온수동 집에 도착한 종구는 깊은 심연 속에서 허우적거렸다. 현실의 방에서 1만 원의 무게감은 살이 에이는 아픔을 동반했다. 색 바랜 수건을 쓰고서 하우스의 힘겨운 노동일에 새카맣게 갈라진 손등으로 허리 뒷등을 매만지는 어머니의 모습 앞에서 차마 입이 열리지가 않았다. 동지가 가까워짐에 따라 더더욱 차가워진 밤이 너무나 길어서 희미한 새벽녘 봉창을 바라볼 때까지는 천년의 세월을 보내버린 느낌이었다.

다음날, 방학동 길주 오토바이로 발을 옮긴 종구는 마음의 각오를 단단히 해가면서 담판을 지었다. 일단 16만 원을 지불하고서 오토바이 양도 후 열흘 안으로 잔금 1만 원을 갚기로 했다. 윤제가 보증까지 서 주었다. 이틀간의 마음고생을 털어낸 종구는 갈매기 조나단 같은 기분이었다. 아무리 어려운 시기라지만 이제부터는 일막 이장의 청춘의 문이 열리는 것 같았다.

오토바이 키를 넘겨받은 종구는 시동을 걸었다. 푸드덩 거리면서 더더덩 거리는 오토바이의 금속성은 부드러우면서도 곡진했다. 그 울림은 뼈마디 구석구석까지 파고들어 뜨겁게 부풀어서 겨울바람마저 훈풍처럼 여겨졌다. 최길주는 종구에게 말 다섯마리 위에 올라탔다며 너스레를 떨었고, 오토바이는 부드럽게 스타트를 해주었다. 방학동을 출발한 오토바이는 창동고개를 설렁설렁 넘었다. 목적지는 종로5가에 있는 세림약품이었다. 이제 세림약품 사장님의 추천장을 받아서 마석에 있다는 십자성붕대 본사에 추천장만 납부

한다면 대리점 형태의 계약이 성립되는 것이다,

　차가운 겨울바람이 두 뺨을 아리게 훑었으나 종구의 마음은 잔잔한 감동으로 들떠 있었다. 이제 앞으로 몇 발짝만 더 내디딘다면 여동생의 학비와 교재들은 물론, 어머니의 갈라진 손등을 곱게 해드릴 수가 있을 것이다. 지난했던 두 달 반 동안 리어카 행상의 소금장사. 필설로 다 헤아릴 수 없었지만 발바닥에 못이 박히고 소금기에 절은 손바닥은 비누마저도 거품내기를 거부해 왔었다. 손 때묻은 꾸깃꾸깃한 지전과 녹 슬은 동전들, 그놈의 돈 속에 절어 들어서 진득거리는 손 냄새와 살 냄새, 사람들의 냄새를 어찌 잊을 수가 있을 것인가. 그 냄새들이 살아있어서 내일의 꿈 앞에 독수리 날개 같은 청춘의 날개를 펼칠 수가 있었던 것이다.

　지난 두 달 반의 모든 일상들이 고마웠다. 제대 초년생에게 꿈을 안겨준 창동시장에서 만난 아주머니, 아귀다툼을 해오면서도 삶의 지혜를 넘겨주셨던 할머니들의 가르침은 살아있는 참 교훈이었다. 가난이라는 울타리 안에서 의심이라는 눈을 뜨고서 손주 오줌줄기 같은 인정미를 발산해내는 삶들은 우리들이 함께 살아나가는 세파의 얼개였는지도 모른다. 종구는 강북변두리에서 찌든 가난을 슬기롭게 해쳐나가고 있는 모든 아줌마들을 잊지 않고 기억해야만 한다고 다짐했다. 쌍문동을 지나치고 세일극장을 바라보면서 다시 한 번 마음을 다잡았다.

　오토바이는 거침이 없었고 미아리 사거리를 지나쳐 미아리 고개를 바라보았다. 저 고개만 넘으면 허리 꺾여가면서 지나온 세월들을 모두 보상해주는 문이 나타날 것이다. 한 많은 미아리 고개라지만 오토바이가 넘기에는 큰 무리가 없었다. 막 고개를 넘어섰는데 돌발사태가 발생했다. 오토바이가 '푸드득푸드득' 거렸다. 시동이 꺼져가면서 날개 꺾인 새처럼 연속적으로 푸드득 거리더니 급정거를 해버렸다. 그 시기에는 흔히 발생할 수 있는 일이었다. 주유소 휘발유 정제 기술력 때문에 휘발유에 불순물이 있었던 시기였다. 종구는 그 '흔히'를 염두에 두고서 재시동을 걸었다. 하지만 몇 번을 시도 했으나 시동은 걸리지 않았다. 콧등에 땀이 맺혔다. 설마 했는데 장난이 아니었다. 휘발유를 점검했지만 이상이 없었다. 당시의 오토바이는 자동 스타트인 쎄루가 없어서 엔진우측에 ㄱ자로 붙어 있는 발로 밟는 스타트 쎄루였다. 발바닥이 아려오고 목덜미가 후끈거릴 때까지 재시동을 시도했으나 푸드득의 연속성만 되풀이해 왔다. 눈앞이 캄캄했다. 당장 움치고 뛸 수 있는 길이 막혀버렸다. 망연자실한 종구는 담배를 피워 가면서 마음을 다독였다. 한참 후 재시동을 시도했지만 오토바이는 끝끝내 스타트를 해주지 않았다.

난감했다. 이 무거운 쇳덩어리를 온전히 힘으로만 끌고서 방학동까지 옮기려면 아마도 기진맥진을 넘어 하루쯤 뻗어야 할 것만 같았다. 이때가 1976년 겨울이었고 도로는 2차선 왕복에 구불구불하면서 아스팔트 사정도 좋지 못한 시기였다. 또한 자동차도 흔하지 않은데다 전화기 보급도 원활치가 않았다. 할 수 있는 행동은 사주팔자에 따른 험난한 여정뿐이었다. 모든 것을 체념한 종구는 자력으로 오토바이를 끌기 시작했다. 대형트럭이나 버스가 지나칠 때마다 휘청거리는 중심을 잡기 위해 몸부림을 치다보면 삼도천이 코앞으로 다가왔고, 택시들이 지나칠 때는 오토바이를 내던지고 싶었다. 상의 옷깃까지 소금기가 절여져서 차가운 겨울바람도 멀리했다. 세 시간이 넘는 지독한 고행으로 쏟아낸 땀 때문에 머리통이

윙윙거리면서 허깨비까지 보이는 것 같았다, 지멋대로 흐트러진 거울하늘은 암갈색으로 변해가면서 인수봉이 억장처럼 무너지는가 싶었는데 설익은 어둠이 내려앉기 시작했다. 온 전신을 화마로 휘감은 종구는 염오감이 극에 달했다.

2

길주오토바이 사장인 길주는 종구의 몰골에서 드러난 저주 같은 아픔을 보면서 자라목으로 입만 벌리고 있었다. 꼭짓점까지 화가 치민 종구였지만 길주에게 악담을 쏟아내지는 않았다. 최대한의 인내심을 긁어모은 것은 담배 몇 개비가 야금야금 불타서 사라진 후였다. 종구 특유의 허스키한 목소리는 차분을 넘어 애증이 담긴 어조였다.

"최 형, 치사하게 내 재산 따위는 운운하지 않겠지만 이 오토바이 족보가 어떻게 됩니까? 거의 새 차에 준한다고 했는데 새 차라는 말이 너무나 이상합니다. 어떻게 이런 현상이 발생하지요? 우린 아직 젊습니다. 거짓 없는 진실을 말해주어야 합니다?"

종구의 차분한 항의에 최길주는 한동안 우두망찰하게 서서 두 눈만 껌벅거렸다. 그는 피우지도 못하는 담배 한 모금을 빨고서 구역질 같은 기침들을 토해냈다. 헥헥거리면서 불규칙한 말들을 더듬더듬 쏟아냈다,

"지~ 진 형, 어찌됐던지 미, 미안합니다. 나 역시도 먹고사는 영업을 하다보니까 가끔씩 헛발질도 합니다. 오토바이 족보는 깨끗합니다. 살다보면 어쩌다가 재수 옴 붙는 날도 있지 않습니까. 조금만

이해를 해주시고 참아주시면 속을 완전히 까발려서 다시는 이런 불상사가 발생하지 않도록 해드릴 겁니다."

아무리 사회생활의 초보자일지라도 찜찜한 일이 생겨난다는 것은 참으로 괴로운 일이다. 물론 군 입대 전에도 온갖 궂은일을 해본 경험이 있었으나, 3년이라는 공백으로 시공간을 압축적으로 잡아끌어낼 수가 없는 것이 세속의 변화였다. 더구나 유년시절의 아픈 기억은 성년으로 거듭난 현실을 부정적으로 바라보는 오류를 안기기도 한다. 이런 사고(思考)들에 물들지 않고서 새로운 아침의 창을 열려는 마당에 익숙하지 않은 돌발상황으로 인해 혼란스러웠다. 종구는 오토바이에 문외한이 아니었다. 군 입대 전부터 자전거를 개조한 원동기를 몰고 다녔다. 그때의 경험상, 껍질의 질감이 이처럼 깨끗한 오토바이라면 이런 고장은 거의 발생하지 않았다. 하지만 최길주의 말을 신뢰하지 않더라도 친구인 윤제를 깊게 생각해야만 했다.

최길주는 건너편에 있는 막걸리 집으로 종구를 내몰았다. 술값 계산은 본인이 한다면서 마시기 싫을 때까지 안기라는 당부를 주인인 중년부인에게 부탁해놓고서 오토바이 엔진을 까발리기 시작했다. 실루엣이 밀려든 겨울 날씨는 눅은 편이었다. 막걸리가 가득 차 있는 노란주전자 앞에는 김장김치 한포기가 통째로 놓여 있었고 속절없는 시간은 근심도 없이 흐르고 있었다. 시간의 흐름은 마디 없이 더디어서 하품이 이빨 사이를 꿰뚫었다. 한 시간, 두 시간, 세 시간이 가까워질 때쯤 종구는 한껏 취해버렸다. 점심, 저녁도 건너뛰고서 온몸의 에너지를 고장난 오토바이에 쏟아낸 몸뚱이는 막걸리 앞에서 한없이 무기력해졌다.

세 시간이 지날 무렵 길주가 오토바이를 넘겨주었다. 대수술을 받은 오토바이는 시동도 잘 걸리고 엔진소리도 부드러웠다. 막걸리의 취기 속에서 최길주의 새카만 얼굴을 바라보다가 진정성 없는 말로 치하해주었으나, 막걸리에 불어터진 입술이 무슨 말을 했는지 기억에 남겨지지도 않았다.

온수동으로 향하는 도로 위에선 오토바이도 비틀거렸다. 새카만 목재다리가 철거되어 아스팔트로 단장한 노원교로 진입하자 수락산의 묏부리가 새카만 물마루처럼 넘실거리면서 종구의 허기진 육신을 혀끝으로 빨아들였다. 산 밑둥은 칠흑 같은 어둠을 삼키고, 봉오리들마다 영롱한 겨울 별들이 흔들리고 있었다.

3

온수동의 아침은 피어나기 무섭게 서걱거렸다. 거의가 일용직 노동자들이거나 하우스 밭일을 다니는 사람들의 몸부림으로 새벽부터 썰물처럼 자진했다. 마들평야의 하우스들은 눅눅한 안개를 품어냈고 수락산 목뼈를 비틀어놓은 겨울햇살은 평야의 아늑한 안개를 집어삼켰다. 구강 안의 악취가 콧구멍을 타고 흐르면서 구질구질한 목마름이 목구멍으로 피어올라 종구는 눈을 떴다. 어머니는 해뜨기 전에 하우스 일을 나가시면서 아침밥을 자그마한 교자상위에 차려놓고 밥보를 덮어놓았다. 밥보를 걷어내자 시래기 국그릇옆에 5천 원이 놓여있었다. 그랬다. 어머니는 알고 계셨던 것이다. 움직임이 돈이라는 것을! 밥과 국물이 목 메이는 목으로 염치없이 흘러들었다.

집 모서리 옆으로 세워놓은 오토바이는 아침 햇살에 번들거렸다. 허술한 담장너머에선 겨울까치 세 마리가 이파리를 털어낸 앙상한 복숭아나무 가지 사이를 경계삼아 깍깍깍 거리며 아침인사를 해왔다. 녀석들은 마치 어머니와 가족들을 위해서 열심히 일해야 한다는 말을 전하는 것처럼 수다를 떨었다. 당연한 말이라고 생각한 종구는 오토바이 시동을 걸었다. 종로 세림약품에 들러서 사장님을 뵙고서 추천장을 받아들고 십자성봉대공장이 있다는 마석으로 향했다.

중소업체인 십자성봉대공장은 마석가구단지에 있었고 공장은 아담해보였다. 공장 안으로 들어서자 칼칼한 소독 냄새가 코를 벌름벌름 거리게 했는데 생산라인에는 한센병으로 변형된 얼굴들과 손마디가 비정상적인 작업자들이 일하고 있었다. 상상 밖의 현장을 바라본 종구는 미간을 찌푸려가면서 얼어붙어버렸다. 생산과장도 한센인이었다. 종구의 일그러진 미간과 마주친 그는 미덥지 못한 표정으로 외계인을 대하는 듯해왔다. 종구는 당황했다. '아뿔싸' 해가며 본인의 조심성 없음을 후해했으나 이미 엎어져버린 물그릇이었다. 이 무거운 공기를 걷어내야만 밝은 앞날을 기약할 수 있었으나 애매해져버린 짧은 시간의 정적은 높다란 벽이 되어 무너트릴 방법이 보이지 않았다. 껄껄해진 침묵이 입술을 바싹 바싹 태워왔다. 당황한 종구는 무슨 말이던지 먼저 해야만 할 것만 같았다. 이 순간, 한 번의 입놀림이 감당해야할 무게는 천근보다도 무거울 것이라 생각했다. 최선의 방법은 정공법으로 뚫고나갈 수밖에 없었다. 그 정공법은 맨살 같은 진실뿐이라 여겼다. 종구는 정색을 해가면서 조금의 가식도 없는 말을 공손하게 쏟아냈다.

"과장님, 태어나서 처음 접해보는 현장이라서 너무나 놀랐습니다. 그저 평범한 작업장일거라 생각을 했는데 작업하시는 모든 분들이 한센인들이라서 무척이나 당황했습니다. 저의 경솔했던 행동을 용서해주시길 바랍니다."

반성과 진정성이 담긴 종구의 말을 묵묵히 듣고 있던 과장의 얼굴은 금세 누그러졌다.

"그렇습니다. 당신뿐만 아니라 처음 방문하시는 모든 분들이 대동소이합니다. 하지만 당신처럼 솔직하게 말하는 사람들이 거의 없다는 것이 우리들을 슬프게 하곤 합니다. 저희 공장의 작업장 시설은 대한민국에서 제일 청결하면서도 위생적입니다. 모든 생산 공정은 정부지원으로 이루어지고 있기 때문에 공신력도 있습니다."

세림약품 사장의 추천장을 받아본 생산과장은 여러 가지의 이로운 조건을 제시해오면서도 담보를 요구해 왔다. 값어치 면에서 본다면 보잘 것도 없는 온수동의 철거민슬레이트집을 받아준다고까지 해주었다. 감격한 종구는 여러 차례 감사의 뜻을 표하면서 열심히 노력할 것을 다짐했다. 다음날 담보물을 가지고 다시 오겠다는 약속을 하고서 온수동 집으로 향했다. 이 기쁜 소식을 가족들에게 빨리 알리고 싶은 욕심에 겨울바람마저 훈풍처럼 느껴졌다. 포만감이 올라와 점심을 지나친 창자까지 부풀어서 시장기도 날려버렸다. 그런데 또다시 돌발사태가 발생했다. 이번에는 온수동을 목전에 두고 오토바이 시동이 꺼져버렸다. 정수리까지 뻘겋게 열이 치받친 종구는 어제의 악몽을 되새겨 가면서 한 시간 넘는 거리를 오토바이와 힘겨루기를 해가면서 방학동에 있는 길주 오토바이센터에 도착했다. 시동 꺼진 오토바이를 내팽개치듯 해놓고서 무조건 환불을 요구했다. 길주의 면상은 자기밥그릇에다 똥싸놓은 개처럼 변해가면서 황당무계하다는 표정으로 오토바이 앞으로 다가서서 고개만 연신 기웃거렸다. 분을 삭이지 못하여 씩씩거리고 있는 종구 앞으로 다가선 길주는 통사정으로 시간벌기를 시도해왔다. 너무나 어처구니가 없었으나 당장 내일의 일이 시급한 종구는 좋은 출발점을 목전에 두었기에 머리끝에서 발끝까지 더듬어가면서 인내심을 찾아내려고 이를 악물었다.

최길주는 새카만 뼈대에 날렵하게 앙상블을 이룬 일제야마하 125cc 오토바이 엔진을 수리하고 있었다. 야마하 오토바이 주인에게 양해를 구한 녀석은 종구의 새빨간 90cc 혼다 오토바이 엔진을 다시 해체하기 시작했다. 야마하 오토바이 주인은 종구와 비슷한 동년배로 보였다. 그는 옷차림도 프로페셔널 했다. 새카만 가죽잠바에 고급청바지, 무릎까지 올라온 가죽장화를 착용했는데 잠바 어깨에는 독수리 마크에 빨간 별들이 선명하게 살아있어서 재킷 옆에서 달랑거리는 라이방 선그라스가 유난히도 번들거렸다. 고급 오토바이 소유자라서 자신과는 너무나 대조를 이룬 그가 한편으론 부럽기까지 하여 거리를 둔 종구는 지쳐있는 감정을 추스르고 있었다. 야마하 사나이가 앞으로 다가오면서 말을 걸어왔다. 그는 시간이 많다면서 종구를 막걸리 집으로 이끌었다. 아직까지도 감정이 흔들거린 종구는 내키지 않는 걸음걸이로 그의 뒤를 따랐다. 그의 호의를 무시할 수가 없어서 막걸리 잔을 앞에 놓고서 통성명을 할 수밖에 없었다.

녀석은 이름이 김칠성이라고 했다. 녀석의 나이는 종구보다 두 살 위였다. 찌그러진 노란 막걸리 잔이 두세 번 오고가면서 김칠성은 어느새 격의 없는 말들을 쏟아내기 시작했다.

"진종구 씨 말이야. 아무래도 길주가 오토바이 엔진 수리 실력이 A급은 아닌 것 같아. 내 오토바이를 오늘 아침부터 진종일 쪼물딱거리면서도 아직까지 버벅거리는 것을 보면 실력이 달려도 한참달리는 것 같단 말이야, 안 그래?"

종구는 말대꾸할 기분이 살아나지 않았으나 외면하기도 거북하여 한마디 거들었다.

"김 형의 야마하 오토바이는 흔하지 않은 일제 고가품인데다 엔진이 국산 같지 않아서 그럴 수도 있을 겁니다. 김 형은 자택이 어디십니까?"

"아, 나는 집이 노량진인데, 실은 저기 굴뚝이 높다랗게 보이는 반달표 스타킹 공장의 공순이 애인을 만나러 왔다가 내 애마가 퍼져서 개기는 중이지."

녀석은 반달표 스타킹 공장의 '공순이'라는 말의 악센트를 힘껏 찍어 눌렀다. 얼굴은 번들거렸고 의자에 겹친 한쪽다리는 계속하여 흔들거렸다. 뱉어내는 말과 뒤따르는 행동이 시건방져보였으나 얼굴의 갸름한 선이 뾰족한 턱과 어우러지면서 조화로운 이미지를 갖추고 있어서 묘한 매력이 살아있었다. 연애경험이 없는 종구로선 잘 알 수가 없었지만, 아가씨들이라면 한번쯤 되돌아볼 수 있는 그런 사내로 다가오기도 했다.

"그럼 오늘밤은 어디서 지낼 겁니까?"

"공순이 아가씨가 야근이 있다고 하여 통행금지 시간 안에 공순이의 자취방으로 갈 겁니다. 내일 내 애마수리가 끝나면 끌고가야하니까. 그건 그렇고 종구 씨는 저 오토바이를 언제 산겁니까?"

"친구소개로 길주 사장을 알게 되었고 족보 있는 중고에다 아직까지도 쌩쌩하다면서 호언장담하여 어제 구입을 했는데 구입한 첫날부터 퍼지더니 오늘 두 번째 퍼져서 이 고생을 하고 있습니다. 차~암."

막걸리 잔이 서너 잔씩 오가면서 그저 그렇게 주절거리다보니 녀석과의 거리감이 허물어져 가고 있었다. 서로 오토바이를 타고 다닌다는 공통점이 어떤 동류의식까지 깔려있어서였을 것이다. 시간이 흐를수록 오토바이부터 살고 있는 생활환경까지 비약적인 대화가 이루어지고 있었다. 김칠성은 오토바이에 대하여 꽤나 박식했다. 거의 전문가 수준이었는데, 군대면제까지 받은 그는 중학교 때부터 오토바이광이었다는 자랑도 늘어놨다.

"한데 종구 씨. 당신 오토바이 말이야, 아무리 봐도 한방 먹은 것 같단 말이야. 무슨 말인고 하니 출고된 지 얼마 안 된 중고라고 했잖아? 그런데 도색상태를 자세히 더듬어 보라는 말이야. 새 차 도색은 색이 바래면 연륜이 붙어서 그 자태라는 것이 아련하거든. 그런데 당신 오토바이는 아직까지도 페인트 빛깔이 땡땡하단 말이야. 무슨 말씀이냐 하면, 연륜의 미(美)가 전혀 담겨있지 않다는 증거다 이거야. 연륜의 미라는 것은 속임수로 덮어씌울 수가 없다는 뜻이지. 내 말뜻을 이해할 수 있겠어?"

녀석의 말이 끝나갈 무렵 피가 거꾸로 치솟는 느낌이었다. 그렇잖아도 두 번의 고장으로 오감의 신경줄이 날카로워졌기에 김칠성의 지적은 정곡으로 파고드는 새파란 비수가 되어버렸다. 그렇다면 분명한 속임수였다. 길주를 소개시켜준 친구 윤제와 길주의 커넥션이 있다는 의미도 담겨있을 것이고 처음부터 정해진 수순이었는지도 모른다. 술기운에 얼얼해진 머릿속으로 의심암귀가 파고들어왔다. 꼭 막혀버린 머릿속에서는 매미가 울기 시작했다. 설마, 설마 하면서도 뇌 한 귀퉁이에서 몰랑몰랑 거리는 안개는 걷어내기 힘든 이물질 같았다. 이제부터 길주에게, 윤제에게, 자초지정부터 캐물어야한다.

하지만 혹여 그렇다 손치더라도 무엇으로 증거를 찾아내고 모든 것을 처음으로 되돌릴 수가 있단 말인가. 길주부터 시작하여 말(言)로서 매듭을 푼다는 것은 스쳐지나가는 바람이 아닌 것이다. 자신은 지난3년 동안 세속과 단절된 군대생활을 마친 사회초년생으로서 공학이 넘쳐나는 세상살이를 이제 막 더듬는 처지가 아닌가. 여러 갈래의 잡생각이 암 덩어리처럼 퍼지자 머릿속이 오락가락해 왔다. 딜레마와 의심암귀의 싸움은 치열하게 엉키어서 담배 서너 개비가 종적도 없이 사라졌다. 갈피를 잡지 못하는 혼몽 속에서 허우적거리는 종구를 꿰뚫어본 김칠성이 비릿한 웃음을 입가로 흘리면서 벌어진 말끝에 사개를 박기 시작했다.

"하하하. 순진한 종구 씨, 자동차나 오토바이, 경운기까지 엔진과 몸뚱이가 분리되어있는 기계들은 차대번호와 엔진번호가 일치해야 하거든. 무슨 말인가 하면, 당신 오토바이 엔진번호와 차대번호를 확인해보라는 뜻으로 하는 말이야. 내 육감인데, 엔진번호와 차대번호의 족보가 달라 보이는 것 같아서야."

비교적 저알코올의 막걸리였으나, 두어 시간이 지나면서 대장 밑바닥에서부터 목줄기까지 스멀스멀 올라온 술기운으로 편협한 골자기의 폭이 바다처럼 넓어져버렸다. 그러나 이 모든 현실이 진실과 거짓의 변곡점일지라도 당장 어느 한편으로 치우치기도 애매했다. 가려져 있는 모든 것은 시간의 몫이었다. 건너편에서 오토바이 엔진을 까발리고서 세 시간째 낑낑거리는 길주의 모습이 너무나 초라해 보이기까지 했다. 아무리 난마처럼 얽혀있는 세상이라지만, 싱그러움의 주체인 젊은이들은 양심의 물동이만큼은 깨트리지 말아야한다고 생각한 종구는 목이 메었다. 사악한 속임수와 아름다운 미덕의 경계는 인간 본성 속에 숙명처럼 기생하고 있어서 영원히 말살할 수 없는 바이러스일지도 모른다. 그러면서도 물질적 거리와 심리적 거리가 다르게 다가오는 것은 제어하기 힘든 질곡이었다. 무심한 겨울밤은 차가운 어둠을 낳고서 점점 더 깊어만 가고 있었다.

"진종구 씨, 너무 깊게 생각 하지 마. 그놈의 생각이 너무 깊으면 창창한 앞날이 질퍽질퍽 거려서 한발 한발 내딛을 때마다 세상이 구질구질하게 보인단 말이야. 오토바이 차대번호는 다 고친 담에 확인하면 그만이고. 그나저나 저 녀석(길주), 엔진을 앗싸리하게 기리까이 해가면서 개스킷까지 올 새것으로 준비하는 것을 보니까 양심에 털 난 놈은 아닌 가비여. 안 그래?"

한동안 침묵으로 일관하고 있는 종구에게 김칠성은 유쾌한 목소리로 떠들었다. 막걸리 잔으로 입술을 적신 종구는 마음의 축이 더 이상 흔들려서는 안 될 것만 같았다. 냄새 없는 잡념에서 벗어나는 길은 대화의 주제를 오토바이로부터 벗어난 곳에서 찾아야만 했다. 김칠성의 목소리에 박혀있는 기계음을 떨쳐낸 종구는 녀석의 삶의 편린을 들춰내는 방향으로 물꼬를 텄다.

"김 형, 고향은 어딥니까?"

예상대로 녀석은 진지한 표정을 지어가며 입을 열었다.

"충청도에 있는 합덕이지만, 그곳에서는 태어났을 뿐이고 노량진 토박이나 다름없지."

지난한 인생살이의 길목에서 엇비슷한 인간들끼리의 연결고리는 서로 다른 삶의 고리로 이어지므로, 억지로 강하게 이으려 하지 않아도 한순간의 교감이 미끈한 정으로 버무려지는지도 모른다. 김칠성과의 말 고리는 고향과 타향살이의 고단함을 매개체로 장벽 없는 늦은 밤을 껴안았다. 노란 막걸리 주전자가 여덟 개나 비워지고 오줌을 다섯 주전자 이상 쏟아낼 무렵, 오토바이 수리가 끝났다. 자정을 20여 분 남겨놓은 시간이었다. 내일의 급박함 때문에 종구는 김칠성에게 눈짓으로 고마움을 전했다.

　　최길주가 스타트 시켜놓은 오토바이 엔진소리는 영하로 뚝 떨어진 밤공기를 안고서 낭랑하게 들려왔다. 오밤중의 적막이었으나 엔진소리의 금속성은 확실히 부드러워져 있었다. 입김이 뿌옇게 서리는 날씨에도 상의 작업복이 흥건히 젖어있는 최길주는 최선을 다했다는 듯 자신 있는 표정으로 목소리를 내리깔았다.

　　"진 형, 엔진부속을 하나도 남김없이 몽땅 새 것으로 교체했습니다. 앞으로 이 오토바이가 1년 안에, 이상이 생긴다면, 내 전 재산을 털어서라도, 새 자동차로 바꿔드릴 테니까, 이제 마음 푹 놓고 타서도 될 겁니다."

　　오토바이 키를 넘겨받은 종구는 아직까지도 미심적한 마음이 남아 있어서 "두고 보면 알 일이지요."라는 짧은 말을 의미 없는 듯 뱉어내면서 핼멧을 머리 위로 눌러쓰려다가 김칠성에게 다시 한 번 목례를 했다. 엷은 웃음사이로 하얀 치아를 들어낸 녀석이 다가와 입을 열었다.

　　"종구 씨, 오토바이에 경험 많은 내가 시운전을 한 번 해볼까 하는데 어때?"

김칠성이 쏟아내는 거침없는 말 앞에서, 최길주는 염라대왕이 보내준 사자 밥을 받아 쥔 그런 몰골로 변해버렸다. 두 번의 고장이 있었다지만 나름 일곱 시간이 넘도록 오토바이 엔진과 사투를 벌여가면서 최선을 다하여 엔진 부품을 모두 새 것으로 교체한 그의 자존심이 구겨질대로 구겨져 버린 것이었다. 종구의 성격상 평상시 같았더라면 김칠성의 제안을 거두절미했을 수도 있었으나, 술기운 속에서 모락모락 피어올라 와 있는 의심과 이틀간의 시간낭비와 개고생을 했던 감정의 응어리가 남아있어서 녀석의 제안을 받아들여 버렸다. 오토바이 키와 핼멧을 김칠성에게 넘겨주었으나 녀석은 '잠깐이면 되는데'라는 말을 남기고 오토바이를 대로변 방향으로 거칠게 내몰았다. 핼멧 끈을 손에 쥔 종구는 멍청해져버린 최길주를 바라보면서 어색한 말을 내 뱉었다.

"저, 저 친구, 핼멧이나 쓰고서 시운전을 하던지 해야지. 나 원 참."

일그러질대로 일그러져서 처철하게 변해버린 최길주의 면상은 입술을 너무나 힘껏 깨물어서 금방이라도 눈물을 쏟아낼 몰골이었다. 구질구질하게 무안해진 종구는 담배를 피우면서 필터 끝을 자근자근 씹을 수밖에 없었다.

4

담배 한 개비가 몽땅 타들어갔으나 오토바이에 엉덩이를 얹고서 떠나간 김칠성의 모습은 나타나지 않았다. 10분이 지나고 통행금지 사이렌마저 울렸지만 오리무중이었다. 종구는 당황하기 시작했다. 턱밑으로 서슬 날이 퍼래 진 최길주는 양팔을 움켜쥐고서 장승처럼 굳어져 있었다. 1분, 2분 사이에 조급증이 턱밑까지 차오른 종구는 막걸리의 취기마저 달아났다. 오만가지 잡념이 방정맞게 뒤섞여서 아른거렸다. '혹여 넘어져서 갈비뼈라도 부러졌는지', '너무 세게 밟아서 처박혔는지', '살얼음판에서 미끄러져 자동차와 추돌사고가 났기 때문인지', '열려있는 맨홀에 튕겼는지', '무단횡단하던 보행자를 치어버렸는지', '교차로에서 접촉사고가 났기 때문인지'. 안절부절 하는 도중에도 가장 두려운 것은 헬멧을 착용하지 않아서 어떤 형태의 사고일지라도 최소한 경상은 아닐 것만 같다는 생각이었다. 심박동은 점점 빨라져왔고 시간이 흐를수록 두려움이 밀려들었다. 통행금지가 지난 지도 20분이 흘렀다. 싸늘한 한기에 턱밑으로 으깨어지는 통증이 밀려들기까지 했다. 오토바이 가게 난로 앞에서 자신의 감정을 주제하지 못하는 종구에게 최길주가 말을 걸어왔다.

"진 형, 너무 초조해 하지 마세요. 무슨 큰일이야 있겠습니까. 비싼 본인 오토바이가 여기에 있으니까 멀리 가지는 않았을 것 같습니다. 통행금지시간에 걸려서 파출소나 검문소에 잡혀있을지도 모르고요."

"그렇지만 술까지 많이 마신데다, 만약에 대형 사고라도 발생했다면 키를 넘겨준 나도 골치 아파지는데 무슨 방법이 없겠습니까?"

구구해진 종구의 반문에 최길주는 무표정한 얼굴로 바라보더니 사무실로 들어가 버렸다. 불과 한 시간도 지나지 않아 피해자가 피의자의 신분으로 뒤바뀌어버린 법정 같은 공기가 가게 안에 휘감겼다. 망연자실한 종구는 침착하지 못했던 자신의 행동을 한없이 후회했으나, 그렇다고 현실을 되돌릴 수도 없었다. 시급한 시간 앞에서 허우적거리고 있는 자신의 모습에 허탈감만 칭칭 감겨왔다. 퇴적물로 변한 윤활유가 파고든 새카매진 바닥이 가슴속으로 파고들까지 해왔다. 무심하게 사무실로 들어가 버린 최길주가 수수밭의 수수대처럼 변해있는 종구를 손짓과 턱짓으로 불러들였다.

"진 형, 북부경찰서 교통과에서 근무하는 잘 알고 있는 경장이 마침 오늘 근무한다기에 전화 통화를 했는데 아직까지 오토바이 사고접수는 없다고 합니다. 관내파출소나 초소의 통금위반자 명단 확인은 날이 밝아야만 가능하다고 하네요."

꼬여도 지저분하게 꼬인 이틀이었다. 불로소득의 이틀에 진흙탕에서 허우적거리다가 힘 한 번 써보지 못하고 나자빠진 꼴이었다. 더더욱 당황스러운 것은, 오늘 당장 십자성봉대와의 약속을 어떻게 이행해야 할지 곤혹스럽다는 점이었다. 꺼림직하면서도 눈앞이 캄캄해져오는 진절머리가 머리통에 풀무질을 해왔다.

통행금지 시간이라며 한사코 본인 사무실에서 하룻밤만 지세라는 최길주의 말꼬리를 잘라낸 종구는 집이 있는 온수동을 향하여 걷기 시작했다. 길주오토바이 가게에서 온수동까지는 중랑천을 건너서 마들평야를 가로질러 한 시간거리였다. 방학동에서 바라본 온수동은 고요한 정적을 안고서 숨죽이고 있었다. 중랑천에서 바지깃을 올리고 아린 발바닥을 추슬러 가며 마들평야로 다가서자 불암산과 수락산봉우리들이 축 처져 있는 양쪽 어깨 위를 짓눌러왔고, 희뿌연 안개는 산허리를 휘감았는데 평야의 하우스들은 잔별들을 튕겨냈다. 엷은 발걸음에 파김치가 되어버린 하루를 지겹게 물어뜯는 밤이었다.

다음날 눈부비기 무섭게 길주 오토바이센터로 향했다. 아침부터

발 빠른 움직임을 보였으나 김칠성의 행적은 요원했다. 최길주를 독촉하여 북부경찰서 교통과의 경장을 찾아갔다. 하지만 경찰서 행정의 다양성으로 사건사고 취급은 형사과 소관(所官)이었다. 지난 밤 관내 오토바이 사고나 통금 오토바이 연관은 전무했다. 방학동과 번동의 북부경찰서를 두 번씩이나 들락날락 한 끝에 모든 전말이 드러났다. 김칠성의 일제 야마하 125cc 오토바이는 도난 장물이었고, 녀석의 소재는 확인을 할 수가 없었다. 결국 90cc혼다 오토바이 도난 신고를 하였으나 시국이 문제였다. 유신의 긴급조치 9호가 발동되어 시국사범 수사로 뒤범벅이 된 형사과는 잡범들의 문제는 어쩔 수 없이 등한시 했다. 난감해진 종구는 냉혹한 현실 앞에서 무릎이 꺾일 수밖에 별 도리가 없었다. 현실은 그렇다지만 그냥 힘없이 주저 않을 수도 없었다. 본인 사활과 직결된 문제였다. 오늘 당장만 해도 십자성붕대와의 약속부터 지켜야 했고, 당장 오토바이가 있어야만 했다. 하지만, 무엇으로 어떻게? 본인의 전 재산인 오토바이까지 날리고 빈손으로 할 수 있는 것이라곤 현실에선 아무것도 없었다. 오늘이 첩첩산중이었고 내일도 첩첩산중을 휘감은 칼바람뿐이었다.

아무런 소득도 없는 북부경찰서를 빠져나와 방학동 길주 오토바이센터로 돌아왔으나 꼬랑지에 달라붙은 자괴감의 무게는 두 다리를 지탱하기도 힘들었다. 의욕마저도 상실해버린 체신은 무기력하게 무너져 내렸다. 우활(愚闊)했던 행동들을 되돌아 복기했으나, 이미 오토바이는 본인의 손을 떠나버렸다는 결론뿐이었다. 몇 개비째 피워댄 담배 때문에 목구멍만 칼칼해졌고, 발등 아래 쌓인 담뱃재들은 자신의 육신을 대변해주는 것만 같았다. 창창한 앞날에 먹구름이 끼어도 걷어낼 수 없는 새카만 먹구름이었다. 한순간에 꽉 막혀버린 현실 앞에서 어떤 형태의 돌파구도 보이지가 않았다.

3

형법 364조?

1

경찰서의 지지부진한 사건개입으로 손발을 묶어 놓을 수만은 없었다. 너무나 분하고 억울해서였다. 첫날부터 오토바이 고장이 없었다면 눈앞의 현실자체도 없었을 것이다. 이빨을 악물은 종구는 최길주와 담판을 지었다. 지금부터 전국을 뒤져서라도 김칠성을 추적하여 오토바이를 찾아내자는 강제성이 있는 협상을 시작했다. 단 생업인 오토바이 가게는 이틀마다 오픈한다는 전제조건을 붙였다. 머뭇머뭇 거리던 길주 역시 일말의 책임감이 있어서 마지못해 동의해 왔다. 두 사람은 즉시 실천으로 옮겼다. 길주의 제안에 따라 첫 번째 더듬기 시작한 곳은 퇴계로였다. 퇴계로 오토바이 판매단지는 대한민국에서 명실상부한 오토바이 판매상가들의 밀집 지역이었다. 대한극장 건너편 집합 상가에는 대형 수입품부터 소형, 중고들까지 장사진을 이루었다. 그러나 그 수많은 장사진이 오히려 걸림돌이었다. 모든 가게들이 중고 오토바이들을 오픈 해주지도 않았고, 오픈해 준다고 해도 붉은색 혼다 90cc 중고오토바이 개체수가 장난이 아니었던 것이다. 더군다나 오토바이는 사람의 얼굴도 아니었다. 한 틀에서 조립된 로봇 같은 기계들이다보니, 쌍둥이들보다 더 정교한 기(機)물들이어서 몇 번씩 훑어보면서 꼼꼼하게 살피다보면 착시현상의 반복으로 역치현상까지 나타났다. 다시 정신을 가다듬고서 더더욱 꼼꼼히 더듬다보면 시간이 흐를수록 두 사람의 눈망울에 짙은 안개까지 서리기 시작했다. 오토바이를 살펴보는 시간이 길어지기라도 하면 가게주인들의 눈쌀과 성화에 내쫓기기까지 했다. 물론 가게들을 방문할 때마다 중고오토바이를 구입한다는 구실을 내세웠으나 퇴계로 6가 상가들은 소매보다는 도매업에 주안점을 두고 있었다. 이런 형편이어서 모든 상회마다 푸대접이 다반사였다.

네 시간의 수색 결과는 수포로 끝났고 두 사람의 머리통은 벌집으로 변해버렸다. 땅거미가 찾아들 무렵에야 길주 오토바이센터에 도착한 두 사람은 기진했다. 한편으론 그 기진이 있어서 새로운 발견도 따라붙었다. 최길주가 어젯밤 엔진부품 교체작업 때 미션볼트 하나를 새카만 볼트로 교체해 놓았고, 안장에 덮인 기름 탱크통을 자세히 살피면 사마귀 같은 점이 있다는 사실들을 알게 되었다.

다음날은 종구 혼자서 더듬는 날이었다. 김칠성의 노량진이라는 말을 전적으로 믿지는 않았으나 노량진, 영등포, 시흥 지역을 더듬어볼 계획을 세웠다. 용산을 지나쳐 한강대교를 벗어나 사육신 공원을 지나면서부터 눈에 띄는 오토바이 가게들을 들렀다. 길주가 말한 검정 볼트에 주안점을 두고서 시흥을 경유하여 해거름이 질 때까지 안양마저 샅샅이 훑었지만 허사였다. 3일째는 또다시 최길주와 동행하여 인천바닥을 이 잡듯이 뒤졌으나 허탕이었고 의정부, 동두천, 수원, 오산, 평택, 천안, 온양까지 살폈지만 결과는 말짱 도루묵이었다. 날짜와 시간들은 연속성을 지녔기에 쇠사슬로 잡아엮을 수가 없어서 하루하루가 가고 이틀, 사흘이 포개지고 엎어져서 기억 속에 머물지 못했다. 어제가 오늘 같았고 오늘이 어제인가 싶었다.

김칠성이 오토바이를 가지고 사라진 지도 열흘이 지났다. 그동안 길 위에 쏟아내버린 시간들이 언제쯤이나 다시 피어 오를 수 있을런지 종구는 알 수가 없었다. 그러한 시간들 속에서도 분명한 것은, 시간은 죽음으로써 다시 되살아나 피어날 것 같은 확신이 차곡차곡 쌓이는 느낌이 들었다. 이 모든 괴로운 시간이 지나면 어느 날 새벽 쾌청한 시간이 깨끗하게 피어날 것만도 같았다. 그런 와중 가장 괴로운 것은 경비부담이었다. 하루도 아니고 벌써 2주 가까이 훑고 다닌 길바닥에 쏟아내 버린 휘발유 때문에 주머니에는 지전 하나도 없이 동전 몇 개만 남아서 허기진 창자를 크림빵 하나에 맹물로 부풀려야만 했다. 힘든 고난은 하늘 위에서 부유했고 가난한 발바닥은 겨울 추위에 쪼그라들었다. 두툼한 겨울옷도 챙기지 못하는 가난의 울타리 때문에 신문지로 몸뚱이를 감싸기까지 하다보니 몸도 마음도 지쳐가면서 허물어지기 시작했다. 이틀마다 동참해 왔던 길주역시도 너절하게 늘어나버린 시간 앞에서 퇴색되어가는 동공을 굴리기 시작해 왔다.

동생들의 돼지저금통 배까지 가른 종구는 가족회의라는 이름 앞에 가해자라는 십자가를 맬 수밖에 없었다. 무거운 결론은 가족이라는 따뜻한 포장지로 덮여왔다. 안쓰럽고 답답한 마음들이 돌출해낸 결정은 빠른 포기와 새로운 출발이었다. 어머니의 안쓰러운 눈동자와 동생들의 마음고생이 무딘 칼날처럼 다가왔다. 그런 분위기가 목덜미를 감싸 안았으나, 당장 포기하기에는 너무나 억울했다. 무엇인지 확신할 수는 없어도 꼭해야만 된다는, 될 것만 같다는, 이상한 믿음이 너무나도 확고하여 떨쳐내 버리기가 힘들었다. 종구는 가족들과 슬픈 담판을 지었다. 마지막으로 만 원의 거금을 요청했고, 돈이 바닥나는 날 모든 것을 털어내 버리고 취직을 한다는 조건이었다. 가족들의 동의는 밝지 않았으나, 거의 폐인처럼 변해가는 장남의 뜻에 동조해올 수밖에 없었다. 깊은 밤중에 어머니는 종구에게 당신의 가슴속에 담긴 말을 꺼내었다.

"종구야. 수양산 그늘이 강동 팔백 리라고 하지 않던? 너는 누가 뭐래도 우리 집 대들보란다. 결코 너 한 몸이 아니란 말이란다. 작은 대추꽃도 열매를 맺으면 그 속의 씨가 얼마나 단단한지 잘 알고 있지? 처음 시작이란 누구나 어렵고 힘들단다. 그 고비가 곧 사람을 굳세게 만드는 언덕일 수도 있으니, 이번 일로 더 이상 몸 상하지 말고 건강하게 자리를 잡았으면 하는 어미의 바람이란다."

종구는 밤새 울었다. 이불을 푹 뒤집어쓰고서 경직된 몸뚱이를 흔들리지 않게 토해내는 울음은 무겁고도 잔인했다.

2

곤지암과 이천, 여주까지 살핀 그는 마지막으로 최길주와 함께 행선지를 춘천으로 잡았다. 습기가 빠져나간 겨울바람은 춘천가도를 달리는 강변바람에 젖어서 시퍼런 비수처럼 가슴팍으로 파고들었다. 크고 작은 능선들은 말갈기처럼 기름져보였고, 눈이 쌓인 희멀건 봉우리들은 겨울바람에 소리 내어 울었다. 가평과 춘천의 오토바이 센터가 많지 않아서 한나절만에 휘저은 뒤 아무런 소득 없이 돌아오는 경춘가도는 강물 따라 이어져 비린내가 흰 눈 속으로 스며들었다. 짧은 겨울 해는 금세 어슴푸레한 초저녁을 만들어서 쾌청한 추위가 암팡지게 달라붙었다. 상봉동에 도착했을 때는 네온사인이 하나둘 불꽃을 피우고 있었다. 연말연시가 가까워진 거리에선 아직까지 캐럴송이 울렸다. 엊그제의 크리스마스는 오토바이의 영혼이 잡아가버려 기억건너편에서 너울거릴 뿐이었다.

일정의 마지막으로 상봉역 부근에 있는 한양 오토바이센터에 들렀다. 규모가 제법 큰 한양 오토바이는 2층 건물에 아래층을 통째로 사용하고 있었다. 매장 뒤편에 넓은 창고까지 있어서 많은 오토바이들이 투명비닐 속에서 가지런한 민낯을 내보였다. 새빨간 90cc 혼다들 중에서 종구의 오토바이는 찾아낼 수가 없었다. 최길주는 한양 사장에게 사업 상담을 한다면서 명함을 주고 받았다.

이젠 손을 털어야 한다는 생각을 하면서도 처절해진 종구는 밖으로 나와서 담배를 꺼냈다. 6차선 도로 양편의 행단보도에는 두툼한 겨울옷을 입은 많은 행인들이 신호등의 파란 신호를 기다리고 있었다. 담배 한 개비를 입에 물고 막 성냥을 그으면서 고개를 쳐들고 바라본 파란 신호등 건너편 행단보도에서 기시감이 살아서 꿈틀거렸다. 종구는 자신의 눈을 의심했다. 그가 정면으로 다가오고 있었다. 그렇게도 목마르게 찾아 헤매던 김칠성이었다. 기적이 이런 것일까? 죽어있는 새카만 밤바다에서 소리 없이 밀어닥친 돛단배처럼 나타나서 한 발짝, 두 발짝 현현한 모습으로 다가오고 있었다. 검정색 반코트에 붉은 줄무늬 넥타이를 맨 김칠성은 특유의 건들거리는 발걸음으로 한 발, 두 발 가까워져왔다. 녀석은 종구를 보지 못했고 종구는 김칠성을 똑바로 바라보았다. 재빠르게 녀석을 멱살을 움켜쥔 종구는 녀석의 우측 정강이를 잔인하게 짓이겨버렸다. 행단보도 앞을 많은 인파가 에워싸고 웅성거리기 시작했다. 절뚝거리면서 종구를 알아본 김칠성은 창백한 얼굴로 부들부들 떨었고 그의 목을 더욱 옥죄인 종구는 다시 한 번 일격을 가했다. 녀석이 무조건 잘못을 시인하는 순간에 사태를 파악한 최길주의 주먹이 녀석의 면상으로 날아들었다. 코피를 쏟아내며 혼비백산한 김칠성은 종구의 허벅지를 붙잡고서 애원하기 시작해왔다.

"지, 진 형님, 오토바이는 한양에 있습니다. 많이 타지도 않았고 그대로입니다. 하, 한번만 살려주십시오. 예? 한번만 용서해주십시오."

녀석은 사시나무 떨 듯 푸들거리면서 무조건 용서를 구했다. 그사이 또 한사람의 발길질이 그의 옆구리를 찍어 눌렀다. 우람한 체격의 한양 오토바이센터 사장의 발이었다. 많은 인파 속에서의 구타는 수많은 눈빛에서 야릇한 혐오감을 이끌어냈다. 한양 사장이 김칠성의 멱을 움켜쥐고서 2층에 있는 다방으로 올라갔다. 다방 이름도 '한양'이었다. 반짝이는 추리불빛에 얇은 분홍색 알전구가 녹아내린 다방은 연탄난로 불에 바싹 달구어져 있었다. 한양이라는 이름값이 싸구려가 아니라는 듯이 스피커에서 흘러나온 음악이 팝송이었다. 레드 제플린의 Stairway To Heaven이었다. 우연치고는 참 기이했다. 하필이면 이 순간에 '천국의 계단'이라는 노래가 종구의 귀를 후벼 파고 들었다. 거의 송장 면상으로 변해버린 김칠성은 커피테이블 밑에서 두 무릎을 꿇고서 주억거려가면서 훌쩍이고 있었다. 40대 중반쯤 보이는 한양 사장은 통통한 아랫배를 씰룩씰룩거리면서 우람한 목소리로 차를 주문했다.

"봐라, 봐라, 송 양아. 여기 쌍화차 석 잔, 아니다. 넉 잔으로 가져와라."

다방 레지가 쌍화차 넉 잔을 테이블 위에 놓고 갔다,

"자자, 인사부터 하십시다. 난 한양 사장 유상준이라고 합니다. 오토바이 주인이 누구십니까?"

방금 전 그는 최길주와 명함을 주고받아서 직감적으로 오토바이 주인이 종구라는 것을 알고 있으면서도 앞에서 능청을 떨었다. 여

차하면 본인도 올가미에 걸려든 노루라는 것을 잘 알고 있기 때문
이었다. 차분해진 종구는 수인사에 답례를 하고서 2주 전에 도난당
할 당시의 정황들을 비교적 소상하게 설명해주었다. 종구의 말이
끝나기 무섭게 유상준은 김칠성의 머리통을 쥐어박으면서 언성을
높였다.

"이놈의 자슥이 완전히 상습범이네. 야, 이 새끼야. 너 정확하게
불어 봐. 지금까지 몇 대나 해처먹은 거야?"

유상준의 다그침에 김칠성은 횡설수설해가며 잘 알아들을 수 없
는 말들을 더듬더듬 거렸다.

"이 개새끼가 낯가죽은 번드르르한데 배 창시는 아주 새카만 놈
이네? 이런 놈들은 뿌리를 뽑아내야지. 그냥 놔두면 안 되지. 이런
새끼는 무조건 처박아넣어야 돼. 송 양아, 빨리 전화 때려라. 태릉
경찰서 형사과. 아니다, 아니야. 그냥 112로 때려라?"

유상준의 불 같은 역정에 다방 아가씨는 전화기를 배회해가면서
이쪽의 진위여부를 흘끔흘끔 살펴보며 상황판단을 가늠해가며 게
으른 동작으로 주시하고 있었다. 두 무릎을 꿇고서 종구를 바라보
며 눈물을 훔치고 있는 김칠성은 올가미에 걸려서 발버둥치는 고라
니 같았다. 녀석의 애절한 눈빛과 마주친 종구의 가슴을 갑자기 치
솟은 허기진 아픔이 적셨다. 그 아픔은 오토바이를 찾았다는 안도
감 속에서 나타난 허울이었는지도 모른다.

"유 사장님, 신고는 잠깐 밀어놓고 우선 이 친구가 왜 오토바이를
훔쳐야만 했는가의 동기부터 들어보고 처리합시다. 그래도 늦지 않
으니까요."

종구의 말에 유사장과 최길주도 동의했다. 김칠성은 종구를 향하

여 물안개 서린 눈망울로 계속 고개를 주억거리면서 입을 열었다.

"먼저 죽을 죄를 지었습니다. 시, 실은 전과자입니다. 어려서 양부모님이 일찍 돌아가시는 바람에 별로 배우지도 못하고 살아남기 위해 별의별 짓을 다하면서 살아왔습니다. 열네 살 때부터 삼각지에서 노가다를 했는데, 노가다일이 대마찌 나면 쉬고 비오면 놀고 작업량이 적으면 어리다고 빼버리고 하다보니까, 나이 차이가 여섯 살 어린 남동생 한 명하고서 너무, 너무나 배가 고팠습니다. 허기진 배를 추슬러 가면서 현장부근에서 어슬렁거리다가 쓰다 남은 전선 뭉치를 꼬실라서 팔았는데, 이게 절도죄가 되어버려 불광동 소년원 전과범이 되었습니다. 동생은 경찰서 형사가 고아원으로 보냈고요. 출소 이후 열심히 살려고 갖은 노력을 다했지만 전과라는 딱지가 붙어버려 취직을 할 수도 없어서 또다시 노가다 현장에서 질통을 메다가 가랑비가 내리던 날 3층 아나방 철판에서 미끄러져 넘어지는 바람에 아래로 추락했습니다. 추락을 했는데 솟아있는 철근이 우측 다리로 파고들어 다리가 골절이 되어버려 지금까지도 절고 다닙니다. 모두들 내 걸음걸이를 보면서 거만하다고 하는데 실은 절고 있는 겁니다."

김칠성은 이야기 도중에 자신의 우측 바짓자락을 치켜 올렸고, 허벅지에는 대형 칼자국 같은 상처가 선명하게 드러나 있었다.

"그 다음부터 엉망이 되어버렸습니다. 별을 두 개나 더 달게 되었고 금년추석에 출소했습니다. 동거하는 여자까지 있어서 앞으로는 정말로, 열심히, 착하게 살려고 이를 악물었지만 포장마차 하나 차릴 자본도 없는 빈털터리라서 어쩔 수 없이 진 형님의 오토바이를 훔쳤습니다."

턱을 받치고 식어버린 쌍화차를 홀짝이던 길주가 녀석의 말꼬리가 끊어지기 무섭게 다그쳤다.

"야 인마, 그럼 일제 야마하는 왜 훔친 거야?"

"그, 그건 잘 몰라서 그랬습니다. 수입품인 일제의 가격이 훨씬 비싸다기에 돈을 더 받을 걸로 생각했는데, 막상 저질러놓고 보니까 수입품은 족보가 너무 까다로워서 팔아치울 수가 없었습니다. 그래서 어쩔 수 없이 국산 기아혼다로 바꿔치기했습니다. 진 형님 죄송합니다."

이십여 분 전까지도 싸늘했던 여섯 눈동자들의 동공이 어느덧 풀려서 흐물흐물 거리고 있었다. 무거웠던 공기마저도 풀어 헤쳐져 버렸고, 상황이 묘한 흐름 속에서 늘어지기 시작했다. 참으로 이놈의 인생살이, 빌어먹게도 언제나 깨달음이 한두 발 늦어서 의미는 구두 뒤축에 걸려 있다가 어쩔 수 없이 삐져나오는가 보다. 먼 옛날부터 세속이 물처럼 수평적이었다면 무슨 근심이 있었겠는가. 인생살이 높고 낮음이 없어야 하겠으나, 그놈의 10대 90이라는 자본주의 수학공식이 악마의 씨앗인 것이다.

담배를 입에 문 유 사장은 계속하여 입을 쩝쩝거렸고, 최길주 역시도 침울한 표정으로 종구를 바라만 보았다. 아마도 당사자인 종구에게 어떤 결말을 바라는 눈치들이었다. 혼미한 사색 속으로 빠져들어 질척거리던 종구는 조심스럽게 입을 열면서 단호한 어조로 말을 내뱉었다.

"김칠성 씨, 사람을 궁지로 몰아넣는 도둑질은 용서할 수 없는 범죄입니다. 피해자의 가슴에는 평생 상처가 남겨집니다. 그래서 법은 일벌백계로 범죄 없는 사회를 만들 필요가 있는 겁니다. 한 번의 실수는 용서할 수 있어도 반복된 실수는 용서하기가 어렵습니다. 그렇지만 당신의 어두운 과거를 생각하여 다시 한 번 생각해봤습니다. 만약에, 우리 세 사람이 용서한다면 당신은 어떻게 보답할 겁니까?"

"진 형님, 하늘에다 맹서하겠습니다. 앞으론 절대 나쁜 짓 하지 않고 착하게 살겠다는 혈서라도 쓰겠습니다. 정말입니다. 진심입니다."

하긴 그랬다. 다짐을 받으려는 종구나 대답을 하고 있는 김칠성이나 당장에 무엇으로 믿고, 어떻게 증명해 보인단 말인가. 어쩌면 틀에 박힌 우문현답을 논하고 있는지도 모른다. 김칠성의 대답이 답답했던지 최길주가 끼어들었다.

"야 인마, 너 참 운 좋은 줄 알아라. 진종구 씨 같은 사람을 만난 것 말이야. 그렇다쳐도 최소한 네놈의 주민등록증 정도는 알아놔야 될 것 아냐. 주민등록증 꺼내 봐."

김칠성은 가명이었다. 주민등록상의 주소는 충남 홍성이었고, 본명은 이창석이었다. 집주소가 다르고 이름이 바뀐다한들 지금에 와서 본명, 가명의 진위여부는 껍질 같은 부차적인문제였다. 핵심은 경찰에 인계할 것인가, 아니면 한 인간에게 참된 재생의 길을 만들어 줄 것인가의 갈림뿐이었다.

종구는 어린 시절의 기억을 떠올렸다. 자신도 특수절도범으로 구속수감된 것이 열네 살 때의 일이었다. 마포 종점 부근에서 살 때였다. 두 살 위인 동네 친구가 교회에서 목사님의 어린 딸이 타고 놀던 일제 세발자전거를 몰래 끌고 다녔다. 호기심이 발동한 종구와 또래의 친구 한 명까지 셋이서 타고, 밀고, 끌고 다니다가 어스름한 밤이 되어버려서 염리동 다리 옆에 있는 페인트상회 어른에게

1,500원을 받고서 팔아버렸다. 미성년자들의 판단부족으로 발생한 사고였으나, 형사는 살을 더 보태서 특수절도죄로 구속시켜버렸다. 어쩔 수 없이 세 명의 미성연자는 특수절도죄로 불광동소년원 생활을 하게 되었다. 당시의 소년원 감실구조는 한 방마다 대충 40여 명이 수감생활을 했다. 준 형무소격인 소년원의 계급 서열은 살벌했다. 감방장 밑에 무시(無視)와 중무시가 있었고, 영상, 좌상, 우상, 기도, 반장 다음으로는 죄다 떨거지들이었다. 소년원은 일명 학교로 불리면서 교화가 최우선 순위였으나, 교도행정은 항상 폭력으로 얼룩져 있어서 교화는 허울속의 시들은 꽃망울이었다. 음습한 규율 속에서 배우는 것은 한 단계 더 높은 도둑기술과 두 단계 더 높은 처세술이었다. 이런 환경으로 재범들이 속출했으나, 종구는 그 날 이후 남의 것이라면 바늘도 멀리 했다.

뼈아픈 과거가 있었던 종구는 이창석에게 자신의 어린 시절을 교차시키고 있었다. 그는 가급적이면 자비를 베풀고 싶어졌다. 오토바이를 기적처럼 되찾아서 그런 것은 아니었다. 다만 젊은 나이에 또 하나의 별보다는 이번 기회를 통해 철저하게 뉘우치고 반성하게 하여 새로운 삶의 지평을 열어가는 길을 만들어주고 싶어서였다.

"유 사장님. 최 형. 죄는 미워하되 사람은 미워하지 말라는 말이 있습니다. 이번 일로 해서 한사람이 새롭게 환생할 수 있는 계기가 된다면, 나는 용서를 해주고 싶습니다. 일련의 고생들은 내일부터 밟아야 하는 디딤돌로 삼을까 합니다만, 두 분 생각은 어떻습니까?"

종구의 말을 듣고 있던 두 사람은 머리를 끄덕였다. 한양 유 사장은 호쾌하게 웃어가면서 다방 아가씨를 불렀다.

"송 양아, 파는 술 있지? 요새 잘나가는 게 뭐더라… 그래, 맞다 맞아. 드라이 진이지, 드라이 진? 그놈 한 병하고 오징어 한 마리 내오너라. 살다 살다 오늘처럼 내 기분이 좋은 날은 첨이다. 그리고 야, 이가 놈아. 너 참 운 좋은 놈이다. 삼인행필유아사란 말 들어봤 냐? 종구 씨가 진짜 네놈 스승이다 이놈아. 나는 감동받았다. 너도 오늘 일 절대 잊지 말고 가슴속에 꽉꽉 박아라. 정말 개과천선할 수 있지?"

유상준의 충고에 이창석은 소리내어 울면서 이마가 붉게 물들 때 까지 바닥에다 찧어가며 맹서를 해왔다. 술자리가 끝날 무렵 종구 는 주머니에서 구겨진 2천 원을 꺼내어 이창석의 주머니에 넣어주 면서 새롭게 태어날 것을 당부했고, 유 사장도 2천 원을 얹어주었 다. 어둠 속으로 사라져가는 이창석을 바라본 종구는 십년 묵은 먼지를 털어내는 기분을 느꼈다. 날마다 반복되는 일상생활 속에 서 서로 양보하고 이해의 폭을 넓혀가면서 너그러움으로 감싸안는 다면, 질박한 삶이라 한들 그게 바로 도솔천일 것이라고. 이창석의 뒤태를 바라보면서 종구는 깊은 상념 속으로 빠져들었다.

3

천신만고 끝에 오토바이를 찾아왔으나 안도감보다는 상실감이 양어깨를 짓눌러왔다. 소박한 꿈을 안고서 기대를 걸었던 십자성 붕대와의 대리점 계약은 늘어나버린 시간차 속에서 파기되어 버렸 고, 눈발이 휘날리는 겨울 날씨 앞에서 오토바이가 활동할 수 있는 운신의 폭은 단추 구멍만큼이나 좁아져 있었다. 한순간에 허물어

저버린 일상으로 동절기의 냉기까지 덮쳐왔다. 현실이 그렇다한들 잠시라도 멈출 수가 없었다. 여기저기 수소문 끝에 경동시장에 있는 어묵가공 상회에 선이 닿아서 오토바이 전문배달원 취업면접을 보았다. 주 거래처는 마장동, 용두동, 창신동, 동대문과 종로일대였다. 대우는 기본급 외에 능률에 따라 보너스가 있어서 그리 야박하지 않다면서 종구의 드러난 골격과 외모에 만족해주었다. 계절까지 겨울에 접어들었고, 차가운 날씨는 어묵의 성수기였다. 내일 오전부터 출근하라는 사장에게 열심히 해보겠다는 다짐을 한 종구는 집으로 돌아오면서 이것 또한 새옹지마라 여기며 새로운 각오를 다졌다.

집 앞에 당도했을 때 검정지프가 주차되어 있었다. 별로 대수롭지 않게 여기면서 오토바이를 정차시켜놓고 집안으로 들어서려는 순간, 지프차 문이 열리면서 중년사내 두 명이 내리더니 '진종구 씨' 하면서 다가왔다. 생면부지의 낯선 사람들이었다. 종구는 정색을 해가며 두 사람을 번갈아 쳐다보았다. 새카만 가죽잠바에 검은 장갑을 착용한 당당한 체격의 중년사내가 입을 열었다.

"진종구 씨, 태릉경찰서에서 나왔습니다. 내일 아침에 경찰서로 출두해야합니다. 저 오토바이랑 함께요."

당황한 종구는 한동안 얼어붙었다. 무슨 영문인지는 모르지만 직감적으로 느껴오는 것은 있었다. 바로 한양 오토바이하고 무관하지 않을 것 같다는 느낌이었으나 일단 반문을 했다.

"무슨 일 때문입니까?"

"나는 태릉경찰서 형사 박광규야. 자네보다 나이가 훨씬 많아서 반말하니까 이해하고 내일 아침 일찍 경찰서로 출두해서 나를 찾

아. 알았지? 자네 오토바이도 장물 증거물이니까 '증거보전물'이거든. 그래서 오토바이를 가지고 나와야만 한단 말이야. 무슨 뜻인지 알겠나?"

유신시절이 아니더라도 일상생활의 길목에서 가장 피하고 싶은 자리는 검·경찰서 출입이었다. 유·무죄를 떠나서 서민들의 생리에는 드나들지 말아야 할 장소이기 때문이었다. 군대까지 다녀온 종구였으나 그놈의 생리적인 현상 앞에서 움찔거려지는 기분은 차가운 음지만큼이나 시리게 다가왔다. 아무 죄도 없는 일상에서도 정복의 경찰은 말할 것도 없었고 특히 형사라는 말 앞에서는 이상하게 오금부터 저리는 것이 서민들의 행동반경을 옥죄이는 질곡이었다. 더구나 시퍼런 칼날이 무소불위처럼 춤추던 유신의 긴급조치 9호가 발동했던 시기이기도 했다. 감히 어느 안전이라고 동행장 따위를 입에 올릴 수가 있겠는가. 종구는 무조건 '네'라는 대답부터 했다. 내일 오전부터 출근해야할 경동시장 어묵취업은 일단 보류할 수밖에 없었다. 더럽게도 지랄 같은 나날이 옴딱지처럼 달라붙은 기분이었다. 숙명론으로 치부하려해도 혓바닥에 가시가 돋는 것은 어쩔 수가 없었다.

다음날 태릉경찰서 형사1과 박광규 반장을 대면하고서 이 사건의 요지를 알게 됐다. 상봉동에 있는 한양 다방에서 사기사건 신고가 접수되었다. 피의자는 이창석이었고 피해자는 송혜림이었다. 그러니까, 종구와 한양 오토바이 사장인 유상준, 길주 오토바이의 최길주가 이창석의 자백과 과거 속으로 빠져들었을 때 쌍화차를 나르던 아가씨가 바로 송혜림이었다. 그녀는 몇 개월 전부터 이창석의 외모에서 생성되는 부드러움과 감언이설에 빠져들어 황홀한 결혼까지 맹서해가며 몸도 주고 마음까지 줘가면서 사업자금 일부까지 출자한 상태였다. 그런 와중에 뜻밖에도 마른하늘에 샛노란 별을 보았던 것이다. 그날, 그녀는 유상준 사장이 경찰서신고를 독촉해오자 얼이 빠진 상태였다. 그날 밤, 그녀는 밤새 배신감에 치를 떨었다. 다음날 그녀는 태릉경찰서를 방문하여 이창석을 사기죄로 고소했다. 고소장에는 한양 오토바이와 종구가 연관된 내용이 담겨 있었다. 박광규 형사는 한양 오토바이센터를 철저하게 파고들어가면서 최길주를 참고인으로 조사하여 종구의 오토바이 엔진 미션의 새카만 볼트까지 개조했다는 확증까지 찾아냈다. 한양의 유 사장은 철저하게 개조만큼은 모르쇠로 일관했으나 박광규는 장물죄로 입건시켜놓고서 구속수사를 하고 있었다.

이창석의 수사는 난항이었다. 이창석은 사기, 혼인빙자, 절도전과 기록이 4범인데다 주소지가 수취인불명으로 수배를 내려놓은 상태였다. 종구는 사기와 절도, 현행범 방조죄로 취조를 받아야 했다. 그는 참담한 심경 속에서 어이가 없었다. 나름 도덕적 관용이라 여겼는데 올바른 '도덕적 관용'이 무엇을 의미하는지조차도 모르는 아둔함에 허탈하기까지 해왔다. 아침에 집에서 나설 때만 해도 설마 저 구름에 비 들었으랴 했는데, 세찬 소나기에 흠뻑 젖어버린 꼴이었다. 초조해진 종구는 이 모든 환경에서 빨리 벗어나고만 싶었다.

그러나 경찰서, 그 중에서도 특히 형사과는 범죄를 중점적으로 취급하는 곳이었다. 잡범들부터 강력범들까지 뒤섞인데다 임시철창까지 있어서 죄질의 무게를 떠나 움츠러들 수밖에 없었다. 기약 없는 시계추는 형사들의 손에 따라 움직였다. 오전 10시에 만난 박광규는 점심식사 전부터 보이지 않았고 다른 형사들도 본인에게는 별 관심을 내비치지도 않았다. 답답한 현실을 벽시계는 아는지 모르는지 무심하게 째깍째깍 해가며 조급증을 옥죄고만 있었다.

차갑고 딱딱한 철재의자가 엉덩이의 살 냄새를 파고들었고 다섯 시간이 지날 무렵 박광규의 모습이 보였다. 막막한 시간 앞에 지쳐서 파김치가 되어있는 종구에게 그는 '아 미안, 많이 기다렸지.'란 말을 뱉으면서 변명처럼 '요새 시국이 말이 아니란 말이야.'라고도 했다. 그는 진술서를 내밀면서 육하원칙을 설명해주었다. '누가, 언제, 어디서, 무엇을, 어떻게, 왜'의 여섯 가지를 문장단어에 넣어줄 것을 명령했다. 종구는 군대생활 때 잠시 행정병으로 근무했다. 글에는 자신이 있었는데 오늘따라 이상했다. 글씨도 삐뚤거리는데다 논리가 생각처럼 정립이 되질 않았다. 그랬다. 이런 것이 경찰서 형사과의 무거운 공기였다. 그 공기는 이상한 냄새를 품어서 사람을 옥죄이는 암모니아 같은 공기였다. 몇 번을 고쳐 쓰다가 한시간만에 진땀나는 진술서를 작성했다.

진술서를 훑어본 박광규의 지적이 있었다. 한양 오토바이 사장이 먼저 신고하자는 대목이었다. 사실이었다는 종구의 진실은 묵살이 되었고 어느새 해거름으로 저녁식사시간이 다가왔다. 박광규는 종구를 데리고 경찰서 정문 앞에 있는 백반 집으로 들어갔다. 순두부 2인분을 주문한 그는 천천히 말하기 시작했다.

"진종구, 너의 순수한 마음은 잘 알고 있다. 대한민국의 모든 사람들이 너 같은 마음이라면 이 사회에 경찰서가 왜 필요하겠나. 하지만 악행만 일삼는 미끄덩거리는 장어 같은 놈들이 있어서 경찰도 있는 거야. 그런 놈들이 어떤 놈들인 줄 아니. 낯가죽에 인두껍을 쓰고서 두 눈 부릅뜨고 남의 것, 남의 꿈, 이웃의 마음 하나도 남기지 않고 가져가는 놈들이란 말이야. 그런 놈들만 평생 보면서 살아왔단다. 물론 내 직업 탓도 있지만. 그런 부류들의 공통점은 한결같이 잘 먹고 잘 살고 있다는 거야. 그런 놈들은 한밤중에도 도깨비 잔치판을 벌이고 그것도 모자라서 대낮에도 차일치고서 요지경 같은 놀이를 하는 것이 작금의 세상이란 말이야. 한양 사장 유상준이가 어떤 놈이냐면, 오래 전부터 오토바이 장물 노릇을 해가면서 치부한 놈이란 말이야. 이창석이 훔쳐다준 장물만 해도 거의 열 대에 가깝게 어림잡고 있는데, 그놈 동선 파악을 할 수가 없어서 결정적인 증거부족으로 기회를 노리던 중 이번에 꼬리가 제대로 밟힌 거란 말이야. 그래서 구속수사를 하고 있는데 네놈이 연관된 거야. 앞으로 3일 정도면 끝날 거다. 너의 오토바이는 재판이 끝날 때까지 압류해야 되지만 너의 사정을 감안하여 3일 후에 풀어주마. 무슨 말인지 알아들었지?"

박광규의 말은 부드러웠다. 종구의 방조죄는 이창석의 감언이설에 현혹이 되었다하여 훈방조치로 마무리되었다. 점심도 건너가며 진종일 경찰서에서 죄인 아닌 죄인이 되어 기력마저 쇠잔해진 종구의 발길은 평행선을 찾지 못하여 허우적거렸다. 가족들에게 쑥스럽고 앞뒤분별도 못하는 심정을 토로한다는 것이 무거운 멍에로 다가왔다. 사리분별을 해가면서 정직하게 안아야할 스물여섯 인생살이의 순수했던 여정이 첫발부터 가시밭길처럼 녹록치 않았다. 그나마 다행히도 암흑 같은 3일의 구덩이에서 건져내준 사람이 있었다. 옆집 사는 쓰미(조적공) 아저씨가 겨울 추위에 부풀어 올라온 땅 때문에 무너져버린 삼양라면 담장공사를 하는데 급하게 데모도가 필요해서였다. 3일간 8인치 블록들을 옮겨주고 몰탈을 날라주면서

4200원을 벌었다.

　신정이 지난 겨울은 습기가 빠진 추위로 멍들었고 바람이 얼굴을 살짝만 스쳐도 결마다 날이 서 있었던지 살 갓을 후벼 파고들었다. 혹한은 발아래서부터 무겁게 옭아 메었고 온수동의 허술한 6인치 블럭방들은 성엣장들이 피어올랐다.

　3일이 지나 오후 시간에 태릉경찰서에서 박광규를 만났다. 종구는 수줍은 얼굴빛으로 담배 한 보루를 들고 있었다. 담배를 쳐다본 박광규는 녀석을 데리고 경찰서 부근에 있는 찻집으로 향했다. 커피를 주문한 그는 형사의 껍질을 벗겨냈다는 듯이 온화하면서도 희미한 표정을 지어가면서 종구에게 말했다.

　"야, 인마. 담배를 왜 사왔어? 이건 뇌물이야, 뇌물."

　고개를 푹 숙인 종구는 무안함과 밀려드는 부끄러움에 당황해가며 대답했다.

　"저의 가슴속에서 우러나온 성의로, 뇌, 뇌물이라는 생각은 전혀 해보지 않았습니다."

　"하하하. 좋아 형사생활 20년 만에 뇌물 한번 먹어보자. 먹더라도 딱 한 갑만 먹을 거니까 나머지는 도로 가져가, 알았지?"

　박광규는 담배 갑을 뜯고서 한 개비를 입에 물더니 흡족한 포만감속으로 빠져드는 여유로움을 만들어 나갔다. 그 여유로움 속에는 강자들이 약자들 앞에서 너그러움을 베풀어주는 권위주의의 특권의식이 들어있는 것처럼 느껴져 왔다. 부드러우면서도 온정어린 말속에선 국가관이 투철한 본인의 사고를 인식시켜가면서 주입식교육도 내포되어있었다.

　"종구야. 전과자들이 왜 계속 별들이 많아지는 줄 아니? 한 번을 넘어서게 되면 내성이 생겨난단 말이야. 강력한 생명력을 지닌 내성이 중독성을 유발해서 별들이 많아지게 되는 거지. 그래서 모든 범죄는 크던지 작던지 초기에 박살내야만 되는 거야. 이 사회가 건강해지려면 모든 기초가 초기에 바로 서야만 준법이 형성된다는 뜻이지. 그렇다 하더라도 너처럼 착한 내성도 필요한 것이 작금의 사회가 밝아질 수 있다는 전조가 되기도 하지. 해서 너에게만큼은 잘해줘야겠다고 생각을 한 거야. 알아듣겠니? 이런 이유로 네놈 담배 한 갑을 받는 거구."

사회생활 경험이 풍부한 박광규는 범죄를 다루는 형사였지만, 오토바이 문제로 한 달 가까이 심신이 허물어져 있는 종구에게 멀쩡한 다리와 뇌를 다시 활용할 수 있는 힘을 은유적으로 불어넣고 있었다. 그러는 박광규가 고맙게 다가왔다. 일면식도 없었던 얼굴이 서너 번의 만남으로 따뜻한 감정을 만들어내고 있었다. 감사와 고마움의 당위를 떠나서 종구는 다시 한 번 마음속으로 다짐했다. 아무리 어렵게 살더라도 절대 법을 위반하는 행위는 하지 않겠다는 다짐이었다. 고마움을 다시 한 번 전하면서 허리를 꺾어가며 일어서려는 그에게 박광규가 인사의 답처럼 되뇌었다.

"종구야. 너 같은 사회초년생들의 앞날에는 많은 굴곡이 도사리고 있단다. 세상을 안고서 가다보면 억울한 일들도 많이 생기는 거야. 그때는 꼭 나를 찾으란 말이야. 법 테두리 안에서 도와줄 거니까. 그리고 다음에 만날 때는 '형님'이라고 불러라 알았지?"

종구는 한편으로 으스스한 고마움을 느꼈다. 아마도 경찰보다는 더 고압적일 것만 같은 '형사'라는 불편한 어감이 생리적인 부담감으로 표피속의 때처럼 엉겨 붙어 있었던 유년시절부터 살아온 나

날들이 있어서였을 것이다,

집으로 돌아온 종구는 속박감을 다 털어냈다는 홀가분한 마음보다 먼저 묵직한 담담함이 가슴을 짓눌러왔다. 오토바이 압류는 풀렸지만 두 번이나 일정이 뒤틀려버려서 내일이 적막강산이었다. 뭔가를 새롭게 창출해야 했으나, 시기적으로 오토바이를 가지고 할 수 있는 일들이 마땅치가 않았다. 그런데다 오토바이 도난과 경찰서 출입 사건이 온수동의 입방아거리가 되었다. 손바닥 같은 동네에서 소문이랄 것까지도 없었으나, 동네 꼬마들까지 소곤소곤 거렸다.

손바닥 같은 온수동의 철거민촌은 다방면의 직업 군상들의 종합체였다. 그 중에는 일본 오사카에서 살다가 귀국하여 미군부대에서 술과 담배를 조달받아 사업을 하는 심하정이라는 중년아줌마가 있었다. 그녀는 평소에도 종구를 온수동 청년들 중에서 성실하다며 우호적인 편이었다. 그녀가 의기소침해 있는 종구에게 위로주라며 양주로 술대접을 해주었다. 그녀는 종구에게 술을 따라주면서 동병상련의 아픔으로 역지사지의 어려움을 토로해 왔다. 그녀가 취급하는 양주와 양담배들은 대부분 동두천에 있는 미2사단에서 조달해왔다 미2사단에서 근무하는 군속들이 PX나 재물 검사에서 남아도는 물건들을 처분하는 틈바구니를 파고들어 빼낸 물품들을 2사단과 가까운 어수동(御水洞) 역으로 집합시켜 운반했다. 그녀가 중점적으로 취급하는 물품들 중에는 요정 같은 청와대 주인인 대통령의 기호주 시바스리 같은 인기품목이었다. 돈벌이는 좋았으나 문제는 미군부대의 물품유통을 국가에서 철저히 통제하던 시절이라는 게 문제였다.

그녀의 가장 고통스러운 고민은 유통이 아니라 운반이었다, 운반

루트는 버스가 아니면 기차, 자가용이었는데, 그녀의 사업장인 용두동까지는 동두천에서부터 네 개의 검문소가 철통같은 검문을 해왔기 때문에 검문소 앞에 도달할 때마다 오금이 저려서 요실금까지 이상해졌다고 했다. 그녀가 가장 힘들어하는 경험담은 검문에 걸렸을 때 여자로서 겪어야 하는 수치심이라고도 했다.

과하게 술대접을 받은 종구는 그녀를 도와주고 싶은 마음이 우러났다. 당장 해야 할 일도 없었고, 계절이 겨울인지라 녀석은 그녀를 도와주겠다는 말을 뱉어내고야 말았다. 종구의 말을 귀담아 들은 그녀는 5,000원을 손에 쥐어주면서 2일 후 디데이 날이라며 신신당부를 해왔다.

종구의 계획은 그동안 축적된 경험에 의해서였다. 당시 동두천은 오일장이 아니더라도 시장 활성화가 활발히 이루어지고 있었다. 북부지방의 널린 하우스에서 쏟아내는 겨울 채소부터 근동의 특산물들의 집합체 역할을 하고 있어서였다. 녀석은 제법 큰 사각대나무 박스를 구입하여 안쪽을 시멘트포대로 가리고 어수동역 부근 미군부대의 물품들을 모아 대나무 바구니 안쪽에다 질서정연하게 차곡차곡 쌓았다. 다음으로 시장에서 미리 구입한 겨울배추와 시래기로 위장을 하고서 자동차튜브바로 질기게 잡아맸다.

모든 것이 완벽했다. 서울로 향하는 검문소들마다 오토바이로 생계를 꾸려나가는 잡상인들의 오토바이들은 검문 자체를 거의 하지 않아서였다. 종구가 날라온 물량은 심하정의 몸으로 운반해야 하는 양의 세 배가 넘었다. 그녀는 너무나 감격하여 벌어진 입을 다물지 못하면서 또다시 만 원을 손에 쥐어주었다. 3년 가뭄에 단비 같은 돈이었다.

종구의 기발한 행동에 동화된 그녀가 제안을 해왔다. 미군들의 물품들을 지금처럼 조달만 해준다면 한 달에 30만 원은 손에 쥘 수가 있게 해준다면서 조달책이 되어줄 것을 간곡하게 요청해왔다. 현시점에서 자신에게 30만 원은 다가설 수 없는 거금이었다. 집안 사정을 감안한다면 뿌리치기 힘든 유혹이었으나 종구는 정중히 거절했다. 시린 가슴을 안고 살아가는 현실에서 동병상련의 아픔을 느꼈기에 한번쯤 도와주고 싶었을 뿐, 두 번부터는 위법행위라는 생각 때문이었다. 아쉬움을 떨쳐내지 못한 심하정은 종구에게 합법적인 국산양주 판매를 제안해 왔다. 물론 수입품 브랜드지만 최근에 우후죽순처럼 넘쳐나는 룸살롱이 있어서 해볼 만한 사업이라는 설명이었다.

　　다음날 오후에 심하정이 술집을 운영하고 있는 용두동으로 가려고 밖으로 나왔는데 일제 혼다의 250cc 오토바이가 앞을 가로막았다. 붕붕거리는 오토바이 위에는 중학생 교복의 두툼한 검정코트를 걸친 학생과 어디선가 한번쯤 스쳐지나간 듯한 중년의 남자였다. 두 사람이 자신에게 다정한 인사를 해왔다. 그들은 한양 오토바이 유상준의 아들과 친동생이었다. 종구는 일단 두 사람을 허술한 방으로 안내했다. 마주 앉은 유상준의 동생이 말해왔다,

　　"진종구 씨, 우리 형님이 구속되고 말았답니다. 실상 우리 가족들은 너무나 분통해 하고 있습니다. 당시 상황을 진종구 씨가 누구보다도 잘 알고 있지 않습니까. 우리 형님이 빨리 신고해야한다고 했지만 종구 씨가 말려서 이창석이를 놔주어 형님께서는 억울한 누명을 뒤집어쓴 것이다 이 말입니다. 지금 우리 집안은 풍비박산이랍니다. 형님이 집안의 장손인데 장물아비로 구속이 되어버렸

으니, 집구석이 완전히 쑥대밭이 되어버려서 찾아왔답니다. 이런 난장판 속에서 마침 집안 친척들 중에 성북지청 검사가 있는데, 말하기를 종구 씨의 '사건경위서'를 하나의 가식도 없이 제출해준다면 형님의 무죄가 성립된다고 했습니다. 유 씨 집안의 위신이 달린 일이며 시급하기도 합니다. 당신의 도움이 절실하여 이렇게 찾아왔답니다."

종구는 한숨이 턱으로 치받치는 느낌이었다. 어질어질한 현기증까지 일어났다. 도대체 이건 또 뭐란 말인가. 사회공학이 아무리 난마처럼 얽히고설킨 다지만, 무슨 놈의 팔자가 이리도 고약한지 가늠조차 할 수가 없었다, 혼돈 속으로 빠져드는 머리통에서는 말발굽소리만 요란하게 따그닥따그닥 거렸다. 박광규에게 받은 동정은 냄새 없는 가치였고, 유상준이 결백하다면 수갑 찰 이유도 없을 것이다. 그런데 이 모든 일들이 마치 자신을 에둘러 감싸고 있는 것만 같았다. 종구는 이따위 현실이 더럽게 느껴졌다. 혼탁한 환경에 짓눌린 그는 한동안 아무 말도 하지 않았다. 침묵 속에서 흐느낌이 다가왔다. 옆에 앉아있던 학생 녀석이 훌쩍거리면서 허벅지를 움켜쥐었다.

"아저씨, 울 아버진 죄 같은 건 몰라요. 아버진 평생을 정직하게 살아오신 것을 저에게 몸소 알려주시는 분이셨거든요. 매일매일 새벽마다 일어나서 약수물 뜨러 다니시고, 눈이 오면 골목길 눈부터 치우시는 분이예요. 저는 울 아버질 존경합니다. 저에게 항상 그랬어요. 사람이 죄 지으면 안 된다고요. 저는 전과자 아버지의 자식이 되기 싫습니다. 아저씨, 울 아버질 용서해주세요. 네. 뭘 잘못했는지는 모르지만 아저씨가 거짓 없는 사실을, 사실대로만 써주시면 풀려난데요."

녀석이 잡아쥔 허벅지에서는 경련이 일어났다. 나이에 비해서 손아귀 힘이 엄청나게 강했다. 소한을 보낸 짧은 해가 저물어서 허름한 창문을 실루엣으로 물들였다. 방학으로 나들이를 다녀온 막내 여동생은 음습한 공기가 싫어서 친구 집으로 피해버렸다.

두 시간을 넘게 시달린 종구는 기진했다. 이제는 두 갈래 길에서 어느 방향으로든지 발을 내딛어야만 했다. 또다시 과거의 소년원이 기억 속에서 몽그작거렸다. 그 끝 편에는 지워지지 않는 낙인이 찍혀 있었다. 전과(前科)였다. 평생 지울 수도 없고 뿌리 째 파내어 뭉개버릴 수도 없는 주홍 글씨. 얼굴도, 형체도, 냄새도, 그림자도 없지만 평생 양어깨에 메고 다녀야하는 무서운 속박이었다. 그 속박의 끝은 관 뚜껑에 못이 박혀도 전설처럼 문서로 남는 붉은 인장이었다. 가슴이 허전했다. 이건 자신이 문제인지 사회가 문제인지 정립할 수조차도 없었다. 하긴 사회가 문제일지라도 자신의 행동은 공범일 것이다. 깨달을 수 없는 공간속에서 허우적거리는 공범. 하지만 그 틀을 박차버리고 외면한다 한들 그 틀마저 깨뜨릴 수는 없을 것만 같았다.

장고 끝에 종구는 펜을 들었다. 다만 그들이 원하는 '사건경위서'가 진물 나게 싫어서 '분실과 수거의 15일'이라는 제목을 붙였다. 두 사람은 종구에게 고맙다는 말을 남기고 오토바이 시동이 더더덩거리기 무섭게 어둠속으로 사라졌다. 그날, 눈 내리는 겨울밤은 질기도록 열리지가 않았다. 밤새내린 흰 눈은 마들평야를 설원으로 뒤덮었다. 수락산과 도봉산은 눈 속으로 파묻혔지만 그 너머의 눈들은 가늠할 수조차 없었다. 겨울바람에 산들이 울었다. 자신의 내일도 눈 속에 파묻혀서 가름하기가 힘들 것만 같았다. 아침햇살을 안고서 쌓인 눈은 굴절된 빛으로 추위를 튕겨냈고 의정부를 지나친 북풍의 모진 바람은 온수동을 동토로 만들어 놓았다. 쌓인 눈이 빙판으로 변하여 오토바이는 넉넉한 여유로움에 망중한을 맞고 있었다.

종구는 눈 때문에 하루 종일 억지의 히키코모리가 되어야만 했다. 물 한 모금도 못 넘겨서 깔끄럽기만 한 입안에선 쉰 침만 고였고 머릿속은 왼종일 박광규 형사 얼굴이 아른거렸다. 그러나 이미 깨어진 쪽박 물이었다. 다음날 오후에 박광규가 찾아와서 종구를 집밖으로 끌어냈다. 중죄인이 되어 사지에 힘을 실을 수가 없어서 연체인간이 되어 있는 녀석의 멱살부터 비틀어왔다. 얼마 전까지 이 세상을 모두 다 포용할 것만 같았던 인정 많았던 '아저씨'는 일그러진 주름 속으로 함몰이 되어버렸고, 부들거리는 주름살들이 터질 듯한 압력으로 부풀어있었다. 그 주름살들은 불화살이었다.

"야, 이 씹할 놈아. 이 개새끼야. 불여우 같은 놈아. 씹어먹어도 성이 안 찰 무식한 놈아. 배은망덕도 유분수지 세상에 할 짓이 없어서 도둑놈들을 감싸고 너를 도와준 형사를 좆으로 만들어? 용천뱅이도 그런 짓은 안하는데 멀쩡한 새끼가 되어가지고 왜, 왜 그랬냐. 상놈의 새끼야. 무슨 꿍꿍이가 있었지? 그래, 이 씹할 놈이 꿍꿍이가 있긴 있었네. 상놈의 새끼야. 돈 처먹었지? 돈을 얼마나 받아처먹은 거야, 더러운 놈의 새끼야."

박광규가 입에 개거품을 물어가며 속사포처럼 쏟아내는 말들마다 거의가 악다구니였다. 이미 연체 인간으로 변해버린 종구는 담벼락으로 떠밀린 오른편 귀볼이 찢기고 머리통이 짓눌려 머리카락을 타고 뜨거운 피가 목으로 흘렀음에도 아무런 저항도 하지 않았다. 독이 오를 대로 올라온 박광규도 멱을 움켜쥐고서 완력으로 밀어붙였지만 구타할 생각은 없어보였다. 종구의 얼굴을 마주한 순간 걷잡을 수 없는 흥분 속에서 멱을 꽉 움켜잡고서 완력으로 밀었는데, 녀석이 너무나 무방비로 흐물흐물 거려서 머리통이 풍화작용으로 울퉁불퉁 퇴화된 담벼락에 짓이겨져 버렸다.

종구는 응당 치러야할 대가라고 생각했다. 그러면서도 그 순간이 이상했다. 텅 비어있는 머릿속으로 삼현육각의 국악장단이 공간 없이 채워졌다. 그 속에서 북소리가 도드라지게 가슴을 때려왔다. 시원했다. '당신은 징계지만 한 인간은 자유를 얻을 수 있답니다. 저는 지금 북소리가 가슴을 때립니다. 더 조여 주십시오. 숨이 멎으면 북소리도 들리지 않을 겁니다.' 종구는 계속해서 북을 두들기는 환상 속으로 빨려 들어가고 있었다.

박광규는 종구의 옆머리를 타고 흐르는 피를 보고서 멱을 풀었다. 담배를 피어물고서 뿜어내는 연기에는 아직까지도 삭지 않은 불덩어리가 이글거렸다. 필터까지 파고들어간 담배연기 속에선 화살촉이 꿈틀거리면서 달구어져 있었다. 약간 눈알이 풀린 종구는 앞뒤가 맞지 않는 말들을 어설프게 쏟아냈다. 흐트러진 말 속에는 이창석을 놓아준 것은 본인이며 유상준이 신고를 하려고 했던 상황을 역설적으로 설명하려 했으나, 귀를 닫아버린 박광규의 표독한 면상 앞에서는 말들이 뒤틀리기만 했다. 치사한 변명들이 함축되어있는 말들은 그의 신피질을 더 자극할 뿐이었다. 박광규의 귀는 꽉 막혀 있었다. 수없이 반복된 많고 많은 범인들의 말 냄새가 그의 청각 속에 인이 박혀 있어서였다. 담배꽁초를 구둣발로 잔인하게 짓이긴 그는 종구를 매섭게 노려보면서 말했다.

"야, 이 개새끼야. 내가 여기올 때는 너 새끼를 구둣발로 뭉개려고 왔지만 형사가 되어가지고 치사한 짓은 안하기 위해서 그냥 간다. 그 대신 성북지청 검사 앞에서 보자. 그 자리에서 죽사발을 만들어줄 거니까. 난 옷 벗을 각오를 하고 있어서 네깟 놈 작살내는 것쯤은 아무것도 아니란 말이야. 알아들었어? 이 씹 새끼야. 억울하면 귀때기 찢기고 대가리 터진 것 진단서 끊어가지고 검사에게 첨부해. 성북지청에서 출두명령서가 발부될 거니까 그때 너의 더러운 상판을 다시 볼 거다. 단단히 각오하고 나와라. 개새끼보다 못한 더러운 쥐새끼야."

종구는 돌아서는 박광규를 보면서 축축한 웃음을 흘렸다. 고마웠다. 속이 시원해지면서 배마저 부풀어 올랐다. 아마도 너무나 많은 욕들을 받아먹었기 때문일 것이다. 어떻거나 배가 부를 수 있다는 것은 좋은 일이었다. 한겨울 추위의 바람 속에서 강한 자외선이 이마를 찍어눌렀다. 오목한 담장 밑으로 파고드는 겨울 햇볕은 너무나 달아서 쳐내기가 싫었다. 섣달의 해바라기가 나라는 존재를 이렇게 따스하게 휘감고 있음을 종구는 예전에는 느껴본 적이 없었다. 자신의 앞길에서 일어나고 있는 모든 일상들을 외부조건으로 치우치면 보편적 가치는 허물어질 것이다. 모든 조건을 안고 가는 것은 자신의 내부소관인 것이다. 그 일상들은 발로, 몸으로, 마음으로, 행동으로 남겨지는 자취다. 잘못 흐른다 하여 어찌 눈물만 있겠는가. 좌절, 분노, 희망, 기쁨, 슬픔도 함께 안고 가는 젊은 날의 시계초침일 뿐이었다. 아쉬운 시간이었다. 사람과 사람사이의 교감은 수평적으로 만나서 감성적으로 대화를 나눌 수가 있다

면 얼마나 좋을 것인가. 그러나 자본주의나 사회주의나 이 텍스트
는 철저하게 외면당하지 않았던가. 슬픈 현실이었다. 이런 현실들
이 살아있어서 젊은 날의 초상이 남아있을 것만 같았다.

　한바탕의 호들갑이 거친 파도처럼 지나쳐버리자 종구의 심신은
몹시도 피곤해왔다. 가장 괴로운 것은, 계획했던 일정들의 불연속
성들이었다. 나름 성공했던 소금장사 이익금으로 오토바이를 구입
하고서부터 거의 한 달 동안을 허우적거렸고, 뜻하지 않은 송사에
까지 휘말려서 결말이 끝나지 않은 현실이 무거웠다. 심하정 여사
의 주류사업도 마음이 내키지 않았다. 결국은 음성적인 양주 밀매
사업이 뒤따를 것 같아서였다.

　그러나 철벽같은 장애물이 앞을 가린다 해도 무쇠도 뚫을 수 있
는 젊음이 살아있는 한 어떠한 난관에도 물러설 수는 없었다. 아직
까지도 백절불굴 불퇴전의 정신이 활화산처럼 살아 있어서였다. 수
소문 끝에 월곡동에 있는 위생재료 도매상에서 마스크와 탈지면,
붕대와 소독제 장사를 해보라는 제안을 받았다. 자본금이 필요했
으나 군입대전 양약을 취급했던 경력이 있어서 일정기간 선 판매
후 입금을 보장받았다.

　그 사이 성북지원에서 참고인 출두명령서가 날아왔다. 장소는 형
사3부 고철환 검사였다. 종구와 박광규 형사는 성북지원 별관 3층
에 있는 고철환 검사 앞에서 대면했다. 고철환은 갓 30을 넘긴 젊
은 검사였다. 검사보는 두 사람 사이에 파란 망사 가림막으로 경계
를 만들어 놓았다. 고철환 검사는 책상 앞에 놓인 법전자료를 보면
서 입을 열었다.

　"장물죄 요약. 장물죄는 장물을 취득, 양여, 운반, 보관하거나 알

선하는 범죄로 형법 362~365조를 말한다. 장물죄는 장물만 목적으로 하는 순전한 재물죄이다. 이 장물 법은 추구권설, 유지설 등등이 있고, 반환청구권(추구권)행사를 불능·곤란하게 보는 추구권설이 다수설, 판례의 입장이다. 이 견해에 따르면 이 죄의 보호법익은 피해자의 장물회복권의 보전이다. 박 형사님 잘 알아들었습니까?"

"네."

"진종구 씨도 잘 알아들었지요."

"네."

종구는 도대체 무슨 말인지를 전혀 알 수가 없었다. 그렇다고 검사님 앞에서 모른다는 말이 무슨 불경죄처럼 다가와서 무람없이 '네.'라고 답해버렸다. 고검사가 다시 읽어나갔다.

"또한 선의 취득 민법 249조, 가공 259조, 불법원인급여 746조, 취득시효 245, 264조 등에 의하여 피해자의 반환청구권이 소멸될 경우에는 그 재물의 장물성이 상실된 것으로 본다. 행위는 취득, 양여, 운반, 보관, 알선 등이다. 장물법의 요약 취지입니다. 두 사람이 내용을 잘 들어서 이해하겠지만, 애초부터 유상준은 이창석에게 장물을 취득했다는 확증이 없었던 겁니다. 또한 오토바이 센터를 운영하는 합법적인 사업장에서 오토바이를 수리, 판매하는 것은 법 테두리 안에서 허가가 난 사항입니다. 그리고 유상준은 이창석을 모른다 할지라도 손님인 것은 사실인 것입니다. 손님과의 거래상에서 장물임이 밝혀졌고, 그 사실을 인지한 유상준은 즉시 경찰서에 신고를 실행하려고 했습니다. 그런데 그 과정에서 피해자인 진종구가 자비심이 유발하여 신고하려는 유상준을 한사코 저지(沮止)해가면서 피의자인 이창석을 놓아준 것입니다. 진종구 씨, 진술서내용이 한 치의 거짓 없는 사실입니까?"

"네."

"이러한 사실에 입각해보면 유상준은 '즉시' 신고를 하려고 하였고, 장물임을 인지하여 피해자에게 돌려주어 형법 364조 업무상과실, 중과실 장물죄의 알선행위에 저촉될 수가 없는 겁니다. 박 반장님 어떻게 생각하지요?"

박광규는 고개를 숙인 채로 이를 악물고 있었다. 표정은 일그러졌으나 미소라는 포장지를 덮어쓴 그의 얼굴은 사뭇 그로테스크했다. 천의 얼굴에서 가장 비참해 보이는 그의 모습에 종구는 가슴이 메어지는 고통을 느끼면서 온몸이 얼어붙었다. 박광규는 진실성이 결여된 대답을 내뱉었다.

"네, 검사님 잘 알겠습니다."

박광규의 동문서답이었지만 고철환 검사는 종구를 힐끗거리면서 귀가해도 된다는 제스처를 검사보에게 보냈고 그는 출입문방향을 향하여 턱짓을 해왔다. 박광규는 검사실에 남아 있었다.

종구는 3층 복도에서 박광규를 기다리면서 생각해보았다. 형법들이란 도대체 어떤 놈들의 대가리에서 나왔는지는 모르지만, 형법을 떠벌리는 검사 놈은 염라대왕의 저승사자 같다는 느낌이었다. 검사가 뱉어내는 말들은 하나같이 이해는커녕 무슨 말인지 알아듣기도 힘들었다. 잉여니 유지설, 회복권, 가공에다 764조를 씨불이다가 갑자기 245조로 곤두박질을 쳐가면서 364조를 끄집어내어 혼란스럽기만 했다. 다만 364조를 들먹이며 유상준을 무죄로 만들려는 의도는 알 것 같으면서도 평생 수수께끼로 남을 것만 같았다.

박광규의 처절해진 몰골이 눈앞에서 아른거렸다. 지난 일을 진심으로 사과하고 싶었다. 그에게 사과라는 말은 가당치도 않겠지만, 어떤 형태로든지 그동안 감사했던 마음만이라도 전하고 싶었다. 기다림은 숨 막히게도 길었다. 만감 속에서 오만 잡것들이 머릿속을 헤집었다. 고 검사의 여유 있는 표정을 떠올리자 박광규에 대하여 잔인한 죄책감이 화로 속의 잉걸불처럼 타오르다가 시들기를 반복했다. 멀쩡한 신사들과 죄수복에 포승줄로 엮인 사람들이 교차되는 복도는 암울한 침묵들 사이에서 서로의 발등들을 찍어 누르고 있었다. 종구는 검찰지청의 공기가 너무나 무거워서, 모가지마저 뻗치지 못하는 무게감에 점점 옥죄이는 양어깨를 잔뜩 웅크렸다. 20여 분이 지날 무렵 형사 같지 않은 말끔한 밤색 콤비차림의 박광규가 검사실에서 나왔다. 종구와 마주친 그는 경멸하는 눈빛이었다. 종구는 허리를 굽혀가면서 목례를 했다. 차가운 눈총의 그였지만 물리적인 행동을 자제해가면서 독백처럼 씨불였다.

"야, 이 병신 같은 새끼야. 천지분간도 못하는 망종 같은 자식아. 유상준이 그놈은 외적 인격소유자야 인마. 그 새끼는 상복입고 카바레도 갈 놈이란 말이야. 뭘 확실히 알고 깝쳐도 깝쳐야지. 무식한 놈의 새끼. 그리고 이 자식아, 대한민국 사법부가 어떤 곳인 줄이나 알긴 알고나 있는 거야? 대가리는 열 개가 넘고 아가리는 파악도 할 수 없는 비이성집단이란 말이야. 알아들었어? 이 개새끼야."

독설이건 원망이건 그 사이에 조금만이라도 여백을 남겨주었다면 종구는 박광규에게 더욱 머리를 조아려가면서 아린 마음으로 다가갔을 것이다. 그러나 박광규는 냉담을 넘어서 자신의 인격 자체를 완전히 짓이겨 버렸다. 종구는 자신의 생각이 참람한 사치였음을 뼈저리게 느꼈다. 이 지난했던 모든 일들을 내장에서부터 외피까지 모두 털어내야만 숨을 쉴 것만 같았다. 마음속에 간직했던 형사 박광규가 아닌, 인간 박광규까지도 지우기로 했다.

　후일 알았다.

　그는 고 검사와 빅딜을 하여 아무런 제재도 받지 않았다.

4

창준이

1

덧없는 인생살이마다 부닥치는 사건의 결과는 결국 제로섬처럼 여겨진다. 대통령이나 추기경 정도의 삶이 아니라면 희로애락의 양 팔 저울은 수평일 것이다. 안도했던 시간들이 종착역에 달하면 상실감 속으로 파묻히는 나날들이 기다린다. 기쁜 일에는 언제나 반대급부가 따라붙고, 예고 없이 발등을 찍는 고통 뒤에도 반대급부가 따라붙는다. 그래서 살아가는 인생살이는 제로섬인 것이다. 종구는 지나가버린 시간들을 후회하지 않았다. 수많은 사람들에게는 각자의 몫이 있기에 자신의 몫은 자신의 소관 속에 있다고 믿었다. 그 소관이란 남보다 한발자국이라도 더 멀리 뛰어야만 이룰 수 있다고 여겼다. 하루라도 빨리 움직여야 했다. 무엇보다도 집안의 안정이 우선순위였다.

냉정을 되찾은 그는 상계동 주유소에서 휘발유를 넣고서 월곡동에 있는 위생재료 도매상으로 오토바이를 몰았다. 상계동 도로는 상계천 양편 제방을 따라 중계동과 경계를 이루는 길이었다. 상계동 끝자락에 이르러서는 좌측으론 중계동으로 향하는 다리가 있었고, 직진도로는 일방통행로였다. 세광고등학교 길목은 좌측은 개천, 우측은 지대가 낮은 학교였고 학교건물 2층이 바라보이는 약간 굽은 일방차도는 양방향으로 길을 따라 가드레일이 설치되어 있었다.

시야가 확 트인 커브를 막 지나치는 순간이었다. 개천방향에서 새카만 물체가 눈 깜박할 사이에 튀어나오는가 싶었는데 그대로 오토바이 앞으로 돌진해왔다. 찰나의 순간이었다. 그 물체를 피하기 위하여 반사적으로 오토바이 핸들을 좌측으로 꺾었으나 이미 때가 늦어버렸다. 앗 소리를 내뱉기도 전에 우측 무릎 바람막이 철판에서 둔탁한 소리가 양미간을 뚫고서 고막 속으로 파고들었다. 원래 무릎 바람막이 철판에는 고무패킹이 씌어져 있었으나 오토바이 분실 중에 벗겨져버린 상태였다.

새카만 물체는 어린꼬마 녀석이었다. 꼬마 녀석이 오토바이에서 튕겨져 나갔고 자신도 오토바이와 함께 나자빠져 버렸다. 불과 0.5초 사이에 일어나버린 돌발 사고였다. 꼬마 녀석은 수족관을 뛰쳐나온 생선처럼 팔딱팔딱 거리다가 쓰러져 버렸다. 당황한 종구가 꼬마를 안았을 때 자신의 우측 팔이 뜨거워지면서 손등을 타고서 시뻘건 핏물이 뚝뚝 흘러내렸다. "안 돼."라는 비명을 쏟아낸 종구는 잿빛하늘이 억누르는 공포감 속에서 온 몸을 부들부들 떨었다. 아이는 가쁜 숨을 내뱉다가 절명해가고 있었다. 아예 숨소리조차 들리지도 않았다. 현실 같지 않은 현실 앞에서 망연자실한 종구는 넋마저 빠져나가버려 패닉상태 속에서 허둥지둥거렸다.

'죽으면 안 되는데.', '죽으면 안 되는데.'라는 넋두리가 온 전신에 휘감겼다. 아무리 교통사고라지만 죽었다면 살인죄인 것이다. 어린 아이를 안은 종구의 얼굴은 핏기마저 말라버려 사람의 한계를 뛰어넘고 있었다. 드문드문 지나가던 택시들은 종구 우측 팔의 시뻘건 피를 보고서 주춤주춤 하며 피해만 가고 있었다.

새카만 시간이 얼마나 흘렀는지 가늠할 수조차 없었다. 다행히 젊은 기사분이 자청하여 도와주어서 회기동에 있는 신경외과 병원에 도착할 수가 있었다. 종구는 자신을 죽이더라도 아이를 살려달라고 빌었다. 일각이 여삼추 같았으나 의료법이 발목을 감았다. 보호자 동의서였다. 보호자 없는 위급환자는 선 조치를 할 수 없다는 병원 측의 설명이었다. 꼬마 녀석은 사지를 늘어트린 채 눈을 감고 있었다. 조급증으로 목까지 잠긴 종구는 애걸복걸해가면서 먼저 응급조치라도 해달라며 사정했지만 병원에서는 매정하게 거부해왔다. 다급해진 그는 택시기사에게 사정하여 가까운 파출소 신고부터 부탁했다. 다행히 나이가 깊어 보이는 경찰의 추궁으로 눈을 감고 늘어져 있는 아이의 응급조치를 하기 시작했다. 오토바이와 접촉한 사고부위는 왼쪽 귀와 머리였다. 무릎 바람막이 패킹이 벗겨진 철판이 귓불을 찢어놓고 머리 부분까지 파고들어 버렸다. 하늘의 뜻으로 응급조치는 무사히 끝났다. 머리를 붕대와 탈력붕대로 칭칭 감은 아이는 크고 작은 링거 네 개를 매달고서 수술용 침대 위에 누워 있었다. 침대 모서리에는 붉은 선혈자국이 남아서 종구는 조바심에 입술이 바싹 타들어갔다. 응급조치는 끝났으나 보호자가 문제였다.

꼬마는 한 시간 후에 깨어났다. 녀석은 전라남도 해남이 집이라고 말했다. 고향에 내려온 이모를 따라 서울 이모 집에 왔다는 것밖에는 아무것도 모르는 상태였다. X레이 사진 판독결과 뇌에는 직접 손상이가지 않았으나, 아이가 토를 했다면서 무시무시한 겁을 주었다. 병원에서의 다섯 시간 속박은 종구를 잔인하게 짓눌러 놓아 공황장애까지 만들어 놓았다. 온 몸뚱이의 기(氣)를 소진해버린 그는 밀려드는 시름 속에서 암울한 현실이 무서웠다. 사고 현장을 더듬어가면서 사고경위진술서를 작성한 경찰은 얼이 반쯤 빠져나가 버린 종구를 바라보며 말했다.

"상식적으로 도저히 이해가 안 가는구먼. 이건 말이 안 되잖아. 보행 전용도로는 차도 4M 밑에 있고, 일방통행에, 한 쪽은 개천이고, 양편으론 가드레일까지 설치되어있는 차도에 저 아이가 하늘에서 떨어진 것도 아닌데 어떻게 이런 사고가 발생한단 말이야. 이런 교통사고는 확률적으로 백만분의 일도, 아니 오 백만분의 일도 안 되는데. 당신 사주팔자를 탓하기도 그렇고, 아무튼 더럽게도 재수 옴 붙어서 안 됐네. 젊은 사람이 말이야."

'재수 옴 붙어서 안 됐네.'라는 말을 들은 종구는 자신도 모르게 쏟아지는 눈물을 감출 수가 없었다. 머리를 좌우로 흔들어가며 연민의 눈동자로 바라보던 경찰이 그의 어깨를 다독이면서 무언의 위로를 해주었지만 가슴속으로 스며든 눈물은 쉬 멈추지가 않았다. 아무리 생각해봐도 도저히 납득할 수가 없었다. 사고현장의 좌측은 시궁창으로 변한 상계천이었고 사람들이 아예 들어가지도 않는 곳이었다. 더군다나 추운 겨울날씨였다. 꼬마 녀석이 이 추운겨울 날씨에 무엇 때문에 썩은 냄새가 진동한 개천으로 들어갔는지 알 수가 없었다. 경찰은 귀신에 씌인 사고였다며 혀를 내두르기까지 했다. 점심이 지나고 어둠이 깔릴 때까지 물 한 모금도 마시지 못한 종구는 입술마저 갈라졌다.

사고가 발생한지 일곱 시간이 지날 무렵 보호자들이 나타났다. 아이의 이모와 이모부였다. 이모부라는 남자는 종구를 보자마자 멱부터 잡아 갔았다. 어린아이를 이 지경으로 만들어놓은 가해자에게 베풀 아량 같은 것은 없어보였다. 다짜고짜 "야, 이 새끼야."라는 말부터 쏟아놓고서 윽박질러왔다. 경찰이 나서서 상세하게 사고 경위를 설명해주어 오해가 풀렸지만 가해자인 그로선 할 말이 한 가지밖에 없었다. "죄송합니다. 죄송합니다."만 반복할 뿐이었다. 그 말들이 또다시 눈물을 불렀다. 눅진한 눈물 속에는 억울함이 함축

되어 있을 것이다. 종구는 이런 현실에 진저리를 쳤다. 본인은 매사를 잘해보려고 하는데, 무엇 때문에 하려는 일마다 이리도 갈기갈기 찢겨져나가면서 고약한 엇박자로 가슴을 멍들게만 하는지 스스로 생각해봐도 이해조차 할 수가 없었다. 이 모든 현실이 데포르메가 되어 비현실로 바뀌었으면 하는 생각을 해보기도 했으나 현실을 도피한다는 것은 어불성설이었다.

그중에서 가장 고통스러운 것은 당장 필요한 돈이었다. 수술비를 얼마나 요구할지는 모르겠지만 병원공기를 감싸고 있는 분위기가 심상치 않았다. 아이가 졸기만 해도, 하품소리만 나와도, 심지어 수술부위에 아이의 손만 닿아도 담당의사와 간호사들의 입에서 '뇌'라는 말들이 무수히 쏟아져 나왔다. 바꾸어 말하자면 뇌의 이상 징후는 자신에게 돈뭉치를 가져오라는 일종의 형벌이나 마찬가지였다. 오토바이는 보험에 가입되지 않은 상태였다. 아이는 잠들었다. 종구는 지겨운 크림빵과 수돗물로 저녁 배를 채우고 병원복도 의자에서 추위와 다투어가며 새우잠으로 악몽 같은 하룻밤을 보냈다.

다음날 점심 무렵 꼬마의 아버지가 나타났다. 해남에서 어젯밤에 출발하여 목포에서 새벽 첫 기차 편으로 올라왔다고 했다. 종구는 의아했다. 아버지라기보다는 할아버지 같은 느낌이 들어서였다. 50을 막 넘기고서 본 늦둥이 외아들이라고 했다. 그는 사고경위를 세세히 더듬고 나서 종구와 대면했다. 전형적인 농사꾼외모에서 풍겨나는 디테일한 모습에 흙냄새가 물씬 배어 있었다. 그는 움츠리고 있는 종구에게 손을 내밀면서 입을 열었다.

"나는 창준이 애비 서영석이라고 하는디요, 그런디 솔찬히 미안스럽구만이라."

서영석의 말을 들은 종구는 당황했다. 아니 어리둥절했다. 나름 단단히 각오를 하고서 송구한 사과 말을 드리려는 마음을 진실성을 담아서 전하려했는데 '솔찬히 미안스럽구만이라.'라는 말 앞에서 알 수 없는 불길함이 눈앞을 가로막는 느낌이 들어서였다. 기우였다. 서영석 씨는 사리(事理) 앞에서는 음흉할 정도로 침착한 사람이었다. 그는 어젯밤 자신이 병원복도에서 추위에 떨어가며 새우잠을 잤다는 것까지도 알고 있었다. 우직한 그는 당황해하는 종구의 온기 없는 손을 잡고서 다음 말을 이어갔다.

　"무릇 애비라는 작자는 새끼를 낳아놨다고 해서라 다들 아부지가 아니 당께요. 그 자식이 최소한 사리판단을 할 때까지는 모든 일들이 다 애비에게 책임이 있다는 말이어라. 어린 것이 시골 구석대기 촌놈이다 봉께, 하도 서울구경을 허것다고 난리법석을 떠는 바람에 이모 따라 서울구경을 보냈는디 이런 느자구 없는 사달이 나서라 자식 간수 못한 애비가 미안시럽구만 이라. 얼굴이 솔찬히 상해소야. 여하튼 너무 걱정은 허시지 마씨요. 죽순처럼 자라나는 나인께 무슨 큰일은 없을 것 같구만이라."

　종구는 험난한 인생살이가 아무리 어렵고 괴로워도 사람 사는 것이 이래서 아름답다는 의미를 알 것만 같았다. 감격한 종구는 서영석의 손을 두 손으로 감싸 잡았다. 뜨거움이 목줄기를 타고서 솟구쳤다. 왈칵한 경량이 시리도록 가슴을 때려왔다. "감사합니다."를 되뇌었다.

　창준이는 오후부터 빠른 회복세를 찾아가고 있었다. 여섯 살인 녀석은 철부지 장난꾸러기였다. 왜 개울가로 갔냐는 아버지의 물음에 물고기를 잡으려고 했는데 새카만 큰 개가 쫓아와서 죽기 살기로 도망쳤다고 했다. 종구는 병원비를 마련하기 위해서 집으로 왔지만 가족들 앞에서 차마 입을 열 수가 없었다. 제대 후 지금까지 생활비 한 번 변변히 보태지 못했고 동생들의 돼지저금통까지 털어낸 마당에 염치가 없어서였다. 오토바이는 상계동에 있는 대광 오토바이 센터에 있었다. 파출소에서 연락하여 사고현장에서 옮겨놨다고 했다. 우선 오토바이를 처분하기로 마음먹었다. 그런데 또 다른 문제가 불거졌다. 오토바이는 차대번호와 엔진번호가 다른 조립품이었다. 이 오토바이는 당고개에 사는 개(犬)장수가 타고 다니던 오토바이로 밝혀졌다. 당고개 개장사였던 보신탕 주인이 이 오토바이를 타면서부터 사고가 너무나 잦아서 팔아치워 버린 오토바이였다는 것이었다. 상계동에서는 알만 한 사람들은 다 알고 있어서 방학동에다 팔았다고 했다.

　종구는 또 한 번 허물어졌다. 처참해진 몰골이 되어 집으로 돌아온 종구는 어머니 앞에서 두 무릎을 꿇었다. 피폐해져있는 아들의 면상을 바라본 어머니는 몹시도 불안한 표정이었다. 자식의 표정만 보고서도 그녀는 알고 있었다. 무슨 일이던지 집안을 위해서라면 열심히 하려는 자식의 마음을. 세세한 사고경위의 설명을 들은 그녀는 차분한 목소리로 아들에게 말했다.

　"종구야, 세상살이가 내 맘대로 살 수만 있다면 세상천지에 무슨 근심이 있겠느냐. 머나먼 길 걷다보면 산도 있고 내(川)도 있고 웅덩이에 진흙탕도 있는데, 그 험한 세상 한두 번 넘어지지 않는다면 그것 또한 불편한 삶이란다. 어미가 있고 형제들이 있는데 모두 방관하지만은 않을 테니까 혼자서 너무 애끓지 말아라. 가는데까지 같이 가보자."

병원비는 집을 저당 잡아 마련하기로 했다. 방 두 칸짜리 철거민 집인데다 아직까지 정부에서 불하해준 땅값도 완납이 덜된 상태였다. 가난 앞에 은행 문턱이 한없이 높아서 사채를 쓸 수밖에 없었다. 이제 막 열린 스물여섯 살의 상실의 문은 몇 겹으로 겹쳐져 있는지 종구로서는 알 길이 없었다. 큰 돈을 벌어서 부자가 되는 꿈도 바라지 않았고, 주어진 여건 속에서 열심히 노력하여 소박한 가난한 부자일지라도 가족들과 오순도순 해가며 이웃들과 다툼 없이 살아가고 싶었다. 무정한 하늘은 소소한 삶마저도 가로막는 것만 같았다.

　하루 동안 발품을 팔아 12만 원의 사채를 차용할 수가 있었다. 십이만 원을 가슴에 품고 병원으로 향했다. 창준이는 확연하게 달라져 있었다. 종구가 사 가지고간 음료수를 마셨고 때마다 식사도 거르지 않았다. 하루가 더 지나자 녀석은 개구쟁이 본능까지 살아났다. 음료수를 마시고 간식을 먹을 때마다 장난까지 걸어왔다. 병원에서는 경과를 봐야한다면서 최소 2주간은 입원을 해야 한다고 했다. 종구는 할 말이 없었다. 고개를 떨어뜨리고 있는 종구를 바라보던 창준이 아버지인 서영석이 반발을 했다. 담당 의사를 만난 그는 지금까지의 치료비가 얼마나 나왔는지부터 따져 물었다. 3박 4일의 치료비가 13만 원이었다. 그는 눈알이 튀어나올 정도로 놀라는 모습이었다.

　"아, 아니. 선생님. 시상에 3박 4일간 입원비가 얼, 얼마라고요? 아이고, 공무원 한 달 봉급이 7만 원이 조금 넘을까 말까 허는 시상인데 없는 사람 죽일라고 작정 했소야? 이건 거시기해도 너무한 것 아니당가요."

담당의사는 눈알을 굴려가면서 어이가 없다는 표정이었다. 그의 표정엔 우리 병원에서 당신 아들을 완전하게 치료해주고서 깨끗하게 완치시키려고 노력하고 있는데 피해자인 당신이 왜 가래침을 뱉느냐는 투였다. 그러나 서영석은 더욱 격양된 목소리로 조목조목 따지기 시작했다. 의료차트를 보여 달라고 했고, X레이 촬영비부터 현재까지 투약한 약값의 명세서를 날짜별로 제출해달라는 요구를 했다. 시간이 지날수록 서영석과 병원 측의 실랑이는 격렬해졌다. 병원장은 약값 명세서 제출은 언어도단이라며 질타했고, 서영석은 창준이의 어린 몸뚱이에 금덩어리를 넣지 않고서야 악랄한 바가지라며 13만 원은 절대 지불할 수가 없다면서 맞받아쳤다. 쌍방이 감정적으로 변하여 고성이 오고가자 병원 측에서 한발 물러섰다. 두 번에 걸쳐 2만 원을 깎아주고서 후회하지 말라며 당장 퇴원수속 절차를 실행해주겠다고 해왔다. 서영석이 종구에게 말했다.

"진 씨, 오살 맞게도 더러운 시상이요. 억지로 낸 사고도 아닌디 어린 것을 불모삼아 배창시를 채울라는 병원 놈들 작태에 이가 다 갈리요. 허나 어쩌겠소. 손목대기에 칼을 들고 있는 날강도들 앞에서. 내가 봐서는 창준이가 여그 더 있어봤자 종구 씨 피만 보타질 것 같응께 빨리 퇴원해서라 고향으로 갈라요. 다만 그렇다 치드라도 각서는 한 장 써주시오. 나중에라도 창준이의 머리에 이상이 생긴다허면 치료에 협조 하것다는 말이 담긴 각서 한 장이라도 각고 가야지만 식구들한테 내 체면이 슬 것 아니요. 그렇게 허시겠소?"

종구는 너무나도 고맙고 감사하여 몇 년이 지난다 해도 후유증이 재발한다면 책임지겠다는 각서를 써주었다. 어느 부모가 자식 사랑을 소홀히 할 수가 있겠는가. 물론 서영석 씨도 마찬가지였을 것이다. 다만 그는 사람이 살아가면서 행해야 할 도리를 알고 있었다. 보잘 것 없는 농부가 아닌 인생의 자각을 확실하게 깨우친 선비 같은 사람이었다.

　서영석 부자는 오후에 퇴원했다. 그들은 종구가 성의표시로 건네준 푼돈마저도 끝까지 받지 않았다. 종구의 집주소와 해남 주소를 주고받은 서영석은 종구를 안쓰러운 눈으로 바라보면서 한마디 해왔다.

　"진 씨, 편지 허지 마시고 열심히 사씨오. 나도 창준이 놈이 어지간해서는 쓰잘데기 없는 편지는 안 할랑게요. 그동안 맘고생이 심했재라. 하지만 악연도 까뒤집어보면 인연이 될 수가 있답디다. 내 새끼 일을 액땜했다고 생각 헙시다."

　그들을 배웅한 종구는 한동안 벼락 맞은 고목처럼 굳어 있었다. 지난 4일간의 시간들이 남겨놓은 허탈감은 쉬이 사그라지지 않았다. 대체 무엇을 했는지, 무슨 일이 지나쳐버린 것인지, 가물거리는 기억 속에서 몽롱한 의식만 아지랑이 속에서 너울너울 거릴 뿐이었다. 해질녘의 겨울바람이 까칠까칠하게 볼을 스치자 몽롱했던 의식에서 깨어났다. 허전한 아픔이 뼈마디까지 시려왔다. 단 4일만에 증발해버린 12만 원의 거금 위에 얹힌 고난의 상실감이 기까지 빼어 내버린 느낌뿐이었다. 어디서부터 잘못되었고 무엇 때문에 이런 고통을 안고가야만 하는지 갈피를 잡을 수도 없었다. 억만 겁 같은 시간 속에서 하필이면 왜 그때였는지, 왜 그 시간에 나는 그곳을 지나쳐야만 했는지, 아무리 생각해보고 또다시 생각해보아도 이해할 수조차 없었다. 백만분의 일, 백만분의 일이라는 숫자만이 머릿속에서 맴돌고 있었다.

2

솜사탕 같은 눈이 내렸다. 가벼운 깃털처럼 어여쁜 눈들이 어둠을 삼켜가면서 폭설로 변했다. 하늘 위에서 내리는 눈들은 자애로웠다. 새카맣게 물들어가고 있는 아스팔트길을 선명하게 만들어주었다. 휘발유를 채우고 상계동 대광 오토바이 센터에 들렀다. 사고 뒷수습을 말끔하게 처리해주어 감사의 표시로 박카스 한 통을 전했다. 센터 기사는 미소를 지어가며 박카스를 가게 한 편에 있는 골방으로 내밀었다.

골방은 희뿌연 안개로 덮여 있었다. 착시였다. 안개가 아니라 담배연기였다. 네 평 남짓한 골방 안에는 네 사람이 빙 둘러앉았는데, 한가운데는 진녹색의 군용 모포 위로 화투가 놓여있었다. 그들은 박카스 뚜껑을 비틀면서 거수경례를 해왔다. 그 일행들 중 한 명이 자신하고 가까운 친구였다. (돌)석재라며 놀려대던 심석재라는 녀석이었다. 석재 아버지는 원터에서 권투체육관을 운영하고 있었다. 거인 권투 구락부 관장님이셨고, MBC 신인왕전의 스폰서 겸 심사위원으로 유명세를 타고 있는 분이셨다. 석재가 있어서 그들과 자연스럽게 어울릴 수가 있었다. 그들은 대부분 비슷한 연령대로 오토바이로 장사를 해가며 생계를 꾸려나가는 가장들이라고 했다.

네 사람은 화투를 가지고 섯다를 하고 있었다. 일명 두 장 빼기인 섯다는 상갓집에서 흔히 볼 수 있는 놀음의 일종이었다. 종구는 화투에 문외한은 아니었다. 마포에서 고만고만한 철부지들과 어울리던 시절이었다. 대부분 열두세 살들이었는데, 그중에서 스물이 훨씬 넘은 녀석도 있었다. 수만이라고 불리는 녀석이었다. 수만이는 정상이 아닌 장애자였다. 등이 완전히 굽어 있어서 조무래기들보다도 신장이 작아 보이는 꼽추였다. 그는 꼽추보다도 더 좋지 않은 질병까지 있어서 본인 또래들과 어울리지 못했다. 지독하게 굽은 척추에서는 꼬리꼬리한 냄새가 났다. 선천적인 불행을 안고 살아가는 그를 또래의 친구들은 철저히 외면해 버렸다. 지독한 고독병을 업보처럼 여기면서 살아가던 그는 본인 나이보다 훨씬 어린 철부지들의 틈새로 파고들었다. 녀석의 주특기는 잡기였다. 짤짤이(삼치기)와 화투를 다루는 솜씨가 특출했다. 녀석은 짤짤이와 화투를 가지고 철부지들을 매료시켜나갔다. 종구 역시도 그에게 도리짓고땡과 섯다를 배웠고 그 대가로 많은 동전들을 헌납해야만 했다.

네 사람이 돌아가면서 판돈 천 원을 놓고서 벌이는 섯다 판에 동참할 수는 없었으나 화투의 끗발을 가지고 서로 힘겨루기 하는 놀음의 생리를 지켜보면서 자신도 모르는 사이에 묘한 감응 속으로 빠져들었다. 창준이 사고로 혼탁해진 환경에서 벗어나 잠시나마 영혼 없는 자유로움이 나쁘지는 않았다.

네 사람은 불어난 판돈을 챙길 때마다 '고리'라는 명목으로 액수에 따라 일정금액을 별도로 관리했다. 관리자금이 어느 정도 쌓이면 센터 기사가 소주와 맥주, 두부김치 등 안주를 대령해주었다. 화투판은 인심이 넉넉하여 옆에서 구경하는 객꾼인 종구에게 소주와 맥주를 제약 없이 마시게 해주었다. 허전했던 창자에 소주 몇 잔을 털어 넣은 종구는 취기가 올라와 자신도 모르는 사이 주머니를 만지작거렸으나 허전한 주머니에는 동전 몇 개밖에 없었다. 친구인 석재가 자신에게도 같이 어울릴 것을 종용해왔다. 엷은 미소를 지어가며 우회적으로 빈털터리라는 뉘앙스를 나타내기 무섭게 녀석이 큰 소리로 말했다.

"야, 창희야! 여기 돈 오만 원만 가져와. 우리 친구가 오토바이 사고 처리로 돈이 다 떨어진 모양이다. 내가 책임질 거니까 돈 걱정은 하지 말고!"

결국 석재 녀석의 이끌림으로 그들과 어울리게 되고 말았다. 실로 오랜만에 잡아보는 화투였지만 손마디로 느껴지는 감각은 엊그제의 추억처럼 되살아났다. 섯다 판이 열대여섯 번을 넘기자 음험한 욕심들이 뼈마디 속 마디마디에서 삐져나와 머릿속으로 차곡차곡 채워지기 시작했다. 그동안 쌓였던 피해의식과 병원비로 탕진한 사채 12만 원을 복구할 수도 있을 것 같다는 의식이 머릿속을 노랗게 물들여왔다.

비장한 마음의 각오가 있어서였던지, 지성이면 감천이었던지, 아무튼 끗발이 나쁘지 않아서 시간이 흐를수록 현상유지를 넘어 앞에 놓은 돈이 야금야금 불어났다. 3·8광 땡이나 장땡 같은 큰 것 한 방은 없었으나, 비교적 족보끗발이 많이 따라붙어주어 새벽녘에 다다를 때까지 기회를 노리고 있었지만 거기까지였다. 모두들 내일의 일들이 있었고 잠시라도 눈들을 붙여야 했기에 다음날 만나자는 약속을 걸어놓고 속된말로 '시마이'를 선언했다.

종구는 3만 2천 원을 챙겼다. 중간중간에 고리를 뜯어주고도 남는 돈이어서 입을 다물지 못했다. 멤버들과 오늘밤 다시 회동하자는 약속을 재확인하고서 석재와 밖으로 나왔을 때는 불암산이 거대한 설벽으로 변해 있었다. 밤새내린 눈들이 발목까지 차올랐다. 쌓인 눈길을 한쪽 발과 오토바이 엔진 힘을 이용해가며 집에 도착했을 때는 새하얀 새벽이었다. 최근 들어 유난히 광대뼈가 불거져 나온 아들의 면상을 바라본 어머니는 아직까지도 매듭을 풀지 못한 병원 뒷수습인줄 알고서 안쓰러워만 했다. 이불속으로 파고든 종구는 마음속으로 오늘밤에는 기필코 한 방을 터트려서 사채를 정리하겠다는 허상을 꿈꾸다가 스멀스멀 깊은 잠속으로 빠져들었다.

새벽녘부터 혼절한 상태로 잠들어버린 종구가 눈을 뜬 것은 어둠이 내리는 초저녁이었다. 서둘러서 맹물에 말은 밥알들을 텁텁한 입안으로 넘기면서도 어젯밤 일들이 아삼아삼하게 몽글몽글 거렸다. 밥알이 창자에 닿기 무섭게 대광 오토바이센터로 향했다. 어젯밤을 날로 먹은 멤버들이 역전의 용사들인양 의기양양하게 모여들었다. 담배 한 개비씩을 나누어 피운 다섯 명은 나름대로 의지를 다져가면서 화투판을 깔았다.

섯다 판은 어제와 대동소이했다. 순서를 정해놓고 순번대로 돌아가면서 천 원의 판돈을 내놓고 자신의 손에 쥐어진 화투의 끗발에 따라 기권을 하던지 제한 없는 금액으로 섯다를 청하여 상대들보다 끗발이 좋은 패로 돈을 걷어 들이는 방식이었다. 만약 끗발이 같거나 땡을 잡는다 해도, 상대방이 9·4라는 패를 잡으면 그 판은(화투판용어로는 '텃다라 한다) 무효처리 되는데, 다음 판은 무효 처리된 금액을 쌓아놓고서 끗발 싸움이 재개되는 것이다. 바로 이런 때가 판돈도 많아서 끗발이 유지되어야 하지만, 똑같은 현상이 두 번 반복되었을 때는 그야말로 한방으로 그날의 분기점을 만들어준다. 이런 경우를 일컬어서 큰 것 한방이라고 했다.

종구의 초저녁 끗발은 그런대로 평행선을 유지해가고 있었다. 시간이 흘러감에 따라 본인도 모르게 자신의 최면술에 걸려들고 있었다. 자신의 손을 미다스의 손으로 착각해버렸다. 이틀 만에 처음으로 장땡을 잡았다. 이때는 우물을 파야 했다. 처음부터 큰 돈으로 상대를 제압하는 것은 금세 들통이 나기 때문에 적은 돈으로 야금야금 섯다 판을 키워야만 목마른 놈이 걸려드는 것이다. 두 녀석이 걸려들었다. 속으로 쾌재를 불렀다. 모든 돈을 올인 할 때가 된 것이다. 그렇지만 만약의 경우에 9·4라도 쥔 녀석이 있을 것을 우려해 1만 원만 남겨놓고서 나머지를 모두 걸었다.

결과는 예상대로 되어버렸다. 상대 두 녀석은 한 놈은 팔 땡, 한 놈이 9·4였다. 사실 화투판에서 장땡을 잡았는데 9·4가 나올 확률은 거의 희박했다. 그런데 눈앞에서 벌어진 현실이었다. 이번 판만 잡았어도 사채탕감은 기정사실로 만들 수가 있었는데 뒷골이 땅기면서 어지러운 현기증이 밀려들었다. 너무나 허탈했지만 어쩔 수가 없었다. 다음 판을 잔뜩 기대했으나 손에 쥔 패는 3,8따라지였다. 밤 열 시도 못되어 화투판용어로 새털이 되고 말았다. 바로 고지를 눈앞에 두기까지 했는데 참담한 심정이었다. 아쉬움을 털어내지 못하고 머뭇거리자, 마음속으로 응원과 함께 격려를 보내왔던 석재가 다시 입을 열었다.

"야, 창희야! 돈 5만 원만 더 가져와. 내가 책임질 거니까."

녀석은 종구 앞으로 또다시 5만 원을 넘기면서 "야, 걱정 마. 아직 시간이 널널하게 남았잖아. 그러니까 반카이 하면 되는 거야. 알았지?" 해가면서 눈을 찡긋해왔다. 종구는 석재에게 고마움을 느끼며 심기일전을 다짐했다. 분명한 결과가 있을 거라는 귀납적 현상에 빠져들면서 창준이의 백만분의 일이라는 행운이 아직 있을 거라는 자위(自慰)까지 했다. 그러나 초장끗발 개 끗발이라는 역발

상마저도 일어나지 않아서 세 시간도 버티지 못하고 완전히 작살난 깨구락지가 되어버렸다. 후회라는 단어도 떠오르지 않았다. 내일도 보이지 않았다. 텅 비어버린 머릿속으로 25도 알코올이 목을 타고 뱃속을 부풀렸다. 알코올에 절어든 입이 줄 담배를 요구해왔다. 담배연기가 오소리 굴로 변하더니 이내 눈을 가렸다.

눈을 뜨고 보니 메케한 담배냄새와 구린내 풍기는 낡은 이부자리였다. 옆에서 석재가 새우잠을 자고 있었다. 곤죽이 되어 사지마저 늘어뜨리고 깨구락지가 되어버린 무일푼의 친구를 차마 나 몰라라 할 수가 없어서 의리를 보여준 석재가 고마웠다. 불암산 꼭대기를 벌겋게 물들인 아침햇살이 한랭한 바람에 흐트러지는 눈가루들을 때려주어 백설 꽃들이 분별없이 날뛰었다. 눈을 감았다가 다시 뜨면 자신의 나약했던 영혼들이 몇 갈래로 분산되어 백설 꽃과 뒤섞여 이리저리 쏠리는 것만 같았다. 마치 건너편에 무엇이 있는지도 모르는 아둔함을 질타하는 날갯짓처럼 다가왔다. 상계시장에서 해장국을 먹으면서 종구는 석재를 마주보며 입을 열었다.

"석재야, 술을 너무 많이 마셔서 먼저 꼬꾸라지는 바람에 결과를 모르는데 너는 어찌됐니?"

"좀 붙었다. 오만 원 정도,"

종구는 석재가 한없이 부러웠다. 아버지 잘 둔 것도 모자랐는지 바로 위의 형이 상계동에서 규모가 제일 크다는 양품점까지 경영하고 있었다. 녀석은 형 밑에서 조수로 일했다. 한마디로 여유가 있는 놈이었다. 놀음도 여유가 있는 놈에게 더 많은 기회를 제공한다. 종구처럼 빈 껍데기 인생에게는, 살 떨리는 자본으로 음험한 조급증에 망상까지 겹쳐져서 던져야할 패와 잡아야하는 패의 분별력이 현저하게 떨어져 버리기 때문이다. 종구는 후회를 했지만 이미 돌이킬 수 없다는 것을 뼈저리게 느꼈다.

"석재야. 두 번 빌린 돈 십만 원은 내 오토바이로 대치시켜주고 만 원만 주었으면 하는데?"

종구가 뱉어 낸 말에 석재는 눈을 굴렸다.

"미친놈. 집으로 가야지. 십만 원이야 장사해가면서 차근차근 갚아나가면 되잖아. 원래 너 멍청한 놈은 아니었잖아. 무슨 꿍꿍이가 있어서 그렇지?"

종구는 지나간 두 달 가까운 시간 속에서 많은 상실감을 껴안았다. 그 상실감은 오늘 아침 입으로 넘긴 해장국 속에서 소멸시켜야만 했다. 군대 제대 후 주체하지 못했던 자신감의 발로는 허접한 윤똑똑이가 되어버렸다. 짧은 시간이었으나 한 번 잘못 내디딘 발을 더 이상 지속해서는 안 되겠다는 생각을 했다. 다소 멀지언정 다른 길로 방향을 전환해서 새로운 환경을 만들어나가고 싶었다. 새로운 환경의 시발점은 동해바다였다. 온수동 친구인 종명이가 묵호에 있는 철골 공사현장에서 조장으로 작업 중인데, 묵호 외항 확장공사에 필요한 테트라포드 작업으로 일손이 부족하여 급하게 사람이 필요하다고 했다. 열심히 일하면서 야근까지 한다면 숙식제공에 월 평균 6만 원까지 보장받을 수가 있다는 귀띔을 해주어서였다. 가급적이면 노가다의 길을 밟지 않으려고 해왔지만 그놈의 오토바이가 문제였던지 아니면 본인의 불찰이었던지 도난, 회수, 경찰, 개입까지 겹쳐져 전신이 피폐해져 버렸다. 더더욱 괴로운 것은 연이은 다발적 사고로 가족들 얼굴 대하기가 민망하기까지 해서였다. 그 후유증이 과대망상까지 겹쳐서 이틀 밤의 헛꿈으로 디딜 수 있는 발판마저 허탈하게 날려 보냈다. 이런 현실에서 가장 시급한 것은 창준이 병원비로 날려버린 사채였다. 사채는 원금보다 무서운 것이 시간개념 없이 불어나는 '이자'라는 괴물이었다.

종구의 현실을 감안한 석재는 1만 원을 꺼냈다. 10만 원의 차용 금액은 오토바이로 대체시켜주겠다고 해오면서 이틀간 날밤을 새었으니 본인의 방에서 하루 동안 편안히 지낼 수 있도록 배려까지 해주었다. 이런 배려도 까마득한 인생길의 여정 앞에서 아직까지 미완의 청춘들이었기에 가능한 일이었다. 종구는 석재의 호의를 가슴속깊이 저장해 놓았다. 그 순간에도 마음 한편에선 말할 수 없는 자책감이 짓눌러왔다. 가족들의 실망스러워 하는 모습들이 눈앞에서 아른거렸다.

중천까지 치솟은 겨울햇살은 상계동 철거민촌위에서 부유했고 가난한 일상에 찌든 사람들은 연탄 아궁이속으로 추위를 구겨 넣었다. 상념을 잘라낸 종구는 험난한 현실들이 연속적으로 발생한다 하더라도 결코 굴하지 않는 백절불굴 불퇴전의 정신력이 살아 있어서 고난의 끝은 멀지 않을 거라 여겼다. 스물여섯의 젊음은 파릇한 꿈이 있어서 칠전팔기가 있는 것이다. 새로운 도약은 젊음의 상징이기도 했다. 도전 앞에는 수많은 장애물들이 있어서 그 의미가 더더욱 아름다운 것인지도 모른다.

모든 것을 털어내고 새 출발을 다짐한 종구는 목욕탕으로 향했다. 목욕탕에서 본인도 모르게 소스라쳤다. 제대 후까지도 174㎝ 키에 75kg 나갔었던 자신의 몸무게가 8kg나 빠져서 67kg으로 변해 있었다.

5

사바알 살램

1

　다음날 종구는 청량리역에서 강릉행 열차에 몸을 맡겼다. 목적
지는 묵호였다. 대한이 가까워지면서 추워지는 날씨 탓인지 열차
는 붐비지 않았다. 각오를 단단히 한 몸뚱이를 끌어안은 강릉행 완
행열차가 출발했다. 네 명이 맞바라볼 수 있는 좌석에 앉은 그는
앞에서 두툼한 회색롱코트의 사내를 보고서 의아했다. 한동안 자
신의 눈을 의심했다. 군입대전 종구는 종로세림약품에서 양약을
취급하는 덴바이를 했었다. 그 당시 국민들의 주거 여건과 보건복
지 취약으로 결핵환자들이 넘쳐났다. 군사정부였으나 심각성을 인
지하여 결핵 퇴치운동을 대대적인 정책으로 추진하던 시기였다. 결
핵약 중에서 가장 많이 보급된 약이 미국 화이자의 마이암부톨이
었다. 특히 3기 환자들이 복용하는 400㎜는 시중에서 제일 많이
유통이 되고 있는 품목이었다. 세림약품에서 대대적으로 마이암부
톨 400㎜ 사재기를 시도했다. 일시적인 가격폭등이 발생하자 정부
에서 칼날을 들이밀었다. 그 당시 약 취급을 같이했던 동료 임종화
가 코트를 벗고 있는 것이었다.

　임종화도 놀랐고 종구 역시도 놀랐다. 묘한 우연이었다. 자신보
다 두 살 많은 임종화의 집은 방학동이었고, 녀석의 부인은 아들을
낳은 지가 1년을 넘겼다. 두 녀석은 너무나 반가워서 큰 종이컵으
로 소주를 몇 잔씩이나 비우게 되었고 서로의 목적지를 묻게 되었
다. 종이컵 서너 잔에 알딸딸해진 종구는 신세 타령조로 제대 후
소금 장사부터 오토바이 도난, 창준이 사고, 놀음까지의 팩트를 적
나라하게 털어놓았다. 25도의 소주 세 병이 두물머리(양수리)에 닿

기도 전에 비워졌다. 종구의 말에 연신 고개를 주억거리던 임종화가 소주 한 병을 더 사가지고 이빨로 뚜껑을 따고서 종구의 종이컵에 쏟아가며 입을 열었다.

"고향 면사무소에 들려서 호적등본을 발급받으러 가는 중이야. 그 놈의 석유파동 때문인지 유신 때문인지 가면 갈수록 좆같아. 부가가치세 실시 이후부터 의약계도 찬물을 뒤집어쓴 놈들이 부지기로 많아졌어. 옛날 같지 않아."

"그럼 약품일은 그만두고 다른 곳을 뚫으려고 하는 거야?"

"아니. 사우디로 가려고."

"네가 사우디로 간다고?"

"응. 잘 아는 친구가 있는데, 사우디로 가기만 하면 국내 수입의 열 배가 넘는다고 해서 단단히 마음을 다잡았지. '사바알 살램'이라는 회사라는데, 아무튼 한잔 더 받아라."

임종화의 두서없는 말을 들은 종구는 벌어진 입을 다물지 못했다. 열 배. 열 배라는 말이 믿어지지가 않았지만, '사바알 살램'이라는 말의 뉘앙스가 성경책 속에 들어있는 신성한 어떤 성역의 지명처럼 두 귀로 파고들어왔다. 종화 녀석은 본인보다도 훨씬 약골에 해당되었다. 그런 체력을 가지고도 노가다를 해낼 수 있는 곳이라면 자신도 뒤처질 것은 하나도 없다는 생각이 들었다. 소주로 얼얼해진 머릿속에서는 숫자놀음이 시작되고 있었다. 국내 벌이로 한 달에 5만 원만 잡아도 열 배면 50만원으로 변했다. 한 달에 50만원이라함은 현재 상황에서 자신에게는 범접을 할 수가 없는 금액이었다. 목 줄기까지 벌겋게 달아오른 종구는 임종화에게 남은 소주를 들이밀면서 되물었다.

"응, 그래. 아이도 아직 어리고 해서 꽤나 신경이 쓰이나 본데. 그곳에 가면 월수입은 얼마나 되는 거지?"

종구의 말에 임종화는 머뭇거림도 없이 즉답을 해왔다.

"무조건 한 달에 오십 정도가 기본이라고 들었어."

임종화가 뱉어낸 말을 귓속으로 잡아넣은 종구의 두 귀가 저팔게 귀처럼 넓어져 버렸다. 알딸딸했던 소주 기운이 일순간에 덜커덩거리는 기차 창문 밖으로 튕겨져 나갔다. 더군다나 자신이 예상했던 50만 원의 숫자까지 일치하여 영매(靈媒)현상까지 생겨났다. 종이컵에 남아있던 소주를 단숨에 들이킨 종구는 소주 한 병을 더 사서 종화에게 따르면서 말을 시켰다.

"야, 종화야. 옛정을 생각해서라도 길 잃은 기러기 같은 친구 하나 살릴 방법은 없겠니?"

종구의 간절한 부탁에 임종화는 한동안 말없이 소주컵만 바라보았다. 종구는 숨이 막혔다. 소주 한 모금을 홀짝거린 녀석이 입을 열었다,

"시, 실은. 내 마음대로 오고간다면야 별 어려운 문제가 없겠지만 … 나 역시도 친구 놈 옆에 빌붙어서 꼽사리로 가는 처지라서."

종화의 입을 바라보던 종구는 입술이 바싹바싹 타들어만 갔다. 무슨 수를 쓰더라도 녀석과 함께 동참할 수 있다면. 쪼잔하고 지저분한 대한민국보다는 큰물에서 3년간만 기회가 주어진다면. 몸뚱어리쯤은 어느 한 곳이 절단난다 하여도 후회하지 않을 것 같았다. 녀석은 너무나 절박한 자신의 처지를 통감하고 있어서였다. 이 기회를 잘 살린다면 그야말로 가화만사성을 이룰 것만 같았다. 만약에 종화 입에서 '안 돼.'라는 말이 튀어나온다면 녀석의 사타구니라

도 움켜쥐고서 늘어질 심산이었다. 바싹 타들어 가버린 입술을 마른 헛바닥을 돌려가면서 재차 부탁을 했다.

"종화야, 어떡하던지 구멍 하나만 더 뚫을 수 있는 방법을 모색해주라. 지금 내 처지가 벼랑 끝에 몰려있는 노루 신세야."

"네 처지는 잘 알겠어. 어떡하던지 부탁은 해보겠지만, TO가 있을지 없을지 장담은 못해."

"TO가 있다면 빈손 승차도 가능한 거니?"

"아니. 가려는 곳이 한국인 회사가 아니라 '사바알 살램'이라는 외국회사라서 무척 까다롭고 절차도 많이 복잡해. 복잡한 절차가 있어서 거기에 들어가는 비용도 만만치 않아."

"할 수만 있다면 감수할 테니까, 같이 갈 수 있도록 힘 좀 써봐라. 너하고 동행한다면 타지에서 서로 의지도 될 것 아냐."

"나 역시도 그리만 된다면 좋은 일이지. 아무튼 좋아. 정 가고 싶다면 이틀 후에 동대문 근처에 있는 봉 다방에서 한번 만나보자."

"봉 다방?"

"응. 동대문 지하철 입구 쪽에 있어. 봉 다방이야. 오후 두 시 경에."
종구는 종화의 발자국을 밟아가며 문막 역에서 하차했다. 문막은 강원도 끄트머리에 자리 잡고 있다는 것이 불만인 것처럼 살 에이는 추위를 맹렬하게 쏟아냈다. 그 추위 때문이었던지 둘이서 25도 소주를 다섯 병이나 들이마셨지만 취기가 싹 가서버렸다. 종화는 이틀 후를 기약해놓고 문막의 고향집으로 향했다. 혼자 남겨진 종구는 추위도 잊은 채 길게 이어진 철로를 바라보면서 사색 속으로 빠져들었다. 하나하나의 개체들이 가지런히 질서를 이루어가면서 두 갈래의 철로를 짊어지고 철마의 울부짖음을 온몸으로 받아들이면서도, 세월의 무게까지도 기꺼이 안아가며 인고의 세월을 오늘처럼 여기고 있는 버팀목들을 동공 속으로 집어넣었다. 살아있는 생명체나 죽어있는 버팀목들이나 세월 속에서 퇴화되는 것은 똑같은 이치일 것이다. 다만 견딤의 시간만이 씨줄과 날줄로 엮여 있어 말 못하는 사물과 생각으로 살아가는 것의 경계는 살아있는 자의 시선 속에서 꿈틀거릴 뿐이었다. 밟고 서 있는 문막역은 기로 속에 파묻혀 있었다. 종구는 집안의 무게와 자신의 무게 사이에서 방황하고 있는 자신이 너무나 부끄럽게 느껴져 왔다. 묵호도 타향, 사우디도 타지였다.

문막에서 청량리 행 기차로 갈아탄 그는 주머니의 동전까지 탈탈 털어낸 후 온수동 집으로 돌아왔다. 집을 나온 지 4일만이었다. 불안해하는 동생들과 수심으로 주름살이 더 늘어난 것 같은 어머니와 마주앉았다. 종구는 낯가죽 두꺼운 말을 끄집어낼 수밖에 없었다. 가족이기 때문에 못난 면목하고 시름할 여유가 없었다. 변명처럼 '잘해보려고 했는데.'라는 말끝에 화려한 청사진이 펼쳐질 앞날에 대하여 장광설을 늘어놓았다. 좋은 기회가 찾아와서 한 달에 50만 원이 보장되는 사우디로 갈 수 있는 길이 있다는 호언장담이었다. 어머니와 동생들은 한 달에 50만 원이라는 종구의 설명 앞에 눈동자들이 휘둥그레져버렸다. 당시 50만 원이면 온수동 철거민촌 집 한 채 가격이었으니, 1년이면 집이 열두 채라는 말과 다름이 없었다. 가족들이 놀라는 것은 당연했다.

어머니와 동생들은 지난 일들은 모두 잊고서 새로운 앞날을 위하여 자신들의 역량을 소신껏 해나가면서 앞날을 기약하자는 의견을 일치시켰다. 가족들이 아들, 형, 오빠의 말을 철석같이 말을 믿어주는 동기도 있었다. 같은 철거민촌에 사는 막일꾼 한 명이 삼환기업 하청업체에서 날일을 했는데, 어떤 경로로 뚫었는지는 모르지만 3개월 전에 사우디로 취업을 나갔다. 그가 첫 달에 집으로 송금해온 돈이 30여 만 원에 이르렀다. 어머니와 동생들도 알고 있는 내용이었다.

2

종구는 이틀 후 동대문 봉 다방에서 임종화를 만났다. 종화 옆에는 진곤색 정장에 줄무늬 넥타이를 착용한 베이지색 반코트 차림의 사내가 앉아 있었다. 외모가 무척이나 깔끔하면서도 부드러운 인상을 풍겼지만 두터운 눈썹은 범상치가 않았다. 종화는 잘 아는 친구라며 두 사람에게 통성명을 시켰다. 그의 이름은 강형준이었다. 커피 잔을 비운 강형준은 본인하고 가까운 지인이 해외 개발공사에서 근무한다며 말꼬리를 이어갔다. 중동지역, 특히 사우디아라비아는 석유파동으로 어마어마한 부를 축적하여 파이잘 왕의 동생 파드가 낙후된 사우디 전역을 새로운 신도시로 개발하기 위해 막대한 투자금액을 쏟아 붇고 있어서 사우디야말로 기회의 땅이라고 역설했다. 특히 동·서부의 해안가에는 한국기업들이 우후죽순으로 진출해 있는데, 한국건설사들은 재정자립도가 빈약하여 임금이 적은 반면 외국기업들은 한국인 근로자들의 근면성을 잘 알고 있어서 거기에 걸맞는 임금을 지불해준다는 것이었다. 이러한 현실속에서 때마침 해외개발공사에 인맥이 있는 지인의 추천으로 본인도 사바알 살램이라는 회사로 취업 나갈 준비를 하고 있다고 했다.

종구는 강형준이 거침없이 쏟아내는 해박하고 기름진 논리 앞에서 녹아버렸다. 가난 탓으로 검게 물들인 군대 야전상차림에 싸구려 청바지 무릎곡선이 튀어나와서 두 손으로 감싸가며 애틋한 표정으로 말했다.

"저, 강 형, 나 같은 사람도 같이 갈 수가 있겠습니까?"

강형준은 애처로운 눈빛으로 종구의 겉모습을 훑고 있었다. 짙은 눈썹이 약간 흔들렸다.

"시간이 촉박해서 어찌될지 장담은 못하겠지만, 함께 갈 수 있도록 노력은 해보겠는데 돈이 제법 많이 들어가요. 감당할 자신이 있어요?"

종구도 바보는 아니어서 어느 정도 예상은 했다. 그런데 '많이'라는 말 앞에서 크게 움츠러들 수밖에 없었다. '많이'라는 말 끝자락이 모호해서였다.

"어, 얼마, 정돕니까?"

"그렇게 많지는 않고 봉급 한 달 치 정도는 되어야 하지 않겠어요?"

그가 말하는 한 달이란, 대략 한 달의 봉급정도로 생각되었다. 기차에서 임종화가 말한 한 달기본의 50만 원을 암시하는 것 같았다. 자신에게는 50만 원이란 거의 목숨줄이었다. 온수동 철거민촌 마을의 13여 평 집들이 대략 그 가격이었다. 집값이야 얼마든지 간에 현실에서 가장 목마른 사람은 자신이었다.

"강 형, 그럼 시간 여유는 어느 정도 남았습니까?"

"사실 시간 여유가 별로 없어요. 이 프로젝트는 반년 전부터 추진되어서 늦어도 3월초나 3월말까지는 출국하기로 계획이 잡혀있는데, 중간에 구정까지 끼어 있어서 약간 더 지연될 수도 있기는 하지만…. 암튼 이삼일 안으로 돈이 마련되어야 탑승이 가능할 것 같아. 시기적으로 안 좋지만 최대한 노력은 해보겠어. 그렇다고 백 프로 OK라는 말은 못 해. 일단 하는데까지는 노력해 볼 거야."

　말을 끝마친 그는 다방구석에 설치되어있는 전화통 앞으로 다가 갔다. 한동안 전화통화를 한 그는 종구 앞으로 다가와서 다시 입을 열었다.

　"늦어도 삼일 안으로 돈만 마련된다면 같이 갈 수 있을 것 같네요."
　종구는 아슴아슴한 가슴을 쓸어내렸다. 강형준이 구세주 같이 느껴졌다. 다급해진 그는 커피 값을 계산하기 무섭게 온수동으로 내달렸다. 하우스에서 시금치 묶음작업을 하고 있는 어머니부터 찾았다. 시절은 구정이 한 달도 남지 않았고, 50만 원은 거금이었다. 시간이 촉박하여 응봉동에 살면서 공무원 부인으로 여유가 있는 사촌누나를 찾아가라는 어머니의 말을 들었다. 딸라(급전) 돈이라도 한 달만 융통하기 위해서였다. 이틀 동안 가슴을 졸이면서 발바닥에 땀을 흥건히 적신 돈 50만 원을 손에 쥐고서 동대문 봉다방으로 향했다. 다방에는 본인 말고도 또 한 명의 신규자가 대기하고 있었다. 그는 종구의 친구인 임종화의 사촌동생, 임종철이라고 했다. 임종철은 가름한 얼굴에 팔자주름의 선이 파뿌리 가닥처럼 보이면서 약간의 미소에도 입아귀부근에 보조개가 뚜렷하게 나타났다. 미남형으로 섬세하게 보이는 그답게 행동 또한 침착했다. 그는 강형준에게 돈을 건네주면서 영수증을 써달라고 했다. 웃어가면서 만년필을 꺼낸 강형준은 거침없이 휘갈겼다. 영수증 내용은 대략 이렇게 작성되었다. '본 영수증은 사우디아라비아 취업을 목표로 일금 50만 원을 받았음. 만약에 3월10일부터 3월31일까지 출국이

성사되지 못할 경우 4월10일까지는 전액을 반환하겠음.' 현금영수증 차용인 서명날인에는 1977년 1월 24일 강형준이란 이름을 쓰고서 지장까지 찍었다. 강형준에게 영수증을 넘겨받은 임종철은 사촌 형인 임종화에게까지 확인 영수증을 써달라고 했다. 종구는 강형준의 영수증만 넘겨받았다. 영수증작업이 막 끝날 무렵 또 한사람이 합류했다.

일행과 비슷해 보이는 이 친구는 당시의 스타일 중에서도 아주 특이한 차림을 하고 있었다. 청바지를 입었는데 처음에는 절간에서 가출한 중으로 착각했다. 머리스타일이 스킨헤드였다. 이름이 곽훈조라고 했다. 5명으로 불어난 일행은 강형준의 뒤를 따라서 지하철을 타고서 시청 앞으로 향했다. 시청을 지나 을지로방향으로 100여 미터쯤 되는 대형건물 옆 골목에는 많은 행정 대서방들이 줄지어 있었다. 그중 영문, 한문번역의 소탈한 간판이 붙어있는 이봉우 사무실로 들어섰다. 강형준이 먼저 허리를 굽혀가면서 '선생님 잘 부탁드립니다.' 해가며 공손한 예를 갖추었다.

1인당 3천 원을 지불하고서 영문으로 된 여러 장의 서류들을 건네받았다. 먼저 한글과 한문, 영문으로 된 서류에는 증명사진을 붙이고 생년월일, 본적, 현주소 등의 인적사항들을 기재했다. 5명의 서류를 모두 작성하는 데는 장장 여섯 시간 이상 걸린다고 했다. 상당히 복잡한 서류 같았다. 하긴 머나먼 타국의 땅 사우딘데 서류인들 부실할 리가 없을 것 같다는 생각이 들었다. 서류작성 시간이 많이 소요됨에 따라 사무실이 협소하여 근처에 있는 다방에서 대기해야만 했다. 맨 마지막으로 서류가 끝난 종구는 '수고 많으셨습니다, 선생님.' 해가면서 머리를 조아렸다. 인사를 건네받은 이봉우가 뜻밖의 말을 꺼내들었다.

"김 선생님이 보내셨지?" 하는 것이었다.

흰 와이셔츠에 검정 넥타이를 매고 검정 조끼에 뿔테안경을 쓴 이봉우의 나직한 말에 종구는 흠칫했다. 무슨 말인지 얼른 감을 잡지 못한 종구는 서류들을 살펴보는 척해가면서 시간을 느슨하게 벌렸다. 이봉우의 말에 '네.'라고 답하기보다는 반문해보고 싶어서였다.

"김 선생님요?"

녀석의 반문으로 이봉우는 본인의 첫마디를 못 알아들은 종구에게 실망한 듯한 표정을 내비쳤다. 흐트러지지도 않은 뿔테안경을 올렸다가 내리면서 약간 언성을 높인 그는 종구로선 알 수 없는 새로운 말을 재차 뱉어냈다.

"필동에 계시는 김 선생님께서 보냈느냐니까?" 하는 것이었다. 종구는 필동까지 나오는 이상한 말에 어리둥절할 수밖에 없었다. 현재 본인이 알고 있는 것은 강형준이 임종화의 친구라는 사실 이외에는 김 선생이라는 사람은 전혀 모르는 사람이었다. 호기심을 안고 있는 이봉우의 두 번째 물음에 그는 능청을 떨었다.

"아, 네. 예, 그렇습니다."라고 했다.

이봉우는 본인의 두 번째 말을 잘 알아들었다는 점을 퍽이나 흡족해했다. 엷은 미소까지 지어가며 도장을 건네주면서 다시 말꼬리를 이어갔다.

"참 좋으신 분이지. 내 조카 녀석도 허구한 날 집구석에만 처박혀서 바둥바둥 자빠져서 놀고 있는 꼴이 볼썽사나와 김 선생님에게 부탁을 했지. 특별 할인으로 40만 원에 말이야. 내 조카 녀석은 자네보다 나이가 훨씬 많아. 그런데도 정신상태가 썩었어. 생활력이 강하지 못해. 국내에서 일을 못하겠다면 사우디라도 가려는 정신력이라도 있어야지. 쯧쯧"

종구는 이봉우 사무실을 나와서 네 명이 기다리는 다방으로 들어갔다. 강형준은 네 사람에게 카드 하나씩을 나누어 주었다. 카드는 압구정동에 있는 해외 개발공사에서 발급한 카드라고 했다. 해외취업자가 구비해야할 지침서의 안내카드는 해외 개발공사라는 로고가 선명했다. 사우디 출국 전에 여권에 필요한 사항들을 보면서 강형준의 뒤를 따랐다. 그가 일행들을 데리고 도착한 곳은 수유리 세일다방 위층에 있는 세일당구장이었다. 다섯 명의 일행 중 강형준과 곽훈조는 당구장의 고정단골들 같아보였다. 그들은 쓰리쿠션에 일가견들이 있었다. 300을 친다는데 종구는 무슨 뜻인지도 모르는 용어였다. 당구장이라고는 난생처음 들어와 본 녀석은 당구큐대 끝에 찍어 비트는 것이 콤 파운드였는지도 몰라서 고무 지우개인줄로만 알고 있었다.

얼굴이 화끈거리면서 달아올랐다. 뜻 모를 부끄러움이 자신을 더더욱 초라하게 만들고 있었다. 임종화까지 합세하여 큐대를 잡고 나서자 잔뜩 움츠렸다. 짧은 시간에 덮어쓴 주눅은 눅눅하게 몸에 감기었다. 임종철이 다가와서 자신에게 말을 시키지 않았더라면 어리어리한 시간들이 방등만 무겁게 짓눌렀을 것이다. 임종철은 종구의 팔을 잡아끌고 아래층에 있는 다방으로 안내했다. 커피 두 잔을 주문한 그는 종구 앞으로 손을 내밀었다.

"서로 인사나 하고 지냅시다. 나는 강원도 원성군 문막에서 올라온 임종철입니다. 그쪽은 진종구 씨죠, 현금영수증을 작성할 때 알았습니다."

예쁜 보조개가 유난히도 또렷해진 임종철은 차분한 미소를 머금었다. 종구도 다정스러운 미소를 만들어가면서 목례를 했다. 임종철은 차분한 어조로 자신의 이력을 말했다. 내장 목공인 그는 좌측 손 새끼손가락이 반쯤 잘려져 있었다. 기계 대패에 잘려나간 손가락이라며 수줍게 웃었다. 한때는 서울에서 직원 세 명을 두고 자가용까지 굴려가면서 규모가 제법 큰 가구점을 운영했으나, 불행하게도 화재와 함께 교통사고까지 패키지로 엉겨붙어버렸다고 했다. 그 와중에 직원 한 명이 3도 화상까지 입게 되어 시쳇말로 작살이 나버렸다는 것이다. 점포는 물론 자동차까지 소방서와 병원의 아가리에 집어넣고서 빈털터리가 되어 고향인 문막으로 내려와 현재는 농사일을 한다고 했다. 아버지를 도와 농사일을 하지만 마음 깊숙한 곳에서는 항상 다시 가구점을 차려야 한다는 생각을 떨쳐버릴 수가 없었는데, 때마침 사촌형인 임종화가 수입이 좋은 사우디로 간다며 거침없는 자랑을 늘어놓기에 이번 기회에 죽기 살기로 달라붙어 자본을 만들 계획이라고 하면서 사우디행의 변을 토해냈다.

"진 형은 노가다 경험이 어쩐지는 모르겠지만, 사실 노가다란 인생살이의 막다른 골목에서만나는 직업입니다. 그런 사정으로 노가다 어록 중에는 이런 말도 있답니다. '노가다 판에서 땀 흘리면 3대가 빌어먹는다'는. 그런 만큼 몸 관리를 잘해야 된다는 뜻입니다. 이 빌어먹을 판에서는 시간개념도 없어서 사람 그림자만 보이면 작업 시작이고, 그림자가 보이지 않아야 끝나는 일이기도 합니다. 힘들지요. 힘들면 반대급부라도 짱짱해야 되지만 그런 뒷받침마저 없는 것이 대한민국 현실이기도 합니다. 그런데 이번에 다행이도 돈벌

이가 엄청난 사우디라고 하니까, 한 2년 죽었다 하고 개기면서 한밑
천 잡게 되면 다시 서울에서 목공소를 열 작정입니다. 물론 진 형
께서도 사우디로 가려는 것은 종당에는 돈 때문이겠지만."

　임종철의 말에 종구는 계속해서 고개를 끄덕거렸다. 종당(從當)이
라는 말이 합치해서였다. 임종철은 종구의 끄덕거림에 더욱 고무되
어 말을 이어나갔다.

　"그렇지만 진 형, 진 형도 종화 형 말고는 돈을 넘겨준 강형준을
잘 모르는 것 같은데 맞죠? 나 역시도 그를 잘 모릅니다. 그 친구가
우리 일행의 리더지만, 그의 말대로 사우디 행 비행기에 탑승할 때
까지는 백 프로 마음을 놓아서는 안 됩니다. 진 형이나 나에게 50
만 원이라는 거금은 코 묻은 돈이 아니기 때문입니다. 아마도 한
집안의 명운을 짊어진 돈일 겁니다. 그래서 나는 바리케이드를 2중
3중으로 설치해 놨습니다만, 진 형 모습이 너무나 순진해보여서 한
말이니 오해는 마시구요."

　임종철은 사회경험이 풍부했다. 종화가 아무리 사촌형이라지만
만에 하나 만약이라는, 가상 속에서 강현준에게 차용증 형식을 갖
춘 현금 영수증 형태의 장치에다 사촌형 종화도 모자라서 문막의
큰아버지와 작은아버지에게까지 종화형의 개입을 각인시켜 놓았다
고 했다. 가구점을 운영했다는 사업가다운 임종철이 모든 일을 주
도면밀하게 처리하는 능력 앞에서, 종구는 자신의 무능력이 부끄러
웠다. 임종철은 망치를 들고서 마지막 거멀못을 박았다.

　"진 형, 진 형은 서울이 집이고 방학동도 개울 건너니까 정보가
나보다는 훨씬 빠를 것 아니요. 그러니까 우리 두 사람은 연합전선
을 폅시다. 만에 하나를 위해서."

임종철의 제안에 종구는 흔쾌히 동의했다. 다음 일정은 신체검사 때까지 집에서 대기하면 각자의 집으로 연락이 갈 거니까 그때 다시 만나자는 강형준의 지시를 받았다. 두 사람은 방학동에 살고 있는 임종화의 집으로 따라갔다. 돌이지나 북북 기어 다니는 아들을 무릎에 앉힌 임종화는 사우디에 도착하여 일행들이 해야 할 직책에 대하여 몇 마디 거론했다. 강형준이 십장 직을 맡을 거고 나머지 4명은 하역도비나 사무실행정을 보게 된다고 했다. 목적지는 사바알 살램의 회사가 관리하는 제다 아니면 얀부라고 했지만, 종구와 임종철은 제다나 얀부가 어디에 붙어있는지도 몰랐다. 임종화에게 술까지 거나하게 대접을 받은 두 사람은 온수동 종구 집에서 하룻밤을 함께 보냈다. 다음날 임종철은 문막으로 떠나기 전에 미소를 머금어가며 말했다.

　　"진 형, 사바알 살램에서 우리들의 르네상스를 멋지게 펼쳐봅시다."

　　구정을 앞둔 겨울날씨는 변덕이 무척이나 심했다. 흰 눈으로 뒤덮인 온수동 철거민촌은 태어난 고향이 각각인 마이너리티 집단이었으나 커뮤니티는 살아 있었다. 대문도 없는 허름한 블럭집들이었지만 모럴은 무너지지 않았다. 가난을 껴안은 비좁은 공간속에서도 공동체의식이 강했고, 토속적인 냄새는 본인들의 고향에 근간을 두어 자부심들을 내세웠어도 배타심 없는 결속력만큼은 무척 끈끈했다. 담장 높은 부자 동네들은 이웃사촌의 의미를 축소시켜갔지만, 담장도 없는 이웃들은 보디랭귀지로 다정한 이웃사촌들을 감싸 안았다. 30여 호 남짓한 동네라서 소리소문도 없이 종구의 사우디행이 알려지기 시작했다. 어른들은 덕담을 담아서 술 한 잔,

친구들은 돈 많이 벌어오라면서 술 한 잔, 후배들은 형님의 건강을 빌면서 술 한 잔, 어머니 친구분들은 축하한다면서 술대접을 해주어 한 주가 지나자 무거운 부담감으로 되돌아오기까지 했다.

2월의 문지방 앞에 발을 내밀었다. 마들평야의 하우스들 사이에선 해토머리가 감지됐고 성급한 아줌마들은 하우스 밭고랑을 뒤적거렸다. 아직까지도 설달이어서 간간히 호기를 부리는 늦겨울바람은 자나가는 세월의 꼬랑지를 옭아맸다. 바람 같은 기다림에 무료해진 종구는 방문을 열었다. 복숭아밭에서 까치들이 깍깍거려서였다. 복숭아나무 가지들도 긴 겨울잠에 염증을 느꼈던지 가지가지 꼭짓점마다 분홍색깔을 품어낼 기세였다. 종구는 깊은 심호흡을 쏟아냈다. 복숭아나무 꼭짓점들이 부풀어서 개화가 될 때쯤이면 사우디 어느 모래사막에 있을 것만 같았다. 그렇더라도 꽃피는 날이 빨리 찾아오기를 바랐다. 깊은 상념 속에서 옛날 책속의 한 구절이 떠올랐다. '환쟁이가 도화 꽃을 화폭에 담으려했으나 영감이 떠오르지 않아 춘 1월에 붉게 물든 복숭아나무가지를 꺾어서 도끼로 빠개봤지만 그 속에 꽃은 피어있지 않더라. 때가 되면 피는 것을' 종구는 이내 우울한 마음으로 변했다.

6

정림통상

1

전보가 왔다. 내용은 '신체검사, 동대문, 봉, 형준, 3일 10시'였다.

다음날. 돈 만 원을 준비한 종구는 동대문 봉다방에서 오전 10시 30분까지 기다렸지만 강형준이나 임종화, 곽훈조, 임종철의 모습은 커녕 그림자도 나타나지 않았다. 뭔가 잘못된 것은 아닐까하는 불안한 마음이 휘감겨왔다. 답답한 가슴이 콩닥거렸다. 박학동 종화네 집으로 가볼까 하다가 번뜩이면서 머리를 스치는 뭔가가 떠올랐다. 바로 시청이었고, 끝 지점에 이봉우라는 인물이 생각났다. 종구는 한번쯤 찾아볼 그 무언가가 있을 것 같아 시청 옆 대서방 이봉우 사무실로 향했다.

"선생님, 저 진종구입니다. 그동안 찾아뵙지 못하여 죄송합니다. 항상 바쁘신 와중에도 건강해 보이십니다."

녀석의 인사를 받은 이봉우는 무척 환한 표정으로 반겼다. 흰 와이셔츠 팔 위의 검정토시를 벗겨가며 종구의 손을 잡았다.

"그래, 그래 반갑구만. 자네도 건강해야지. 세상에서 건강만큼 중요한 것이 또 무어있겠나. 그건 그렇고 갑자기 무슨 일이 있어서 들렸지?"

이봉우의 말은 성량이 풍부한 인자하신 선생님 같은 목소리가 담겨 있었다.

"네, 선생님. 개인사정으로 이 앞을 지나치다가 구정도 많이 남지 않아서 새해인사를 앞당겨 올리는 것이 도리일 것 같아 들렸습니다. 그리고 김 선생님께 전화를 드려야 하는데 깜박하고 수첩을 놓고 나와서 김 선생님 전화번호도 기억을 못하여 검사겸사…."

"허~어허, 요새 젊은 친구들은 매사에 신중성이 없어서 탈이란 말이야."

힐난조의 이봉우에게 종구는 얼굴을 붉혀가면서 머리에 손을 얹고서 허리를 깊숙이 꺾었다.

"앞으로는 삼가 명심 하겠습니다, 선생님."

종구의 정중한 반성에 이봉우는 만족감을 드러내 보이면서 다시 말을 해왔다.

"암, 그래야지. 그런데 말이야. 자네 불갑사 옆에 있는 용천사라는 절에 가본 일은 있나?"

"예, 선생님. 저의 고향 근처입니다. 저의 할아버지께서 꾸지기 마을 근처의 산판작업을 하신 분이라서 그 부근에 집 한 채를 가지고 있었습니다."

"하하, 자네 본적을 보고 알았거든."

"선생님도 그 부근이세요?"

"그래." 하는 이봉우에게 종구는 진즉 찾아뵙지 못했음을 다시 한 번 사과했다. 이봉우는 아주 흡족해 하는 표정이었다. 함평에 대하여 이것저것을 물어본 그는 A-4용지에다 사인펜의 큰 글씨로 김 선생이라는 자택 전화번호를 적어주었다. 궁금증으로 김 선생이라는 사람의 내막을 알고 싶었으나, 결례된 질문 같아서 더 이상 입을 열지 않았다. 밖으로 나온 종구는 공중전화박스에서 필동전화 번호로 다이얼을 돌렸다. 수화기너머에서는 중년부인의 목소리가 들렸다.

"필동입니까. 신설동에 사는 미스터 진입니다. 김 선생님 계시면 부탁드립니다."

"지금 안 계시는데, 우리 바깥양반하고 어떤 관계세요?"

"아, 네. 오늘 신체검사가 있다고 하여 전화 드렸습니다."

"그래요? 영감님이 회사에 계실 텐데 회사에 가보셨어요?"

"아, 아닙니다."

"그럼 회사로 가보세요?"

종구는 당황스러웠다. 회사로가 보라는 상대방의 말은 가끔 진행되어온 일종의 절차 같았다. 그는 재빨리 반문으로 전환했다.

"죄송합니다. 급한 사정으로 회사까지는 갈 시간이 부족해서 그렇습니다. 회사로 찾아가는 것보다는 전화로 말씀드리는 것이 더 빠를 것 같아서 그렇습니다. 회사 전화번호를 알려주시면 고맙겠습니다."

그녀는, "잠깐만요." 하더니 바스락거리는 소리와 함께 전화번호를 알려주었다. 회사 전화번호를 알아낸 종구는 다시다이얼을 돌렸다. '예. 주식회사 정림통상입니다.'라는 아가씨의 고운 목소리가 자신의 귓속으로 파고들었다.

"수고하십니다. 저는 신설동의 미스터 진이라고 합니다. 김 선생님께 상의할 일이 있어서 그러는데요, 통화할 수 있도록 부탁을 드립니다."

"어떡하죠. 지금 회장님께서 출타중이셔서…. 급한 일이 아니라면 용건만 간단하게 말씀해주실 수 있겠어요? 메모해 두었다가 전하겠습니다."

"꼭 뵈어야 할 일이 있어서 그러는데요. 가만있자. 어떡한다…. 그러면 말입니다, 제가 회사로 찾아가겠습니다. 버스노선을 잘 몰라서 그러는데요. 신설동에서 몇 번 버스를 타면 될까요?"

"저도 버스노선은 잘 모르는데요. 아무 곳에서나 영동시장가는 버스를 타면 되는데…."

"어디서 내리면 됩니까?"

"영동시장 맞은편 앞에서 내리면 되요. 정류장이 영동시장 앞으로 되어있거든요. 부근에 조흥은행 지점이 있어요. 회사 맞은편이거든요."

종구는 고맙다는 말을 남기고 수화기를 놓았다. 40여 분 후 영동시장 맞은편에서 하차하여 주위를 두리번거렸다. 엷은 황갈색 벽돌로 치장한 조흥은행 영동지점을 찾는데는 긴 시간이 걸리지 않았다. 은행 앞에서 뒤돌아보았다. 강북에 비해서 꽤나 넓은 도로였으나 차도 건너편 3층 건물입구에 '정림통상 주식회사'라는 큰 나무 간판이 또렷하게 보였다. 하얀 타일로 휘감은 3층 건물은 시각의 느낌보다 규모가 훨씬 더 큰 건물이었다. ㄷ자형 3층 건물에는 약국, 다방, 가구점, 양복점, 술집, 이발관 태권도 도장을 비롯하여 많은 업소가 밀집해 있었다. 타 회사 간판들도 즐비했지만 그 중에서도 주황색 니스가 번들거리면서 고급원목에 새겨진 정림통상 주식회사의 간판이 단연히 돋보였다.

정림통상은 3층에 자리 잡고 있었다. 긴 호흡을 들이마신 종구는 낡아빠진 검정 야상 목깃을 바로 세워가면서 침을 삼켰다. 노크를 한 다음 하얀 아크릴 상호가 붙은 묵직한 문을 열고서 안으로 들어서자마자 훈훈한 열기가 그의 얼굴을 때리면서 목으로 휘감겨 왔다. 세 칸으로 분류되어있는 내부는 깨끗하였고 직원들이 사용하고 있는 사무실의 면적만도 어림잡아 60여 평정도로 느껴졌는데, 가지런한 사무용 탁자에서는 정장차림의 남녀직원 14~16여 명의 타자기 치는 소리가 요란했다.

 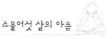

나이 많은 수위의 안내에 따라 귀빈 응접실이라는 화살표방향으로 향했다. 파란 카펫바닥에 검은색 커버가 깨끗한 의자들과 넓으면서도 ㄱ자로 이어진 엷은 갈색소파는 풍선처럼 부풀어서 고급스러워 보였고, 의자들과 소파 사이에는 원통형의 투명 통유리탁자와 낮은 스툴들이 있는데 그 위론 꽤 고풍스럽게 보이는 피나무 바둑판이 놓여 있었다. 응접실 분위기는 안온하여 방문객들을 귀빈으로 감싸 안기에 충분해 보였다. 귀빈실 정면으론 사장실이 있었고, 사장실 출입문 옆으로는 투명 니스 칠에 번들거리는 탁자와 함께 고려청자 같은 화분에 계절을 뛰어넘은 노란 국화꽃들이 탐스럽게 피어올라 안온한 분위기를 연출해 주었다. 좌측 창문 방향으로도 많은 난초화분들이 정갈스럽게 가지런히 놓여 있었고 언저리에 앙증맞게 피어있는 선인장 꽃이 왠지 왜소하게 느껴졌다.

사장실 우측으로 덩치가 큰 책상이 눈으로 들어왔다. 검정 삼각판에는 전무 강희진이라는 하얀 글씨가 한석봉체로 각인되어 있었고 그 좌측에도 때깔 좋은 화분에 하얀 국화꽃이 피어있었다. 귀빈실 우측으로는 밖으로 통하는 비상출입구가 있는데 주방차림이 아기자기하게 정돈되어 있으면서 비서용 책상과 전화기 두 대, 여러 권의 책들과 형형색색의 볼펜꽂이가 눈 속으로 파고들었다. 빼꼼히 들여다보이는 사장실 안에서는 헤어스타일이 무척이나 세련되어 단정해 보이는 여비서의 고운 목소리가 들려왔다. 전화통화를 하는데 조곤조곤한 말소리들이 흘러나왔다. 얼핏 스쳐 보이는 소파 위에는 40대쯤으로 보이면서도 몸집이 아주 좋은 중년부인과 정장차림의 젊은 청년이 무슨 말인지 열심히 주고받으면서 귀빈실을 힐끗힐끗 거렸다.

전화기를 놓은 여비서가 사장실 문을 닫고 나왔다. 종구는 목례를 해가며 40여 분 전에 신설동에서 전화한 장본인이라는 말을 꺼냈다. 그녀는 종구의 복장을 위아래로 한번 훑어보면서 '아, 그러세요. 회장님께서 방금 전에 돌아오셨는데 잠깐만 기다리세요.' 하더니 사장실 문을 노크하기 무섭게 사장실로 들어갔다. 여비서가 사장실로 들어 간지 1분도 안되어 '나를 찾아온 손님이 있다고?' 하는 우렁찬 목소리와 함께 70대쯤 되어 보이는 노신사가 종구 앞으로 다가왔다.

"젊은이가 나를 찾았다고?"

깔끔한 정장 차림의 굵은 목소리를 쏟아낸 사람은 70대쯤으로 보였으나 목소리만큼은 노인의 목소리가 아니었다. 40대 후반처럼 활력이 넘쳐나는 혈기왕성한 목소리였다. 엉거주춤하게 서 있던 종구는 허리를 굽혀가면서 본인의 청체를 알렸다.

"네, 저는 강형준의 친구 진종구라고 합니다."

허스키하면서도 코 막힌 듯한 종구의 대답을 들은 노신사는 눈을 크게 떠 보이더니 무성한 하얀 눈썹을 치켜 올려가면서 먼 옛날을 회상하듯 한동안 더듬더듬 거리다가 말을 해왔다.

"진종구라. 음… 음. 강, 형, 준? 강형준이라. 아, 아. 그래, 그래. 강형준. 고려대를 나온 친구지. 강형준, 맞아. 그런데 왜 이 늙은이를 찾아왔나?"

"예. 강형준이가 오늘 신체검사가 있다고 하여 찾아뵙게 됐습니다."

"그래. 그런데 내가 지금 사장하고 긴급회의를 하고 있으니까 말이야. 시간이 좀 걸려. 지루할건데. 아무튼 가급적이면 회의를 빨리 끝낼 테니까 요 아래층에 있는 초원다방으로 내려가서 잠깐 기다리지."

종구는 두말없이 "네."라고 했다. 본인하고 깨끗한 귀빈실은 생리적으로 밸런스가 맞지 않을 것만 같아서였고, 후끈한 사무실의 공기도 화끈거려 불편해서였다. 불편함은 본인의 외피에도 있었다. 까만 염료로 물들인 전투복 야전상의에 허름한 청바지, 낡아빠진 구두가 자신의 옷이었다. 사무실부터 귀빈실을 드나드는 방문객은 거의가 넥타이를 매고서 깨끗한 정장들 차림이어서 그들 옆에서 함께 숨을 쉬고 있다는 것 자체가 너무나 어색하게 다가와서였다.

2

초원다방으로 내려온 종구는 음침한 구석진 자리를 찾았다. 시끌벅적거리는 소음 속에서 음악이 흘렀다. 김정호의 하얀 나비였다. 본인의 목소리와 비슷한 그 노래는 무척이나 애잔하게 청각 속으로 파고들었다. 종구의 마음은 한결 차분해졌다. 다방에서 20여 분을 죽치고 있을 무렵 노신사가 나타났다. 그는 좋은 허우대에, 긴 얼굴에, 잘 뻗친 눈썹에, 유난히도 큰 코와 빳빳한 어깨를 잘 살려내는 진갈색 정장으로 묵직한 기품까지 담고 있었다. 시퍼런 파도처럼 창창한 목소리에는 이북 사투리가 섞여 있어서 디아스포라의 냄새까지 물씬 풍겼다. 그는 종구의 의사와는 상관없이 쌍화차 두 잔을 주문해 놓고서 말했다.

"나는 김창수라는 사람이외다."

'이외다'라는 일본어 발음에 묘한 뉘앙스가 묻어났다. 그는 성격도 무척이나 급한 노신사였다. 막내아들보다 더 어려보일 것 같은 본인에게 먼저 자신의 소개부터 해온 것이다. 그보다 먼저 인사드릴 기회를 놓쳐버린 종구는 당황하여 허리를 90도로 굽혀가면서 정중하게 머리 숙여 인사를 했다. 종구의 예의바른 인사를 받은 그는 '강 군하고 같이 오는 줄 알았는데 어떻게 혼자만 오셨지?'라며 말을 시켜왔다.

"네. 오늘 오전 10에 만나서 신체검사를 받는다는 전보를 받았는데 시간이 엇갈린 모양입니다. 그래서 신체검사가 급할 것 같기에 그만…."

종구의 대답을 들은 노신사는 한동안 무언가를 골똘히 생각하는 모습이었다. 심사숙고하는 그의 행동은 전형적인 노인의 모습이었다. 쌍화차를 훌쩍거린 그가 다시 입을 열었다.

"그래, 암튼 잘 오셨구먼. 나는 젊은이들만 만나면 나의 젊은 시절이 눈앞에서 아른거려가지고 그 시절이 되살아나곤 해서 기분이 아주 좋아지거든. 그건 그렇고 자네 기술은 뭔가?"

"시, 실은 군대에서 제대한 지도 얼마 지나지 않아서 특별한 기술은 없습니다."

"허어… 기술이 전혀 없으면 고생이 심할 텐데."

"사우디까지 가려고 마음을 먹었을 때 이미 고생은 각오했습니다. 아무리 힘들지라도 감내할 자신이 있습니다."

"하하하. 솔직해서 좋구먼. 젊은 사람이 혼이 맑아서 말이야. 하지만 말이야. 큰 고생은 없을 거야. 자네들이 갈 곳은 사바알 살램이라는 회사가 있는 사우디 서부지역 얀부의 항만공사 현장인데, 그곳에서 부두 하역 작업자로 근무하게 될 거야. 강형준이가 영어에 능통해서 십장 겸 통역을 하게 될 거니까 요령껏 알아서 할 거야. 그러니 너무 걱정들은 하지 않아도 된다네. 암, 걱정들 하지 않아도 되지."

노신사는 의젓하면서도 여유가 넘쳐났고 자신감 있는 확신을 가지고서 안정된 말들을 거침없이 쏟아냈다. 종구는 가슴 속에서 우러나는 신뢰감과 존경심이 묻어나와 모아쥔 양손으로 땀들이 끈적거리는 느낌이었다.

"회장님, 언제쯤 갈 수 있을까요?"

"현재 계획으로는 다음 달 중순 예정이었으나 인원들이 계속 증원되어 항공기 예약부터 수속절차와 비자발급 문제로 조금씩 지연이 되고 있어. 하지만 아무리 늦어도 3월 말은 넘기지 않을 거야. 그러니 회사의 지침을 따르기만 하면 돼."

"신체검사는 어디로 가서 받아야 됩니까?"

"신체검사를 받으려면 신검비가 필요할 텐데, 돈은 가져왔나?"

김창수는 종구의 복색에서 찌들은 가난을 숨아낸 것 같았다. 자신의 옷차림이 그만큼 허름해 보여서였다. 그는 부끄러움이 피부를 감싸고 있음을 느꼈고, 어떤 설움이 가슴을 적셔왔다. 이 탈피를 하루빨리 걷어내는 길은 사우디뿐이라고 생각하면서도 우울한 기분이었다.

"네. 신체검사 비용은 준비해왔습니다."

"그래. 그러면 용산에 있는 철도병원은 알고 있겠지? 철도병원을 찾아가면 지금도 신체검사를 받고 있는 우리 회사 사람들이 많을 거야. 그 중에서 40세 가량 되어 보이는 뚱뚱한 사람이 접수실에서 안내를 하지. 안경을 썼으니까 찾기도 쉬울 거야. 이름이 김영곤이고 나의 수양아들이지. 접수실로 가면 금방 알 수가 있으니까 영곤이를 만나거든 내가 보내서 왔다고 하면 잘해줄 거야. 알아들었겠지?"

잘 알았다는 제스처를 보이면서 인사해가며 일어서려는 종구의 어깨를 김창수가 눌렀다.

"자네 차비는 있는가?"

종구는 또 한 번 가슴이 메어왔다. 없다는 설움보다도 마음속에서 꼼지락거리는 허탈감이 아파왔다. 젊음은 가난이나 부에 함몰되지 않는다는 마음을 신앙 같은 믿음으로 알고 있었으나 초면의 타인에게서까지 '차비'라는 물음 앞에 허물어지는 자신의 내면이 한없이 초라해지는 것 같아서였다. 그러나 기우였다. 그 순간만큼은 김창수는 결코 동정이나 초라함 때문에 그렇지 않았다고 믿었다. 그의 다음 말 때문이었다.

"진 군. 차비가 문제가 아니라, 내 자동차가 회사 일로 시청 쪽으로 가 있어서 자넬 철도병원까지 데려다주지 못함이 서운해서야. 그리고 쌍화차 가격은 내가 계산할거니까 곧장 나가게. 이럴 때 차가 있었으면 딱 좋았을 텐데."

산전수전 다 겪은 어른들의 보편적인 자비심이라고 생각할 수도 있겠지만, 처음 대하는 김창수의 다정다감함은 진솔함이 있어 보였다. 종구는 그 진솔함에 마음이 편안해졌다. 그에게 다시 한 번 정중한 인사를 남기고 용산역 부근에 있는 철도병원으로 향했다. 철도병원 접수실 옆에서 김창수가 말했던 뚱뚱한 체격의 남자가 어슬렁거렸다. 가까이 다가가서 바라본 그는 금테안경을 쓰고서 노란 서류봉투를 들고 있었다. 회장님이 보내서 왔다는 종구의 말에 김영곤이 반갑게 맞아주었다. 발음에 악센트가 강한 그는 종구에게 5천 원을 달라고 했다. 신검 비를 받은 김영곤은 접수실에 접수를 하고서 2층으로 안내해 주었다. 2층에는 많은 사람들이 모여 있었다. 저 사람들과 함께 있다가 신검을 받으라는 말을 남긴 그는 다시 접수실로 내려갔다. 지금이 점심시간이라서 기다린다는 사람들은 대부분 정림통상에서 보낸 사람들이었다.

점심시간이 지난 다음 신체검사가 시작되었다. 신체검사는 일련의 요식행위처럼 가벼웠다. 그냥 눈 가리고 아웅이라는 표현이 더 적절해보였다. 신체검사를 받던 도중, 일행들 중에서 삼양동에서 산다는 황 씨 성을 가진 사람을 알게 되었다. 그는 상계동을 잘 알고 있어서 종구와 금세 가까워졌다. 신검이 끝난 후 종구는 황 씨를 따라 근처에 있는 간이주점으로 들어갔다. 막걸리 잔을 주고받으면서 이런저런 지나간 인생살이와 앞날의 사우디 이야기를 하던 중 자연스럽게 돈 얘기가 나오게 되었다. 황 씨는 본인 외 4명을, 정확히 말하자면 강희진 부장에게 5명의 취업조건으로 100만 원을 주었다고 말했다. 피곤한 웃음을 흘린 종구는 강형준에게 본인 혼자 몫으로 50만 원을 지불했다고 말했다. 어리둥절해가면서 종구를 물끄러미 바라보던 황 씨는 이내 심각한 표정으로 바뀌면서 단호하게 말했다.

"진 씨, 뭐 젊은 사람들을 이간질시킬 의사는 전혀 없지만, 당신 친구가 중간에서 반 이상을 뚝 잘라먹은 것은 기정사실일 겁니다. 여기 있는 여러 사람들에게 확인해보세요."

단호하게 뱉어내는 황 씨의 말 앞에서 종구는 한동안 얼어붙어버렸다. 자신의 상상력으론 도저히 납득할 수가 없어서였다. 물론 처음부터 임종화의 엄격한 다짐 속에서 강형준에게 넘겨준 50만 원은 강요가 아닌 자발적이었다. 그렇다 할지라도 거금 30만 원을 생각하면 기가 막힐 뿐이었다. 하지만 기가 막히고 코가 막힌다 한들 지금에 와서 디스카운트해달라는 말은 언어도단이나 마찬가지였다. 침울한 표정으로 의기소침해있는 종구를 바라보던 황 씨가 다시 입을 열었다.

"진 씨, 곰곰이 생각해보니까 나의 성급한 판단이었는지도 모를 것 같소. 나이 많은 우리들의 직업이 쓰미라서 막일에 가깝지만, 아무래도 젊은 사람들은 더 고차원적인 일을 해야 하기 때문에 돈이 많이 들어갈 수도 있을 것도 같고. 또 당신 친구가 명문대 출신이란 걸 봐서는 우리 같은 사람들하고는 뭔가가 다를 수도 있을 것 같다는 생각이 들기도 헙니다. 친구라면서 설마 반 이상 잘라먹는 짓을 그리 쉽게 하겠소. 내 말이 잠깐 앞서간 것 같으니까 너무 깊게 생각하지 마시고 이곳저곳 알아보면 될 것 아니요?"

황 씨의 직업은 조적공이었다. 그의 거칠어진 손바닥은 험난하게 지나온 여정을 아리게 보여주는 증거물처럼 각인이 되어 있었다. 스무 살 때부터 노가다로 살아온 그는 불혹을 넘긴 사람이었다. 밑바닥 인생살이의 경험론은 유·무식을 떠나서 무지한 세월 속에서 건져지는 지혜가 있었기에 지혜의 폭이 대학교수들보다 더 깊다고도 했다. 자신의 단호한 말 앞에서 종구의 처참해진 표정을 바라보며 다른 말로 분위기 전환을 해보려는 것만 같았다. 하지만 한번 뒤틀어져 버린 머릿속에선 오만가지 부산물 찌꺼기들이 쉬이 가라앉지 않았다. 모르게 넘어간 나쁜 일들이 드러나 버린 일들하고 겹치는 부분의 변곡점은 찰나일 거라 생각하면서도 풍향 없이 밀려드는 의문점들은 떨쳐내 버리지 못했다.

강형준은 분명히 해외 개발공사에 지인이 있다고 했는데, 지금 진행이 되고 있는 일정들은 해외 개발공사가 아닌 정림통상에서 주도하고 있다는 것이 의문이었다. 의문은 마르지 않는 우물보다 깊어서 두레박으로 모두 다 퍼낼 수도 없었다. 그렇다고 이제 와서 지난 일을 되돌릴 수도 없는 것이 자기부정의 모순이었다. 벌집 같은 머릿속에서도 일분일초라도 빨리 사우디로 가버리면 모든 것이 묻혀질 것만 같았다. 어찌 되던지 가난이라는 외피를 걷어내는 일이 급선무였다.

종구의 가족사는 질곡 그 자체였다. 그의 집안은 아버지까지 2대째 독신집안이었으나 지주집안이었고, 아버지는 일제강점기에도 광주사범을 나와 조도전(早稻田)을 밟은 엘리트였다. 해방정국을 코앞에 두었던 당시의 기류는 피지배 구조의 나라 잃은 젊은 지식이 마르크스를 알지 못하면 멍청이나 칠푼이었다. 아버지는 할아버지의 영향력으로 무탈하게 해방을 맞았지만 마르크스주의에 빠져들어 있었다. 함평에서는 나름 알아주는 인물이었기에 혼탁한 해방정국에 휘말려들어 결국 집안의 모든 것이 거덜나게 되어버렸다. 경찰에 쫓기고 사회에 적응도 못했다. 아버지는 서울로 도망쳤다. 그런 아버지와 16세에 결혼한 어머니는 서른도 못되어 과부가 되었다. 편협한 정치싸움에 발을 넣은 남편이 중풍으로 일찍 세상을 떠났기 때문이다. 그녀에게 서울은 고립무원이었다. 어린 4남매를 데리고 살아남아야 하는 서울생활은 형언할 수 없는 고통의 연속이었다. 그런 가정환경 때문에 장남인 종구는 초등학교 졸업도 포기해야만 했다. 그나마 4남매가 무탈하게 자라주는 것만으로도 어머니는 안도했다. 종구의 유년시절은 배고픔과 타향의 차가운 냉대 속에서 뼈마디가 여물었다. 그의 뼛속 마디마디에는 가난의 참혹한 흔적이 이음쇠처럼 응고되어 있었다. 이러한 현실들이 군대를 제대한 종구의 조급증을 자극시켜주는 여건을 만들어 내었다. 더불어 오토바이 사고와 사우디 취업을 목표로 안을 수밖에 없었던 사채는 흐르는 시간 속에서 이자가 불어나는 무서운 돈이었다. 그런 만큼 불안과 조바심 속에서 본인과 가족들의 생사가 걸린 상황에서 황 씨의 말을 흘러버릴 수가 없었던 것이다. 일단 강형준과의 돈 문제를 떠나서 해외 개발공사와 정림통상, 김창수에 대하여 자세히 알아보고픈 마음이 앞섰다. 황 씨가 알고 있다는 정림통상의 내막은 이러했다.

지난 9월에 20여 명의 기능공들을 외국으로 출국시켰으며, 육군 본부 영관 출신인 60대의 최영덕이라는 사람이 창업주라고 했다. 그 밑으로는 전무 강희진이 있고 차장, 과장, 대리 등 간부들과 이사급까지 합하여 10여 명이 있는 반면, 남녀사원이 20여 명 정도라고 했다. 오늘 신체 검사장에서 진두지휘하는 사람은 정림통상의 김영곤 대리라는 설명이었다. 황 씨는 김창수에 대해서는 전혀 모르고 있었다. 에필로그처럼 황 씨가 뒷말을 곁들였다.

"진 씨, 내가 말주변이 모자라서 많은 의아심을 가지고 있는 모양인데 너무 걱정은 안 해도 될 거요. 정림통상이라는 주식회사에 사무실도 상당히 큰 데다 자가용만 해도 몇 대씩이나 있는 큰 회사에서 우리 같이 불쌍한 놈들의 돈 몇십만 원을 주워 먹겠다고 사기를 치겠소. 그러니 마음 진득하게 먹고서 기다리면 될 겁니다. 또한 당신 친구의 돈 문제는 시간이 말해줄 겁니다. 아마도 나의 착오가 있을 것도 같으니 무력으로 해결하려고 하지 마시고요."

하긴 그의 말들이 모두가 사실이라고 단언할 수도 없었고, 아니라고 부정하기도 애매했다. 오전만 하더라도 회사를 방문했을 때

돌아가는 분위기를 보면서 느꼈던 감정은 어느 것 하나 흠 잡을 수도 없었다. 아무튼 시간이 지나면 모든 일들이 수면 위로 드러나는 것만은 확실할 것이다. 냉정을 되찾은 종구는 흔들리는 마음을 단단하게 추스르고서 황 씨에게 인사를 한 다음 집으로 향했다. 그는 당분간 임종철에게 돈 얘기는 함구하기로 마음먹었다. 침착하면서도 한 치의 오차도 용납하지 않을 것 같은 임종철이 황 씨 같은 사람에게 돈 얘기를 듣는다면 당장에 사달이 벌어질 것만 같아서였다. 30만 원이라는 거금이 계속 머릿속에서 빙글빙글 거렸지만, 이미 던져진 주사위라고 생각한 그는 집으로 돌아왔다.

3

삼일 전에 고향 친정집으로 가셨던 어머니가 돌아오셨다. 돈 60만 원의 빚을 내어가지고 본인의 호적등본과 함께 가지고 올라오신 것이다. 하루가 지나면 무섭게 불어나는 딸라 이자 때문이었다. 다음날 급전을 융통해준 응봉동 사촌누나에게 원금과 이자를 전해준 종구는 동대문으로 향했다. 혹시나 하여 봉 다방으로 가보았는데 강형준과 일행들을 만났다. 알고 보니 강형준이 발송한 전보 중에서 자신에게 보낸 전보의 날짜가 하루빨리 잘못 찍혀버린 것이었다. 그 때문에 강형준 말고는 다들 모르는 정림통상의 내막을 종구만 알게 되었다. 그는 조심스럽게 강형준에게 물었다. '왜 해외개발공사가 아니고 정림통상이냐'라는 말이 채 끝나기도 전에 강형준이 불같은 화를 토해냈다.

"야 진종구, 일이라는 것에는 격이 있고 순서가 있는 거야. 해외

개발공사에서 미쳤다고 우리 같은 조무래기들을 하나둘씩 직접 상대하겠느냐 이런 말이야. 국가의 공기업인데 개나 소나 안고 갈 것 같니? 그래서 정림통상 같은 곳에다가 오더를 주는 거란 말이야. 그래, 나 몰래 뒷조사를 한 거야? 돈 여기 있어. 돈 여기 있으니까 도로 가져가."

강형준은 양복안 주머니에서 수표 다섯 장을 꺼내들고서 종구 앞으로 내밀었다. 당황한 나머지 안절부절 못하는 종구에게 다시 한 번 속사포 같은 말을 내뱉었다.

"야, 인마. 사내놈으로 태어나서 가장 치사한 짓이 뭔지 알아? 친구를 의심하는 짓이란 말이야. 나는 너를 위해서 열심히 뛰고 있는데 앞에서는 고깔 쓰고서 히죽이다가 뒤에서는 똥구멍이나 훑고 다니는 짓이 얼마나 지저분하고 비겁한 짓인 줄 알고나 그러는 거야? 정림통상은 직접 공사를 하는 곳이 아니란 말이야. 그래서 인력만 송출하기 때문에 해외개발공사를 통하여 취업을 알선시키는 곳인데 니가 아닌 것으로 생각하니까, 기분 좆같거든 당장 그만둬."

면상이 붉으락푸르락 해가면서 목소리 톤까지도 높낮이가 불규칙해지면서 두 번째로 튀어나온 그만두라는 녀석의 말에 종구는 심장까지 얼어 붙어버렸다. 한마디로 자신의 발등에 불이 떨어진 형국이었다. 그는 그만 기까지 질려버렸다. 뜻밖의 사태에 안절부절 못했으나 그렇다고 돈을 되돌려 받을 수도 없었다. 사지로 내몰린 심정이었지만 종구는 담담한 어조로 입을 열었다.

"강 형, 강 형의 수고로움을 의심해버린 것 같아서 그러는 모양인데, 하지만 친구가 무엇 때문에 한발 앞서갔는지 확인이 안 된 상항에서 기만적으로 넘겨짚는 것은 어리석은 결과만 초래하게 돼.

의심의 물꼬는 가늘지만 둑이 무너지면 감당 못하듯이 너무나 지나친 해석은 앞날이 구만리 같은 젊은 우리들의 정신마저 피폐하게 만들잖아. 강 형을 눈곱만치도 의심하진 않았어. 의심하지 않아서 억지로 하는 사과는 옳지 못해. 하지만 잠시 앞서갔던 나의 행동은 적절치 못했다는 생각이 들어서 그 부분은 말할게. 진심으로 미안해."

"차~암. 진종구 너의 정체가 뭐냐? 이상한 언변으로 사람을 녹이는 재주가 니 주특기냐. 좋아. 그만두자. 암튼 진득하게 기다리자. 비행기 타고 머나먼 사우디로 가는 일이 서울역에서 부산 가는 일이 아니란 말이야. 다들 알아들었지."

험악했던 분위기가 풀어졌다. 종구를 비롯해 네 사람은 호적등본을 강형준에게 넘겨주고서 봉 다방을 나왔다. 강형준은 방금 전에 불쾌했던 기분에서 완전히 벗어나 있었다. 네 사람은 신체검사를 받기 위해 용산에 있는 철도병원으로 향했다. 그에 앞서 강형준이 한마디를 덧붙였다.

"이제 며칠 후면 각자에게 신원조회 통지서들이 날아갈 거야. 신원조회가 끝나면 여권이 나오게 되는 거지. 집에 가서 몸보신들이나 잘들 해 둬. 알았지."

종구는 그들과 헤어져 온수동 집으로 돌아왔다. 구정으로 다가서는 끝 추위의 매서움 속에서도 물오른 복숭아 가지가 점점 연분홍빛깔로 물들어갔다. 지향의 끝이 아지랑이 같은 하루하루는 무척이나 더디기만 했다. 동지가 지난 지도 한 달이 훅 지나가면서 해거름마저 길어져 갔다. 보이지 않는 사물을 기다리는 것은 일 년 같은 하루의 연속이었다. 숨 막히는 한 주가 지나갔지만 신원조회 통지서는 날아오지 않았다. 강형준이 예상했던 날짜가 지나쳤다.

경찰서 정보과에서 담당 직원이 방문을 못할 경우 출두통지서가 날아온다 하여 모가지를 쳐들어가면서 하루하루 우체부만 기다렸다. 구정도 코앞이었고 답답한 가슴을 억누르며 달력만 쳐다보고 있었는데 강원도 문막의 사나이 임종철이 들이닥쳤다. 무척이나 상기되어 곱상한 얼굴이 안쓰럽게 일그러져 있었다. 숨 가쁜 그의 첫마디는 신원조회였다.

"진 형, 신원조회 끝났어요. 여기저기 알아보니까 신원조회는 일주일도 안 걸린다는데 신청한 지가 벌써 보름이 가까워져 간단 말이요. 이거 사기당한 것 아니요?"

종구 역시도 미심쩍었다. 벙어리 냉가슴 앓기는 마찬가지였다. 임종철을 앞세우고 방학동에 있는 임종화 집으로 향했다. 임종철은 사촌 형인 종화에게 거친 항의를 했다. 종화 역시도 신원조회를 받지 못한 상태였다. 하지만 구정이 코앞이었고 현재 강형준이 가족들과 휴가차 속초에 가 있어서 구정 후에나 사태파악이 가능했다. 구정 명절은 좌불안석이었다. 이웃들과 친구들을 만나면 사우디 얘기를 물어올까 봐 가슴이 조마조마하여 삼일동안 만취상태에서 곤죽이 되어 72시간이 7년처럼 느껴졌다. 구정이 끝나기 무섭게 봉다방에서 일행들과 마주했다.

강형준의 면전에서 모두들 신원조회가 불발이 되었다는 이구동성에 그 역시도 무척이나 흥분된 표정이었다. 강형준은 필동에 있는 김창수의 집으로 가보자고 했다. 그의 뒤를 따라서 당도한 김창수의 집은 70여 평이 넘어보였고 정갈하게 가꾸어놓은 정원이 딸린 제법 큰 3층 건물이었다. 각 층마다 큰 방 두 개와 작은 방에 별도의 응접실들이 있었다. 수세식 화장실과 욕조가 구비되어있는데다 2층 방 하나와 3층은 통째로 세를 놓고서 가족들은 개개인이 방 하나씩을 사용하고 있었다. 옥상에도 고급원목의 퍼걸러가 있었고 대형파라솔에 쉼터까지 갖춰져 있었다. 김창수의 집만 놓고 보아도 현 시가로 몇천만 원 정도의 부동산 소유자로 보였다.

김창수는 강형준과 일행들을 반갑게 맞이해 주었다. 아직까지 일행들의 신원조회가 시작도 되지 않았다는 설명을 듣고서도 그는 특유의 호탕한 웃음으로 껄껄껄 거렸다. 신경을 쓰지 말라는 뜻이었다. 회사에서 한꺼번에 무더기로 서류를 처리하는 과정에서 각 경찰서의 정보과마다 뇌물을 잔뜩 뿌려놓아서 본인들 집으로 연락할 필요 없이 일사천리로 모든 것이 종결되었다는 것이었다. 김창수의 자신감 넘치는 해명을 들은 일행들은 황망하고, 무안하고, 창피하고, 경솔하고, 죄송해서 모두들 고개를 떨어뜨리는 중죄인이 되어버렸다. 가재 눈을 해가면서 곁눈 짓을 하던 강형준은 일행들에게 너무나 성격들이 급해가지고 매사를 난감하게 만들어간다며 핀잔을 주었다. 유쾌해진 김창수는 도토리 같아진 다섯 명에게 너그러운 대접으로 분위기를 바꾸어 놓았다. 명절 뒤끝이었지만 부인을 시켜서 해산물 안주를 만들고 푸짐한 술상까지 차려 내왔다. 일행들은 죄 닦음으로 김창수의 술잔을 두 무릎을 꿇고서 양손으로 공손하게 받아가며 고개를 돌려가면서 마셨다. 모두들 황공할 따름이었다. 돌아가면서 술이 몇 순배씩 오고가는 도중에 김창수는 본인의 지난 과거들을 스스럼없이 쏟아냈다. 그의 고향은 북한지역 황해도 연백이었다. 연백에서도 다섯 손가락 안에 드는 부자였다고 했다. 부자였기에 북한공산당들에게 부르주아 딱지가 붙어서 갖은 핍박 끝에 6.25 때는 반공청년으로 활동했지만, 느닷없는 1.4후퇴가 코앞으로 다가와 혈혈단신 고향을 등질 수밖에 없었다면서 눈시울을 붉혔다. 몇잔 술의 분위기에 노신사의 뼈아픈 과거사는 일행들의 심금을 울리기에 모자람이 없었다. 그는 젊은 일행들에게 동화되었다는 듯이 더더욱 폐부 깊은 곳에 내장되어있는 사연들을 끄집어내었다. 연백에 많은 재산과 가족들을 남겨 놓은 채로 후퇴할 당시에는 다시 만날 것을 철석같이 믿었는데 그 꿈을 이루지 못하고 현재에 이르렀다며, 지금의 부인과 자녀들 말고도 이북에는 본 부인과 자식들이 있다면서 본인이 눈을 감기 전에 하루빨리 남북통일이 되어야 할 텐데 해가면서 눈물을 훔치었다. 그는 지금도 시간만 나면 임진각으로 달려가서 아스라이 생각나는 고향 연백의 인절미를 생각해가며 향수에 젓을 수밖에 없다고 했다. 현재 김창수는 이북오도청 산하에 있는 실향민단체에서 김 씨 문중 종친회 회원으로 있었고, 몇 년 전에는 회장직을 역임하기도 했다.

다섯 명의 죄인들이 김창수의 과거이야기를 경청하고 있는데 정림통상에서 전화가 왔다. 마산에서 손님들이 오셨다는 전화였다. 그는 술에 절어있는 노구를 끌고 일어나면서도 섭섭함을 감추지 않았다. 젊은 친구들을 만나면 한없는 이야기를 하고 싶은데 회사일이 너무 바빠서 더 앉아 있을 수가 없다는 여운을 남겨놓고서 피아트 자가용을 타고 떠나면서도 손을 흔들었다.

일행들은 김창수가 없는 집을 나왔다. 필동 파출소 앞에 다다를 때쯤 키가 무척이나 커 보이는 고등학생이 강형준을 보면서 넙죽 인사를 해왔다. 강형준은 김창수의 막내아들이라며 일행들에게 인사를 시켰다. 종구와 일행들은 강형준을 따라 동대문 봉 다방으로 향했다. 일행들을 번갈아가면서 바라보다가 담뱃불을 붙이던 그는 비릿한 웃음을 흘려가면서 모두에게 힐난이 섞인 말을 쏟아냈다.

"필동이라는 부촌에, 큰집이 있고, 애들이 셋이나 있고, 멀쩡한 부인이 있고, 월세만 받아도 살아가는데 아무런 지장이 없고, 회사에서는 회장님 대우를 받고 계시는 김 선생님이 우리 같은 조무래기들에게 사기를 치겠어? 응? 말들 해봐. 왜 말들이 없는 거야. 이봐, 인간들이 한번 남을 의심하기 시작하면 한도 없고 끝도 없는 거야. 선생님의 기분이 얼마나 더러웠겠어."

강형준의 열띤 추궁에 일행들은 언감생심 말대꾸할 엄두도 내지 못했다. 모두들 이구동성으로 미안하다는, 경솔했다는, 말만 연거푸 쏟아내고 있었다. 고문 같았던 그의 마지막 훈계가 종착역을 향했다,

"출국통지서가 나오면 모두들 양주 한 병씩을 사들고서 단체로 김창수에게 찾아가서 오늘의 무례를 사과합시다."로 끝났다.

며칠 후 강형준의 형제들 중 바로 위의 형님이 사당동에서 중국집을 개업했다는 소식을 들었다. 일행들은 함께 모여서 사당동으로 향했다. 개업집 방문인사는 십시일반 하여 팔각성냥과 질 낮은 두루마리 화장지였다. 네 사람은 강형준의 친형으로부터 분에 넘치는 극진한 환대를 받았다. 배갈 몇 독구리가 비어갈 무렵 강형준의 부인이 나타났다. 그녀를 바라본 종구는 한동안 고압전선에 감전된 몸뚱이처럼 딱딱하게 굳어버렸다. 아무리 훑어보아도 흠이라고는 찾아낼 수가 없는 미인이었다. 첫눈에 확 띄는 미인이라기보다는 체형의 구조가 완벽에 가까운 여인이었다. 강형준 녀석이 뱉어내는 멋대가리 없는 반말에도 그녀는 얼굴 한번 찡그리지 않았다. 그녀는

순종이 미덕인양 남편의 '야'라는 말에도 미소로만 답해왔다.

종구는 강형준이 무척이나 부러웠다. 청순미의 그녀는 초등학교 교사였다. 요염하고는 거리가 멀어도 한참이나 먼 품격에서 정서적인 인품마저 닮고 있는 것 같았다. 강형준 부부는 개포동 시민아파트에서 살고 있었다. 녀석은 서울의 명문대인 고려대학교 출신이었다. 대학을 졸업하고서 군대 생활을 의정부 미군 부대에서 카투사로 제대했다. 군대 생활동안 카투사가 너무나 편안해서 사회생활이 몸 따로 마음 따로 놀아나 적응을 하지 못했다. 집안도 나름 여유로워서 먹고 사는 문제에는 쪼들리지 않았고 급한 성격이 문제였으나 부인의 뒷바라지마저도 건실하여 따뜻한 구들장의 늘어진 불알이 되어 무사태평이었다. 무사태평의 생활 속에서도 그는 머릿속에 들어있는 먹물이 있어서 벼룩의 낯짝이 무엇인지 깨칠 줄도 알았다. 녀석은 나름대로 길을 모색하던 중에 김창수의 양자인 김영곤하고 줄이 닿아 김창수를 알게 되었다. 그의 인생살이 중에서 가장 불행한 만남이었다. 김창수는 녀석의 학벌과 출중한 영어실력을 알게 되었고 속마음이 여리다는 것까지 꿰뚫어 보았다. 결국 김창수의 감언이설에 말려든 그는 김창수를 선생님으로 모셨다. 강형준은 사우디아라비아 얀부로 가서 청운의 꿈을 펼칠 수가 있다는 믿음을 철석같이 확신하고 있었다. 이제 며칠 후면 엄청난 사기극에 휘말려들었다는 것을 알게 될 일행들은 이때까지만 해도 고무풍선 같은 꿈에 부풀어 한 치 앞도 내다보지 못했다. 모두들 황금이 널려있을 것 같은 사우디 꿈을 안고만 있었다. 사우디로 가기만 하면 돈을 무더기로 버는 줄로만 믿고 있었기 때문이었다.

강형준의 형은 인정이 많으면서도 감수성까지 풍부했다. 좋은 중

 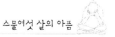

국요리를 무한정 만들어 내면서 계속 술을 권해왔다. 이제 얼마 후 사우디로 나가면 주류 유통이 법으로 금지된 이슬람지역이라 못 마신다면서 오늘만이라도 마음 편안하게 마시라며 잔을 채웠다. 종구는 녹초가 되어버렸다. 비틀거리면서 중국집을 나설 때 강형준의 형은 집으로 가져가라면서 본인의 최고솜씨로 만들어낸 깐풍기가 담긴 비닐봉지 하나씩을 손에 쥐어주기까지 했다. 종구는 꽈배기 걸음걸이로 끼우뚱 걸어가면서 혀 감기는 목소리로 "고맙습니다.", "감사합니다."를 연발했다. 흐느적거리면서 버스에 올라탄 그의 몸뚱이 반은 이미 사우디 땅에 가 있었다.

그 당시를 되돌아본다면 너무나도 어리석은 행동이었다고 할 수도 있지만, 사회 전반의 흐름은 암울하면서도 막막한 내일은 예측도 할 수가 없었다. 한국적 민주주의를 주창한 군사정부의 유신독재가 프로파간다식 선동정치를 앞세워 일인독재를 만들어나가는 시기였다. 1970년 전태일 사건이 있었으나 노동조합은 유명무실했고, 동사무소 말단공무원들의 주 근무시간은 50여 시간을 넘기는 것이 기본이었다. 최일선 공무원들의 근무시간이 이럴진대 노동자들이나 자영업 종사자들의 근무시간은 통계조차 없었다. 서민층의 복지제도나 의료보험은 물론 노후보장 정책은 상상도 못했고, 식생활의 단백질 운운은 고차원적 발상이어서 그저 끼니때마다 굶지 않는 것만으로도 감사했다. 저소득층의 대다수 주부들은 한 끼 식사 때마다 쌀 한두 스푼을 절약미로 비축했고 김장김치마저도 아껴서 먹어야만 했다. 살아가는 것이 미덕이 아니라 살아남는 것이 미덕인 세상이었다. 빈부격차에 뒤틀린 민심을 잡기 위해 간첩단 사건이 난무했고, '무찌르자 공산당 때려잡자 김일성'을 앞세워 전쟁이 코앞에서 아른거리는 형국이었다. 서민들의 원망들은 쉽게 밖으로 들어나지 않지만 보이지 않는 실망이 더 무섭다는 것을 위정자들은 철저하게 외면했다.

이러한 사회 흐름 속에서도 나름 열심히 살아가기를 갈망했던 일상들이 무너지면서 사우디가 마치 에덴의 동쪽처럼 다가온 것은 우연이 아닌 필연이었는지도 모른다. 모든 지식과 정보가 꽉 막혀 있어서 사우디는 생소한 나라였고, 출국수속 절차 같은 행정에도 백지상태였다. 당시 종구는 노동사회마저도 문외한이었기에 그가 할 수 있는 행동이란 친구의 친구에게 의지할 수밖에 없었다. 더구나 김창수의 행동마저도 종구가 의심할 수 없도록 만들어 놓았다. 외모에서 묻어나는 노신사의 품위 있는 행동이나 호탕한 목소리에서 쏟아내는 디테일한 언어는 '설마'라는 의구심을 품을 수조차도 없었다. 그의 듬직한 집까지 좋은 배경이 되었고(물론 소품에 불과했지만) 평탄한 가정까지 꾸리고 있어서 상류사회의 지식인으로만 생각했다. 또한 잘 꾸며진 정림통상이라는 '주식회사'까지 버팀목이 되었으니 설마 몇십만 원의 돈 때문에라는 의문을 무력화시키기에는 충분했다.

하지만 이 모든 일들은 각 개체들의 근시안적 안목이 안이한 판단을 불러일으킨 참화였다. 반대로 범위를 확장시켜놓고 본다면 어마어마한 흉계가 숨어있다는 사실들을 모두가 외면해버렸던 것이다. 아무튼 술기운이 얼큰하여 집에 도착한 종구는 어머니와 동생들 앞에서 혀 꼬부라진 목소리로 호언장담을 쏟아냈다. 이제 사우디로 갈 날이 얼마 남지 않았으니 본인만 믿으라는 자신감 넘치는 언약이었다. 더구나 앞서 사우디로 출국한 동네 사람의 두 번째 송

금액이 34만 원이었기에 종구의 말을 액면 그대로 받아들인 가족들은 회한(悔恨)의 눈물을 뿌렸다. 그동안 아들의 마음을, 형, 오빠의 마음을, 안아주지 못해서 미안하다는 말들을 덧붙여왔다.

다음날부터 가족들은 종구의 비위를 맞추는데 모든 역량을 집중했다. 방위병으로 무일푼인 동생은 닭고기만 좋아하는 형을 위해 노원교의 신대포집에서 닭튀김을 사왔고, 여고생인 막내는 출처도 모르는 돈으로 빠삐용 신간을 사왔고, 어머니는 봄나물로 식욕을 돋게 해주셨고, 동네 점방에서는 곤달걀에 막걸리 서비스까지 해주었다.

4

3월 초입으로 들어섰다. 하루하루 기다리던 가족들이 시나브로 기진하기 시작했다. 어제와 오늘의 차이가 천변만화처럼 달라지는 봄 날씨였다. 봄맞이 청소처럼 궁핍은 먼지 털듯이 없어지지 않았다. 종구는 조급증을 누를 수가 없어서 작년에 사우디로 떠나간 선배 가족들에게 출국수속에 대하여 자문을 구했으나 당사자가 아니어서 속 시원한 답을 들을 수도 없었다.

집안에 시계가 없다고 시간마저 없어지는 것은 아니었다. 봄바람을 타고 다가오는 시계초침소리가 점점 크게 울려왔다. 밀려드는 불안감과 답답한 마음을 억누를 수가 없어서 필동에 있는 김창수 집으로 가보았다. 김창수는 집에 없었고 집안분위기만 상당히 어수선해져 있었다. 마산에서 올라온 양종훈이라는 사람과 열 명 가까운 일행들이 진을 치고 있었는데 대부분 새카맣게 그을렸으나 다부진 체격들이었다. 짜증이 얼굴 전체를 덕지덕지 발라놓은 것 같은 김창수의 부인은 신경질적인 목소리를 뱉어내면서 멀쩡한 안경을 벗었다 쓰기를 반복했다. 그녀는 화가 잔뜩 나 있었다. 경상도 사투리의 소음과 담배연기가 응접실을 구들장 고래가 터져버린 사랑방처럼 만들어 놓아서인 것 같았다. 일행들 가운데서 연신 담배연기를 품어내던 양종훈이 반복된 신세한탄을 쏟아냈다.

"사모님, 예. 마 김 선생에게 전화해서 퍼뜩 좀 오라 하이소. 내 사마 속아지가 확 뒤집어져서 미치뿐다 아입니꺼?"

"전화를 스무 통이나 했는데 안 기어들어오는 영감탱이를 내가 어디 가서 잡아온단 말이야."

"아이고. 내 사마 한두 번도 아이고. 보름, 한 달, 또 보름을 옥수로 퍼질러서 또 이런 꼬라지를 해갖고 마산으로 내리 가면 맞아 죽을 낀데 이를 우얀단 말이노."

손짓발짓 해가면서 항의하는 양종훈에게 김창수 부인은 눈을 치켜 떠가면서 본인은 모르는 일이니까 영감탱이하고 알아서 해결하라며 반발하고 있었다. 양종훈의 주위를 감싸고 있는 새카만 사람들의 입에서도 간간히 욕두문자가 삐져나오기 시작했다. 어수선하면서도 돌아가는 꼴이 심상치 않음을 느낀 종구는 불안한 마음이 겹쳐서 조급증을 불러왔다. 영동시장 부근에 있는 정림통상으로 가보았다. 귀빈실에는 어린아이를 등에 업은 아주머니와 앞전에 사장실 문틈사이로 얼핏 스쳐보았던 뚱뚱한 중년부인, 충주에서 왔다는 사람들, 부산, 인천, 서울에서 왔다는 사람들로 북새통을 이루고 있었다. 사장실에는 김창수와 30대로 보이는 과장, 대리라는 직원도 보였다. 바로 옆에 있는 좁은 비서실에도 아가씨 2명과 사무직원 한 명이 두 손을 감싼 채 서 있었고, 네모난 스툴에 엉덩이를 착석시킨 늙은 경비는 무표정한 얼굴로 앉아 있었다. 뿌연 담배 연기가 직원들 사무실까지 넘실거렸다. 매캐해진 귀빈실에 모여 있는 많은 사람들은 거의가 상기된 얼굴들이었다. 서로를 마주 바라보는 표정들은 낯선 사람들끼리의 호기심으로 가득 차 있었다. "혹시 사장을 못 봤습니까?" 질문하는 사람, "나도 못 봤소." 답변하는 사람이 있는가 하면, 부장 강희진의 널따란 책상에 걸터앉아서 "강희진이 이놈 어디로 도망갔느냐."며 호통을 치는 사람, 카펫 위에 주저앉아서 어린아이에게 모유를 먹이는 아주머니까지 있었다. 이구동성으로 쏟아낸 말들로 뒤범벅이 된 말들 중에서 어떤 이는 반년이 넘었다고 했고, 어떤 사람은 넉 달, 또 누구는 다섯 달, 반년이라는 목소리들이 섞여서 들려왔다.

많은 사람들이 내품는 열기와 함께 공기가 점점 이상한 기류를 타기 시작했다. 부장 강희진의 넓은 책상 위에 놓인 국화 화분에 물기가 말랐는지 시들어가는 꽃잎들이 애처롭게 보였다. 책상 위에 걸터앉은 사람이 구두 뒤꿈치로 책상을 툭툭거릴 때마다 화분의 흰 국화꽃은 경련을 일으키면서 하얀 눈물 같은 꽃잎들을 한잎 두잎 떨어트리고 있었다. 창가에 가지런히 놓여있던 난초 화분들에는 담배꽁초들이 잔인하게 짓이겨져 쌓여있는 걸로 보아 며칠 전부터 많은 사람들이 농성을 한 것 같았다. 귀빈실과 사무실 언저리에 모여 있는 사람들은 줄잡아서 50여 명쯤 되어보였다. 50여 명의 말소리는 표준어와 사투리가 뒤섞여서 종교집단의 방언소리처럼 들렸다.

종구는 혼란스러웠다. 이건 정상적인 회사가 아니라 말 그대로 쓰레기장으로 착각할 지경이었다. 사장실에서 김영곤이 모습을 드러냈다. 그가 나타나자 귀빈실은 일시에 조용해졌다. 금테안경을 벗어 닦고서 다시 쓴 그는 특유의 악센트가 강한 어조를 담아서 말하기 시작했다.

"여러분들, 대단히 죄송하게 되었습니다만, 회사에서도 여러분들 못지않게 노력 중이라는 것을 아셔야 합니다. 미안합니다만 여러분들께서 이렇게 웅성거리면서 사무실과 귀빈실까지 점거하여 몰려있으시면 회사의 업무가 마비되어 출국 일정이 더욱더 늦어집니다. 이런 점 널리 양해해주시고 조금만 더 참아주시기를 당부드립니다."

김영곤의 설명이 끝나기 무섭게 어린애를 업고 있던 부인 한 사람이 반문했다.

"아저씬지 대리씬지는 모르지만 벌써 다섯 달 째 오늘 낼 해대는 거짓 뿌랑구 짓거리를 믿다가 연탄까지 떨어져서 애기가 감기까지 옴팍 뒤집어썼는데 또 사기를 치려고? 이제는, 더는 안 속아!"

말하는 아주머니 옆에서 매서운 눈으로 김영곤을 쳐다보고 있던 다른 아주머니가 말을 이어받았다.

"세상에 사기꾼 회사를 또 믿으라고? 거짓말도 한 번 두 번이어야지. 입만 열었다 허면 보름, 보름, 또 한 달. 그러니까 아저씬 나서지 말고 사장 놈 나오라고 해요, 사장 놈! 그놈한테 우리들이 준 돈만 돌려받으면 여기서 살라고 해도 징글징글해서 나갈 거니까."

소란 속에서 김창수가 김영곤 뒤로 다가섰다. 그는 근엄한 표정을 만들어 가면서 아주머니의 말을 되받아 대답을 해왔다.

"허, 험! 흐흠! 여러분들의 고통은 익히 잘 알고 있습니다. 저희 회사에서는 항상 여러분들을 한가족이라 생각해가면서 열심히 일해왔습니다. 어험! 여러분들이 계셔야만 회사도 존속을 할 수가 있다는 이 말입니다. 그런데 사우디 일이라는 것이 우리가 바라는 대로 진척이 되질 않아서 회사가 기획했던 일들이 차일피일 늦어지고 있는 겁니다. 그러니 모두들 고정들 하시고 집으로 돌아가서서 진득이 기다려주시면 머지않아 깔끔하게 진행이 됩니다. 여러분들의 협조가 있어야만 우리들이 추진하고 있는 일들이 빠른 시일 안에 이루어지게 된다는 말입니다. 우선 사무실이 정상적으로 움직여야 될 것 아닙니까, 여러분."

칠순을 깔고 앉은 김창수의 표정은 간절한 사정의 호소문을 낭독하는 것 같았다. 흰 눈썹이 귀 방향으로 처지면서 지적인 표정을 연출한 그의 말끝에 이번에는 부산에서 올라왔다는 키 큰 사람이 나섰다.

"당신은 누구십니까?"

"아, 나는 이 회사의 회장되는 사람이올시다."

거침없이 받아내는 김창수의 말대답에 귀빈실에 모인 많은 사람들 입에서 어지러운 감탄사가 쏟아져 나왔다.

"회장님이시라면 사장 놈보다 높잖아. 아니 저런 늙다리 꼰대가 오야지라고?"

술렁이면서 쏟아낸 말들은 거의 경멸에 가까운 말들이었다. 김창수 정면에 있던 부산사람이 노려보았다. 그는 강희진 계열의 사람이었고, 반년을 기다렸다고 했다. 그가 맞받아쳤다.

"회장이라니. 당신 같은 늙다리 사기꾼 회장이 이 회사에 있었다는 거요?"

김창수의 얼굴빛이 누런 황색으로 변했다. 구강이 덜덜거리면서 입 언저리가 새파래졌다. 잔뜩 찡그린 얼굴 표정으로 옆에 서 있던 김영곤이 볼을 씰룩씰룩 거리면서 앞으로 나서더니 부산사람에게 대들었다.

"이거 보시오. 말은 가려가면서 해야지, 함부로 하면 되겠소? 아버님이 사기꾼이라니요."

특유의 악센트가 섞여 있는 김영곤이 눈을 치켜뜨면서 항의조로 말하자 부산사람은 쓴웃음을 지어 보이면서 비꼬았다.

"당신은 뭐야. 소문을 들으니 사기꾼에게도 아들이 있다던데. 그럼, 당신이 바로 아들 사기꾼?"

김영곤의 얼굴은 말술에 대취해버린 얼굴 표정의 주정꾼처럼 변했다. 숨소리마저 거칠어진 그의 음성에다 찢어진 악센트까지 들어 있어서 갈기털이 빠진 사자의 울부짖음 같았다.

"다, 다, 당신, 당신 말이야! 그, 그 말 취소해. 취소해요. 마, 말을 그따위로밖에 못하겠소!? 우리 부자가 사기꾼이라면 어떻게 다, 당신들 앞에서 떳떳하게 서 있을 수가 있단 말이야! 당장 취소해요! 사기꾼이라는 말!"

부산사람 옆에서 어린아이를 포대기에 들쳐 업고 있던 아주머니가 나서더니 볼을 씰룩거려가면서 눈을 내리깔아가며 빈정거렸다.

"아무리 개 같은 세상이라지만 살다 살다 별꼴을 다 보겠네. 아, 사기꾼들에게 사기꾼들이라고 했는데 뭐가 원통해서 오만가지 인상을 박박 쓰는 거야?"

김영곤은 아주머니의 말 앞에서 순식간에 이성을 상실해버렸다. "이, 이, 여편내가 미쳐도 분수가 없이 미쳤네."를 특유의 악센트와 함께 뱉어내 버렸다. 김영곤의 말이 카펫바닥으로 떨어지기도 전에 업고 있던 아이를 카펫바닥으로 내팽개치는가 싶었는데, 그녀는 전

광석화 같은 행동으로 김영곤의 멱살을 움켜쥐고는 비틀어가면서 욕설을 퍼부었다. 김영곤이 그녀를 뿌리치기 위해서 몸부림을 쳤으나 마음대로 되지가 않았다. 넥타이를 손으로 감고서 와이셔츠 깃까지 조여든 목은 붉어져만 갔다. "아이고 이 쌍년이 미쳤나, 왜 생사람을 잡으려고 이 지랄을 떠는 거야?"라는 말을 쏟아내면서 손목을 비틀기 시작하자 그녀는 김영곤의 면상을 향해 침 세례까지 퍼부었다,

"야, 이 더러운 사기꾼 놈의 자식아. 오늘 너 죽고 나 죽자. 니놈들의 사기질 때문에 연탄 떨어지고 쌀 떨어져서 오늘 죽을지 낼 죽을지도 모른다. 요 상놈의 새끼야!"

넥타이를 점점 더 감아쥐고서 암팡지게 매달리자 김영곤의 얼굴은 핏기까지 빠져서 노랗게 물들어갔다. 두 남녀가 카펫바닥에서 뒹굴어가며 엎치락뒤치락 하기 시작했다. 많은 사람들이 두 사람을 뜯어말리기 무섭게 젊은 직원 한 명이 재빨리 다가와서 안경마저 벗겨진 김영곤을 부축하여 사장실로 데려갔다. 여러 사람들에게 팔목을 붙들린 아주머니는 입에서 흰 거품을 쏟아내며 괴성을 지르기 시작했다. 여직원과 사장실의 여비서는 벌벌 떨고 있었고 김창수의 동공은 흰자위로 가득 채워졌다.

카펫바닥에서 울고 있는 어린아이를 그대로 방치한 채 자유의 몸이 된 그녀는 거친 숨을 몰아쉬었다. 그녀는 어린아이를 쳐다보지도 않고 옆에 있는 책상 위에 전무 강희진이라고 새겨진 삼각 검정 명함판을 움켜잡았는가 싶었는데 그대로 사장실문을 박차고 안으로 돌진했다. 손수건으로 안경을 닦던 김영곤이 혼비백산하여 사장실을 몇 바퀴 돌아가며 귀빈실 방향을 힐끗힐끗 거렸다. 사장

실에 있던 젊은 직원이 그녀 앞을 가로막으면서 저지시킨 틈을 탄 김영곤은 귀빈실로 나오기 무섭게 비상문에 머리를 찧어가면서 줄행랑을 놓았다. 그가 사라진 사장실에서는 젊은 직원과 아주머니의 싸움이 벌어지고 있었다. 그녀는 한손으로 젊은 직원의 머리카락을 움켜쥐었고 직원은 그녀의 손에 쥐어있는 삼각 명함판을 잡고서 버티었다. 두 사람이 이내 고목처럼 옆으로 쓰러졌나 싶었는데 "으아아악!" 하는 소름 돋는 소리가 단말마처럼 귀빈실까지 덮쳐왔다. 젊은 직원의 주먹세례를 받은 그녀의 입술은 찢어져서 피가 흘렀고 직원의 팔뚝에서도 피가 흘렀다. 팔뚝에는 흉측한 이빨자국이 나있었고 깊이 페인 팔뚝에선 검붉은 피가 흘러내렸다. 주위 사람들이 두 사람을 갈라놓기 무섭게 젊은 직원은 물린 팔을 반대 팔로 지혈해가면서 출입구로 줄달음을 쳐버렸다. 산발한 머리카락에 눈동자가 완전히 풀려버린 아주머니의 동공에서는 파란 불꽃이 이글거렸다. 광분한 그녀는 괴성을 토해내가면서 사장실 책상에 놓여있던 난초화분을 들고서 의자에다 집어던졌다. 그녀의 눈동자는 되돌릴 수 없을 정도로 뒤집혀 버렸고 직원실까지 더듬어 가면서 타자기와 텔렉스, 사무용품들을 닥치는 대로 뒤엎었다.

　김창수의 눈은 흰자 속에서 노란 동공이 정지해 있었다. 흰 눈썹이 떨리면서 정지해버린 눈알을 굴리기 시작하더니 슬금슬금 가재걸음으로 출입구 방향으로 움직였다. 여러 사람들의 시선이 김창수 쪽으로 집중되면서 욕설과 가래침 세례가 퍼부어졌다. 야생고양이 같은 몸놀림으로 출입구 문을 박차고 사라진 그는 고희의 늙은이가 아니라 사냥개에게 쫓기는 토끼 같았다.

　한편에선 회사 기물들을 닥치는 대로 파괴시킨 아주머니는 귀빈실에 세워둔 대형거울을 깨트리다가 손등과 손목에 큰 상처를 입었다. 손목에서 피가 분수처럼 피어났다. 손등에서 삐져나온 동맥 두 개가 아기 기저귀 찰고무처럼 흔들리면서 검붉은 피를 계속 쏟아냈다.

사장실, 귀빈실, 사무실 할 것 없이 난장판으로 변해가기 시작했다. 동맥에서 뿜어져 나오는 피를 창문마다 휘저어 피칠갑으로 변한 정림통상은 피 비린내가 진동했다. 울다가 질식해버린 어린애를 안고 있던 여비서는 공포에 질린 얼굴로 변해 가다가 마침내 큰소리로 울음을 터트리고 말았다. 사장실과 귀빈실은 혼돈 속으로 빠져들었다. 구급차의 사이렌 소리가 요란하게 울렸다. 아비규환 속에서 누군가가 소방서에 신고를 했다. 동맥이 잘려서 위급하다는 신고였다. 그녀는 구급차에 실려서 병원으로 이송됐고 남은 사람들은 혼탁한 공기 속에서 모두들 흥분한 상태였다. 누군가 큰 목소리로 경찰에 신고부터 해야 한다면서 사장실 책상에 놓인 전화기를 집어 들었다. 순간, 묵직하면서도 칼칼한 목소리가 뇌성처럼 울렸다.

"안 돼요. 경찰에게 전화하면 우리들 모두가 끝이에요. 경찰에서 개입해가지고 사장 놈과 간부 놈들을 몽땅 구속해 버리면 우리들의 돈은 어디서 받는단 말이에요?"

칼칼한 여자의 목소리에 모두의 시선들이 한군데로 집중되었다. 그녀는 아침부터 사장실 소파에 앉아서 지금까지 진행된 자초지종을 지켜보았던 아줌마였다. 유난히 뚱뚱한 체격의 그녀는 종구가 처음 이곳에 왔을 때 사장실에서 스쳐본 일이 있는 인물이었다. 부산사람이 그녀에게 말을 걸었다.

"아주머니는 누구요?"

부산사람의 질문에 그녀는 아무렇지 않게 대답했다.

"나도 당신들과 똑같은 사람이에요."

그녀는 대답을 하면서도 디자인이 꽤나 세련되어 보이는 가죽으로 된 손가방을 안고 있었다. 노란색 금줄이 총총히 엮인 가방은 꽤나 가격이 나갈 것 같은 고가품의 냄새가 짙게 배어 있었다. 호기심에 찬 눈동자들이 일제히 그녀에게 쏟아지다가 고개를 돌려가면서 서로를 쳐다보면서 고개를 기우뚱했다. 모두들 처음 대하는 표정이었다. 그중 누군가의 입에서 그녀가 내뱉은 말에 대해 반문을 했다.

"아, 아니, 아줌씨. 그렇게 뚱뚱한 몸으로 가마솥 뚜껑도 튄다는 사우디까지 가서 무슨 일을 한다는 거요? 기술이 뭐요? 미장이요? 쓰밈니까? 혹시 타일이요? 목수는 아닐 거고."

돌발 질문이 나온 것이다. 엉뚱한 말 때문에 지금까지 삭막했던 분위기 속에서 폭소가 쏟아져 나왔다. 사실 지금 이 순간은 절박한 순간이었다. 이곳에 모인 사람들은 거의 돈이 없는 가난한 서민들이었다. 모두들 기술도 특별하지 못해 노동기술사회에서마저 대우를 못 받는 사람들이 모인 곳이다. 이들은 모였을 때, 속았다는 사실 그 자체를 실감하고 싶은 사람은 아무도 없었다. 격한 마음에 경찰서에 신고하려는 마음을 먹었으나 내일이라도, 아니 한 달, 두 달이 더 걸리더라도 사우디로 갈 수 있다는 확실한 보장만 있다면 모두가 한결같이 조용해질 사람들만 모여있는 곳이기도 했다. 한편으로는 사기를 당했다고 긍정을 하면서도 다른 한편으로는 긍정보다는 부정을 해야 할 수밖에 없는 상황이었다. 이들에게는 사기보다도 더 두려운 장막이 드리워 있어서였다. 가난한 살림에 빚을 내어 남편이, 아들이, 아버지가 사우디로 큰 돈벌이를 간다는 소문을 이웃들에게 퍼트린 일이 되돌릴 수 없는 형벌인 것이다. 돈을 받으러온 빚쟁이들에게 "우리 남편이 사우디만 가면금세 갚아 드릴게요.", 외상으로 먹는 쌀가게, 연탄가게에다 "우리 애 아빠가 얼마 안 있으면 사우디로 출국하게 되는데요, 그때까지만."이런 말들은 하기 싫어도 어쩔 수 없이 뱉어내야만 하는 말들이었다.

각박한 세상에서 앞날의 이런 확실한 희망이 있는, 기대가 없다면 빚쟁이들에게 더욱더 차가운 독촉을 당하게 되고 연탄이나 쌀가게 주인에게조차 냉소에 찬 수모를 받게 된다. 생활이 넉넉했다면 남편이나 아들이 출국을 한 이후에 알려야 될 이야기들이다. 하지만 형편이 넉넉지 못하고 쪼들리는 현실만 눈앞에 살아있어서 출국 사실을 먼저 발설해야만 하는 것이다. 아무리 가난에 찌들어 살고 있더라도 돈이 나올 구멍만 확실하다면야 빚쟁이들도 독촉을 안 하고 쌀이나 연탄 외상도 군말 없이 잘 준다. 이자가 불어나고 단골손님이 되기 때문이다. 이러한 상황에서 사우디 사기를 당했다는 사실이 현실로 나타났을 때, 사기를 당한 피해자가 되는 것뿐만이 아니라 사기를 당한 당사자와 가족들까지도 사기꾼으로 전락해버린다. 사우디도 못 가면서 사우디로 간다는 헛소문을 낸 사기꾼이 자동적으로 되어버리고 마는 것이다. 사기를 당하고서도 사기꾼으로 전락하여 쓰라린 가슴을 도려내야만 하는 슬픈 현실이 눈앞에 있는 것이다. 이런 현실은 종구의 경우도 비슷했으나, 후일 정림통상에서 사기를 당한 사람들의 공통분모이기도 했다.

이러한 앞날이 강 건너 등불이 아니라 눈앞의 현실이라는 사실을 이곳에 모인 사람들은 모두가 공감하고 있으면서도 제발 아니기를 바랐다. 사기를 당하고서도 사기꾼이 되어야하는 고통을 어떻게 감당할 것인가. 하루 이틀도 아니고 기약 없는 시간들 앞에서, 바로 눈앞에서 기다리고 있는 이러한 현실 때문에 귀빈실에 모인 사람들은 서로의 눈치를 살필 수밖에 없었다.

뚱뚱한 아줌마의 경찰신고 저지에 암묵적인 동의 속에서 여러 사람들의 사변은 복잡했다. 눈앞에서 벌어진 믿기지 않는 현실 앞에서 가망 없는 현실보다도 가망 없는 내일의, 거짓의 속삭임일지라도 얇은 귀를 기울이지 않을 수가 없었던 것이다. 모두들 정림통상의 투명한 내막을 알고 싶었고, 그들이 하는 말들이 진심이기를 바랄 수밖에 없었다. 여섯 달을 참고 견뎌온 사람도 있는데 두세 달쯤이야. 당장 경찰에 신고한다고 돈이 나오는 것도 아니며 사우디로 갈 수 없는 것도 아닌 데라며 말하는 뚱뚱한 아주머니, 그녀는 약수동 아줌마였다,

한동안의 소란이 사그라들 무렵, 모두들 침통한 표정들이었다. 귀빈실에 모인 사람들이 약수동 아줌마 주위에 둘러앉았다.

7

하자들의 혼란

1

　자칭 약수동 아줌마라는 그녀는 하자(사우디 취업을 미끼로 돈을 받은 사람들을 지칭하는 정림통상의 은어)가 전혀 없다는 차장과, 사장부인과 본인이 눈으로 보고 전해 들었다는 정림통상의 태동부터 현재까지의 이야기를 보따리장수가 보따리를 풀어 헤치듯 말하기 시작했다. 그러나 이런 내막들도 사우디 건설업의 유경험자들이 들었다면 한겨울의 매미울음 소리로 들었을 것이다. 이치에 맞지 않은 이야기들이 뼈대에 맞물려 있어서였다. 하지만 사우디 취업 루트를 전혀 알 수가 없었던 정림통상 귀빈실에 모여 있던 하자들에게는 매우 신빙성이 있는 선조들의 유물 상속 이야기처럼 들렸다.

　최영덕은 군에서 영관으로 예편했다. 그는 예편할 당시 육군본부에서 근무 중이었다. 예편 퇴직금과 현역친구들의 지원을 받아서 신설회사 창립을 서둘렀다. 당시 국내 군소 건설사들은 중동진출에 비상한 관심을 가지고 로비활동에 분주했다. 바로 1년 전 세계 건설업계에 센세이션을 일으킨 회사가 바로 현대건설이었다. 현대건설이 사우디 주베일에서 9억 3천만 불짜리 사업인 항만공사를 수주해서였다. 그 금액은 당시 대한민국 전체 GDP의 25%라는 어마어마한 금액이었다.

　이 사건이 도화선이 되어 이름 있는 건설사들이 우후죽순처럼 중동으로 진출하던 시기였다. 이런 틈바구니 속에서, 지방에서조차도 알려지지 않았던 건설업체가 단숨에 대한민국 20대 건설사로 발돋움 한 실화까지 확인이 되었다. 유신시절이었기에 모든 정보와 인맥은 군 조직에 칡넝쿨처럼 얽혀 있었다. 최영덕이 믿는 구석은 육군본부였다. 육군본부라지만 육군본부가 어떤 곳인가. 보직에 따라 장군들도 유리창을 닦는다는 곳이었다. 하물며 영관 나부랭이들이야 빗자루로 눈청소하는 부류들이었다. 영관인 최영덕은 정보과 선후배들과의 얇은 끈을 믿고서 영동시장 부근에다 정림통상이라는 주식회사를 창립했다. 110평의 3층을 월세로 얻었다. 먼저 화려하게 제작된 간판부터 내걸고 보증금 800만 원에 월세가 80만 원이었지만, 입주당시 보증금은 우선 400만 원만 지불하고서 가구점에서도 같은 방식으로 회사 기물들을 들여와 110평을 4등분하여 사장실과 귀빈실, 직원실과 간이창고를 만들어 나갔다. 신규회사를 창립하려면 정해진 수순이 있었으나 최영덕은 통 크게 노동청의 인가도 받지 않고서 간판부터 달아버렸다. 간이 배 밖으로 나온 행위였지만 뒷배에 육본이 있다는 배짱이었다. 간판을 달고 명함을 파고 어찌어찌해서 육본 정보과를 통하여 추천된 사우디 현지 사정에 능통한 전문가를 섭외하기에 이르렀다. 그는 국내 B급 건설회사에서 사우디 현장간부로 파견 나갔다가 귀국한 인물이었다. 실명을 밝히지 못하여 사 씨라 했다.

회사 내부를 화려하게 치장한 최영덕은 바쁘게 움직였다. 사 씨가 끌어들인 사우디인을 모시게 되었고 주위에서 부러워할 정도로 성대한 파티를 열었다. 사장실 의자 뒤편으론 박정희 대통령 사진과 사우디 국왕인 파이잘 사진까지 나란히 붙였다. 그 사진을 배경으로 각종 기념 사진들을 찍었다. 종교 의식보다도 더 엄숙한 진행 속에서 사우디인과 최영덕이 파카 만년필을 들고서 꿈틀거리는 지렁이 같은 아라비아 글씨의 서류 위에다 멋지게 사인하는 모습이 담긴 사진들을 여러 각도에서 수차례 찍어놓았다. 이런 사진들은 회사 홍보용으로 유용하게 활용되었다. 뒤풀이로 사우디인을 모시고 기생들까지 대동한 채 호텔에서 쫑파티까지 했음에도 모자랐던지 제주도 관광여행까지 시켜주었다.

그 시절, 사우디에서는 건축 붐이 혁명의 불꽃처럼 중소도시로 옮겨붙었다. 사우디는 우리나라 조선시대의 오가통 제도와 비슷한 형태의 왕조국가였다. 다섯 가구마다 한 명 정도는 관료나 왕족들과 연결고리로 엮여 있었다. 사우디 왕가에서는 1차적으로 그 주체들에게 어드밴티지를 주고 있었다. 전통적인 이슬람 국가에서 중세 유럽의 부르주아 제도를 모방한 것이다. 그로 인해 기득권층은 소규모 단위의 지역개발도 추진할 수가 있었다. 그들이 고용하는 노동자들은 주로 코란을 낭송하는 이슬람 문화권 중에서 가난한 오만이나 예멘, 파키스탄, 방글라데시, 이집트인을 고용했는데, 그들은 기술 면에서나 노동력 면에서 한국인 노동자들에 비하여 실로 많은 격차를 보였다. 이런 현실 때문에 한국 기능공들의 인기는 그들의 입에서 쏟아내는 말처럼 '넘버원'이었다. 사우디 특례자들은 소규모 상가를 신축할 정도만 되어도 정부의 무상지원 아래 외국기능공들을 고용할 수가 있었다. 사우디 외무성의 인가를 받은 사우디인들의 김포공항 출입이 눈에 띄게 많아지자 소규모의 국내 건설업체들은 김포공항으로 입국하는 사우디 바이어들을 모시기에 혈안이 되었다고 했다. 한두 건 잘해서 성공한 사례가 있어서였다. 정림통상에 발을 디딘 사우디 사람도 이러한 부류였다는 설이다. 그러나 이 모든 일들이 사실이라고 단정할 수 있는 것은 벽에 걸려 있는 사진들뿐이었다.

아무튼 최영덕이 사 씨와 함께 사우디 손님을 잘 모시느라 한창

열을 올리고 있을 무렵, 필동에서 살고 있는 김창수는 자질한 일과 속에서 망중한의 여유로운 나날을 보내고 있었다. 매월 받는 월세와 부인이 부업으로 하는 화장품 장사 덕에 궁핍을 모르는 생활이 뒷받침되어 있어서였다. 팔자가 늘어진 그는 필동 통장직까지 맡고 있었다. 하루 일과는 필동 통장일과 이북실향민들의 경모회 모임에 참가하는 것이었다. 김창수와 같은 통반의 주민들 대부분은 현역 장군들이나 돈 많고 빽 좋은 관료, 재계에 이름 있는 회장님들이 주류를 이룬 부촌이었다. 반상회 때나 명절 때면 통·반 원주민들은 흰 눈썹을 날리면서 열심히 일하는, 고희에 가까운 통장에게 치하를 해가면서 쏠쏠한 선물들을 내밀었다. 주민들의 이러한 격려에 감격해가며 통장직의 뿌듯한 보람을 자찬해가면서 나름의 자부심도 있었다. 언뜻언뜻 지나쳐버린 청춘을 되돌리지 못하여 안타까울 뿐이었다. 필동에서는 고하를 막론하고 그와 마주치면 먼저 목례를 해주기까지 했다. 부러울 것이 없었다.

　김창수에게는 시집간 두 딸이 있었는데 그중 하나가 네덜란드로 시집을 갔다고 했다. 국제결혼을 한 네덜란드 사위는 선박업을 하는 사장이었다. 암스테르담에 살면서 선박업 외에 꽃 사업까지 한다는 것이었다. 그런 사위가 편지를 보내왔는데, 영문이여서 영어를 모르는 그는 시청 부근에서 대서방을 하는 이봉우를 만났다. 영문을 해독한 이봉우의 말은 이랬다. '암스테르담에서 대형 선박을 수리해야 하는데 자국의 용접공들은 인건비도 비쌀뿐더러 작업시간도 제약이 너무 많아서 애로사항이 많다. 그러니 장인어른께서 한국의 선박 용접공들을 수배하여 20여 명을 네덜란드로 송출시켜주십시오.'라는 것이었다. 김창수는 수양아들 김영곤에게 네덜란드 문제를 상의했다. 수양아들인 김영곤은 김창수의 이북친구 아들이었다. 김영곤은 평소에 아버지와 절친인 김창수가 아버지에게 놀러올 때마다 아버지처럼 깍듯하게 대했다.

김영곤 부자도 고향이 이북 사리원이었다. 김창수와 고향은 달랐으나 디아스포라라는 공통점으로 친구가 되었다. 김영곤이 초등학교에 다닐 때 6.25가 일어났고, 1.4후퇴 당시 부모님들과 동행하여 남으로 가는 피난길에 따라나섰다. 멀고도 험난한 피난길의 강추위 속에서 어느 산마루를 지나치다가 어머니를 실족사로 잃어버리고서 두 부자는 한강 백사장의 피난민촌에 안착했다. 친척도 없는 김영곤에게 아버지의 유일한 친구인 김창수가 제일 가까운 사람이었다. 김영곤이 서른을 막 넘겼을 때 아버지가 돌아가셨다. 아버지가 없는 그는 고아나 마찬가지였다. 친척도 없는 홀홀단신의 김영곤은 고독했다. 그는 종종 김창수에게서 아버지의 그림자를 밟았다. 김창수만 만나면 친아버지 이상으로 극진했다. 김창수도 친척이 없어서 불쌍하게 된 김영곤을 가엽게 생각하다가 수양아들로 삼게 되었다. 그는 직원이 서너 명인 출판사를 다니고 있었다. 교정 문제로 가끔 사장과 논쟁을 벌였는데, 자신의 특이한 악센트가 빌미가 되어 결국 사퇴하고서 백수생활을 하고 있을 때였다. 김영곤에게는 강희진이라는 대학교 선배가 있었다. 선배인 강희진은 창립한 지 얼마 안 된 정림통상의 신참직원이었다. 김영곤은 김창수가 넘겨준 영문 서류를 강희진에게 보여주었다. 서류를 검토한 강희진은 아연실색을 넘어 모골이 송연해졌다고 했다. 너무나 좋아서 한쪽 바짓가랑이가 젖을 정도였다.

최영덕과 사 씨는 쾌재를 불렀다. 최영덕은 강희진을 독촉하여 김창수를 정중하게 정림통상 사장실로 모셨다. 최영덕과 사 씨, 강희진과 김창수는 서로가 기막힌 궁합이라며 이마빡을 맞대고 밤새 술을 마셨다. 다음날부터 인천 지역과 부산을 더듬어 선박 용접공 20명을 모집하여 일인당 50만 원씩을 받고서 두 달간의 수속절차를 밟아서 네덜란드로 출국시켰다. 그 공로에 힘입어 강희진은 전무로 초특급 영전의 혜택을 누리었다. 또 한 사람의 특급영전은 뒤에 있는 일등공신 김영곤이었다. 그는 신입사원이 아닌, 신입대리가 되었다. 사 씨는 사바알 살램 회사 소속이라는 사우디 손님을 보낸 뒤 그의 초청장을 받고서 사우디로 출국했다. 이때부터 정림통상의 개업(開業)이 시작되었다. 시쳇말로 꽃피는 봄날이 도래(到來)한 것이다.

정림통상과 사바알 살램을 매개로 사우디 송출 작업이라는 포문을 본격적으로 열기 시작했다. 사 씨가 사우디에서 오더를 수주해올 때까지 회사 운영경비를 만들어야만 해서였다. 최영덕과 강희진, 김창수와 김영곤까지 사우디 취업 알선 노래를 부르기 시작했다. 사우디로 나가면 한 달에 50만 원이 기본이라는 말을 앞세웠다. 당시의 50만 원을 현재 금액으로 환산한다면 시너지와 질량 면에서 2천만 원 상당의 금액이었다. 무조건 사우디로 보내준다는 조건을 앞세워 일인당 20만 원부터 30만 원까지의 돈을 챙겨 모았다. 잘 꾸며진 회사와 홍보사진, 귀빈실과 사장실이 귀 떨어진 군상들을 현혹하는데는 훌륭한 이벤트 장소로 활용되었다. 최영덕 부인은 서울과 인천을, 강희진은 서울을 포함하여 경북 지역과 부산까지, 김창수도 서울과 마산, 김영곤은 강원도, 그 외 직원들에게도 인센티브를 주면서 소위 그들이 말하는 '하자'들을 포섭해 나가기 시작했다. 사우디를 미끼로 손을 뻗치기 시작한 지 석 달 만에 전국에서 400여 명이 넘는 하자들을 끌어모았다. 모든 일정이 순항하는 돛단배였다. 이런 와중에 사우디로 떠나간 사 씨의 텔렉스 오더가 몇 번째 혼선이 발생하여 기다리는 중이라고 했다.

2

지금까지의 이야기는 약수동 아줌마의 입을 통해서 쏟아져 나온 줄거리의 고갱이였다. 어디까지가 사실이고 허구인지는 알 수가 없는 말이었으나, 진실성을 떠나서 부정보다는 긍정적인 측면에 무게감이 실리는 부분이 더 많았다. 먼저 주식회사라는 꼬리표가 당시 서민들에게는 근접하기 어려운 상징물처럼 각인되어 있어서였고, 유신정권의 경제개발 5개년 계획의 찬가가 아침이슬 같아서 어떠한 조건이 아니라 마주한 여건 속에서 살아가야 했기 때문이었다. 서민들은 본인들이 알고 있는 카테고리를 벗어나지 못하여 시야가 좁아질 수밖에 없는 실정이었다.

대한민국 정부의 태동 이래 두 명의 장기집권 정부 하에서 양반 상놈이 사라지고 교육정책이 뒷받침되어 보릿고개를 넘겨가며 의식수준이 높아지고 있었다. 의식수준이 높아지면서 민중들은 억압적인 노동 강도에 불만을 표출하기 시작했고, 기저층의 엔트로피는 증폭되었다. 그 엔트로피의 지향점은 어떤 형태로든지 남들보다 하루빨리 가난을 떨쳐내고 돈을 버는 것이었다. 이러한 현실 속에서 얼굴 없는 과두 귀족들의 주체적 발상인 주식(株式)이라는 어감에 실리는 무게감은, 서민들에게 있어서 양반 서열만큼이나 부러우면서도 이질적이었다. 더구나 대한민국 유사 이래 해외인력 송출을 매개삼아 벌어진 사건사고가 전무했던 시절이기도 했다. 설마 하면서도 생소했기에, 가난이라는 진구렁창에서, 하루빨리 벗어나려는 몸부림 속에서, 사우디로 가기만 하면 기본 50만 원이라는 거금 앞에서 어리석음마저도 희석이 되어버렸다.

하루빨리 가난을 벗어날 수 있다는 유혹이 달콤하여 정림통상에다 갖다 바친 모든 하자들의 돈은 시간이 흐를수록 이자가 불어나는 돈이었다. 출국이 늦어지면 늦어질수록 생활에 필요한 돈은 말라만 갔고 갚아야 할 돈은 부풀어만 갔다. 사우디에 정신이 팔려서 벌어들이는 돈은 날마다 줄어드니, 하자들의 하루하루는 그야말로 피까지 말라가고 있었다. 모두들 조급증 때문에 주의를 살펴볼 여유마저도 없었다. 종구가 이 모든 현실의 괴리를 통찰해내는 데는 2년이라는 세월이 걸렸다. 외국에서 우리나라의 기능 인력을 요청할 때는 나라마다의 행정절차에 따라서 이루어지고 있었다. 대사관이나 외무부를 통해서 정상적인 국제법에 근거하여 인력송출의 연계가 이루어지는 것이었다. 개체들이 추진하는 마구잡이식으로의 인력송출은 짧은 개인비자로 이루어져 많은 장애요소가 있었다. 물론 2년 후에 내린 결론이었고, 그 당시에는 잘려나간 한쪽 귀에 달려있는 한쪽 귀였다.

사 씨라는 가상인물을 만들어서 사우디로 공사발주를 수주하기 위하여 보냈다는 말들은 하자들에게 아지랑이 전법을 쓰는 것에 불과했다. 또한 한 사람이 전면에 나서는 것이 아니라 여러 사람이 분산하여 하자들을 끌어모으는 전술이 기가 막히게 적절했다. 하자들 거의가 단순한 노동자들이거나 잉여 같은 백수 출신들이었으니, 당시에 텔렉스라는 최신형 통신기기란 놈이 어디에 붙어 있는지 가늠조차도 할 수 없는 이역만리 땅에서 보내온 전문을 순식간에 토해내는 신묘함에 압도되는 것은 당연한 귀결이었는지도 모른다. 이처럼 정림통상은 교묘하게 텔렉스 전문을 활용해왔다(사실 교묘했는지 어쩔 수 없는 현실이었는지는 글을 쓰고 있는 지금까지도 미스터리로 남아 있다). 영어도 잘 모르는 하자들에게, 더구나 글씨 같지도 않은 아라비아 문자의 전문을 보여주면서 '봐라. 이제 두 주 후면.', '한 달이면.' 했으니, 그야말로 가난에 목마른 자들을 현혹시키는 오아시스 같았다.

'당신들이 출국해야만 당신들도 살고 우리들도 살 수 있다.'

받아들이는 사람에 따라 동류의식이 묻어나는 말이었다. 이러한 상황에서도 누구 한 사람 나서서 이 회사가 과연 노동청의 인가가 난 회사인가는 알려고 하지 않았지만, 당시에는 공무원들의 권위주의가 철옹성 같아서 서민들이 다가서기엔 너무나 동떨어져 있었다. 유신을 내세운 국가는 긴급조치까지 발동해가며 정권유지에 혈안이 되어서 서민들의 민생고는 뒷전이었기에, 정림통상의 행동반경은 완전한 무풍지대였다.

정림통상에서 김창수에게 회장님이라는 경어를 붙인 것은 다름이 아니라 이북 오도 청산하 통일 경모회 회장직을 역임한 이력이 있어서였다. 그러니까 김창수의 지난 경력을 보고서 회장님이라 호칭해준 것이지, 정림통상의 회장님과는 별개였다. 정림통상 사장인 최영덕은 김창수를 깍듯하게 형님이라 불렀다. 나이가 많으니까 당연히 높여서 한 말이겠지만, 그 속으로 한걸음 파고들어가 보면 김창수에게 형님이라고 불렀다기보다는 그의 저택을 향하여 형님이

라고 했다는 말이 정설이었다. 껍데기일지라도 회장님 자리까지 꿰
차게 해주었던 것은 어느 순간에 사달이 날 것을 대비해서였다. 밤
이슬 같은 사달이었지만, 대비도 밤이슬 같았다. 밤이슬 같은 김창
수의 집은 필동에 있었다. 필동에 있는 집이니까 돈이라는 배경도
있을 거라고 믿었다.

정림통상에서 회장님 칭호를 받은 김창수는 하루하루가 더디게
가기를 빌었다. 회장님이라는 말은 몇천 번 들어도 물리지가 않았
다. 회사를 방문할 때마다 피아트 자가용이 모시러 왔고, 모셔다주
었다. 그는 이마에 엉겨 붙었던 주름살마저 펴지는 느낌이었다. 더
더욱 기분을 업 시켜주는 것은 지천에 널려 있는 장삼이사들이었
다. 가난한 노동자들에게 넌지시 사우디 이야기에다가 뜻도 의미도
모르는 사바알 살램 몇 마디만 들려주면 굽실거리면서 돈까지 챙겨
왔다. 그 돈을 최영덕이나 강희진에게 넘겨주면 용돈에, 운전기사
가 달린 피아트 자가용까지 안겨주니 그는 칠십 평생에 이렇게 좋
은 봄날을 놓치기가 싫었다. 이런 흐름 속에서 그에게 대어 한 마리
가 걸려들었다. 대어 정도가 아니라 왕고래였다. 천운 같은 타이밍
이었다. 그는 마음속으로 쾌재를 부르면서 역시 사람은 좋은 일을
많이 하면 복은 저절로 찾아온다는 자위까지 했다. 김창수는 불변
의 관성이 지속되기를 갈망했다.

경상남도 마산시에서 시가지를 벗어나 진동을 향하여 언덕배기
를 넘어서자마자 좌측 방향으로 꺾어서 마산 종말 하수처리장을
지나치고 나면 해안선 도로가 이어졌다. 마산에서 대략 25㎞ 떨어
진 어촌들이 있는 지역이었다. 그 어촌들은 마산 홍합어장으로 군
락을 이루고 있었다. 행정주소로는 경남 창원군 구산면이었다. 이

어촌에서 탯줄을 자르고 가난에 찌들어 살던 양종훈이라는 사람이 있었다. 그는 중학교도 포기한 채 어부생활부터 시작했다. 갯가에서 성장한 양종훈은 어렸을 때부터 크고 작은 배들을 탄 경험이 풍부했다. 그는 결혼을 하여 아들 하나를 낳기 무섭게 부산으로 나갔다. 부산에서 선원 수첩을 취득하고서 외항선을 타기 시작했다. 오대양육대주를 십 년 동안 누볐다. 그의 노력과 아내의 헌신으로 고향의 해안가 주변으로 규모가 큰 홍합양식장 두 곳을 만들었다. 그는 그때부터 구산면의 중간유지 대열에 승차하게 되었다. 10년 고생 끝에 안정과 번영을 누리게 된 것이다.

철이 되어 홍합을 수확하면 용산에 있는 수산물시장의 중매인 상회에서 위탁판매를 했다. 입찰경매 후 판매방식이었다. 그 과정에서 가끔씩 용산 수산물시장을 들락거렸다. 주머니가 두둑해진 그는 술집과 다방 출입을 하던 도중에 여자를 사귀었다. 강 마담으로 불리는 다방 여자였다. 가혹한 운명의 시발점이었다. 강 마담이 단골로 애용하는 화장품 아주머니가 바로 김창수 부인이었다. 강 마담과 김창수 부인은 화장품을 앞에 놓고서 수다를 떨곤 했는데, 중년 여자와 늙은 여자들의 수다란 대개 가정, 자식, 남편들의 얘기였다. 도란도란 주고받는 두 여자의 얘기들 중에서 가끔씩 사우디 이야기가 섞여서 오고갔다.

화장품 여자가 뱉어내는 말들 중에는 '요새 우리 집 영감은 사우디로 노가다들을 보내는 일을 하시느라 정신이 없다우.' 하는 말을 두어 번 흘려들었다. 양종훈은 흔히 주절거리는 여자들의 수다로 여기면서 별 관심을 두지 않았다. 그가 살고 있는 어촌면에서는 어업 협동조합장이라면 한적한 시골의 면사무소 면장보다도 끗발이 몇 배나 센 자리였다. 더구나 구산면에는 '수정'이라는 제법 큰 포구가 있었다. 그 포구에는 대한민국에서 알아주는 멸치잡이 중선 대여섯 척과 선주가 정박해 있기도 했다. 이런 현실로 구산면 어업 협동조합장 자리는 어중이떠중이가 함부로 넘보는 물렁한 자리가 아니었다. 양종훈은 내심 그 자리를 마음속으로 품고 있었다. 몇 년마다 새로 선출하는 그 자리는 해안가 사람들에게 절대적인 지지를 얻어야만 가능했다. 중산층으로 발돋음 한 그도 한번쯤 도전장을 내밀고 싶었으나 지지기반이 약했다. 손가락을 꼽아가며 곰곰이 생각을 해보면 아주 없는 기반도 아니었다. 외항선을 십 년이나 탄 본인의 경력과 그로부터 차분하게 기반을 닦아가며 살아가고 있어서 양종훈이라는 본인의 이름 석 자는 어부들에게 낯설지 않은 이름이기도 했다. 그러면서도 뭔가가 부족한 느낌이었다. 그것이 무엇인지는 구체적으로 와닿지 않지만 육감적으로, 피부로, 느껴지는 뭔가가 확실히 부족한 것만 같았다.

그 무렵, 근동 어촌에서 찌들은 가난으로 고생하던 어부 한 사람이 사우디를 1년간 다녀와서 팔자가 폈다는 소문이 해무처럼 해안가를 덮쳐왔다. 가난한 어부들이 술렁거렸다. '아~ 사우디만 다녀오면 가난은 면하겠구나. 사우디로 가서 3년만 개기면 부자도 된다는데.'라는 말들이었다. 양종훈은 번개처럼 스쳐지나가는 '뭔가'를 찾아냈다. 그는 자신의 무릎을 치면서 쾌재를 불렀다. 드디어 때가 찾아온 것이다. 너무나 다급한 나머지 한쪽 바짓가랑이에다 두 다리를 집어넣는 마음이 되어 서울로 올라왔다. 강 마담을 숨 가쁘게 졸라서 김창수와 대면할 수가 있었다. 양종훈에게 구산면 어촌에서 떠도는 사우디 이야기를 전해들은 김창수는 벌어진 입을 다물

수가 없었다. 너무, 너무나 기뻐서 양종훈에게 큰 절이라도 올리고 싶은 심정이었다. 그는 즉석에서 벼슬까지 하사해 주었다. '정림통상 주식회사 마산 지부장 양종훈'이라는 직함을 수여했다. 김창수는 양종훈을 데리고 화려하게 치장한 정림통상 사무실을 견학시켜 주고서, 삐까뻔쩍한 피아트 자가용에 동승하여 경부고속도로, 구마고속도로를 거쳐 마산으로 내려왔다. 양종훈이 구산면 어촌의 여러 어부들에게 사우디로 갈 길이 트였다는 소문을 퍼트리자 젊고 늙은 어부들이 순식간에 몰려들었다. 17명의 어부들은 마산 에메랄드 호텔에 투숙 중인 정림통상 회장님을 면담했다. 면담 결과는 대만족이었다. 두 당 20만 원씩 도합 340만 원의 거금을 안은 김창수는 청와대에 있다는 대통령이 부럽지 않았다. 마음이 흡족해진 양종훈 지부장님께서는 마산 부둣가에서 제일 큰 횟집으로 회장님을 모셔놓고 귀하디귀하다는 자연산 다금바리까지 대접해 주었다. 김창수는 직책이 높아야지만 맛볼 수 있는 희열감을 맛봤다. 그는 이 대목에서 아쉬움이 있다면 불알에 힘이 달린다는 현실의 괴리감뿐이었다. 어찌되었던 옥황상제와 맞먹는 그런 기분의 하루였다.

구산면 어부들의 입에서 퍼져나간 소문은 태풍급이었다. 태풍은 전염병처럼 갯가를 휩쓸었다. 양종훈이 17명을 사우디로 보내주게 되었다는 말들이 대추나무에 연실 걸리듯 해버렸다. 또다시 새로운 하자들이 양 지부장님 집으로 몰렸고, 지부장은 1인당 20만 원씩을 받아서 서울 필동에 계시는 김 회장님께 올려보냈다. 양종훈은 기분 좋은 포만감에 빠져들었다. 본인이 추천해준 사람들이 사우디로 출국하면 앞으로 더 많은 사람들이 몰려들 것은 기정사실이었다. 숫자가 많으면 많을수록 명성이 더 자자해질 것은 정해진 수순이었다. 그는 눈만 감으면 구산면 조합장의 회전의자가 머릿속에서 빙글빙글 돌고 있었다.

마산의 양종훈 이외에 확연히 드러난 인물은 약수동 아줌마였다. 그녀는 약수동 시장 부근 빈민촌의 계주 겸 일수업을 하는 사람이었다. 뚱뚱해서 미더웠고, 타고난 언변술이 있어서 대외적으로도 신임이 있었다. 그녀는 약수동 시장통을 위주로 일수놀이를 업으로 삼으면서도 마당발이었다. 십만 원을 대출해주고 하루에 1,300원씩 백 일간 수금했다. 주요 고객들은 노점상들이거나 일당 생활을 하는 잡부들이었다. 인정미가 있었던 그녀는 그들 때문에 먹고살아서 가엾다는 생각도 할 줄 알았다. 고만고만한 사람들 중에서 그래도 이마에 '착함'이 쓰여있는 사람 20명을 선발하여 번호계를 만들었다. 외적으로는 친목도모, 내적으로는 목돈마련이었다. 이 번호계라는 것은 첫 번째 당첨인은 이자부담이 많았고 마지막 주자는 이자가 붙는 형태였다. 은행문턱이 태산 같았던 기저층들에게는 중간쯤에서 펑크만 나지 않는다면야 나쁜 계는 아니었다. 다행히도 그녀의 알뜰한 관리가 효력을 보아서 말썽은 생기지 않았다. 야무지게 이끌어나갔으나 계원들의 생활환경이 개선되는 일은 일어날 수가 없었다. 그 이유는 기저(基底)에 깔린 수입 자체의 변화가 요지부동이어서였다. 수입은 그대로인데 계돈이 씨를 뿌려서 통으로 수확하는 김장배추처럼 불어나지 않기 때문이었다. 그런 흐름으로 밑바닥의 변화가 절실했다. 그러던 어느 날 우연히 찾아온 변화가 공교롭게도 고등학교 동창 계집의 남편이 돈을 많이 벌 수 있다는 사우디 인력송출회사를 발족시켰다는 연락이었다.

그녀는 최영덕을 군인으로만 알고 있었다. 정림통상을 방문해보니 회사 분위기도 나쁘지 않았고 규모도 제법이었다. 그때부터 그녀는 정림통상의 사우디 알선책으로 빠져들었다. 우선 약수동 무산계급들부터 찔러봤다. 그 중심에는 계원들의 남편들이 대부분이었고, 그들의 입을 통해 연결고리가 이어졌다. 거기까지는 순수했는데, 인간의 본성이라는 게 참 묘했다. 최영덕이 두 당 20만 원씩을 요구했으나 소득도 없는, 영양가도 없는, 계륵 같은, 자원봉사 교통정리를 생각하니 허리가 시렸다. 그냥 허전했다. 허전함을 달래고 본인의 양심을 지키는 한도 내에서 두 당 30만 원씩을 책정했다. 일차적으로 14명을 섭외하고 보니 거금 140만 원의 우수리가 떨어졌다. 그 순간만큼은 놀부가 부럽지 않았다. 그녀는 노력하는 사람들에게는 그만한 대가가 따라붙는 것은 자연의 순리일 거라고 자평했다. 그때부터 그녀는 본업인 일수는 수금사원을 고용했고 본업을 기리까이 하기에 이르렀다.

그녀는 본격적으로 정림통상 인력 조달책이 되었다. 그녀가 조달한 인력은 26명이었다. 이런 사연 때문에 그녀는 정림통상의 내막을 비교적 소상히 알고 있었으나, 가벼우면서도 소중한 속담 하나를 너무 가볍게 여겨버린 우를 범했다. '뛰는 놈 위에 나는 놈 있다'는 속담이었다. 그녀는 한마디로 아침에 출세했다가 저녁에 거덜난 꼴이 되어버렸다.

이러한 윤곽도 후일담과 겹쳐서 알았고, 약수동 아줌마 앞에서 일문일답을 주고받은 하자들은 희망의 끈을 놓지 못했다. 모두들 이구동성으로 사우디에 있다는 사 씨의 행적을 궁금해하는 분위기였다. 소란은 소강상태로 접어들었고 귀빈실에 모여 있는 하자들은 약수동 아줌마의 말을 듣고서 회사가 안정되기만을 바랐다.

3

종구는 곤혹스러움과 울적함이 동시에 밀려들었다. 아무리 생각해봐도 무슨 놈의 팔자로, 자신은 하는 일마다 엉망진창으로 이어지는 것인지 알 수가 없었다. 가슴이 미어지는 답답한 마음에 사장실로 들어가 보았다. 약수동 아줌마의 말과 사장실은 일치했다. 사장 최영덕의 대형 책상은 함부로 범접할 수 없는 위용을 갖추고 있었다. 책상 자체를 원목으로 만들어 놓았는데, 검정 옷 추출물에 밤색 도료로 호환하여 합성수지와 니스로 마감한 책상은 무시할 수 없는 고가품 같았다. 널따란 책상 우측 한편으론 앙증맞은 태극기와 사우디의 초록국기가 서로 교차된 상태로 놓여 있었다. 콧바람만 불어도 돌아갈 것 같은 회전의자는 인대가 손상된 아주머니의 도자기 화분세례로 어수선했으나 혈통 있는 회전의자였다. 의자 뒤의 벽은 방음벽 인테리어가 되어 있었고, 큰 태극기와 사우디 국기, 박 대통령과 사우디 국왕의 초상화까지 액자 처리가 되어 있었다. 좌측 벽면엔 사우디 술탄 국방상 사진을 비롯해 정·재계 인사 몇 사람들의 사진들과 감사장들이 진열되어 있어서 도저히 사기 연출의 소품들 같지가 않았다. 유리창 가림 막으로 쳐놓은 고급 커튼을 바라보면서 부드러운 카펫 바닥을 밟은 종구는 웅성거리는 많은 사람들 사이를 헤집고 밖으로 나왔다. 꽃샘추의의 봄바람이 매서웠다. 머리는 어지러웠고 가슴까지 허탈해진 그는 외톨이 같은 느낌에 치를 떨었다. 앞으로 어디서부터 어떻게 풀어나가야 할지 눈앞이 캄캄해져왔다.

일단은 필동으로 가보았다. 김창수의 생활공간인 응접실로 들어

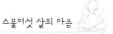

갔으나 그는 집에 없었고 마산에서 올라왔다는 양종훈과 그의 일행들이 죽치고 있었다. 회색빛 어둠이 내리깔린 응접실에는 담배연기가 자욱했다. 매캐한 연기 사이로 얼빠진 양종훈의 얼굴과 초겨울 서리 앞에서 주둥이가 삐뚤어질 때로 삐뚤어진 모기 입으로 변한 김창수 부인이 피카소의 이상한 그림처럼 앙상블을 이루었다. 종구는 두 사람 사이를 가로질러 뱃사람들과 사이를 두고서 창문 방향으로 터를 잡았다. 어찌 됐던지 김창수를 만나야만 될 것만 같아서였다. 무거운 침묵 속에서 눈치 없는 벽시계 추만 덜렁거렸다. 짙은 어둠이 밀려들었음에도 부인은 전깃불도 켜지 않았다. 삼수 변 이마에 오목렌즈 같은 안경 밑으로 찌들은 코와 실개천 같은 팔자주름과 턱을 감싸고 있는 미역오리 같은 슬픈 주름 사이로 부인의 벌렁거리는 콧김소리가 시계추와 엇박자로 교차되었다. 부인은 불청객들이 나가주기를 바랐고 불청객들은 오기로 개기고 있었다. 거실 한편에 많은 빵 봉지와 빈 소주병들이 담배꽁초로 채워져서 부인의 오장을 더욱 긁어놓은 것 같았다.

서로의 버티기에 뱃속이 쪼르륵거릴 때쯤 김창수가 나타났다. 부인은 남편의 귀가에도 전혀 반가운 기색이 없었다. 경우도 없는 무뢰배 같은 떨거지들을 달고 다니는 남편에게 원망의 독화살을 끊임없이 쏟아냈다. 김창수는 세포가 없는 사람 같았다. 마산 일행들에게 허허로운 헛웃음을 지어 보이면서 말했다.

"일이 자꾸만 지연이 되다 보니 모두들 생고생들을 많이 하시는데, 사우디가 멀기는 무척이나 먼가 봅니다. 자자, 모두들 일어나서서 식당으로 갑시다. 내, 식당에 가서 좋은 소식을 알려드릴 테니까."

마산 일행 열 명과 종구는 퇴계로 오토바이 상가 끝자락에 있는 백반 집으로 따라갔다. 김창수는 컬컬한 목소리로 백반을 주문했고 마산 일행들은 소주까지 곁들었다.

"보이소, 회장님. 예? 일이 우찌 되가는 깁니꺼? 이긴 해도 해도 너무하지 않습니꺼. 벌써 몇 달 쨉니꺼. 보름. 또 보름. 한 달. 또 한 달! 작년에는 크리스마스 안에 간다카고 그 담에는 1월 안에, 구정 안에, 보름 안에, 간다카다가 이기 또 뭡니까? 3월도 한 주가 후딱 간다 아임니꺼! 작년 추석에 좆 꼽았타카면 벌써 아 새끼가 삐져나오고도 남았을 낍니다, 안 그렇씁니꺼?"

양종훈 옆에서 소주를 주문한 체격 좋은 사람의 말이었다. 김창수는 연신 손짓으로 앉으라는 시그널을 보내면서 중앙 의자에 착석했다.

"여러분, 이 늙은이는 평소에도 거짓말은 안하는 사람이외다. 다만 지금까지의 일들은 진행과정에서 반복적으로 일어난 불상사 때문이었답니다. 다행히 오늘 오후에 완전무결한 텔렉스가 수신되어서 도착했답니다. 에, 에헴. 지금까지의 착오는 하도 많은 한국 업체들이 사우디에 주문하고 있다 보니 서로들 견제가 너무나 심해서 현지에 나가 있는 사 씨가 오더를 보내놓고 나면 태클이 들어와서 겐세이를 놓는 바람에 일이 지연되고, 또 해결해놓으면 그 지랄들을 해 가면서 너 죽고 나 죽자는 식으로 덤벼들다 보니 지금까지 이 모양으로 꼬이게 되었던 겁니다. 그래서 이번에는 사우디 왕가에 줄을 엮어가지고 안전히, 확실한 오더를 따냈다고 하는 전문이랍니다. 앞으로 딱 한 달, 늦어도 한 달 열흘이면 모든 게 끝나서 오해가 풀립니다. 자자, 시장들 허실 텐데 우선 식사들부터 합시다. 식사가 끝나면 더 정확한 물증도 보여드릴 수가 있으니까."

이 과정에서 조급한 사람은 어떤 사람이겠는가? 꽃놀이패를 쥐고 있는 김창수는 아니었다. 애초부터 한자락 숙이면서 피와 살점 같은 돈까지 바쳐가면서 눈치까지 살펴야만 하는 설움은 숙명적인 부스럼 같은 것이었다. 가난이라는 굴레는 그만큼 외피마저 두꺼웠다. 사우디 바람이 허파로 밀려들어서 조여오는 가난에, 조급중에 목을 메이게 되면 사리분별마저 흐트러진다. 이런 심리를 잘 아는 놈들은 거의가 머리회전이 빠른 종들이었다. 사기 기질을 품고서 내뱉는 말들은 짧은 순간에 산출해내기가 어려웠다. 순발력을 총동원해서 그 말꼬리를 잡고 싶어도 다음 말이 오묘해지면 붙잡았던 말꼬리들이 잘려 있었다. 귀로 들어온 말들을 모두 저장할 수가 없었다. 말들이 가지고 있는 속뜻은 강력한 휘발성으로 인해 분해되어 찰나의 틈바구니 속으로 자취도 없이 소멸해버리기 때문이었다.

종구는 김창수의 허우대와 동공과 말을 내뱉는 입을 쳐다봤다. 70의 노구에도 허우대만큼은 동세대 중에서 최상급이었다. 허리도 빳빳했고 혈색도 좋았다. 굵직한 목소리에서 쏟아내는 말들은 시각차의 범주 안에서 질서정연했다. 종구는 초원다방에서 만났던 그와의 첫 대면을 상기시켜봤다. 초면인데도 불구하고 소통에 앞서 절제된 그의 행동은, 상대방을 먼저 배려할 줄 아는 넉넉함 속에서 은연중 자신의 존재를 부각시키는 처세술만큼은 존경심을 자아내기에 부족함이 없었다. 그렇지만 그의 처세술은 항상 그 틀 안에서만 맴돌 뿐 혁신된 변화가 없었다. 존경심은 신뢰와 확신이 있을 때만이 연속성을 유지한다. 김창수는 머리는 있으나 꼬리가 보이지 않는 연체동물 같았다. 또다시 김창수의 감언이설에 녹아버린, 아니 녹아주어야만 했던 마산 일행들은 양종훈을 따라서 용산 방향으로 터덜터덜 거리면서 사라졌다.

　종구는 김창수의 발자국을 밟아가면서 그의 집으로 향했다. 김 창수는 부인을 시켜서 소박한 술상을 내왔다. 그의 말은 백반 집에서 쏟아낸 말들을 되뇌기하고만 있었다. 종구는 할 말이 없었다. 그의 창자 속에는 헤아릴 수 없는 미끌미끌한 미꾸라지들이 입을 향하여 머리를 치뻗고 있을 것만 같아서였다. 불안을 넘어서 어지럼증이 밀려들었다. 여기서 포기할 것인가 기다려야 될 것인가의 갈림길의 계곡은 너무나 깊었다. 지금 당장 돈을 되돌려달라는 말을 하고 싶었으나 어머니와 동생들의 처참한 모습들이 앞을 막았다. 그렇다고 확실한 보장도 없는 나날 앞에서, 언제까지 이 고통을 감내해야만 끝이 나는지도 알 수가 없었다. 또다시 나락으로 떨어진다면 뒷감당이 두려웠다. 두렵지만 최악의 가정(假定) 하에 가장 중요한 것은 강형준에게 건넨 50만 원을 되돌려 받는 것뿐이었다. 그렇다 한들 자신은 김창수에게 그런 말을 할 수 있는 자격 미달자이기도 했다. 본인 손으로 직접 돈을 건넨 일이 없었기에 되돌려 받을 권리도 없었다. 이러한 현실 속에서도 혹시나 해가며 미련이 남아 있는 자신의 처지가 개탄스럽기까지 해왔다. 모든 걸 접어버리기에는 함몰된 지난 시간들이 너무나도 잔인했다.

　종구는 '제발'이라는 간절한 마음으로 입을 열었다.

　"회장님. 얼간이 같은 질문을 하겠습니다. 저를 친아들이라 생각하시는 마음으로, 부자지간의 흉금 없는 대화라는 과정 하에서, 진심을 말씀해 주신다면 평생 잊지 않고 감사하며 살아갈 겁니다. 사심 없는 정확한 현실을 말씀해 주실 수 있겠습니까?"

　심혈을 기울여가면서 진심을 담아서 쏟아낸 종구의 말 앞에서 그는 거침없이 시원스럽게 대답해주었다.

"으하하하! 진 군, 이 늙은이는 젊은 사람들에게만큼은 '정말로' 거짓말을 안 하지. 이번에는 확실해. 내가 집에 늦게 도착한 것은 최영덕이를 만나서 사실 확인을 하느라고 늦었던 거야. 이번만큼은 틀림이 없어. 마음 푹 놓고 보름만 참고 있으면 여권 준비부터 단계대로 차근차근 일이 진행될 거야. 지금까지 마음고생들 많이 했다는 것도 잘 알고 있어."

종구는 그의 집을 나섰다. 더 늦으면 통행금지에 걸려서 온수동 집으로 돌아갈 수가 없어서였다. 김창수는 대문 밖까지 나와 배웅을 해가며 차비를 챙겨주기까지 했다. 집에 도착한 종구는 여명이 밝아올 때까지 잠을 이루지 못했다. 꼭 미련 때문이라기보다는 이미 거미줄에 칭칭 감겨버린 현실을 벗어날 수가 없어서였다. 김창수의 호언장담처럼 제발 사우디로 갈 수 있기만을 빌고 또 빌었다. 그 길만이 본인도 살고 가족들도 살아갈 수 있는 길이기 때문에 어리석은 편집증일지라도 꼭 이루어지길 바랐다.

온갖 망상 속에서 3일 동안 마른침과 시름하고 있는데 눈알마저 빨갛게 충혈된 임종철이 들이닥쳤다. 종구는 정림통상에서 최근에 벌어진 일들을 일목요연하게 설명해주었다. 종구의 설명을 들은 임종철은 입술마저 파래져 버렸다. 그는 나름대로 사우디 출국에 대하여 많은 정보를 수집해온 것 같았다. 그는 그동안 파고들었던 사우디 출국 수속절차를 정림통상에서 행해지고 있는 일정과 꿰맞추어가면서 불합리한 사실들을 조목조목 찾아냈다. 절망은 앉은 종구의 생각에도 정림통상의 사태는 먼발치가 아니라 코앞에 있는 것만 같았다. 임종철은 동공을 굴려가면서 종구를 재촉했다. 두 사람은 필동 김창수의 집 앞에서 강형준을 비롯해 일행들과 합류했다. 강형준은 벙어리가 되어버렸고, 임종화는 난처한 표정이었다. 짧은 머리의 곽훈조만이 무덤덤한 얼굴로 남산을 향하여 머리를 돌려버렸다. 임종철이 강형준을 겨냥하여 입을 열었다.

"강 형, 내가 알아봤는데 신원조회를 단체로 해서 뇌물을 먹여놨다는 말부터가 사기였습니다. 왜냐하면 신원조회라는 것은 국가적인 차원에서 아주 중차대한 일이기 때문이랍니다. 만약에 정보과 경찰이 돈을 먹고 처리해버린다면 이건 이적행위라서 감히 엄두조차도 못 낼 일이라 이겁니다. 우리들이 너무나 무지했던 겁니다. 또한 모든 해외 취업자나 여행자들은 출국에 앞서 반드시 해외 개발공사에서 실시하고 있는 정신교육과 소양교육을 받아야 하는데 여태껏 그 대목은 입에 올리지도 않았다 이겁니다. 정림통상 집단들은 하나같이 소시오패스들입니다. 이제 어쩔 겁니까?"

임종철의 항의에 강형준이나 임종화는 고개를 숙인 채 침묵으로 일관했다. 두 사람은 애꿎은 담배만 피어물고 있었다. 당시는 그랬다. 현시대는 정보기술사회라서 손에 들고 다니는 스마트폰 하나면 백과사전보다도 더 많은 지식과 정보가 넘쳐나는 세상이지만, 그때 그 시절에는 정보 부재 시대로 하나부터 열까지 발로 더듬고 손으로 찾아서 눈에 담고 귀에 넣어야 하는 시대였다. 심지어 통신 분야의 미비로 백색전화 한 통이 일백만 원을 넘었고, 관공소의 문턱은 너무나 높아서 취업상담 문의 같은 건 아예 없어서 힘없고, 끗발 없는 서민들은 상담이라는 말조차 모르던 그런 시절이었다. 뿌드득 소리를 내어 이빨까지 갈아가며 일그러질대로 일그러진 표정의 강형준에게 임종철과 종구는 그의 면전에서 차마 돈 얘기를 꺼낼 수가 없었다. 이 순간만큼은 강형준이 안아야 할 마음의 상처가 너무나 커 보여서였다. 그는 괴로움을 참아내느라 온몸을 부들부들 떨고 있었다.

김창수의 집으로 들어갔지만 그는 없었다. 일행들이 방바닥이 꺼질 듯한 한숨소리를 내뱉을 때까지도 그는 감감무소식이었다. 김창수의 부인이 저녁상을 차려 내왔다. 며칠 전처럼 뒤틀린 입이었으나 그나마 덜했다. 부러 그랬는지는 모르지만 더럽게도 까칠까칠한 잡곡밥이었다.

김창수는 세 명의 아들과 한집에서 살고 있었다. 큰아들은 방위병이었고 둘째는 회사원, 셋째가 고등학생이었다. 부부 나이에 비해서 자식들이 어린 이유는 두 사람 모두 재혼을 해서였다. 부인이 김창수를 만나기 전에 낳은 딸이 20대였다. 그녀는 미군을 상대로 하는 접대부였고, 그녀의 아비 없는 딸이 네덜란드로 입양이 되었다. 이러한 현실들을 감안한다면 네덜란드의 선박 건은 말도 안 되는 허무맹랑한 낭설처럼 느껴졌지만 반대로 정설처럼 나뒹굴었다. 물론 소문의 진원지는 정림통상이었고 김영곤과 강희진이 개입했다는 설과 김창수의 손녀딸인 입양녀의 양부모가 선박업 종사자라는 설까지 다양했지만 끝끝내 확인할 수는 없었다. 다만 시청 옆에서 대서방을 운영하고 있는 이봉우가 작성했다는 서류들이 정림통상으로 전달이 된 것만은 사실이었다.

둘째가 다니는 회사가 바로 정림통상이었는데, 첫째나 막내는 순진했지만 둘째의 성격이 무척이나 괴팍했다. 빙 둘러앉아서 잘 씹히지도 않는 잡곡밥을 깨질깨질 해가며 목구멍으로 집어넣고 있는데 둘째의 신경질적인 목소리가 다섯 명의 귓구멍을 후벼팠다.

"씨팔, 우리 아버지가 누구 때문에 상고생을 하는데 전깃불이 켜지도록 남의 집에서 죽치고들 있고. 염치는 모두 지들 집 장롱 속에다 처박아 뒀나."

강형준의 눈에서 불이 틔었다.

"이 자식이 말을 더럽게 하네. 야 인마 우리들이 집이 없어서, 밥이 없어서 죽치고 있는 줄 알아? 니 아버지가 일을 더럽게 만들어서 그래 인마! 대가리에 피도 안 마른 자식이."

"뭐, 뭐라고? 대가리라고? 당신 대가리는 피가 말라서 그러는 거야?"

두 사람은 순식간에 엉겨 붙었다. 곽훈조의 입에서 '이런 씹새끼'와 동시에 밥상이 뒤엎어졌고, 방위와 고등학생까지 여덟 명이 뒤엉키었지만 물리적 힘에서 떠밀린 녀석들이 2층 방으로 도피해버려 일단락이 되었다. 밥상이 엎어지고 밥그릇들이 널브러졌으나 부인은 물론 누구 하나 치울 생각들이 없어서 응접실이 돈사 막사로 변해버렸다. 강형준과 일행들은 분을 삭이지 못해서 씩씩거렸지만 상대방들이 사라져버린 응접실은 적막감만 감돌았다.

"씨팔. 똥개 새끼들도 자기 집에서는 30점을 먹고 들어간다지만 발발이 새끼들이 좆을 물라고 설치고 지랄이니. 참 좆같은 세상이네, 씨부랄."

곽훈조의 큰소리에도 누구 하나 대꾸하지 않아 침묵 속에서 흐르는 밤공기는 무거웠고 무거움은 이내 신세 한탄조로 변했다. '더럽다, 더러워.' 강형준의 속삭임이었다. 밤 아홉 시 경에 김창수가 최영덕을 데리고 나타났다. 난장판으로 변해버린 응접실을 보고서도 그는 언짢은 내색도 하지 않았다. 빙 둘러앉은 일행들에게 최영덕이 입을 열었다.

"여러분들의 괴로운 심정은 충분히 이해합니다. 집에서 기다리는 가족들을 생각하면 참담할 것이라는 것도 잘 알고 있답니다. 지금 당장이라도 내가 죽어가지고 여러분들의 일이 완만하게 해결이 될 수만 있다면 이놈이 죽을 수도 있습니다. 하지만 내가 죽는다고 400명이 넘는 여러 사람들의 앞날이 당장 해결되지도 않습니다. 여지껏 참아주시지 않았습니까. 참으신 김에 조금만 더 참고 계시면 사우디에 가 있는 사 씨에게서 좋은 소식이 당도할 겁니다. 나 역시도 여러분들처럼 간절하답니다. 웃어가면서 함께 살고 싶습니다. 지금 저의 몸은 '고목생화' 같습니다. 하지만 이 최영덕이 죽는 한이 있더라도 정림통상은 살아납니다. 넓은 아량으로 나를 믿으시고 조금만 더 참아주시길 부탁, 부탁합니다. 저는 군인출신입니다. 군인인 이 최영덕이 목숨 걸고 여러분들을 책임질 겁니다. 조금만 참아주십시오. 조금만 참고 계시면 됩니다."

종구는 어질어질한 현기증이 일어났다. 김창수나 최영덕의 말은 한결같은 대동소이, 동어반복이었다. 도대체 저들의 가슴속에는 무엇이 들어있는지 가늠조차 하기도 어려웠다. 두 사람의 입놀림에는 공통점이 있었다. 항상, 매번, 언제나, 사우디에 있다는 '사 씨'와 '참으신 김에 조금만 더'는 빠지지 않는 레퍼토리였다. 그들은 처음 입을 열 때는 눈 하나 깜박이지 않고서 장광설을 쏟아내면서, 웅변조로 톤을 높여가면서, 그 상태를 지속적으로 끌고 가다가 얼굴표정이 상기되어가면서, 상대방들을 응시해가면서, 결핍되어있는 경계심을 자극시켜가면서, 허울뿐인 희망을 앞세워 미련(未練)이 담긴 동정심을 유발해냈다. 병법에 불리하면 선제공격이라는 말이 있다.

진짜로 강적에게는 선제공격도 무용지물이다. 그러나 그들이 마음 놓고 주무를 수 있는 '하자'들이라면 항상 선제공격이 먹혀들 수밖에 없었다. 힘없고, 아쉽고, 조급하고, 의지할 데가 없는 약자들이기 때문인 것이다. 그들은 그것을 적절하게 이용할 줄도 알았고 적당한 시기도 포착하고 있었다. 하자들과 그들의 차이점은 '그들은 다 알고 있었고', '하자들은 대충, 긴가민가하면서도 아니길' 바랄 뿐이었다. 물은 차면 넘치고 다가오는 시계바늘은 멈추지 않는 것이 세상의 이치다. 이런 이치들을 잘 아는 하자들이었건만, 이상하리만치 최영덕의 감언이설에 모두들 반문도 못했다. 어쩌면 항상 반문의 답이 정해져 있어서였는지도 모른다. '사 씨', '조금만 더'라는 말 앞에서 딱히 할 수 있는 방법은 아무것도 없었다. 종구와 임종철의 돈은 강형준이 받았지만 강형준은 김창수에게 넘겼다. 최영덕이 나타나기 전에 임종철이 강형준에게 박아놓은 못이 있었다. 본인과 종구의 돈을 돌려달라고 했다. 단호한 어조였고 야무진 압박이었다. 강형준이 김창수를 응시해가면서 말했다.

"김 선생님, 잘 알아들었습니다. 최 사장님의 말을 믿고서 저희 세 사람은 기다릴 겁니다. 그렇지만 이 두 사람은 아닙니다. 임종철과 진종구의 돈은 되돌려주십시오."

강형준의 말에 미소를 머금은 김창수는 여태 것 참아왔으니 조금만 더 참자며 회유를 해왔으나 두 사람은 단호하게 거부했다. 최영덕까지 합세하여 두 사람의 귀에 딱지가 앉을 때까지 설득해오다가 마지막에는 사우디로 출국하면 가장 좋은 대우라는 미끼까지 던져왔다. 훗날 알았다. 그들의 회유가 끈질겼던 것은 그럴만한 사연이 있었던 것이었다. 임종화나 곽훈조는 강형준의 조력자들이었다. 두 사람에게 50만 원씩 받아낸 강형준은 김창수에게 두 당 20만 원씩 40만 원만 전달했고 나머지 60만 원은 조력자들과 더치페이를 했던 것이다. 이러한 각본은 정림통상의 기본전략이었다. 다시 말해 조달책에 대한 인센티브였던 것이다. 그러니까 두 사람의 60만 원 중에서 임종화와 곽훈조도 떡고물을 먹었다. 한편으론 철도병원 신체검사장에서 황 씨가 호언했던 말도 있었으나, 거침없이 돈을 돌려달라는 강형준의 행동은 의심할 여지조차도 없었다. 그때까지도 그러한 내막을 전혀 모르고 있었던 임종철과 종구는 강형준에게 진심으로 감사했다. 본인도 코가 석자이면서 옆 사람을 배려해주는 그를 두 사람은 대인배로 여겼다. 최영덕이 지갑을 꺼내면서 종구에게 말했다.

"진종구 씨, 두 분 돈은 걱정마시고 형님(김창수)이 내일까지 마련해드릴 거니까 하루만 더 기다려. 내가 보증할 거야. 그리고 오늘밤 두 사람 여관비는 얼마면 될까?"

종구는 3천 원이면 된다고 했고, 옆에 있던 임종철의 입술이 뒤틀리면서 눈꼬리가 치켜졌지만 종구는 개의치 않았다. 두 사람은 을지로에 있는 싸구려 하숙집에서 불쾌한 냄새에 찌들은 긴 밤을 보내고 다음 날 정림통상을 들러보고서 필동으로 왔다. 김창수는 없었고 짜증이 덕지덕지 엉겨 붙은 부인만 뱁새 눈초리로 바라보았다, 밤 아홉 시가 지난 다음에야 김창수와 최영덕이 들어왔다. 그들은 약속했던 두 사람의 돈은 주지 않고서 김창수가 최영덕에게 미뤘다. 최영덕은 두 사람에게 2층으로 올라가자는 제의를 해왔다. 2층에서 최영덕과 대면했다. 두 사람 앞에서 최영덕이 큰소리로 울음을 쏟아내면서 변색된 목소리로 하소연을 늘어놓았다.

"하, 정말 미안하게 되었구만. 회사가 비정상이 되어서 돈을 찾을 수가 없게 되었단 말일세. 으흐흑. 자네들은 이해를 못하겠지만 수많은 사람들이 회사를 쑥대밭으로 만들어놓은 통에 경리부장 놈이 회사자금이 몽땅 들어있는 통장을 가지고 어디론가 잠적해버려서 사방팔방으로 수소문했지만 도저히 연락이 안 된단 말이네. 참으로 원통하고 분통이 치밀어서 씹어먹어도 분이 안 풀리겠지만, 그렇다고 경찰에 도난신고를 할 수 있는 형편도 아니잖은가. 지금 상황에서 경찰개입은 끝장 아닌가. 안 그런가? 당장은 움치고 뛸 수가 없어서 여러 경로로 탐색하고 있으니까 조만간 해결은 될 거야. 삼사일만 더 참아들 주시게."

최영덕은 말하는 중간중간 계속 눈물을 훔쳤다. 더럽게도 구질구질한 딜레마였다. 막다른 골목에서까지도 양각풍속에서 허우적거려야만 하는 현실에 진저리를 껴안은 두 사람이었다. 잔머리를 이리 굴리고 저리 굴려도 뾰쪽한 수가 없었다. 한 번 남의 손으로 넘어간 돈은 받아간 놈들이 주어야만 되돌려 받을 수가 있는 것이다. 이제 두 사람의 백만 원은 강형준에게서 김창수로, 김창수에게서 최영덕으로 넘겨져서 미루어지고 있었다. 그런 경로를 잘 알고 있는 두 사람이었지만, 더러운 진구렁창에서 빨리 벗어나야 한다는 생각을 하면서도 허우적거렸다. 4일 후에는 천지가 개벽할지라도 약속을 지키겠다는 최영덕은 1만 원을 주면서 통사정을 해왔다. 두 사람은 여인숙비마저 아껴야 했기에 을지로 하숙집에서 밤을 보내고 정림통상으로 향했다.

4

정림통상은 노숙자 천국으로 변해가고 있었다. 지방에서 올라온 사람들과 서울, 서울 근교에서 모여든 사람들까지 뒤범벅이 되어버렸다. 귀빈실뿐만 아니라 직원실의 사무용품들까지 한편으로 쌓아놓고 본인들의 연고지별로 삼삼오오 모여서 앞날을 걱정하는 측과 사람들 사이를 헤집고 다니면서 실오라기 같은 정보 하나라도 주워담기 위해 귀를 쫑긋거리는 사람들로 뒤죽박죽 도떼기시장 같았다. 구심점이 없어서 모두들 패잔병 같았고, 질서가 없어서 오합지졸들로 보였다. 기다림에 지친 사람들 입에서 중구난방으로 쏟아내는 말들이 있었다. 경찰에 신고부터 하자. 판을 크게 벌려야만 매스컴을 탄다. 사무실에 불을 질러서 대형사건을 만들자. 진정들하고 기다리자. 별동대를 만들어서 사장 놈을 잡아들이자. 청와대에 진정서를 제출하자는 등의 말들이었다. 말은 말 위에 겹쳤고, 말은 말 사이로 흘렀고, 말은 제각각이었고, 말은 말 위에서 춤추다가 말은 말끼리 부딪혀 말 속으로 숨어들었다. 그러면서도 한 가지 공통점이 있었다. 누구 한 사람 신고하는 사람이 없었고, 어느 한 사람 난동을 피우지 않았다. 모든 사람들의 내심에는 아직까지도 사우디행 비행기를 탈 수 있다는 기대가 있는 것 같았다.

기약 없는 기다림처럼 허무한 것은 없을 것이다. 허깨비 같은 피드백도 없는 정림통상의 시간들은 더디다 못해 짓물렀다. 공허한 기다림에 탈진이 되어가는 시간은 오후 네 시쯤이 피크타임이었다. 헛헛한 시장기에 늘어진 사지들이 혼미한 정신위로 포개져서 하루를 마감하게 만들었다. 하나둘씩 사라져갔다. 아니, 한 사람, 두 사람, 세 사람이 집으로 돌아갔다. 돌아가는 사람들마다 또 하나의 공통점이 만들어졌다. 무슨 미련이 남아서였는지 꼭 한두 번씩 뒤 돌아보고 나서야 발걸음을 옮겼다. 전깃불이 켜질 때까지 기다리는 사람들은 지방 사람들이거나 종구처럼 염치에 밀려서 집으로 못가는 사람들이었다.

해질녘에는 어설픈 공허감이 찾아들었다. 북적거리던 사람들이 썰물처럼 빠져나가버린 공간들 때문이었다. 체온으로 훈훈했던 공간들이 허전한 외로움을 안겨주어서였다. 귀빈실에 남아 있는 사람들은 종구와 임종철을 포함하여 20여 명 정도였다. 그나마 특실로 여겨지는 사장실은 약수동 아줌마와 지방에서 올라온 여자분들의 차지였다. 강남의 화려한 네온사인들이 정림통상의 창을 타고서 이방인 같은 종구의 얼굴을 때렸다. 종구는 그 빛들을 모두 긁어모아 허름한 주머니에 담았다. 그래야만 기나긴 밤이 슬프지가 않을 것 같아서였다.

날이 밝아지면 하루가 열렸고, 그 하루 속에서 정림통상은 기진했다. 아침이면 어김없이 삼삼오오 모여든 사람들은 기진 속에서 기진했다. 기진 속에서도 기다리는 것은 사막의 신기루 같은, 얼굴도 모르는 사 씨라는 허깨비였다. 기다림 앞에는 실속 없는 인물들도 끼어 있었다. 하자가 없다는 차장이라는 간부였고, 여비서와 여직원 두 명이었다. 아마도 차장은 염탐꾼 같았으나 누구 하나 개의치 않았다. 여직원들도 피해자였다. 그녀들도 두 달간의 봉급을 받지 못했다고 했다. 종구와 임종철은 집으로 들어갈 수도 없었다. 어머님이나 동생들의 얼굴 쳐다보기가 민망한 것은 둘째로 쳐놓고, 동네 사람들이 더 무서웠다. 낼 모래면 사우디로 떠나간다며 동네

방네 소문이 났는데 사기를 당했다는 소문까지 겹치면 그 무게를 감당해가면서 얼굴을 들고 다닐 자신이 없어서였다. 자신도 문제지만 그에 앞서 되돌려받아야 할 돈이 급선무이기도 했다.

라면을 사놓고서 낡은 곤로까지 준비했다. 라면으로 끼니를 때워가면서 최영덕을 기다렸고 밤이면 카펫바닥에서 잠잤다. 최영덕은 오지 않았다. 최영덕은 서울에 있었다. 하루하루가 지날수록 회사에서 잠을 자는 사람들이 늘어났다. 지방에서 올라와 빈털터리가 된 사람들이었다. 어떤 사람은 차비가 없어서 고향으로 못 돌아간다며 귀빈실을 숙소로 삼았고, 해가 뜨면 일용직 막노동 현장을 찾았다. 설상가상으로 중국집 철가방까지 합류했다. 중국집 꼬마가 울며불며 하소연을 해왔다. 한 달이 넘도록 직원들이 외상으로 먹고 간 자장면 값 때문에 본인의 월급이 차압당했다는 하소연이었다. 정림통상은 완전히 중구난방으로 변했다. 이런 환경 속에서도 낮에 모인 사람들은 카펫 위에서 화투판을 벌렸다. 알 수 없는 일들이 드러났다. 여기저기서 화투판이 벌어질 때면 고향으로 내려갈 차비가 없다는 사람들의 뒷주머니에서 돈들이 나왔다. 많은 사람들 중에서 제일 자본이 빵빵한 사람은 약수동 아줌마였다. 그녀는 육백부터 섯다, 도리짓고 땡까지를 달관한 화투의 현자(賢者)같았다. 종구 눈에만 그랬다. 그녀는 화투를 칠 때마다 종구에게 고리로 동전을 건네주어서였다. 그 동전들은 산삼보다 귀한 라면과 소주 값이었다. 정림통상에서 여왕 같은 그녀는 사장실 한편에 김칫독과 새우젓까지 저장해놓고서 진을 치는 사장실의 실세이기도 했다.

최영덕을 기다린 지 나흘 만에 사장실의 전화벨이 울렸다. 그의 전화였다. 그는 종구와 통화하기를 원했다. 회사의 분위기를 물어 오면서 회사로 들어오겠다며 많은 사람들이 없었으면 해왔다. 바꾸어 말하자면 업무를 개시하겠다는 모색이었다. 그런 와중에 또다시 사 씨를 끌어들였다. 사 씨에게서 좋은 속보가 도착했다며, 회사로 들어가면 본인의 안전을 책임져달라는 부탁까지 해왔다. 종구는 자신 있게 대답했다. 수화기를 놓은 그는 여러 사람들에게 통화 내용을 설명해 주었다. 얼마 후 다시 전화벨이 울렸다. 물론 최영덕이었다. 그는 혼자서는 자신이 없다면서 농성자들 중에서 대표 두 사람과 직원이었던 차장까지 네 사람만 만나자는 제안을 해왔다. 종구는 그의 제안대로 대표자 두 명을 선출하고 차장까지 넷이서 만날 장소인 장충단 공원 입구 쪽인 장충 족발집 부근에서 한 시간을 기다렸으나 그는 끝내 나타나지 않았다.

　종구는 임종철을 불러내어 필동으로 향했다. 김창수의 집에는 마산에서 올라온 많은 사람들이 진을 치고 있었다. 모두들 이구동성이었다. 집을 팔아서라도 돈을 되돌려달라는 말들이었다. 그것은 불가능했다. 집이 부인 명의로 되어 있어서였다. 김창수는 집에 없었다. 소란 속에서 막내아들이 종구에게 속삭였다. 대한극장 옆 귀빈 다방에서 두 사람을 만나겠다는 전갈이었다. 두 사람을 앞에 앉힌 김창수는 또다시 늘어진 고무줄 약속을 재안해왔다. 힘 빠진 노인을 가장해가며 마지막 단서를 붙인 그는 자식들의 영혼을 걸고서 이번만큼은 진짜라면서 3일 후에는 틀림없다는 약속을 해왔다.

8

청산위원회

1

진종구와 임종철은 어쩔 수 없이 정림통상 귀빈실의 바퀴벌레가 되었다. 낮에는 화투꾼들의 틈바구니에서 얼쩡거렸고, 밤에는 약수동 아줌마에게 비린내 풍기는 아부를 해가면서 새우젓에 강소주를 마셨다. 점점 더 견디기 어려운 나날들이 이어졌다. 자식들의 영혼까지 걸었기에 일말의 기대감으로 애간장의 3일을 보냈지만 아무런 연락도 없었다. 4일째 되던 날 종구는 이성까지 마비되어버렸다. 사장실 문을 박차고 안으로 들어가서 전화기를 들었다. 무조건 112를 돌렸다. '경찰서죠.'라는 말이 채 떨어지기도 전에 거친 남자의 손이 수화기를 낚아챘다. 종구의 격한 얼굴을 감지한 약수동 아줌마가 급하게 데리고 들어온 남자였다. 그는 30대 후반의 사내였고 곱슬머리에 유난히 새카만 눈썹이 드러나는 사람이었다.

"신고! 자네 말이야, 경찰에 신고를 못해서 우리들이 이러고만 있는 줄 아나? 이 사람아, 전화를 걸려는 자네나 말하고 있는 나는 돈 50만 원이나 백만 원 정도는 날려버려도 얼마든지 헤집고 나갈 수가 있어. 하지만 저기, 저 구석진 곳에서 어린 손녀 같은 계집아이 손을 잡고 앉아서 아무 말 없이 기다리고 있는, 흰머리 듬성듬성 이는 사람을 보란 말이야. 저 아저씨에게 손해배상을 해줄 자신이 있는 놈이라면 다시 전화를 걸어. 여기 모인 사람들 중에서도 좋아. 여러 사람들에게 손해배상을 해줄 수 있는 사람이라면 누구든지 112로 전화하란 말이야. 아직까지 자넨 젊잖아."

종구는 그의 단호한 어조 앞에서 무너지고 말았다. 반박할 수 있는 말이 떠오르지도 않았다. 뭐라고 중얼거렸으나 입안에선 쓴물만 솟아오를 뿐이었다. 그 사람은 송영범이라 불렸다. 그는 성균관대학을 나와서 ROTC 장교로 예편한 인물이었다. 종구는 전화기에서 멀어질 수밖에 없었다. 송영범은 강희진의 하자였다. 그는 박식했고 야무졌다. 어떤 사연으로 이런 곳에 연류가 되었는지는 후일 알았으나, 그 순간 처음 보는 사람이었다. 그는 여러 사람들을 한군데로 집결시켰다. 그리고 담담한 어조로 입을 열었다.

"여러분, 우리 모두들 이 불필요한 장소에서 이렇게 모여 있다고 하여 우리들이 바라는 일들이 실타래 풀리는 것처럼 잘 풀리는 것이 아닙니다. 나 역시도 피해자이며 여러분들도 마찬가지입니다. 그래서 우리들 중에서 믿을 수 있는 대표자를 선출해야만 되는 것입니다. 지방에서 올라오신 분들은 그 지역대표 한 분을 선출해놓으시고, 서울에 계신 분들도 구역별로 서로 연락할 수 있는 조치를 취한 후 대표자를 선출하여 놓고 모두들 집으로 돌아가서서 정상적인 일들을 해나가시기를 바랍니다. 다음으로 이곳에 남게 될 우리 대표들이 '청산위원회'를 발족한 다음 회사를 상대로 하여 최대한의 돈을 받아내겠습니다. 이 회사에서 돈을 받아낼 수 있는 유일한 길은 한 가지 방법밖에 없습니다. 현재 정림통상의 대표직으로 사우디에 나가 있는 사 씨라는 사람의 행방을 찾는 것입니다. 그 사 씨가 사우디에서 오더를 가져오면, 우리 청산위원회가 앞장서서 그 오더를 넘겨받는 것입니다. 그런 다음 그 오더를 다른 회사에 넘긴다면 어느 정도의 보상금은 나올 수가 있다 이겁니다. 백 프로 장담은 못하지만 여러 루트를 통해서 뽑아낸 나의 정보에 의하면 사우디에 가 있는 사 씨가 3천만 불짜리 오더를 수주했다는 정보입니다. 한 번 기대를 해봅시다. 여러분, 이것이 저의 아우트라인입

니다. 다음 수순은 청산위원회를 발족시켜놓고서 앞날을 의논하는
것이 어떨런지요?"

　송영범의 말에 모두들 "옳습니다!"를 합창해가면서 박수를 보냈
다. 어지러웠던 질서들이 정돈이 되었고 서울 거주자들의 대표와
지방 거주자들의 대표들이 하루 동안의 논의 끝에 선출되었다. 청
산위원회에 선출된 사람들은 총 8명으로 송영범이 위원장을, 진종
구가 억지로 떠밀려서 총무로 발탁되었다. 종구는 또다시 헤어날
수 없는 늪으로 빠져들어 가고 있는 자신의 근시안적 사고에 매몰
되어가고 있음을 느끼면서도 허우적거릴 수밖에 없었다. 질퍽이는
늪 속에는 사 씨라는 허깨비가 있었다. 종구는 사 씨 자체를 믿지
않았지만 돈을 되돌려 받아야 했기에 발버둥을 쳐왔다. 시간이 지
나면서 텔렉스와 사 씨의 연관설에 부정적이었는데도, 야무져 보이
면서 인텔리풍의 송영범까지 앞장서서 사 씨를 앞세우는 것은 불가
근 같은 딜레마였다. 그 속에서도 포기할 수 없는 또 하나의 딜레마
는, 본인과 임종철의 돈이었다. 자신이 총무직을 수락한 것도 돈만
건지면 일분일초라도 빨리 벗어나고픈 이기심의 발로였을 것이다.

　청산위원회 명단에 가입한 사람들은 250여 명이었고, 미가입자
들도 200여 명에 가까웠다. 가입자나 미가입자들의 의견은 대부분
일치했다. 모든 일정은 위원회에 일임한다고 해왔다. 회칙이 정해졌
다. 돈을 회수하게 되면 나이순으로, 우선 연장자들부터 지급하기
로 했고. 회수금이 미달될 시에는 그에 상응한 분배를 원칙으로 정
했다. 끝까지 목적달성이 이루어지지 않을 시에는 모든 하자 전원
이 함께 모여 광화문 앞으로 나아가 총궐기를 하고 난 후 장렬하게
할복자살을 해야 한다는, 어마어마하면서도 실천이 불가능한 내용

까지 포함되어 있었다. 모두들 이구동성으로 위원회 회칙에 따를 것을 맹서하기에 이르렀다.

청산위원회가 출범하여 정림통상을 점거했던 하자들이 되돌아가자 사장실과 귀빈실, 직원실이 말끔하게 정리되었다. 말끔하게 정리까지 이루어졌으나 출근하는 직원들도 없었고, 최영덕도 나타나지 않았다. 송영범만이 수시로 강희진과 연락을 주고받으면서 회사업무 재개를 타진했지만 여의치가 않았다. 꾸어다 놓은 보릿자루 같은 여섯 명의 청산위원회 대표들은 송영범의 입만 바라봤고, 답답함을 느낀 약수동 아줌마가 최영덕의 부인에게서 사 씨 행방을 탐색했으나 햇볕에 반짝이는 물보라 같은 허울뿐이었다. 최영덕과 강희진은 정림통상주위를 맴돌면서 허깨비 같은 사 씨를 내세웠지만, 아침에 피고 저녁에 지는 나팔꽃 같았다. 의욕을 가지고 출범시킨 송영범의 청산위원회마저도 세월만 잡아먹고서 가시적인 성과를 나타내지 못하여 또다시 하자들이 하나둘씩 모여들었다. 종구와 임종철은 한 달이 넘도록 새우젓 라면으로 연명했다.

2

4월도 하순으로 접어들었다. 햇살은 따사로웠고 드문드문 반팔을 입은 행인들이 눈에 띄었다. 새카맣게 염색한 종구의 야전상의는 전래지물처럼 계절 앞에서 빠빳했다. 두터운 야상은 햇살을 안아 감고 조건반사도 없이 고스란히 받아들였다. 야상을 걸친 지 어느덧 다섯 달. 오롯한 햇살을 털어냈으나 다섯 달은 찌들어서 털리지가 않았다. 한낮에는 야상을 벗었고, 잠자리에선 덮었다. 김창수와 최영덕이 두 사람의 돈을 돌려주겠다는 약속을 대여섯 번 넘게 해왔지만 한 번도 실행하지 않았다.

필동, 김창수의 집이 발칵 뒤집혔다. 김창수에게 돈을 준 배관공이 있었는데 김창수, 최영덕으로 연결되어 있었다. 지난 초겨울 휘몰아친 강추위에 김창수 집 수도 파이프가 동파되었다. 동파된 수도 파이프를 수리하는 배관공에게 김창수와 김영곤이 콧바람을 넣기 시작했다. 하루일당이 얼마냐, 한 달이면 며칠을 일하냐, 한 달이면 얼마를 벌 수가 있느냐며 다정다감한 물음이었다. 김영곤이 한 달에 50만 원이 보장된다는 사우디 얘기를 예쁘게 포장하여 미사여구로 흘렸다. 배관공은 한 달에 50만 원이라는 대목에서 혹 가버렸다. 동파 수리비까지도 받지 않고서 50만 원을 벌 수 있다는 길목에 목을 매었다. 물론 수속절차 경비 30만 원을 감수한다고 했다. 배관공은 굽실거려가면서 30만 원을 주었고, 며칠 후 본인과 처지가 비슷한 사람도 받아달라며 30만 원을 또 건네주었다. 돈을 받은 김창수는 길어야 3개월이라는 호언장담을 해주었다. 약속했던 3개월이 지나고 또다시 보름, 보름, 보름, 또 보름이었다. 열이 뻗친 두 사람이 대한극장 앞에서 김창수의 멱을 잡아끌고 중부경찰서로 들어가 사기죄로 고소해버렸다. 그는 중부경찰서에서 사기죄로 취조를 받게 되었다. 그 사이 신고자들은 김창수 부인에게 전화를 걸어 합의금으로 60만 원을 돌려줄 것을 종용했다. 그들은 70이 된 꼰대를 엮으면 백 프로 돈을 돌려받을 줄 알았다. 하지만 돌아온 말은 냉담한 거부였다. 부인은 '나는 모르는 일이니까 씹어 먹던지, 삶아서 먹던지, 니들 좆 꼴리는대로 하라.'는 말만 되뇌었다.

최조를 받은 김창수도 단호했다. 사기죄를 순순히 인정해가면서 모든 잘못은 본인에게 있으니 법대로 처리해줄 것을 고집했다. 합의는 돈이 없어서 볼 수가 없다는 말도 덧붙였다. 담당 형사는 매우 난처했다. 아무리 돈이 중요하다지만 고희의 노인인데 가족들의 태도를 이해할 수가 없다는 전언이었다. 도망다니던 최영덕이 나타났고, 청산위원회와 많은 하자들까지 중부경찰서 앞으로 집결했다. 잡히기만 하면 무조건 족치겠다며 오매불망 기다리던 최영덕의 출현에 하자들이나 청산위원회에서 '오매불망'에 대한 상응의 조취를 취할 줄 알았는데 진행방향이 요상한 기류를 타고 있었다. 때려죽여도 시원찮을 미꾸라지 같은 최영덕과 청산위원회, 하자들이 한 집안 식구로 돌변하여 일심동체가 되어버린 것이었다. 어제의 적이 오늘의 동지라는 말이 있다지만, 알다가도 모를 블랙코미디가 연출되었다.

많은 하자들 중에서 경찰서 앞 다방에서 죽치고 있는 최영덕이나 김영곤을 원망하는 사람은 단 한 명도 없었다. 이구동성으로 김창수를 고소한 배관공들을 원망해가면서 그들을 찾아내고자 혈안들이었다. 잡히기만 하면 목을 밟아서 죽여버린다는 분노들만 쏟아져 나왔다. 김창수를 고발한 배관공 두 사람은 합의고 지랄이고 따질 겨를이 없었다. 목숨이 더 중요해서 삼십육계 줄행랑이었다. 하자들도 끈질겼다. 김창수 부인에게 배관공들의 가게 전화번호를 알아내어 단체로 협박했다. 너희들로 인하여 400여 명의 돈을 못 받게 됐으니까, 400여 명의 손해배상을 해달라며 악귀처럼 달려들었다. 가게 영업마저도 포기해야만 했던 두 가정은 엄청난 시련을 겪었다. 사람들의 심리 중에는 자신들의 희망이 좌절되거나 사라지면 비합리적인 집단선동으로 희생양을 찾아서 봉합하려는 경향이 있다지만, 장삼이사들의 행위는 알 수 없는 수수께끼 같았다. 청산위원회 사람들과 최영덕이 김창수 부인에게 간청조로 합의를 종용하기 시작했다. 최영덕이 먼저 입을 열었다.

"형수님, 이놈 사정을 대충은 알고 계시지 않습니까. 경리부장 놈이 회사 통장을 가지고 도망가 버려서 제가 현재는 움치고 뛸 수도 없는 입장이라는 것을 형수님께서 너무나 잘 아시지 않습니까. 제가 오죽하면 이 모양 요 꼴로 나다니겠습니까. 경찰에 고발한 놈들이야 밉지만, 이미 엎질러진 물 아닙니까. 연세 지긋하신 형님께서 얼마나 고생이 많으시겠어요. 거기에다 젊은 애들도 있는데 아버지가 전과자로 낙인 찍혀버리면 아이들의 앞날에도 상당한 부담으로 남습니다. 죄송합니다만, 형수님께서 두 놈에게 60만 원을 건네주십시오. 그 돈은 나중에 제가 처리해드릴 겁니다. 다시 말씀드립니다. 연로하신 형님께서 차디찬 철창생활이 얼마나 힘드시겠습니까. 다 형님을 위해섭니다."

최영덕의 말은 간절했다. 그의 간절한 말 앞에서 김창수 부인은 입술만 비틀어가면서 그의 말을 외면했다. 하자들과 청산위원들 모두가 그녀를 쳐다보고 있었지만 그녀는 전혀 동요하는 기색을 보이지 않았다. 미역오리처럼 말라붙은 슬픈 주름과 맞물린 앙다문 입술이 뒤틀리고만 있었다. 가타부타 말을 하지도 않았다. 이번에는 청산위원회의 위원장인 송영범이 부인에게 호소했다. 60만 원이 중요한 것이 아니라 자식들의 앞날에 대하여 집중적인 사변(思辨)으로 물고 늘어졌다. 하지만 부인은 요지부동이었다. 무지한 장고 끝에 내뱉은 그녀의 대답은 여러 사람들을 경악하게 만들어 버렸다.

"난 못해요. 절대로 그럴 수 없어요. 요번에 내가 아주 큰 맘을 먹고서 그 두 놈에게 60만 원을 돌려준다 칩시다. 그러면 그게 빌미가 되어서 다른 놈들이 개떼처럼 달라붙을 건데, 그러면 우리 집집구석이 남아나겠어요? 차라리 날 보고 칼을 물고 죽으라고 하세요. 어림 반 푼어치도 없는, 쓰잘머리 없는 말은 하지도 말라고요. 그리고 아무리 개같은 경우라도 그렇지, 우리 영감이 무슨 죄가 있어요? 그저 마음씨만 착해가지고 돈을 받아서 최영덕이에게 널름널름 넘겨준 것뿐이잖아요."

말을 쏟아내는 그녀의 입술에서 하얀 거품이 일었다. 주위를 둘러싼 사람들은 그녀의 하얀 거품에 모두들 고개를 돌려버렸다. 송영범이 반문했다.

"아주머니 말씀이 정 그러시다면 우리 청산위원회에서도 할 일이 있습니다. 이번 고소는 아마도 초범인데다가 연세가 있어서 그리 오래 옥살이는 안 할 겁니다. 그렇지만 영감님께서 출옥하시기 무섭게 50여 명의 하자들이 한 명씩, 한 명씩 돌아가면서 계속 고소를 하겠습니다. 나오시면 또 하고, 또 나오면 또 고소해서, 계속 돌아가면서 할 겁니다. 그렇게 되면 가중처벌이 더해져서 평생 옥살이도 가능합니다. 그러니 심사숙고하셔서 이번 일은 온당하게 처리해야 하는 겁니다. 그래야만 서로에게 도움이 된다 이 말입니다."

송영범의 말이 끝날 때쯤 부인은 손톱으로 방바닥을 후벼파는 흉내를 내가면서 눈을 까뒤집었다. 뒤집혀진 눈동자로 쏟아낸 악다구니였다.

"열 번이 아니라 백 번, 천 번을 집어넣고서 송장까지 집어넣어도 돈은 못 줘! 그러니까 너희들 하고 싶은대로 하던지 말던지 알아서 해!"

그녀와의 대화는 더 이상 무의미했다. 청산위원은 물론 하자들은 그녀를 심봉사 눈 빼먹은 뺑덕어멈이라 했지만 그녀는 개의치 않았다. 그녀는 남편이 평생 옥살이를 한다하여도 눈물 한 방울 흘리지 않을 것만 같았다. 어쩌면 두 부부가 치밀한 계산을 했는지도 모르지만, 각본치고는 완벽했다. 허탈감을 씹어가며 돌아서는 일행들에게 그녀는 마지막 말을 뱉어냈다.

"영감탱이가 형무소 귀신이 된다고 해도 난 무죄야. 이날 이때까지 난 내가 벌어서 먹고살았단 말이야. 난 평생 아무 죄도 저지르고 살지 않았어. 잘 알아들었어?"

결국 김창수는 사기죄로 구속영장이 발부되었다. 사기를 당하고서, 사기꾼들을 눈앞에 두고서도, 희한한 일들이 자연스럽게 둥지를 틀고 있었다. 아무리 부정한다 하여도 이런 상황은 비이성적이었다. 그러나 어쩔 것인가. 비이성적인 것들마저도 놓칠 수가 없는 무거운 현실들이 살아 있어야만 하는 것을. 최영덕의 주리를 틀어서 돈만 나온다면 그리했을 것이다. 그를 삶아서 돈만 나온다면 삶았을 것이다. 그를 죽여서 매장시켜 돈이 나올 수만 있다면 그리했을 것이다. 그를 갈기갈기 찢어서 돈만 나온다면 그리했을 것이다. 그를 거꾸로 매달아 돈을 찾을 수만 그리했을 것이다. 하지만 아니었다. 모두들 오장육부를 긁어서 부스럼을 만드는 격이라고 생각해 버렸다. 그리하여 청산위원들이나 하자들은 최영덕을 감싸고 도는 결과를 만들어낼 수밖에 없었다. 그것이 억지인 줄 알면서도, 그것이 아니라는 것을 알면서도, 그것이 열쇠가 아닌 것을 알면서도 그것을 안고 가야만 했다. 그 속에는 허깨비 같은 사 씨를 만들어 놓은 그들의 허상이 절묘한 힘을 발휘했다. 허깨비 같은 사 씨가 허깨비 같은 사우디에서 입찰하여 낙찰받았다는 허깨비 같은 오더가 침해받지 않기를 바라는 허깨비 같은 청산위원회와 하자들이었다. 애당초 말려들지 말아야 했지만, 역으로 생각해보면 이것 또한 숙명이었을지도 모른다. 이 모든 일들은 맑은 봄날 하늘에 떠도는 뭉게구름 같은 것이었다.

최영덕이나 청산위원회의 바람 하나가 더 추가되었다. 김창수의 사기 사건이 더 이상 확산되지 않기를 빌었다. 만약에 청산위원회에 돈만 있었다면 그의 60만 원도 배상해주고서 구속도 막았을 것이다. 그러나 김창수의 생각은 달랐다. 형사 앞에서 진술한 내용이 흘러나왔다. 가난한 두 사람에게 60만 원을 받아서 그들을 도와주려는 마음에 사우디로 보내주려고 한 과정에서 본인도 피해자였다는 진술이었다. 그럼 형사나 검사는 되물어야 했다. 어떤 회사 인가를. 하지만 법에서는 어떤 회사인가는 알 필요가 없었다. 고발당한 이는 김창수였지, 어떤 회사가 아니기 때문이다. 그는 초범에다 칠십 노인이었다. 또한 간접 피해자도 되었다. 길어야 석 달이었다. 집행유예가 있어서였다.

한편으로 김창수는 본인을 고발해준 배관공들이 고맙게 느껴지기도 했다. 마산의 악귀들과 김영곤의 악귀들, 강형준, 주섬주섬 긁어모은 하자들에게 시달리지 않아서 마음이 편했을 수도 있었다. 한 서너 달 정신수양을 한 다음 제주도로 내려가 말년을 보낼 생각이었다. 그의 마음을 대충 알게 된 것은 옥바라지 때문이었다. 김창수가 구속되자 종구와 임종철은 그의 집에서 먹고 자면서 뒷바라지를 시작했다. 돈 때문이었다. 그가 구속되기 이틀 전, 최영덕이 끝까지 돈을 주지 않으면 본인의 목숨을 걸고서라도 책임을 지겠다는 말을 뱉어내서였다. 수십 번, 아니, 수백 번 속은 것 같았으나 지성이면 감천이라는 말을 믿고서 두 사람은 날마다 그의 면회를 다녔다. 면회 때마다 김창수는 흰 눈썹을 추슬러가면서 물기 젖은 눈망울로 두서없는 말들만 양산해내고 있었다. 아들들보다 낫다느니, 이 늙은이가 평생을 잊지 못한다느니, 고맙다, 감사하다라는 말들을 쏟아냈지만, 정작 꼭 필요한 말은 교묘하게 비껴 나가고만 있었다. 두 사람이 간절하게 기다리는 말은 돈을 주겠다는 말이었으나, 그의 말은 '점과 면의 중간의 선(線)'인 유클리드 기하학의 이항 대립처럼 모호하기만 했다.

두 사람은 낮에는 김창수의 면회를 다녔고 밤에는 부인의 눈치를 살폈다. 젊은 놈들이 할 짓은 아니었다. 차라리 길거리에서 납작 엎드려 구걸을 하는 편이 더 나을 것 같았다. 면회를 다니면서 이양을 떤 지도 한 달이 지났다. 어느새 초여름으로 접어들었다. 종구의 야상은 땟국물로 절었고, 무엇보다도 더위가 무척이나 괴롭혔다. 종구와 임종철의 얼굴에서는 광대뼈가 도드라져갔다. 부인이 차려낸 잡곡밥에 신김치로만 한 달 넘게 연명했다. 한편으로 정림통상의 일 처리에도 관여했다. 청산위원회도 악을 써가면서 돌파구를 찾았으나 아무런 진전이 없었다. 약수동 아줌마의 김치는 시어 터져버렸고, 젓갈만 짓무르게 삭아갔다. 모두들 희망 없는 나날들 앞에서 허물어져 가고 있었다. 너나 할 것 없이 악에 받쳤다. 시어 터져버린 김치통을 앞에 놓고 찬물에 밥을 말아 오물거리던 약수동 아줌마가 종구와 임종철을 바라보면서 혀 차는 목소리로 내뱉은 말이었다.

"참 젊은 두 사람 오지랖이 넓어도 너무 넓다. 하루이틀도 아니고 무슨 놈의 개고생을 끈질기게도 하고만 있을까. 맨 첨에 돈 준 놈이 따로 있는데 몇 달째 헛발질들만 해대고 있으니까 내 오장이 다 뒤집히네."

종구와 임종철은 마주 바라보면서 머리를 긁적거렸다. 그랬다. 두 사람의 돈은 강형준에게 준 것이었다. 진종구와 임종철의 집은 엉망으로 변해가고 있었다, 가장역할을 해야 할 사람들이 벌써 다섯 달이 넘도록 허우적거리는 시간 앞에서 불어난 것은 사채 이자 뿐이었다. 그렇기 때문에 하루빨리 돈을 되찾으려고 발악을 했지만 미궁의 터널 끝은 바늘구멍 같은 빛도 보이지 않았다. 점점 피폐해가는 육신들마저 허물어져만 갔다.

종구도 종구지만 석 달이 넘도록 타관인 서울에서 떠돌이 생활을 한 임종철의 몰골 또한 차마 눈뜨고 보기 민망했다. 진이 빠질 때로 빠져나간 두 사람은 모든 일을 처음으로 되돌려놓고 원점에서부터 찾기로 했다. 원점은 강형준이었다. 그에게 사정해가면서 돈을 돌려달라고 했으나, 그 역시도 돈이 없었다. 돈이 없다는 말이 반복적으로 이어지다가 차츰차츰 책임을 전가하기 시작했다. 두 사람의 돈을 김창수에게 떠넘기다가, 정림통상으로 돌리다가, 다시 김창수를 끼워 넣었다. 점점 미안한 기색이 없어지면서 본인도 피해자 중 한사람임을 강조해 가면서 에두른 해결책만 내밀어 왔다. 두 사람은 가정의 절박한 사정을 호소해가면서 30만 원씩이라도 돌려달라기에 이르렀다. 하지만 강형준은 점점 거리를 멀리해가면서 연락망마저 끊어가기 시작했다. 종구와 임종철은 독이 오를 때로 올라 있었다. 옷차림마저도 겨울옷 그대로였다. 탈진상태를 넘어서서 김칫독의 골마지처럼 삭아버려 사지를 지탱할 의지마저 꺾여 버렸다. 종구의 집에서는 50만 원짜리 낙찰계를 36만 원에 낙찰해가면서 집까지 팔려고 내놨다. 두 사람은 미쳐버리기 전에 어떤 형태로던지 마무리를 지어야만 했다.

3

6월 말을 넘긴 종구와 임종철은 세일 당구장에서 게임을 하고 있던 강형준을 끌고나와 북부경찰서로 향했다. 사기죄로 고소를 할 수밖에 없었다. 북부경찰서 형사과 유치장에 수감된 강형준의 몰골은 사람이 아니었다. 나름 귀공자로 사회생활을 해온 그였기에 난생처음 들어가 본 철창 속은 평범한 울타리와는 너무나 다른 곳이었다. 냄새부터가 달랐다. 많은 피의자들이 남겨놓은 자국들이 암갈색 벽 속에서 스멀스멀 피어났다. 그는 학질에 걸린 사람처럼 떨어가면서 몸부림을 치고 있었다.

담당 형사가 조서를 꾸미기 위해 2자 대면 3자 대면을 시켜가면서 고소장을 작성했다. 동대문에 있는 봉다방에서 강형준이 임종철에게 써준 각서가 첨부되었다. 다음은 피의자의 진술내용이었다. 요약하여 강형준 본인도 피해자로 구술해나갔다. 한 대목 빠진 것도 있었다. 두 사람에게 50만 원씩을 받아서 김창수에게 20만 원씩을 전했다는 사실은 제외됐다. 고소장 작성을 마친 형사의 미간이 일그러졌다. 그는 두 사람에게 비아냥거리는 어투를 뱉어가면서 합의할 것을 시사해왔다. 경찰서 밖으로 나온 종구는 담배 한 개비를 비틀어 물고서 보행자 보도블록에 주저앉아 두 무릎 사이로 얼굴을 파묻었다. 알 수 없는 눈물이 쉼없이 솟구쳤다. 그 눈물 속에는 절망감과 허무함, 괴리감과 자괴감 등 온갖 잡것들이 뒤섞여 있었다. 흐느적거리는 뒤범벅 속에는 돈이라는 괴물이 입을 벌리고 있기도 했다.

스물여섯의 청춘. 인생의 황금시기. 올곧게 살아가면서도 뒤돌아볼 줄 알아야 하는 나이. 성찰 속에서 자아를 찾아야 하는 시간. 모든 사물을 껴안고서 청청하게 피어나야만 하는 나날들이 한순간의 착각 속에서 잔인하게 뭉개져 버렸다. 인생살이를 정의롭게 만들 수 없는 것이 세상이었고, 청춘을 안고서 포용하지 못하는 것 또한 세상살이라면 스물여섯의 자아는 상실의 문턱에서 심신의 고통을 벗어나지 못할 것이다. 형상도 없고 눈앞으로 내비치지도 않는 인생의 행로를 종구는 가늠조차 하기가 어려웠다. 눈물이 흘러내리는 턱 끝에서 경련이 일어났다. 도끼를 들고 형사실로 들어가서 쇠창살을 산산이 부숴버리고 싶었다. 부숴진 창살 속에서 강형준이 비웃고 있을 것만 같았다. 종구의 턱이 더욱 굳어지다가 이빨 부딪히는 소리가 딱딱거렸다. 부들거리는 몸속에서 염오감이 일어났다. 염오감이 소용돌이로 변했다. 본인도 모르는 사이에 큰소리를 내질렀다.

"메피스토펠레스라도 후회하지 않을 거야."

강형준의 부인과 모친이 연락을 받고서 북부경찰서로 달려왔다. 개봉동에서 번동까지는 이웃 동네가 아니었다. 고부(故婦)는 종구와 임종철을 붙잡고서 본인들이 죄인인양 눈물을 흘려가면서 무조건 용서부터 빌었다. 모친은 자식을 잘못둔 죄라면서 흐느꼈고, 부인은 철없는 남편을 용서해달라고 했다. 천사 같은 여인들이었다. 울컥한 두 사람은 외려 죄송하여 그녀들의 요구에 아무런 단서도 붙이지 못하고 동의해주었다. 형사 앞에서 두 사람의 돈을 돌려주 겠다는 각서를 쓴 강형준이 풀려났다. 백지장 같은 얼굴로 모친의 손을 붙잡고서 허우적거리는 강형준이 경찰서 정문계단을 밟을 때, 뒤따르는 종구와 임종철을 향하여 담당 형사의 저주 담긴 목소리 가 두 사람의 뒤통수를 뚫고서 정수리 속으로 파고들었다.

"야, 이 천하에 가장 비열한 부라퀴 같은 쓰레기들아. 똑같이 사 기를 당해놓고서 네놈들을 위해서 수고한 친구를 고발해놓고 합의 를 보자며 협박하여 늙은 어머니와 연약한 부인을 불러냈어. 만약 에 강형준이가 사기를 당하지 않고 네놈들을 사우디로 보내줬다면 네놈들은 지금쯤 고맙다고 고개를 조아려가면서 아양을 떨고 있었 겠지. 야, 이놈들아. 강형준이 아무리 법에 위반되는 일을 했다지만 명색이 친구라는 놈들이 치사하고 더러운 짓으로 돈을 받아내려는 너희 놈들 뱃속에는 대체 뭐가 들었냐? 이 새파란 기생충들아."

그랬다. 당시 종구는 형사의 말대로 기생충이었다. 아니, 기생충이 아니라 아메바라도 상관이 없었다. 돈을 건질 수만 있다면 염라대왕 의 사타구니라도 물어뜯었을 것이다. 돈을 빌려준 나이 어린 여자들 앞에서 이자에 시달리고 고개를 숙여가며 억지웃음을 지어야 하는 어머니, 해거름에 집 밖에서 헛기침 소리만 들려와도 밥 먹던 수저를 놓아야만 했던 동생들의 둥그레지는 눈망울을 생각하면 기생충, 아메 바가 아니라 철면피라도 개의치 않았다. 자신의 몸뚱이가 천 갈래 만 갈래 찢겨지더라도 안온한 가정을 만들어낼 수만 있다면 어떠한 역경 도 견딜 것만 같았다. 야박한 세상 탓으로 생각하지도 않았고, 주어진 환경 탓 때문이라는 원망도 하지 않았다. 이 모든 현실들이 자신의 뜻은 아니라 할지라도 덧없이 끌려가야 하는 길목이라 여겼다.

9

홍합과 담치

임종철은 고향인 강원도 문막으로 돌아갔다. 종구는 정림통상으로 향했다. 청산위원회위원장인 송영범을 만나서 본인과 강형준의 관계를 청산했다는 설명을 하고서 새출발을 알리고 그들의 산뜻한 마무리를 기원하고 싶어서였다. 사 씨의 허깨비 최면술에서 완전히 그로기상태에 빠져버린 청산위원회는 속이 텅 비어있는 강정 같은 존재로 남아있을 뿐이었다. 종구의 설명을 귀담아들은 약수동 아줌마는 그의 볼에 키스 세례를 퍼부었다. 선풍기 하나도 없어서 부채로 넓은 면적을 다 말리지 못한 몸이 끈적거렸으나 동류의식에 한없는 고마움이 느껴졌다.

송영범의 옆에는 마산의 양종훈이 있었다. 두 사람은 끝까지 함께하지 못함을 미안해하는 종구에게 차나 한잔 하자는 제의를 해왔다. 초원 다방에서 세 사람이 커피를 시켜놓고 마주 앉았다. 일행 중 가장 큰 상처를 입은 사람은 양종훈이었다. 짐작컨대 양종훈은 이번 일로 치명상에 가까울 것 같은 손상을 입었을 것 같았다. 송영범도 작지만 본인 외에 세 사람이 더 있다고 했다. 사촌형의 선배가 강희진이라서 말려들었던 것이었다.

두 사람도 탈진상태에 놓여있었고, 포기상태에 이르렀다. 그들도 새출발을 준비 중이었다. 송영범의 집은 서대문 적십자병원 부근이었고 고향이 사천이었다. 그의 큰형님이 용산에 있는 수산물 집하장의 중매인이라고 했다. 송영범이 종구에게 제안을 해왔다. 본인이 구상하고 있는 사업에 동참해달라는 것이었다. 그 사업이란 홍합 유통사업이었다. 바로 곁에 있는 양종훈의 홍합양식장에서 홍합유통 사업을 추진한다는 골자였다. 진퇴양난에 빠져서 출구가 바늘구멍도 보이지 않았던 종구는 안도하기보다 시급한 돈벌이가 우선순위였다. 봉급이던지 일당이던지 확실한 보장이 있어야만 했다. 종구의 말뜻을 알아들은 송영범이 호쾌하게 웃어가면서 말했다.

"하하하. 동생. 나야 봉급이나 일당이라면 환영하지. 그렇지만 지금 자네 사정이 풍전등화에 놓여 있잖은가. 일당이나 봉급 몇 푼 받아가지고 어느 세월에 빚 청산을 하겠어? 동생을 알게 된 것이 몇 달 안 됐지만 그간에 하는 행동을 보고서 어느 정도 파악했지. 이 친구는 진심이 뭔지를 아는 사람이라고. 그래서 말인데, 봉급이나 일당 같은 것 운운하지 말고 사업이득금의 몇 프로를 해줄 테니까 한번 열심히 해보자고. 좋은 제안이잖아. 그래야 자네 빚도 빨리 털어낼 수가 있고 일도 의욕적으로 할 수가 있을 것 아냐. 거기에다 자네는 몸만 따라오면 돼. 모든 자본은 내가 투자할 거니까. 어때? 좋은 조건이라는 생각이 안 들어?"

그의 말이 백 프로 진심이라면 구미가 당기면서도 좋은 조건인 것도 사실이었지만, 확실한 결말이 나와 있는 것도 아닌 만큼 심사숙고해야만 했다. 여기까지 오는 동안 여러 번의 실패를 떠올려가며 머뭇거리는데 양종훈이 거들어왔다.

"진종구 씨, 예. 내 살고 있는 구산에는 홍합 양식장뿐만이 아닌 기라. 넓은 바다다 아입니꺼. 그러다 보이 옆댕이마다 양식장들이 쎗삔는데 별기 다 나온다 아입니까. 그러니까네 홍합 한기만 주물럭거리지 않는다는 말 잉기라. 마 수산업도예, 유통만 잘 뚫타보면예, 한번쯤은 해볼 만할 깁니다. 꼭 나쁘지만 않을끼요. 마 내 생각이 그렇단 말인기라."

종구는 두 사람의 말에 고마움을 느꼈다. 청산위원회 때문에 알게 되었지만 송영범의 몸속에 들어있는 바른 사고와 외피에 감겨있어 보이는 논리적인 행동들을 곁에서 지켜보았다. 양종훈 역시도 올바른 인격의 소유자였다. 다만 그는 외항선 10년 경력의 산물인지는 잘 모르겠으나 어지러운 세상 물정과는 약간 비껴 서 있는 사람처럼 다가왔다. 그럼에도 두 사람은 이타적 유전자가 풍부한 사람들 같아 보였다. 종구는 두 사람을 '형님'이라 부르기로 했고 그들과 동고동락을 해보기로 마음을 굳혔다. 세 사람은 마산으로 내려가기 전에 양종훈의 뒤끝 정리를 갈무리하기 위하여 필동 김창수의 집에서 그의 부인과 조율을 해봤다. 양종훈의 하자들 숫자가 50여 명에 가까웠고 그동안의 경비는 고사하고서라도 인간적인 측면을 고려해보기 위해서였다. 결론은 앞발뒷발 다 들었다. 차라리 맹라 콧구멍에서 호박씨를 빼먹는 것이 더 쉬운 일 같았다. 그녀는 말라버린 미역줄기 같은 슬픈 주름살까지 경련을 일으켜가면서 특유의 악다구니로 발악을 해왔다. 본인은 양종훈이 어떤 인간인지도 모르지만, 영감에게 돈을 주었는지 밥을 사주었는지 본 적도 없고, 들어보지도 못했고, 아는 것도 없다는 말만 되뇌었다. 세 사람은 치를 떨어가면서 무간지옥에서 발을 빼내야만 했다.

종구는 가족들 앞에서 본인의 앞날을 의논했다. 당분간 마산으로 내려가서 가을부터 본격적으로 출하하는 홍합 사업에 동참한다는 설명을 조심스럽게 쏟아냈다. 동네에서는 도저히 얼굴을 쳐들고 다니기가 민망해서였다. 가족들도 그러는 편이 좋겠다는 동의를 해주었다. 종구는 두 사람을 따라서 고속버스를 타고 마산으로 내려왔다. 마산 고속버스터미널에서 택시로 갈아탄 후 마산 MBC 옆에 있는 시외버스터미널에 도착했다. 그곳에서 또다시 버스로 갈아타고서 창원군 구산면을 지나 옥계 삼거리에서 하차하여 잘패라는 곳으로 향했다. 잘패는 옥계산 등성이를 하나 넘어서 있다고 했다. 백리향이 흐드러진 골을 따라 구불구불한 오솔길을 30분쯤 걸어가자 시야가 확 트이더니 드넓은 바다가 발걸음을 가로막았다. 바다는 검게 보이는 진청색으로 뒤덮였고 야트막한 경사로 이어진 해안가는 제멋대로 굴곡져 있었다. 그 틈바구니 기슭에 10여 평 정도의 블럭에 슬레이트를 얹힌 집 한 채가 덩그렇게 자리 잡고 있어서 적막감을 털어내는 듯해 보였다.

블럭 집은 방 한 칸과 창고로 분리되어 있었다. 창고에는 원통형의 하얀 스티로폼들과 흰 따줄(밧줄의 방언)이 제법 쌓여 있었고, 출입문 축담 앞 20여 미터 너머가 바다였다. 집 앞의 앙증맞은 방파제 옆으론 나룻배 한 척이 출렁이는 파도에 쓸리고 밀리면서 제 몸간수도 귀찮다는 듯이 물결 따라 휩쓸리고 있었다. 나룻배에서 멀지 않는 곳에는 스티로폼의 부이들이 살랑거리는 포말들 위에 결따라 질서정연하게 대오를 이루었다. 하얀 부이들은 백옥처럼 정갈했고 바다는 까맸다. 까만 파도의 끝자락에는 연회색 함정들이 정박해 있는 것이 눈길을 잡아끌었다. 해군기지가 있는 진해였다. 이곳을 진해만 또는 반동만이라 불렀다.

종구는 자신의 간단한 짐 보따리를 방안으로 넣었다. 날씨는 한여름이었으나 오후 시간이면 햇볕을 차단해 버리는 골자리라서 끈적끈적한 갯바람이 서늘하게 다가왔다. 양종훈이 미리 귀띔을 해두어 가마솥에 돼지목살을 삶아 놓았다. 횟감이 지천으로 널려있는 바다지만 계절이 여름이어서 돼지고기를 준비했다는 것이다. 창대는 구산면 출신 청년이었고 양종훈의 홍합 양식장 관리를 해주고 있었다. 여덟 시간의 여행 끝에 삶아놓은 목살을 두툼하게 잘라서 새우젓과 겉절이를 얹어 먹는 맛은 무어라 표현하기 어려웠으나, 새카만 바다와 돼지목살의 조합은 이질감 속에서도 색다른 미각을 자극해왔다. 실로 오랜만에 살아난 미각이었다. 플라스틱 무학 소주 됫병을 혼자서 다 마셨다. 그날 밤 종구는 새벽녘이 밝아올 때까지 화장실을 무시로 들락거렸다. 제대 후 1년 가까이 뱃속에 축적되어온, 남겨두어서는 안 될 것 같은 노폐물들이었다

여명이 밝아왔다. 밤새 뒤틀려서 아린 창자들을 달래가며 홍합 양식장 관리와 생성과정을 창대라는 청년에게 배우기 시작했다. 창대는 종구보다 네 살 아래였다. 그는 어릴 때부터 갯가를 끼고서 성장하여 해안가 출신답게 해산물에 대한 지식이 풍부했다. 타고난 성격까지 털털해서 지난밤 몇 잔술로 십년지기만큼이나 가까워졌다. 종구로서는 퍽이나 다행스러웠다. 창대에게 제일 먼저 배운 것은 나룻배 노 젓는 방법이었다. 나룻배는 한쪽 노였다. 나룻배 후미 쪽에 통 분수 같은 8자 쇠고리를 노출시켜 놓고서 상앗대 부분의 홈과 결합하여 좌우측으로 저어가며 중심을 잡아야만 했다. 좌우측 조절을 잘못해버리면 나룻배는 한 방향으로만 움직여서 제자리를 맴돌아버린다. 만사불여튼튼. 모든 일은 기초부터 정석으로 깨우쳐야만 앞으로 다가오는 시간들이 가볍다. 한 방향 노 젓기는 생각보다 쉬웠다. 홍합 양식장은 난바다가 아닌 인근 연안에 있기 때문에 싹쓸바람이 일지 않는 이상 조각배나 나룻배를 젓기에는 큰 무리가 없었다.

다음 순서는 양식을 하고 있는 홍합 점검상태였다. 3~4미터 거

리를 두고서 직선으로 길게 뻗친 따줄 사이사이마다 1.5M 간격으로 바닷물 속에서 자라고 있는 홍합을 꺼내어 점검하는 작업이었다. 홍합들이 매달려 있는 밧줄 이름을 '년'이라 했고, 년은 길이가 5M 정도였다. 그 년 줄 사이사이마다 한 뼘쯤 되어 보이는, 손가락 두 개 굵기의 자동차 폐타이어들이 주렁주렁 달려 있었다. 어린 종패들이 붙어서 자랄 수 있는 지지대 역할이었다. 수시로 종패들을 점검하는 것은 5M 하단부에 펄들이 밀려들거나 병치레를 하고 있는 종패들을 솎아내기 위해서였다. 홍합의 수확기는 굵기와 사이즈, 형태에 따라 다르지만 보통 길이가 10㎝이상이며 높이가 5㎝ 정도면 출하시기를 저울질한다. 창대의 성의있는 가르침으로 종구는 양식장의 일들을 하나하나씩 터득해나갔다.

현재의 홍합들은 종패를 붙여놓은 지 두 달이 넘어서 활발하게 자라고 있는 중이었다. 송영범은 용산 수산물시장으로 올라갔다. 형님이 중매인이었으나 사업자금과 판매망 구축을 위한 사전답사와 제반준비를 해놓기 위해서였다. 양종훈도 바쁘게 움직였다. 사우디 취업 사기사건에 말려들어서 망신살이 뻗칠 대로 뻗쳐버린 그는 누구보다도 가슴 아픈 피해자였음에도 가해자란 멍에를 안아야만 했다. 50여 명 가까운 피해자들의 변상문제와 뒤돌아서서 더듬어보기도 더러운 지랄 같은 해명으로 곤죽이 되어가고 있었다. 그는 두 개의 양식장을 가지고 있었는데, 한 곳을 팔아도 배상이 끝날 것 같지가 않다고 했다. 배상 이야기를 내뱉을 때마다 그의 이마에는 주름살이 하나씩 늘어나는 것만 같았다. 그는 낙담 섞인 쓰디쓴 말을 무시로 뱉어냈다.

"니기미. 몬 올라탈 나무는 쳐다보지 말라 켓는데, 내 꼬락서니

참말로 문둥이 같은 기라. 아랫돌 빼서 위돌 괴기도 하로 이틀도 아이니 내 사마 미치고 팔딱거릴 수도 없능기라."

　종구는 그의 신세 한탄조의 넋두리를 들을 때마다 자신의 가슴마저 아리고 쓰러왔다. 그는 본래 입이 무거운 사람이었다. 얼마나 가슴이 미어지면 그런 말들을 토해내는 것인지 잘 알고 있기에, 그를 바라볼 때마다 안타까운 연민의 마음이 어깨 위에 걸려있었다. 양종훈의 집은 구산 면사무소 부근이었다. 이곳 잘패와는 다소 거리가 있었으나 그는 가끔씩 잘패로 와서 본인의 괴로움을 종구에게 토로했다. 종구와는 커뮤니케이션의 공감대가 형성이 되어서 그런 것 같았다. 사람들이 살아가야만 하는 시민 사회의 본질 중에서 남을 속이면서 살아야 하는 인간들과 속으면서 살아야 하는 사람들의 변증법은 자본주의가 안고 가야만 하는 모순 중의 모순일 것이다. 물론 양종훈의 고통은 스스로가 자초한 결과의 산물일 수도 있다. 그렇다 하더라도 뒤집어서 세분화시켜본다면 인간본성의 자극일 뿐이었다. 양종훈으로서는 너무나 가혹한 형벌이었다. 그는 선천적으로 추상적이지도 못했고 후천적으로 출세욕을 가진 사람도 아니었다. 가난을 이겨낸 욕망이 해안가 조합장이라는 망상을 안게 해주었을지라도, 선의로 다가서려는 길목에서 파멸에 가까운 형벌을 안고 말았다. 혼탁한 세상은 예부터 유한했다. 양종훈은 평생 동안 정림통상을 가슴에 안고 가는 형벌까지 안아야만 했다.

2

　몇 달 후에 모든 결말이 드러난 정림통상의 일들이었다.

김영곤은 구속되어 무거운 형을 받았다. 폭행 전과가 있었던 그에게 사기와 또 다른 폭행죄가 성립되어서였다. 그의 하자들이 끈질기게 달라붙어 본인의 그림자까지도 밝히게 되자 만취 상태에서 옥신각신하다가 팔꿈치에 이빨 두 개가 금이 간 하자와 다른 하자의 고발까지 추가되어서였다. 김창수는 구속 3개월 만에 집행유예를 받고서 집으로 돌아왔다. 그는 부인의 통장에 들어있는 돈의 힘으로 주유천하를 하고 있었다. 민주주의를 지향하는 대한민국의 민낯을 드러내는 단면을 그는 본인 것으로 만들었다. 사기를 치던 부정을 저지르던, 언제나 꼭짓점은 유전무죄였다. 최영덕은 사 씨라는 허깨비 덕분에 아무렇지도 않게 서울거리를 활보하고 다녔다. 그 이면에서 대한민국의 악법이 보호막 역할을 해주었기에 가능했다. 악법은 바로 경제사범이었다. 그는 사업자등록증상 법인대표였고, 업종은 건설업으로 되어 있었다. 현재까지도 대다수의 일반인들은 개인사업자보다도 법인을 더 신뢰한다. 하지만 한걸음 더 들여다보면, 일반사업자는 연대보증을 적용할 수가 있으나 법인은 불가능하다. 다시 말해서 개인사업자의 부도는 피해자의 손실금액이 민사, 형사까지의 연결고리가 있지만, 법인은 형사에서 일단락이 되어버린다. 이러한 사실에 입각했던 것인지 최영덕을 고발한 사람은 400여 명이 훨씬 넘는 하자들 중에서 단 한 사람도 없었다. 강희진은 교통사고로 평생불구의 몸이 되었다. 하자들이나 청산위원회에서 학수고대했던 사 씨라는 존재는 정림통상이 산산조각이 날 때까지도 사우디 사막의 신기루 속에서 존재하고 있었다.
　정림통상의 시간들, 모질고 질겼던 시공간을 아무리 가위질해봐도 왜곡된 사실은 나타나지 않을 것이다. 하나가 잘려나가면 또 하나가 생겨나는 것이 이 사회의 병리현상이었다. 왜곡된 세상일지라도 인간들이 살아있는 한 같은 틈바구니 속에다 깊고 깊은 뿌리들을 뻗치면서 같이 호환해가며 함께한다. 돌이켜보면 정림통상의 하자들은 보이는 것을 믿는 것이 아니라 믿는 것만 보려고 했기 때문에 지루한 시간 속에서 허우적거렸을 것이다. 그런 것들을 꿰뚫어볼 줄 아는 안목을 가진 최영덕과 김창수는 유한성이라는 망상에 빠진 유한성 중독자들이었다.

그 중에서 가장 표면적으로 노출된 사람이 김창수였다. 그건 아마도 그와 관계가 밀접했던 당사자인 진종구와 양종훈이 있어서였을 것이다. 그의 허우대는 시대를 초월했다. 70년대의 보편적인 노인의 신장이 아니었다. 183㎝나 되는 신장에 굵직한 성대, 곧게 뻗은 허리, 단정한 흰머리, 남산이 부러워할 것 같은 큰 코, 유난히 긴 하관까지. 한마디로 기골이 장대했다. 더불어 우렁찬 성대에서 쏟아내는 번지르르한 말솜씨는 언제나 상대방을 먼저 배려하는 언변술까지 갖추고 있었다. 그는 정확하게 형상화된 말들을 반어적 언변으로 일관했다. 그는 페르소나 인격체였던 것이다. 겉과 속이 완전히 다른 이중 인격체였다. 항상 말끔한 정장 차림으로 말마다 기름지고 배려를 앞세우는 그에게 초면부터 동화되지 않는다면 정상인이 아니었다. 어느 시인이 말에 대한 찬가를 노래했다.

'옷소매를 잡아끄는 말들이 숨골 뚫어내며 다가올 때 한 세상 허리 굽혀 살아온 세월도 살 냄새에 파묻혀서 가슴속으로 스며드는구나.' 김창수는 불행을, 불행이라는 씨앗도, 불행의 고통도, 그 고통 뒤에 닥치는 더 큰 고통도 모르는 인간이었다. 그는 많은 하자들에게 모든 불행을 덮어씌워 버리고서 인격의 탈을 바꿔가면서 음지와 양지

만을 가려낼 줄 아는 리플리 증후군에 중독되어 있는 그런 인간이
었다.

　진종구가 잘패에 정착한 지도 한 달이 되어가면서 창대는 다른 곳
으로 옮겨가고 혼자서 생활하게 되었다. 그는 진해의 해군기지를 바
라보면서 바다를 차근차근 알아가는 중이었다. 새벽에 진해 바다를
조망하는 일로 하루의 빗장을 열었다. 붉게 솟구치는 아침햇살을 먹
어치운 검은 바다는 모세의 기적인양 한줄기 선홍빛으로 바다를 갈
랐다. 갈라질 것 같았던 바다는 흰 갈매기들의 날개짓 깃털바람에
다시 오물리다가 불살 같은 햇볕을 토해냈다. 엷은 안개는 물살 위
에서 피어났다가 파도에 밀려서 자멸했다. 한없이 넓어서 경계가 없
을 것 같은 바다에도 길이 있어서 뱃길이라고 불렀나 보다.
　진해 해군기지는 부표의 띠에 갇혀있는 요새였다. 부표들은 바로
해군기지의 캐슬이었다. 물 위에 떠 있는 성벽들과 물속에 있는 경
계선은 구분이 달랐다. 사람들과 배들은 물 위의 경계에 따라 움직
였지만 물속의 어류들은 그 경계에 구속되지 않았다. 어류들은 알
고 있었다. 해군기지 안쪽 바다가 자신들의 평화촌이라는 것을. 기
지 안쪽의 바다는 수탈자들의 금단구역이었다. 바다는 새벽부터
요동쳤다. 새카만 바다가 새카만 어둠을 껴안으면 기지 안에서의
불법조업으로 새벽 바다는 으스러지면서 깨어난다. 해군 지도선에
쫓기는 어부들의 생명선은 이른 새벽부터 피어났다. 진해만의 아침
은 그렇게 분주한 삶이 숨 쉬는 바다였다.
　양식장의 홍합들도 숨을 쉬어야만 살아남는다. 조수 간만의 차
이가 만들어지는 바다는 생명의 근원이었다. 들물과 날물의 쉼 없

는 반복으로 생장점을 만들어내는 조화는 어류, 어패류의 생명줄이었다. 이런 현상으로 플랑크톤들이 부유하여 어패류가 살아가는 것이다. 홍합도 그러했다. 종구는 홍합의 본 이름을 홍합으로만 알고 있었다. 양식으로 기르는 홍합을 이곳에서는 담치, 열합, 합자로 불렀다. 예부터 홍합에는 여러 이름이 있었다는 것을 처음 알았다. 정약전의 다산어보에는 홍합, 담치로 기록되어있다고 했다. 홍합이라는 이름은 살색이 다른 조개류에 비하여 매우 붉기에 붙여진 이름이었다. 홍합의 출하 시기는 초겨울부터 봄까지가 제철이라고 했다. 입하가 되면 바다의 수온이 오르기 시작하여 플랑크톤 독성으로 '삭시톡신(Saxitoxin)'이라는 패류 독소가 생성되기 때문이었다. 홍합은 청정지역인 원양보다는 염도가 약간 낮은 해수면에서 잘 기생하는 종이었다. 다소 오염된 바다에서도 잘 자라는 종이기도 했다. 산란 시기는 늦봄에서 여름까지였다. 다소 흰색을 띠는 종이 수컷인데, 산란 때가 되면 암수가 뜨물 같은 액체를 쏟아내면서 생을 마감한다. 이런 현상은 홍합 양식장에서 종사하는 경험자들의 눈에 잘 띄는 현상이었다. 암놈들이 쏟아내는 액체가 진달래꽃 색을 띠어서였다.

이때부터 씨 붙임이 시작되어 종패가 형성되는데 이런 현상을 '채묘'라고 했다. 채묘들은 태동되는 순간부터 접착력이 생명력 못지 않게 강했다. 생존본능 때문이었다. 다른 어패류들은 대게 모래밭이나 펄 속에 서식하지만, 홍합은 모래 속이나 펄 속에서는 생존할 수 없는 종이어서였다. 이런 조건으로 홍합들은 연안의 바위에서 기생하지만 바위뿐만 아니라 돌출이 되어있는 사물이면 아무 곳이든지 무조건 악착같이 착 달라붙어서 생존한다. 참 홍합도 서식 조건은 비슷하지만 20M의 수심에서도 살 수 있을 만큼 생명력이 강한데다 수질오염에 민감한 편이어서 채취도 쉽지 않고 대량생산도 어렵다. 그런 만큼 참 홍합의 가격이 양식보다 몇 배가 비쌌다.

반동만 연안 지역에서 홍합 양식업을 하는 어민들이 정설처럼 믿고 있는 설이 있었다. 부산과 마산은 제3공화국 시절 수출 전진기지 역할을 하고 있었다. 특히 마산은 자유수출 무역지구이기도 했다. 마산 부두 건너편에 조성된 자유수출 무역공단은 경제가 앞선 일본의 산업폐기물 집합장소였다. 그로 인해 마산 부두를 지나 진해만 입구까지도 바다 오염이 무척 심각했다. 오염과는 상관없이 수출 공단의 수출품들을 수출하는 대형선박들이 무시로 드나들었다. 덩치가 큰 수출 화물선들을 이곳 사람들은 너배기(방언이 아니며, 사전에도 없는 말)배라 불렀다. 수출 지역은 대부분 미국이었다. 마산 자유수출 지역 수출품들은 뉴욕, 샌프란시스코 항구에서 하역을 했다. 수출품 하역을 마친 배들이 되돌아올 때는 수입품을 싣고 와야 했으나, 당시의 한국경제가 워낙 낙후되어 빈 배로 회항하는 때가 더 많았다.

아무리 덩치가 큰 화물선이라 할지라도 드넓은 태평양의 거친 바다를 넘나드는 뱃길이라서 안전운항이 최우선이었다. 화물선들이 가장 신경을 쓰는 부분이 배의 중심축을 잡아주는 수평수(水平水)였다. 수평수는 화물선적에 관계없이 행하는 요식행위나 마찬가지였다. 특히 물동량이 적을 때마다 그만큼의 수평수로 조절하여 선박의 안전운항을 도모해 왔다. 부산과 마산항으로 입항한 화물선들이 많은 수출품들을 선적하는 과정에서 미국 항구에서 주입한 수평수들을 쏟아내었는데, 바로 그 수평수 안에 들어있던 담치들도 함께 배출이 되었다. 이 외래종 이름이 멕시코만 담치라 했는데, 본래의 서식지가 지중해였다고 하여 진주 담치라 불렀다. 이 종들은 번식력은 물론 생명력도 강하지만 접착력 또한 매우 강했다. 이러한 생태계로 진주 담치들은 대형화물선의 이물에서부터 심지어 대형 스크루에까지 달라붙어서 종의 기원의 경계를 넘나들었다. 진주 담치들의 강인한 번식력으로 한국 연안에서 서식했던 토종 홍합들은 터전에서 밀려 나와 디아스포라 신세로 전락했다는 구산면 담치 종사들의 전언이었다. 사실 여부를 떠나서 왕성한 번식력을 가진 이 담치들 때문에 남해안 연안의 담치 양식장은 대한민국 담치 생산량을 거의 차지하기에 이르렀다. 담치들의 산란철인 초여름이면 구산면 일대부터 남해, 고성, 진동, 거제, 진해, 통영 등 한려수도 일대 연안을 뒤덮었다. 바로 그 시기에 진종구가 홍합 양식과 해산물 유통을 배워보려는 의지에 따라 구산면으로 내려왔다.

홍합 양식장의 규모를 가늠하는 것은 스티로폼 부이(부표)를 띄워서 닻을 내리고 일자로 된 따줄을 200M 정도 고정시킨 것을 열 줄로 계산하여 1핵 타르로 산출했다. 일자줄 사이에도 작은 부이들을 고정시켜 놓은 따줄 사이에 1.5M 정도마다 5M의 따줄인 '넌'을 고정시켜서 채묘를 달아놓는다. 5M의 넌 줄 사이에는 대충 30㎝ 간격을 두어 20㎝ 정도, 손가락 두 개 두께의 폐타이어를 고정시켜 놓았다. 과학이 발달된 현대에 이르러 넌 줄 사이의 폐타이어를 발암물질로 지적하는 사람들도 있으나, 그 당시는 보편적이었다. 양종훈은 이런 규모의 홍합 양식장 두 곳을 가지고 있었다. 그중 하나가 잘패였고, 다른 하나의 양식장은 잘패에서 이십여 리 서쪽에 있는 장구마을 해안가였다. 창대의 경험담을 흡수해가며 두 곳의 양식장을 오가면서 담치의 생성과정과 바다의 생태, 작업조건, 출하시기까지 습득하다 보니 어느덧 종구가 구산면에 정착한 지도 석 달이 가까워지고 있었다.

3

서울에서 편지가 왔다. 7월 달에 북부경찰서에서 합의서를 써준 강형준이 돈을 돌려준다는 내용이었다. 또 한 번의 정림통상 잔혹사가 되살아났지만 급한 것은 돈이었다. 성북지청에서 합의서에 도장을 찍은 종구와 임종철은 강형준에게 돈을 넘겨받았다. 종구는 서울이 집이라서 딱 절반인 25만 원을 받았고, 임종철은 지방이라서 30만 원을 받았다. 한편으로 두 사람은 무척이나 미안한 마음이었다. 까뒤집어본다면 미안해할 것도 없었다. 두 사람이 돌려받은 돈은 사기 위에 얹혀진 프리미엄이어서였다. 그렇다 하더라도 그 당시까지도 두 사람은 고맙게 생각했고, 그만큼 젊음의 푸른빛이 가슴속에서 싹트고 있었기에 그리 생각했다. 그나마도 감격한 종구는 강형준을 중국집으로 안내하여 탕수육에 배갈까지 대접했고, 임종철은 본인이 더 받았다며 한사코 뚝섬 강나루까지 강형준을 이끌었지만 종구는 중도에서 술값이 너무나 무서워 온수동으로 돌아섰다. 절박한 집안 사정을 단 한순간도 외면해서는 안 되기 때문이었다.

목숨줄 같은 돈을 어머니에게 넘겨준 종구는 용산에 있는 수산물시장 경매 집하장으로 향했다. 송영범은 경매장 주위에 있는 16

호 상회를 월세로 임대하여 홍합을 관리할 수 있는 시설을 갖춘 상태였다. 사실 홍합은 생물로 유통이 되어 시설이랄 것도 없었다. 홍합포대를 쌓을 수 있는 장소와 해수가 빠져 흐를 수 있는 여건이 고작이었고, 해수는 수협에서 한 군데로 저장해두고 있어서였다.

종구와 송영범은 마산으로 내려왔다. 본격적인 홍합 출하 올리기 작업이 시작되었다. 종구와 창대 둘이서 해치울 수 없는 작업량이어서 근동의 유경험자 두 명이 가세하여 작업을 개시했다. 겨울 초입의 파도는 거칠었다. 기우뚱거리는 나룻배에 의지하여 5M 넌 줄 하나에 주렁주렁 매달린 담치를 걷어올리면 거의가 한 포대 물량이 넘었다. 넌을 끌어올릴 때마다 담치만 깨끗하게 붙어있지는 않았다. 따개비부터 해삼, 미더덕, 오만둥이, 불가사리, 해초부터 온갖 부산물들이 달라붙어 있었다. 이건 담치 양식이 아니라 온갖 바닷말이 잡동사니 해산물 양식장 같았다. 홍합의 상품성을 만들기 위해서 껍질에 달라붙은 종들을 처리하는 작업이 수월치 않았다. 모든 작업이 하나부터 열까지 수작업이어서 포대작업은 상당한 노동력을 요구했다. 넌 하나에 더부살이로 매달린 다른 종들은 다시 바다로 수장이 되었다. 그것들은 또다시 다른 담치들에게 옮겨붙어서 새로운 더부살이를 할 것이다. 이렇게 반복되는 양식장의 작업 조건 때문인지 양식장 주위에는 감성돔부터 꼬시래기(망둥어의 경남 방언)까지 별의별 어류들이 몰려들었다.

새벽부터 시작한 홍합 포대 작업은 오후 4시경에 종료되었다. 1.4톤 복사 트럭 한 차를 가득 채우면 하루 작업이었다. 초도작업이어서 용산 경매장으로 향하는 트럭에 종구도 탑승했다. 마산에서 저녁을 먹고서 오후 다섯 시에 출발한 트럭이 용산에 도착했을 때는 새벽 한 시였다. 본격적인 경매는 두 시부터였다. 각 도(道)의 해안에서 올라온, 종이 다른 해산물들의 경매가 동시에 시작되었다. 송영범의 홍합 경매는 그의 형님의 도움으로 좋은 가격을 받았다. 첫 출하인데도 모든 경비를 제외하고서 5만 원이 넘는 흑자였다. 대박이었다. 당시 공무원 봉급이 7만 원 정도인 점을 감안하면 두 사람의 입이 벌어질 돈이었다. 그것도 시쳇말로 한탕에 남은 이익금이었으니, 송영범과 종구는 껴안아 가면서 감격의 눈물을 쏟아내기에 충분했다. 마산으로 내려온 종구는 마산 어시장에서 비닐 쌀 포대를 구입하여 어깨에 메고서 잘패로 돌아왔다. 종구에게 경매소식을 전해 들은 양종훈도 무척이나 기뻐했다.

본격적인 담치 출하작업이 시작되었다. 종구는 현지에서 작업을 하였고 송영범은 용산에서 경매처분을 맡았다. 8일 동안에 흑자 금액이 46만 원에 육박한다는 송영범의 소식이었다. 감격한 종구는 환상 속으로 빨려들었다. 그동안의 마음고생을 모두 털어낼 수가 있었다. 이런 패턴이 내년 봄까지만 지속적으로 이루어진다면, 송영범의 말대로 지분의 언저리라도 어머님과 동생들의 어깨를 무겁게 짓누르는 빚을 탕감하는 것은 물론이고 날아가 버린 보금자리를 다시 되찾는 것은 아무 문제가 아닐 것만 같았다. 그림자처럼 엉겨 붙어서 불행하기만 했던 뫼비우스의 띠를 잘나냈다는 안도감까지 찾아들었고, 차가운 겨울 바다도, 힘겨운 담치 작업에도 힘이 넘쳐나서 즐겁기만 했다. 돈의 힘이란 참으로 오묘했다. 그렇게나 고통스러웠던 지나간 시간들이 일순간에 아름다운 경험으로 여겨져 왔다. 이른 아침마다 차가운 바닷물에 소스라치던 손등에서조차 발열이 솟구치어 하루 해가 짧게만 느껴졌다.

년 줄을 끌어올릴 때마다 홍합 곁에 가장 많이 달라붙어 있는 것이 오만둥이와 미더덕이었다. 그중에서 미더덕은 마산의 명물이었으나, 당시까지만 해도 홍합 양식장에서는 한낱 쓰레기에 불과했다. 미더덕은 바다의 향로였다. 년 줄기에 달라붙은 미더덕을 떼어내면 엷은 피막은 질기면서도 연한 분홍빛을 발산하여 애처로움을 내비치면서 물렁물렁거려, 안타까운 마음에 손으로 만지면 순식간에 탱탱하게 부풀어났다. 생존본능이었다. 이 미더덕이 유명세를 타게 된 것은 아귀라는 생선 덕분이었다. 본래 아귀라는 생선은 바다의 사생아 같은 존재였다. 생긴 것부터가 다른 어류에 비하여 매끄럽지 못하고 험상궂은 외모 때문에 불가에서 말하는 아귀(餓鬼)로 이름 붙여진 생선이었다. 최대 몸길이가 1M까지 크는데, 몸 전체의 2/3 정도가 머리로 되어 있었다. 음흉한 덩치답게 강한 이빨을 3중으로 가지고 있기까지 했다. 이놈은 게으른 물고기의 대명사이기도 했다. 움직여가면서 먹잇감을 찾는 것이 아니라 음침한 곳에서 큰 입을 찢어지게 벌리고 있다가 입안으로 지나치는 생선들을 잡아먹는 포식자였다. 종구가 홍합양식장에 발을 들여놓을 때까지도 아귀는 닭 사료나 어묵공장으로 형편없는 가격에 팔려나가는 천덕꾸러기 신세였다. 아귀의 간은 열량뿐만 아니라 비타민A의 우수한 함량으로 좋은 생선이지만, 그 시절에는 이런 사실들을 전혀 모르고 있었다.

그러던 와중 마산 할매의 끈질긴 노력으로 새롭게 탄생했다. 마산 할매가 버려지듯이 천대받던 아귀를 가지고 여러 요리를 해보았다. 삶고, 말리고, 조리고, 끓이고, 데치고, 무치고, 볶으면서 발견해낸 요리가 바로 찜이었다. 찜을 완성시킬 때까지 여러 종류의 식재

료들을 첨가해보았지만 그때마다 뒷맛이 항상 문제였다. 그 지난했던 실험 끝에 아귀보다도 더 흔해빠진 미더덕을 첨가해보았다. 그게 대박이었다. 미더덕의 진한 향이 아귀의 육질에 스며들어 미식가들을 매료시켜나가기 시작했다. 고향이 남해인 정을병 소설가의 산문에 나오는 한 대목이었다. 아귀찜에서 미더덕을 빼버리면 사계절 중에서 봄이 없는 것과 같다.

그랬다. 미더덕의 진한 향은 미각의 촉수였다. 종구는 가끔씩 생미더덕을 입안으로 집어넣었다. 감미로운 향은 담배로 찌들은 입안을 청결하게까지 해주었다. 또 하나의 잡동사니 중 오만둥이는 홍합 양식장의 쓰레기 중 상쓰레기였다. 생긴 것도 돼지감자 비슷한데다 어디에다 사용할 용도가 없었다. 딱 한군데 있기는 했다. 늙은 호박죽에다 손톱만 하게 잘라서 넣으면 오돌거리는 맛에 그냥 먹을 만 했다. 하지만 그 많은 양이 항상 처치 곤란이었다. 상전벽해였던지 오늘날은 미더덕 부족으로 오만둥이마저 향신료로 대접받는 세상이 되었으니, 세상사 이치가 돌고 돈다는 말이 결코 말장난이 아닌 것 같았다.

눈코 뜰 새 없는 홍합 작업이 두 주일째 끝나고 3주째 접어들면서 지금까지 순조로웠던 경매에 이상 징후가 발생하기 시작했다. 가격 폭락사태가 불거진 것이다. 한 차를 올리면 산지의 출하가격이 살짝 밑돌기까지 했다. 물량공급이 넘쳐나서 과잉공급이 나타났다. 하루 이틀이 지나고 한 주가 지나자 산지출하 가격의 절반 가까이 밀리기 시작했다. 종구와 양종훈, 송영범은 아찔한 현기증 속에서 원인을 분석하고 찾아내기에 혈안이 되었다. 지금까지 이런 현상은 경매 입찰이 시작되고서부터 단 한 번도 일어나지 않았던 것이다.

세 사람은 안절부절 하기 시작했다. 일시적으로 가격이 폭락했다 하여 구산면의 홍합 출하를 중단할 수도 없었다. 생물이기 때문에 때를 늦추지도 못했다. 더군다나 두 주간의 대박으로 송영범과 양종훈이 나서서 구산면 담치 양식업자들을 상대로 4헥타르를 수의계약 형식으로 묶어놓기까지 해버린 상태였다. 이러한 여건 속에서 홍합 경매 폭락은 세 사람의 목을 기요틴에 올려놓기에 충분한 사건이었다. 물론 종구는 간접적으로 범위에 못 미쳤지만, 현시점에서 그런 것을 따지는 것은 어불성설이었다. 당장 눈앞으로 닥쳐온 현실타파가 우선순위였다.

용산 수산물시장의 홍합 경매 가격이 두 주 째 곤두박질치면서 폭락사태의 실체가 드러났다. 그것은 '언터처블', 불가촉 침범이었다. 수산물 시장에는 질서라는 연계망이 있었다. 그 질서에는 근원적인 뿌리가 내려와 있었다. 그것은 홍합에만 국한되는 것이 아니었다. 생산부터 유통에 이르는 과정들이 생성되는 세월 속에서 룰이라는 것이 불규칙하게 만들어져 있었다. 바로 얼굴 없는 과두지배 카르텔 집단들이었다. 그런 것들이 이루어져서 자본주의의 유통이 도래되었고, 그 전통이 그들만의 상도덕주의를 만들어내고 있었다. 자본이라는 것은 나약한 국가보다도 더 무서운 힘을 발휘했다. 자본은 분배가 아닌 지배구조의 무기였다. 경제가 발전할수록 자본의 힘은 더 강해질 수밖에 없는 구조가 근대의 산물이었다. 자본의 힘이 어느 때는 권력마저 붕괴시키기도 했다. 유통구조 질서의 지배구조 검찰 노릇까지도 겸했다. 홍합유통 역시 그 범주에 속해서, 큰손들끼리의 카르텔이 유지되어 왔던 것이다. 그런 카르텔의 힘을 가진 유통망을 비집고서 하루살이들이 불나방처럼 덤벼드는 우를 범했다. 송영범이나 양종훈은 홍합 유통의 카르텔 집단들을 전혀 모르고 있었다.

　전국에서 가장 막강한 힘을 가진 삼두마차가 있었다. 남해와 고성, 김해에 있는 해산물 유통의 큰손들이었다. 그들은 용산 수산물시장의 경매과정을 쥐락펴락하는 막후 실력자들이었다. 지금까지 그들의 유통구조 속에서 수산물시장 질서가 유지되어왔는데, 어느 날 한낱 중매인 한 명을 등에 업고서 떨거지가 나타나서 유통질서를 어지럽히는 것에 그들은 분노했다. 그들의 정보망은 민첩했고 그들의 고사작전은 치밀했다. 서서히 말려 죽이는 것은 시간문제였다. 그들은 항공모함을 에워싼 군단급이었고, 송영범은 나룻배에 불과했다. 그들은 소리 내지도, 냄새가 나지도 않는, 여명작전을 구사해 왔다.

　용산뿐만 아니라 전국의 농수산물 경매방식은 가장 첫 번째 입찰이 판세를 가늠하는 기준점 역할을 해주었다. 추후 물량에 따라서 가격의 등락이 결정되지만, 첫 번째 입찰이 그날의 시세 판가름에 주춧돌 역할을 해주는 것이다. 홍합도 그 범주 안에 있었다. 예를 들어서 첫 경매가격을 보아가며 물량공급을 조절해가는데, 오늘 가격의 낙찰가가 본인들의 만족도에 들지 않으면 다음날부터 물량을 줄여가면서 가격상승을 유도해 왔다. 유통 상인들의 촉은 무척 민감하게 움직인다. 큰손들의 움직임은 항상 상인들의 촉 위에서 군림해 왔다. 물량공급을 줄여버리면 일어나는 현상이 가수요였다. 이 가수요가 물가상승요인이 되어준다. 홍합은 생물유통도 있지만 담채(淡菜)라 불리우는, 삶아서 말린 홍합 유통도 있었다. 담채 홍합보다 생물 홍합을 선호하는 것은 돈 때문이었다. 홍합을 박신(알맹이를 속아내는 작업)하여 건조시키는 방법은 일손이 많아지는 반면에 생물가격 대비 수익도 현저히 떨어진다. 삼두마차의 카르텔들은 말린 홍합을 가지고서도 충분한 이익을 창출해낼 수 있는 힘까지 지니고 있었다. 그런 힘의 원리가 뒷받침되어 있었기에 무소불위의 힘을 만들어낼 수가 있었다. 그런 구조를 가진 거목들의 정체를 모르고 단순하게 그 영역을 침범한 송영범은 야금야금 말라서 쪼그라들기 시작했다.

새벽마다 경매되는 여명 작전은 느긋하게 전개되어 왔다. 두 주간의 돈맛을 본 송영범의 홍합경매는 형님의 도움으로 언제나 첫 입찰이었다. 그랬던 것이 두 주가 지나면서 소리소문없이 밀려드는 물량 앞에서 첫 입찰가도 무너질 수밖에 없었다. 수산물 시장에서 잔뼈가 굵어진 그의 형까지도 처음 겪는 일이었다. 지금까지의 과정은 하루나 이삼일 물동량이 많아서 일시적으로 가격이 하락하면 반드시 반전을 해왔고, 그런 일들이 십여 년 그렇게 이어져 왔는데 이번에는 달라도 너무나 달랐다. 하락세가 시작된 지 벌써 4주일이 지났는데도 물동량이 줄어들 기미가 보이지 않았다.

중매인인 송영범의 형은 동생에게 그간 이루어졌던 선례를 알고 있었기에 조금만 참으면 반전이 된다고 했지만, 어느 순간 그 말들이 무색해지기 시작했다. 늪의 초입은 질퍽였지만 허우적거리면 허우적거릴수록 헤어나기 어려운 진구렁창으로 변해갔다. 적자가 눈덩어리처럼 부풀어만 갔으나 중도에서 포기할 수도 없었다. 아직까지도 많은 양의 구산면 홍합들을 처분해줘야 할 의무가 있는데다, 홍합철이 절정기여서 반전은 얼마든지 기대할 수 있을 것 같아서였다. 하루하루가 초조함의 연속이었고 살갗을 도려내는 아픔까지 안고 있었지만, 시곗바늘은 더욱더 무거운 압박으로 짓누르기만 해왔다. 풍전등화 같은 상황 속에서도 종구는 홍합 포대작업 삼매경에 빠질 수밖에 없었다. 먼저 본인의 양심을 지키는 일이었다.

대부분 박스작업이나 포대작업의 물품들은 눈에 보이는, 드러나 보이는 부분마다 언제나 최상의 물품으로 작업을 하여 눈들을 현혹했다. 사과나 딸기, 배 같은 농산물은 물론 해산물이라고 다르지 않았다. 그 중에서도 가장 두드러진 것이 홍합이었다. 포대작업이어서 가능한 일이었고, 가격도 비교적 저렴하여 누구 하나 크게 탓하지도 않았다. 종구는 정성을 다하여 겉과 속의 홍합들을 차별 없이 작업해놓고서 마대마다 매직으로 '구산'이라는 글씨를 크게 써놓았다. 구산면 홍합은 것과 속이 다 같다는 암시를 주어서 경매 때마다 조금이라도 유리하게 팔리기를 바라는 마음에서였다.

4

힘들기만 했던 홍합 작업이 두 달이 지났고 해가 바뀌었다. 1월의 추위가 매서워지고 있다는 일기예보가 있었으나 구산면은 달랐다. 이곳은 남쪽 바다였고, 뭍의 끝자락이었다. 어쩌다가 눈발이 날렸으나 눈도 쌓이지 않았고, 간간히 동백꽃이 피어났다. 용산에서는 계속 암울한 소식만 들려왔다. 본래부터 새카맣던 양종훈의 얼굴은 더더욱 까맣게만 일그러져갔다. 정림통상의 사기극으로 본인 재산의 반 이상이 날아가 버린데다 홍합 판매의 유통마저도 손해가 계속 쌓여만 가고 있는 현실 앞에서 어떠한 돌파구도 없어서였다.

하루하루가 두렵고 암울하기는 종구도 마찬가지였다. 어서 빨리

이 긴 터널에서 벗어나기를 간절히 갈망했으나, 그것은 갈망일 뿐 자신의 뜻대로 될 수 있는 일이 아니었다. 소한의 추위가 매서워지던 날, 한밤중에 송영범이 종구 앞에 모습을 드러냈다. 사전 연락도 없었던 그의 출현에 종구는 불길한 예감으로 심장이 뜨겁게 달아올랐다. 까칠해질대로 까칠해진 그는 마산으로 나가자며 독촉해왔다. 마산 시외버스터미널 부근의 허술한 술집에서 소주잔을 주고받았다. 면도도 하지 않아서 수염마저 덥수룩한 송영범이 입을 열었다.

"종구야, 너 지금 몇 살이지?"

송영범의 갑작스런 나이 질문에 종구는 의아해했다. 본인의 나이도 벌써 스물일곱으로 변해있었다. 새삼 나이 질문을 받고서 그 뜻을 헤아릴 수가 없어서 종구는 무람없는 대꾸로 '잘 알면서.'를 내뱉었다. 그는 무겁게 느껴지는 사색을 질근질근 씹어 삼키면서 심오하게 빠져드는 시인 같은 표정으로 변해가더니 소주잔을 훌쩍거리면서 말을 이었다.

"종구야, 휴머니스트를 잘 알고 있지? 인도주의자들을 지칭하는 말로 학창 시절에는 한번쯤 그 그림자를 밟아가면서 살아가고 있다는 자부심도 대단했지. 그렇지만 이 사회에서 휴머니스트가 밟고 살아가야 할 터전이 없더란 말이다. 너무나 약삭빠른 세상이 이기주의에 휘둘리다 보니까 정의, 정립, 가치, 성향, 배려 같은 것들이 모두 파편화되어 결국은 나약한 허무주의자로 물들어가더란 말이야."

종구는 송영범의 넋두리를 듣다가 머리털이 바싹 곤두서는 느낌이 들었다. 그의 다음 말이 무엇을 암시하는지 대충은 예측할 수가 있었지만, 제발 자신의 예측이 빗나가서 초라한 결말들을 만들어내지 않기를 바랄 뿐이었다. 소주 두 잔을 연거푸 들이마신 그가 다시 입을 뗐다.

"마지막이라고 생각해가면서 적십자병원 옆의 큰 집까지 마누라 앞으로 등기를 해주고서 200만 원을 받아가지고 새롭게 해산물 유통으로 발돋움을 하려고 했지만 역부족이었나 봐."

송영범은 붉어진 눈으로 또다시 소주잔을 비우고 채웠다. 서울하고도 특별시의 4대문 안에 있다는 일류라는 대학을 나와서 ROTC 장교로 예편한 그는 사회생활의 공학을 너무나 만만하게 보고서 정직성 하나로 세상과 대립하려 했다. 유년 시절부터 큰 역경을 거치지 않고 살아온 그였기에 정림통상의 사기와 이번 홍합 유통의 좌절이 되돌릴 수 없는 아픔으로 다가온 것 같았다. 그는 진종구와 양종훈이 살아온 삶과는 질적으로 달랐다. 한 가지 공통점이 있다면, 삐뚤어지지 않은 인생관 정도였다. 그러나 정직이라는 피데이스트 이론으로 길들여진 휴머니즘의 신봉자들은 두세 번의 실패를 맞이해버리면 걷잡을 수 없는 공황상태로 내몰리는 경향이 있었고, 이는 지식의 먹물을 뒤집어쓴 인간들의 전유물 같았다.

"종구야. 난 너를 보면서 가끔씩 부러움을 느낄 때가 많았단다. 강인한 정신력의 소유자처럼 다가와서였지. 그러면서 너의 성장 과정과 나의 과거를 비교하곤 했단다. 난, 고생이 무엇인지도 몰랐고 남들이 부러워하는 대학도 다녔지. 다 부모님을 잘둔 덕이기도 했어. 그래서 엘리트 행세도 했지만, 그게 전부가 아니더라. 대학 공부만이 세상살이를 아우르는 지성을 깨우치는 것이 아니란 것을 겨우 알게 됐지. 넌 초등학교 졸업장도 없다고 했으나 진정한 인생 공부는 가시덤불 같은 세월 속에 들어 있었던 거야. 그 속에 숨어

있는 것들이 참 진리고 깨우침이었던 거지. 난해한 문장들을 풀어가며 미사여구로 현혹하는 자들은 모두가 위선자들이었더라는 그런 말이다 어거야."

"형님 말뜻은 잘 이해합니다. 다만 아무리 어려운 고통이 뒤따르더라도 절대로 종훈이 형님 곁을 떠나서는 안 됩니다. 지금 그 형님은 사면초가보다도 더 긴박한 사면초가 안에서 홀로 씨름하고 있습니다."

송영범에게 초한지의 항우까지 빗대어 내뱉은 종구의 말은 간절했다. 설마설마했으나 만약에 지금까지의 손해를 양종훈에게 몽땅 떠안겨버린다면, 그는 아사 직전의 나락이 아니라 황천길벼랑으로 내몰린 사슴일 것이 명확했기 때문이었다. 종구는 이런 현실이 발생하지 않기를 빌고 또 빌었다. 송영범이 머리를 숙이면서 주절주절 거렸다.

"너의 말뜻은 잘 알겠지만, 어쩔 수가 없을 것 같다. 너를 똑바로 쳐다볼 면목이 없다. 지금까지 우여곡절을 겪으며 살아오면서 통념적인 가치관을 지향해보려고 노력해왔단다. 그냥 평범하게. 한데 결혼이라는 생태계가 보편성을 무너뜨렸지. 사랑이라는 단물은 로열젤리가 축적될 때까지더란 얘기야. 반 룸펜 같은 나에게 사랑이란 사치였지. 더불어 새끼까지 패키지 상품이 되어 보편적인 가치관이란 빛 좋은 개살구로 변해버렸단다. 그때부터 돈이라는 괴물과 협상해야 했지만, 내 생리하고는 이질적으로 안 맞았단다. 그래서 최대한의 범주 안에서라도 안주해보려고 몰두했는데 언제나 참혹한 결과만 현실로 다가왔지. 이것이 나의 한계였던가 보다. 나는 오늘밤 열차로 떠난다. 종훈이 형님께는 말로 다 표현할 수 없는 죄를 범했다만, 더 이상 버틸 여력도, 힘도 소진된 것이 현실인 걸 무슨 수로 되돌릴 수가 있겠니. 계속 이대로 질질 끌다보면 얼마 못 가 기둥뿌리 하나도 남길 수가 없어. 너에게는 미안하다만, 넌 아직 젊잖아. 이 참혹한 현실을 털어내버리고 서울로 가서 새출발을 시작하면 좋을 것 같다. 정말 미안할 뿐이다."

송영범이 뱉어내는 말들을 듣고 있던 종구는 충격 속에서 헤어나기가 힘들었다. 아무리 생각해봐도 이건 아니었다. 도저히 행해서는 아니 될 일이었다. 송영범의 말은 본인의 합리성으로 가득 차 보였지만, 그렇다 하더라도 두 사람의 사라짐은 너무나 큰 죄악이었다. 다소 시간이 걸릴지언정 힘겨운 고통을 함께 분담해야 할 의무는 필연적이었다. 갑자기 송영범이 가증스럽게 느껴지기 시작했다. 그는 휴머니즘이나 씨부리는 식자가 아니라 나르시스트라는 느낌으로 다가왔지만, 이 판을 깨어서 그 파편들을 양종훈에게 고스란히 떠안겨놓을 수는 없다는 생각에 종구는 고개를 바싹 쳐들고서 두 눈을 부라리며 말했다.

"영범 형님. 당신은 식자니까 나보다 훨씬 잘 알고 있을 것 같아서 물어봅니다. 공리주의와 대공주의 중에서 어느 쪽에다 비중을 둘 겁니까?"

종구의 반문에 송영범의 얼굴 표정이 처참하게 일그러졌다. 설마 종구의 입에서 그런 말이 나오리라고는 예측을 전혀 못한 표정이었다. 갑자기 싸늘해진 그도 물러나지 않았다.

"지금 너의 말은 궤변에 지나지 않아. 우리들은 사업을 한 거지 거래를 한 것이 아니란 말이야. 사업이란 실패와 성공의 변증법이 공존하는 거야. 항상 득과 실이 따르는 거지. 그에 따라 실을 감수하는 것도 사업의 일종이란 말이야. 더 이상 설전은 삼가고 같이 떠나자."

종구는 한동안 입을 다물고 아무 말도 하지 않았다. 소주병을 컵에 따라 목으로 넘긴 송영범은 비틀거리면서 마산역 방향으로 향하고 있었다. 그는 근원적인 삶을 모르는 것 같아 보였다. 아무리 뒤집어 생각해보아도, 이런 행위는 무책임의 극치였다. 한 인생을 두 번 죽이는 살인행위에 다름이 아니었다. 그의 그림자마저 사라지자 눈물이 앞을 가렸다. 짭짤하고 쓰디쓴 눈물은 걷잡을 수가 없었다. 삶의 길을 바꾸는 여정은 외딴길만 있는 것이 아닌 것이다. 시공간을 축으로만 연결시키는 삶을 일반적으로 편애하면 안 된다. 우연의 만남일지라도 필연적이고, 운명적인 결과 앞에서 일치단결이 올곧은 삶인 것이다.

허탈감을 질근질근 씹은 종구는 여인숙에서 밤새 혼술로 지샜다. 긴긴밤을 새워가며 마시고 마신 술이었으나 취기마저 외면했다. 이건 소주가 아니라 맹물이었다. 뜨거운 눈물이 알코올과 혼합된 맹물이었다. 세상이 너무나 야박하면서 더럽다는 느낌뿐이었다. 4홉 소주가 세 병째 비워졌다. 새벽이 찾아왔지만 잠은 멀어지면서 어지러운 영혼만 너울거렸다. 그는 새벽 첫 번째 버스를 타고서 잘패로 돌아왔다.

10

장구섬의 노예

1

진해에서 솟구치는 아침 해는 양양하여 붉은 빛을 안고 있었다. 차가운 서북풍이 갯내음을 품고와 종구의 얼굴에 감겼다. 뜬눈으로 지새운 밤이 십 년 전처럼 가물거렸다. 명치끝이 무너져 내리는 아침이었다. 눅눅한 해무에 에워쌓인 홍합 양식장 안에선 잡어들이 퍼덕거렸고, 동심원 주위론 갈매기들이 끼룩끼룩 거렸다. 언제나 아침바다는 갈매기들이 열어주었고 밤바다도 갈매기들이 닫아주었다.

양종훈과 대면한 종구는 어젯밤, 송영범과의 대화와 그가 떠났다는 사실을 털어놓았다. 양종훈의 얼굴은 더 이상 '창백'이라는 말을 입에 담을 수 없을 만큼 창백하게 일그러져버렸다. 다행이라면 근래에 들어서 새카매진 얼굴로 덮어씌워져서 더 이상 새카매질 여백도 없었다. 그로 인해 처절이라는 낱말보다도 삼도천을 눈앞에 두고 바라보고 있다는 표현이 적절할 것만 같았다. 그 역시도 세속에서 찌들은 인간임은 분명해보였으나 잔인한 비약적인 생각 같았다. 어쩌면 양종훈은 생과 사의 문지방 앞에서 숨고르기를 하고 있는지도 모른다. 고개를 떨구어가면서 냉정해지려는 노력을 보이면서도 연거푸 두 개비째 빨아들이는 손가락 사이의 담뱃재가 재떨이를 벗어만 나고 있었다. 손 떨림의 징후가 크다는 뜻이었다. 재떨이 귀퉁이에 짓이겨진 필터에는 잘근잘근 씹힌 이빨 자국이 선명했다. 한동안 무거운 침묵으로 일관하던 그가 입을 열었다.

"니는 와, 안 따라 간기고?"

그의 말에 종구는 고개를 숙여가면서 이를 악물었다. 당신 때문이었다는 말의 파장이 그를 더더욱 슬프게 만들 것만 같아서였다. 가급적이면 에둘러 말하고 싶었다.

"글라이까네, 내 같은 놈 뉘가 와달라꼬 하는 곳이 없다보이 그냥 빠꾸했다 아임니꺼."

억지로 지역 사투리를 섞어가면서 내뱉는 종구의 답변에 양종훈은 참고 참았던 눈물을 보이고 말았다. 찝찝한 눈물은 깊게 주름진 면상의 골을 타고 흘렀다. 둥굴둥굴한 면상에서 갈라진 새카만 계곡의 눈물에 동화된 종구도 이내 눈물을 보이고 말았다. 마냥 슬펐다. 사내들의 체신을 떨어뜨리는 눈물이 아니었다. 가슴 속에 채워진 봇물이 터져서 넘쳐나는 설움이었다. 양종훈의 새카만 손이 종구의 거칠어진 손을 감싸 쥐었다.

"멍청한 놈의 자슥아. 항꾼에 토끼불지 와 남아서 생고생할라 카노 말이다. 암튼 고맙데이. 니라도 남아서 내 체면 건져올려 주능 기 내사 마 잘 알고 있능기라."

"형님. 나야 무슨 일이든지 감수할 테니까, 우선 형님의 마음부터 굳게 추슬러야 합니다. 어차피 맘먹고 떠난 사람 탓하기보다 당장 발등의 불부터 꺼야 되지 않겠습니까."

양종훈은 구산면 홍합 양식장 대표들과 상의했다. 종구의 말을 뼈대 삼아 송영범이 참혹한 적자를 견디지 못하고 사라졌다는 사실을 호소했다. 물론 그에 상응하는 적자는 본인이 감수하겠다는 말도 함께 덧붙였다. 생물 홍합값 폭락의 장본인으로 곱지 않은 시선을 보냈던 양식장 대표들 중에서 양종훈에게 1헥 타르씩을 위탁했던 네 사람의 동조를 얻어냈지만, 두 시간 이상의 설전이 오고갔다. 예고된 진통이기도 했다. 양식장 대표들은 종구가 송영범과 함께 도주하지 않았음을 고맙게 생각한다는 말도 덧붙였다. 모두들 그는 하수인으로 송영범의 지시에 따라 일한 죄밖에 없을뿐더러, 반년이 넘도록 돈 한 푼 못 받은 피해자라는 말도 해왔다. 사정이 야 백 번 이해하지만, 본인들의 입은 피해가 너무나 막대하여 그냥 방관할 수만도 없다고 했다. 가엽지만 온정주의 결말은, 일단 종구 를 볼모로 잡아놓는 것으로 일단락 지었다. 볼모의 내면에는 두 사 람, 즉 종구와 송영범이 어떤 형태로든지 끈이 닿아있을 거라는 추 측도 한몫했다. 뒤집어 말하자면 종구가 이곳에 계속 남아있음으 로 해서 자취를 감춘 송영범의 소재파악도 가능할 것이라는 생각 들이었다.

종구는 잘패에서 소지품을 싸들고 장구섬으로 옮겼다. 장구섬 은 장구마을 바로 앞에 있는 무인도였다. 300여 평 남짓한 섬은 리 아스식 현상으로 생겨난, 남해안 지역에서 흔히 볼 수 있는 그런 무 인도였다. 기반이 암반으로 이루어졌으나 붉은색 사토까지 덮여있 는데다 말 오줌 같은 찝찝한 민물이 나오는 펌프와 나무 한그루에 아담한 집까지 있었다. 날물 때면 헤엄을 쳐서 장구마을까지 갈 수 있는 거리였다. 종구는 유년 시절 마포에서 개구쟁이로 살아가며 한강에서 개수영을 배워놓아 수영에는 어느 정도 자신이 있는 상 태였다. 장구섬의 주위론 구산면의 끝자락인 심리, 좌측으로는 고 성, 밑으로는 거제도, 동편으로는 가덕도로 둘러싸여 있는 지형이 었다. 이런 조건으로 연안 바다 중에서도 태풍이나 큰 파도의 피해 를 거의 입지 않는 천혜의 바다였다. 이러한 기반 여건 때문에 반 동리 서쪽 끝인 장구 앞바다는 홍합 양식의 최적지가 되어 있었다. 양종훈의 양식장 주위론 이번 사건에 휘둘린 다른 양식장들도 함께 있었다. 진종구의 고독한 섬 생활이 시작되었다. 종구는 운명의 바람 앞에 휩쓸리면서 초라해져 가는 자신의 모습을 처연하게 생각하지 않았다. 그저 한번쯤은 걸어서 지나쳐야만 하는, 에둘러 갈 수 없는 길이라 생각했다. 앞으로 이보다도 더 험난한 길을 걷는다 해도 결코 물러서지 않고서 치열하게 뚫고 나갈 것이며, 스물일곱 인생인생 앞에 놓여진 징검다리일 뿐이라 여겼다.

구정이 멀지 않았다. 어머니에게 편지를 써야겠다는 생각에 미치자 '어머니'라는 부름 앞에 자신도 모르게 볼을 타고 눈물이 쏟아져 내렸다. 군대까지 다녀와서 혈기왕성한 장남인 그로서는 일 년 반 정도를 잔인하게 겪었던 자신의 아픔보다도, 그로 인하여 가족들이 감내해야만 했던 나날들 앞에서 살을 도려내는 쓰라린 심정이었다. 볼펜이 편지지를 파고들었다.

-어머님 전상서-

못나고 어리석은 자식이 명절 앞에서 큰 절을 올리지 못함을 용서해주십시오. 종구는 지금 장구섬에 있습니다. 피치 못할 사정으로 섬 생활을 하게 되었습니다. 마음은 시도 때도 없이 항상 어머님과 동생들과 함께하고 있습니다. 철들 무렵부터 어머니께서 말씀하신 잠언대로 행하려고 노력하고 있으나, 아직까지도 사라분별이 미치지 못하여 안타까운 마음입니다.

일련의 일들은 아직까지 젊기 때문에 수시로 찾아드는 허기로 인해 입에 넣는 금계랍 같은 약이 아닐까 생각합니다. 젊어서 고생은 사서도 한다는 말을 수없이 반문하면서 헛고생이 아닌 참 교훈을 배우는 중입니다. 빨리라는 자각(自刻)이 너무나 매몰차서 옹골진 사내를 만드느라 시간마저 무겁습니다. 다소 무거운 시간이라 할지라도 아들은 잘 적응해가면서 노심초사 어머님과 동생들의 건강만을 염려합니다. 머지않아 장성한 아들의 모습으로 뵈올 것입니다. 오늘의 짧은 불효를 다음 날의 긴 효로 봉양해드리겠습니다.

　무정한 시간 앞에서 아들 鐘九가 올립니다.

　짧지만 간절한 마음을 담은 편지를 쓰려고 했다. 종구는 무거워진 펜을 내려놓았다. 허전한 마음에 밖으로 나왔다. 깊은 밤이었다. 하현달이 남쪽 하늘에서 피어올라 잔잔한 겨울 바다 위로 또 하나의 하현달을 만들어 놓았다. 한겨울이었지만 장구섬은 겨울의 건너편에 있는 것만 같았다. 외로워 보이는 펌프에다 마중물을 붓고서 펌프질을 해보았다. 올라온 물은 밋밋하면서도 짠맛이 섞여 있었다. 펌프 뒤편의 집 가장자리에는 제법 큰 나무 한 그루가 우직한 호위무사처럼 버티고 있었다. 붉은 열매들을 주렁주렁 매달고 있는 나무가 무척이나 신기했다. 이곳이 고향인 창대가 말한 먼나무였다. 따스한 해안가에서만 자란다는 나무였는데, 앞에 붙여진 '먼'이라는 명칭이 가슴 깊숙한 곳까지 스며들었다. 너무나 살가웠다. 생소한 이 녀석은 쌀쌀한 날씨임에도 붉은 꽃처럼 반들거리는 열매들을 주렁주렁 매달고 있었다.

　종구는 앵두로 착각했음을 미안스럽게 생각해가며 붉은 열매를 마냥 바라보았다. 저 열매처럼 자신의 볼이 붉게 물들도록 활짝 웃어 본적이 언제였는지. 눈이 붉게 물들도록 쳐다보고서야 알았다. 삶이란 미명 아래 처절하게 아프기만 했던 1년 반이 지금까지도 그림자처럼 붙어서 떨어지지가 않았다. 지난 1년 반 동안 웃어본 날이 기억 속에는 없었다. 돌덩어리처럼 척박한 무인도에서 연약한 뿌리를 악착같이 내리고 굳건히 버티고 있는 나무의 저력이 경이롭게 다가왔다. 척박한 곳에서 뿌리를 내린 나무들은 수관을 울창하게 만들기 위해서 어려운 환경을 이겨낼 수 있는, 힘의 원천을 만들 수 있는, 초인적인 능력을 만들어 낸다고 했다. 원뿌리에서 분지한 곁뿌리가 있고, 곁뿌리에서 다시 뻗친 잔뿌리들이었다. 잔뿌리 끝의 표피 세포는 머리카락처럼 가늘지만 물과 유기물들을 악착같이 흡수하여 삶의 본능을 만들어나간다고 했다. 종구는 먼나무에게 한없는 애정을 느꼈다. 자신의 삶이 저 나무 속에서 피어나는 것처럼 될 것만 같았다.

낙과한 열매를 입에 넣어보았다. 약간 달달했다. 작은 씨들은 해바라기 씨처럼 보였다. 보면 볼수록 오묘하게만 다가오는 나무였다. 우울하면서도 답답했던 마음이 자신도 모르게 평정심으로 되돌아오고 있었다. 저 녀석의 삶이라도 자신의 의지대로 살아가기를 바랐다. 또다시 지난날을 상기해본 종구는 미망 속으로 빠져들면서 먼나무를 한 시간 가까이 바라보았다. 그는 먼나무에게 독백처럼 주절거렸다.

"먼나무야. 나는 기필코 연금술사가 될 거다. 아련한 꿈을 이룰 때까지."

2

장구 어장의 본격적인 담치 작업이 시작되었다. 양종훈과 창대, 장구 마을에서 놉으로 유경험자인 아저씨, 아줌마까지 가세했다.

작업은 양종훈의 양식장이 아닌 다른 양식장에서부터 시작했다. 송영범의 장담을 믿고서 초겨울에 미리 계약해놓은 올가미에 걸려 있어서였다. 용산 수산물 경매장의 입찰가격이 약간 되살아났고, 부산이나 인천 쪽의 가격은 경쟁력을 찾아가고 있었다. 그러나 가격을 떠나서 시간을 늦출 수가 없었다. 홍합양식도 일 년 농사철과 비슷해서 출하시기가 엄존해 있기 때문이었다. 송영범의 출고 지체로 6헥타르에 이르는 홍합 수확에 많은 차질이 빚어져서였다.

구정이 지나기 무섭게 네 사람이 더 가세하여 세 팀으로 늘렸으나 하루하루가 다르게 밀려오는 봄바람을 막아내기에는 역부족이었다. 양종훈이 올려보내는 출하량의 급증으로 소비성이 강한 용산 경매가격이 또다시 요동쳤다. 요동이 아니라 발광을 한다 해도 물량을 줄일 수 없었다. 어찌 됐건 생물 가격이 담채 홍합가격보다는 나아서였다. 휴일도 없는 작업 여건으로 모두들 지쳐갔다. 지친 몸들은 폭락한 가격 앞에서 마음마저 허물어져 갔다. 양종훈의 그 늘진 얼굴은 핏기마저 말라버렸다. 밥보다는 술로 채워진 몸뚱이들은 작업속도를 더디게 만들어갔다. 햇살은 길어지면서 강한 자외선을 만들어내기 시작했다. 봄 바다의 물비늘을 때려주는 자외선은 햇볕의 움직임에 따라 방향을 바꿔가며 소맷부리로 파고들었다. 벚꽃들이 피어오르기 시작했다. 녀석들은 하루가 다르게 피고지기를 반복해가면서 눈송이 같은 꽃잎들을 제멋대로 뿌려왔다. 난분분히 휘날리는 벚꽃잎은 농익은 봄들을 잡아끌었다. 봄 바다는 잔잔하여 말이 없었고, 건너편 언덕 위의 야생화들은 하루가 다르게 생살들을 드러냈다. 종구와 양종훈의 수심을 안은 봄은 눅눅한 채로 익어만 갔다. 하루하루가 천근의 무게였다.

세찬 봄비가 덮쳐왔다. 풍향의 기준마저 갈라친 봄비는 잔잔한 바다를 울리는 몸부림으로 다그쳤다. 격렬한 빗방울에 새파란 바다가 검게 질러가기 시작했다. 쏟아지는 비를 피해 장구섬으로 돌아가야만 했다. 가늘어진 봄비는 저녁노을에 묻혀서 보슬비로 바뀌었다. 검은 파도는 여울을 만들어내면서 철썩거렸고, 끝도 없는 반복으로 적막감을 내몰았다. 갈매기들의 포효소리에 밤바다는 잠들지 못했다. 양종훈이 종구 앞으로 술상을 내밀었다. 창대와 놉들도 종재기(양은 사발)로 무학 소주를 주고받으면서 죽어가는 시간들을 살려내고 있었다. 양종훈이 종구에게 말해왔다.

"종구야, 니도 인자는 상일꾼이 다 된 것 아이가. 손끝도 매시랍고 여물기까지 하니까네, 담치 양식을 본업으로 하면 우야겠노?"

양종훈의 농담은 종구에게 풍선바람을 넣는 농담이면서 애증의 표현이기도 했다. 무시로 드나드는 바다에 얼굴까지 까매진 종구도 이제는 완연한 갯가 놈으로 변해가고 있어서였다. 그는 종재기 잔을 양종훈 앞으로 내밀면서 말대답을 했다.

"형님 감사합니다. 적자생존에 동화되어서 그럽니다. 그… 근데 혹여 영범 형님에게서 전화 한 통이라도 오지 않았습니까?"

종구가 불쑥 던진 말에 그는 혀끝을 적시면서 끌끌거렸다. 종구가 뱉어낸 말은 한번쯤 짚고서 넘어갈 말이기도 했다. 장구섬으로 온 지도 세 달이 넘었다, 이곳에는 전기도 들어오지 않아서 전화도 TV 없는 고립무원으로 외부와는 철저하게 단절된 곳이어서, 아무리 매몰찬 인간일지라도 그동안의 정리가 남았다면 한번쯤은 안부정도라도 해올까 해서였다. 양종훈의 얼굴을 바라본 종구는 성급했던 자신의 판단을 후회했다. 양종훈은 금세 평정심을 되찾은 눈치였다.

"종구야. 아무래도 봄 안에는 담치 처분을 다 몬할 기 같다. 그러니까네 낼부터는 널따란 바지선을 맹글끼라. 하루라도 빨리 맘 단디 먹고서 쌔빠지게 담채 일을 서둘러야 될까 싶다. 어차피 금년은 완전히 작살이 낫다 아니가."

양종훈은 지난 일들을 가슴에 담지 않는 듯 보였다. 애써가면서 수심을 걷어냈지만, 치명적인 상처가 아물 시기는 이미 지나쳐버린 것 같았다. 젊은 자신이야 한두 해 정도의 고생 속에서 좋은 경험을 축적했다고 할 수가 있겠지만, 이미 50을 넘긴 그에게 삶의 원천인 양식장이 없다면 그것은 돌이킬 수 없는 재앙이나 마찬가지였다. 종구는 자신의 앞날보다는 양종훈의 앞날이 더 걱정스러웠다. 그의 앞에는 본인의 힘으로 도저히 헤쳐나가기 어려운 장애물이 가로막고 있어서였다.

또다시 홍합 포대작업이 반복적으로 이루어졌다. 용산 수산물시장은 초겨울보다 물량소비가 현저히 줄어들어가고 있었다. 한편으론 목수 두 명이 널따란 바지선 작업을 시작했다. 바지선은 대충 40평 정도였다. 네 군데에 닻을 고정시켜놓고서 대형 스티로폼 부이를 띄우고, 105㎜ 철파이프로 고정시켜가면서 각목과 두꺼운 합판으로 만들었다. 종구는 바지선의 이름을 '알라모'라고 불렀다.

3월이 지나고 4월 초입으로 들어서자 생물 홍합 판매량이 급속도로 줄어들었다. 당시의 해산물은 냉동저장 기술이나 위생관리 같은 산업시설들이 미비한 탓에 자연현상 의존도가 높아서 신선도를 유지해야 하는 생물들의 운송에 많은 어려움을 겪고 있었다. 아직까지도 많이 남아있는 생물 홍합을 빨리 처분할 수 있는 길은 박신 작업뿐이었다. 양종훈 본인의 양식 홍합들이라면 별문제가 없었으나, 위탁한 홍합들이 남아있어서 손해는 감수해야만 했다. 바지선의 홍합 박신 작업은 구산면 처녀들의 작업장이었다. 박신 작업에 동원된 처녀들의 하루 일당은 박신해놓은 홍합의 무게에 따라 계산되기 때문에, 바지선 위에서 작업하는 손놀림들은 그야말로 삶의 생존조건을 압축적으로 보여주는 무한경쟁의 터전이었다. 처녀들의 자원도 한정이 되어있었다. 마산의 자유수출 공단과 한일합성 섬유공장이 아가씨들의 노동력을 무한정으로 유입해버려서였다. 마산 부근부터 창원, 김해, 진동과 고성은 물론 전라도 지방에서까지 자원을 끌어들였다. 홍합 양식장에서 박신하는 아가씨들도 갯물에 찌들고 지저분한 홍합을 까는 박신 작업을 좋아하지 않았다. 그 시절에 잔존해 있었던 가부장적 제도의 찌꺼기가 남아 있어서 처녀들을 외지로 내보내지 않으려는 부모들의 속박으로 인해 집을 벗어나지 못하는 아가씨들이 대부분이었다. 그녀들은 종구가 양식장에서 걷어 올린 홍합들의 박신 작업을 해나갔다. 빙 둘러앉아서 도란도란해가며 망사 같은 플라스틱 통 안으로 홍합의 살덩이만 쌓아가는 작업이 일상처럼 몸에 배어 있었다. 새카만 홍합들은 물에서 건져 올리면 생의 본능으로 입을 꽉 다물어버려서 예리한 칼끝에도 좀처럼 입을 벌리지 않았으나, 그녀들은 홍합들이 입을 벌려야만 하는 틈새를 잘 알고 있는 전문가들이었다. 거의가 도시생활을 경험하지 못한 그녀들은 비누를 '사분'이라 했고 두부를 '조포'라고 불렀다.

종구는 뜻 모를 뜨거움을 느꼈다. 구산면으로 내려와서 9개월이 지나도록 홍합 작업과 바다 갈매기들과 검은 바다와 늘 함께 지냈다. 지난 아홉 달은 고독 속에서 자아를 찾기도 했지만, 떨쳐내기 힘든 외로움 속에서 새카만 구름 위를 맨발로 걸을 때마다 날개 없는 추락의 연속이었다. 삭막했던 시간들이 알라모라는 바지선 위에서 피어났다. 느닷없이 들이닥친 환경은 싱그럽기만 한 아가씨들과의 작업으로 말미암아 종구에게는 새로운 활력을 만들어 주었다. 총각이 처녀들을, 한두 명이 아닌 열 명 가까이 매일매일 맞바라본다는 것은 무겁고 암울하기만 했던 타향 생활에서 채울 수 없는 갈증을 털어내 주었다. 하루이틀이 지나기 무섭게 처녀들과 총각은 허물을 벗겨내가고 있었다. 환경 자체야 어찌됐던지 종구는 서울이라는 대도시 놈이었고, 그녀들은 촌년들이어서 주절거리는 대화의 꼬랑지는 길기만 했다. 대부분 20대를 갓 넘긴 그녀들은 종구를 '아저씨예'라고 불렀다. 종구는 아저씨라 불러주는 호칭이 더 맘에 들었다. 자신의 처지에 좋은 것 사이에도 경계가 있어서였다.

알라모에는 화장실이 없었다. 그녀들이 생리적인 일을 치를 때마다 아저씨는 바닷물로 뛰어들어 50M 이상을 헤엄쳐야만 했다. 두 주가 지나가자 너무 많이 쏟아내어 바닷물이 더 짜졌다는 농담까지 주고받는 스스럼없는 사이로 좁혀졌다. 환경의 변화란 이런 거였다. 언제나 거칠고 힘겨운 길로만 가는 것은 아니었다. 목마름으로 허덕였던 시간들의 건너편에는 목로주점도 있는 것이다. 아마도 종구의 청춘시절 중에서 가장 큰 불행과 소탈한 행복이 공존했던 시기였는지도 모른다.

수온이 올라간 바다에 해파리 떼가 나타났다. 홍합 줄기들을 건져올릴 때의 작업은 따개비나 오만둥이의 거친 표피 때문에 긴팔 샤쓰나 팔 토시를 하고서 장갑까지 끼워서 별문제가 없었다. 홍합을 알라모 작업장으로 이동시켜 놓고서 아가씨들이 단체로 생리현상을 보일 때는 알라모에서 멀리 떨어져야 했는데, 해파리 떼와 마주치는 일이 종종 있었다. 양식장의 불청객이기도 한 해파리들은 근육수축을 통해 물을 아래쪽으로 밀어내면서 그 반작용으로 이동하는 연체 종들이었다. 부드러운 몸에는 자포라는 독소가 있어서 양식장 진입을 막을 때면 그에 상응하는 대가를 치러야 했다. 양팔에 가려움증이 심하게 나타났다.

종구는 자신의 몸을 바닷물의 여울처럼 생각했다. 본인의 뜻이었든지 아니었든지 그는 자진해서 이곳으로 왔고, 구름 같은 운명 속에서 바람에 실려 이곳으로 떠밀려왔다. 구름 같은 운명 앞에는 새파란 파도가 있었다. 파도에 휩쓸리는 자신의 무기력에 한탄도 낙심도 하지 않았다. 흐르면서 피어나고, 흐르면서 성장하고, 흐르면서 아파하고, 흐르면서 단단해질 것만 같았다. 그 내면 속에는 여울처럼 부드러운 마음이 살아있어서였다.

5월도 중순으로 다가왔다. 다른 곳의 양식장 작업은 끝이 났고 양종훈의 양식장도 반 정도의 홍합밖에 남지 않아서 놉들은 모두 철수하여 종구 혼자서 아가씨들의 박신 작업을 도왔다. 박신 작업이 끝나면 아가씨들과 함께 어울려서 맥주파티를 하는 날도 있었다.

반동리 일대에서 종구의 소문이 나돌았다. 양종훈의 돈을 떼어먹고 달아난 서울 놈의 꼬붕이었다는 소문이 나돌았고, 장구섬의 노예라는 소문도 나돌았다. 또 누구는 일 잘하는 상머슴 같다고도 했다. 종구는 소문에 개의치 않았다. 꼬붕이나 상머슴보다도 '노예'라는 말이 더 가슴속으로 스며들었다. 하루, 한 달, 두 달이 지나가면서 점점 무너져가는 양종훈에게 해줄 수 있는 것이라곤 자신의 미미한 노동력뿐이라는 현실이 너무나 가볍게만 느껴졌다. 종구는 노예보다 훨씬 극한 상황이 닥쳐와도 양종훈의 매듭을 풀어만 줄 수 있다면 그 길을 피하고 싶지 않았다. 매일매일 마주치는 양종훈은 무말랭이처럼 수분마저 빠져나가고만 있었다.

마산의 해산물 거상 중에는 황명수라는 사람이 있었다. 황명수의 막내 동생은 양종훈과 함께 외항선을 탄 친구였고, 이름이 황장수였다. 그는 가끔씩 종구가 아가씨들과 작업하고 있는 알라모를 방문했다. 어느 때는 소주와 맥주까지 사들고 와서 박신하는 아가씨들과 어울리기도 했고 종구가 노 젓는 작업 배에 동승하여 홍합 작업을 거들기도 했다. 그는 큰 덩치만큼이나 마음이 너그러워서 종구는 그를 무척 좋아했다. 그는 심심치 않게 종패 작업인 채묘 작업 때도 본인의 노하우를 전수해가며 학창시절 때부터 외항선을 타고서 파나마 운하를 지나 대서양과 인도양의 항구를 누볐던 경험담들을 쏟아내었다. 영화와 음악도 좋아했는데, 종구가 좋아했던 '대부'의 음악과 말론 브란도의 연기까지 같은 취향이었다. 마피아들의 세력다툼보다도 OST인 영화음악을 좋아하는 것까지 닮아있었다. 그는 종구의 숙소인 장구섬에서 날밤을 세워가며 토론하기를 즐겨했다. 종구는 황장수를 친형처럼 대했다. 한때나마 구산면 아가씨들이 있어서 시름에서 벗어났던 박신 작업도 끝나고 한가한 여름으로 다가오자 그는 종구를 마산 집으로 초대까지 해주었다.

양종훈의 허락을 받은 종구는 황장수의 집으로 향했다. 홀로 장구섬에 정착한 지 반년이 지난 후 첫 나들이였다. 그의 집에 도착한 종구는 자신의 눈을 의심했다. 각종 해산물과 육류까지 상다리가 버티지 못할 정도의 진수성찬이었다. 자신에게는 너무나 과한 대접이어서 어리둥절해가며 황장수가 따라주는 술을 받아 마시면서도 불안한 마음에 그를 바라봤지만, 황장수는 태연하기만 했다. 술잔이 몇 차례 오가면서 그가 입을 열었다.

"사실은 자네 소문을 듣고서 서너 달 전부터 신상파악을 하고 있었지. 나쁜 뜻은 전혀 아니었으니까 오해하지 않기를 바라면서 하는 말이야."

느닷없는 그의 말에 종구는 어리둥절할 수밖에 없었다. 자신은 전혀 예측하지도 못했고, 또한 예상할 일도 아니어서였다. 그와는 장구섬으로 오기 전 일면식도 없었고, 감시를 받아야 할만한 일도 하지 않았다. 그런 현실로 황장수의 입에서 튀어나온 말 속에는 무슨 의미가 내포되어 있는지도 전혀 알 수가 없었다. 그의 수더분한 행동이나 말투에 교양이 있어서 그를 좋아했던 것뿐이었다. 올라오던 술기운이 싹 가시었다. 종구는 한동안 침묵하다가 겨우 말문을 열었다.

"형님, 무슨 일 때문에 그러신 거죠?"

아리송한 표정의 종구를 바라본 황장수는 호탕하게 웃어가면서 부드러운 어조로 말했다.

"응. 그게 그러니까… 내가 형님의 말을 듣고서 그랬지. 우리 형님은 마산에서는 알아주는 부자야. 해산물 유통으로 엄청나게 긁어모았지. 그런데 금년 구정 전에 형님이 이런 말을 하는 거야. '구산에 있는 종훈이가 사우디 사기를 당한데다 홍합 유통에까지 관련되어 일이 더럽게 꼬여서 개털이 되어 가는데, 그 와중에 서울에서 온 두 놈 중 한 놈이 스스로 남아서 종훈이의 힘든 양식장 일을 돕고 있다는데 그놈아가 어떤 놈인지…' 이런 말을 지나가는 투로

넌지시 뱉어내더란 말이야. 그래서 너를 유심히 살펴본 거야. 아,
이건 감시는 아니다?"

종구는 어이가 없었다. 한편으론 별로 기분 나쁜 일도 아니어서
웃고 말았다. 그의 술잔을 넘겨받은 황장수의 다음 말이 다시 당황
하게 만들었다.

"야, 종구야. 너 아직까지 총각이지?"

황장수의 엉뚱한 질문에 종구는 마시던 술이 생목까지 올라왔
다. 콧구멍이 싸해지면서 얼굴까지 치뻗어왔다. 이상한 울렁거림으
로 면상 전체가 달아올랐다. 총각이라는 말에 허전함이 밀려들기
까지 했다. 하긴, 그는 아직까지 연애 한 번 해보지 못했고, 시도조
차도 해보지 않았다. 오로지 어머니와 동생들 생각뿐이었다. 어려
서부터 불우한 가정환경 속에서 장남 노릇을 해오며 찌들은 가난
속에서 열두 살 때부터 사회생활에 적응해왔다. 어떻게 하던지 지
겹도록 서러웠던 가난의 굴레에서 벗어나 보려고 몸부림만 쳐왔을
뿐이다. 그런 연장선상에서 군대생활을 강원도의 오지라는 양구의
교육사단, 말단 소총수로 빡빡 기는 3년을 보낸 후 오늘날에 이렀
던 것이다. 아예 연애는 염두에 두지도 않았는데 황장수의 입에서
나온 '총각'이라는 말은 총알을 맞은 것처럼 가슴이 시려왔다. 아니,
부끄럽기까지 했다. 종구는 잠겨드는 목소리로 대답했다.

"네."

"그래. 내 그럴 줄 알았지. 이따가 술상이 끝나면 나하고 갈 곳이
있는데 같이 갈 거지?"

또다시 아리송하여 황장수의 말뜻을 가늠하기조차 어려웠다. 도
대체 무엇 때문에 이러는 것인지 감조차 잡을 수가 없었다. 술자리

를 털어낸 그는 앞장서서 종구를 데리고 성호동에 있는 큰 양옥집으로 안내했다. 거창한 양옥집은 방들이 많았고, 정원까지도 일본풍으로 아기자기하게 가꾸어놓아 자신의 행색으로는 너무나 과하게 여겨지는 그런 집이었다. 황장수는 큰 기침을 해가면서 목청을 돋았다.

"야, 이노무 딸아들아. 작은 아부지가 오랜만에 왔으므는 거, 뭐라카나, 달착지근한 서양 커피라도 퍼뜩 내밀어와야카지 안 켓노? 글라고 오랜만에 왔으믄 다들 기나와서 인사부터 하지 몬하고, 뭐 하는 짓들이고?"

황장수는 잘 내뱉지 않던 사투리에 악센트까지 강하게 집어넣어가면서 필요 이상으로 큰 제스처까지 사용하고 있었다. 당황해하는 종구 옆에서 야릇한 웃음을 흘리기까지 했다. 많은 방문이 열리면서 아가씨들이 우르르 몰려와 인사를 해왔다. 모두 다섯 명이었다. 얼핏 짐작으로 대학생부터 중학생 정도 같아 보였다. 고만고만하여 감을 잡기도 어려웠다. 아무튼 아가씨들인 것만큼은 분명했다. 황장수는 커피를 마시면서 아가씨들에게 자신을 빗대어 무슨 말인가를 주고받았으나, 종구는 행색의 초라함으로 얼굴이 화끈거려서 오고가는 말들이 자신의 귀를 벗어나는 것만 느끼고 있었다.

얼마 지나지 않아 황장수는 종구를 데리고 선창가의 횟집으로 향했다. 간단한 안주와 소주를 주문한 그는 종구 앞에서 입을 열었다.

"우리 형님이 돈 버는 재주는 특출난데 아들 만드는 기술이 형편없어서 늦거름에 거의 연년생으로 가시나만 다섯이나 쏟아놓고서 아 새끼 더 만드는 것을 포기했단다. 인생살이라는 것이 참 묘하지 않니. 한쪽 다리가 길면 한쪽 다리는 짧은 법이라는 것을 보여주는 것 같단 말이야. 세상살이의 모든 일들이 사람 마음대로 될 수가 없다는 것. 그래서 세상은 공평하다는 말이 생겼는지도 모르지."

황장수는 종구와 처음 대면했을 때부터 의외로 말을 많이 했다. 실없는 농담이라도 잘 받아줘 가면서 반문을 해주어서였다. 그는 인근에서 인정해주는 식자로 통했다. 무엇을 물어보던지 시원시원하게 대답해주는 달변가이기도 했다. 논리정연한 체계를 가진 어투에다 저속하게 느껴지는 뉘앙스는 유기적이어서 받아들이는 방향에 따라 천편일률적으로 다가왔다. 누구는 모던하다고 했고, 또 어떤 사람은 척척박사라고도 했다. 외항선 경력으로 영어실력도 어느 정도 갖춘데다 영화평론과 음악까지도 자신과는 죽이 잘 맞아떨어졌다.

"황명수 어르신은 돈도 많으시고 능력도 대단하시다는데, 뭐 대리모도 있잖습니까?"

종구의 지엽적인 질문에 그는 얄궂은 웃음을 흘렸다.

"자네답지 않게 이조시대 양반혈족들의 씨내림 주의를 말하는군. 지금은 21세기가 코앞이야. 그리고 형님의 연세가 씨를 보존할 연세도 아닌데다, 젊었을 때 별의별 오두방정을 한두 번 떨었겠어? 근데 말이야. 원래 씨라는 게 해바라기 씨에서 대추가 안 나오잖아."

종구는 웃고 말았다. 본인 집안의 큰형님이라면 장손을 의미한다. 현재까지도 고전적인 사고가 성행하는 전통이 살아있었으나, 황장수는 전통하고는 거리가 멀었다. 당시에는 시대를 뛰어넘은 자유분방한 사람이었다. 그는 또다시 종구가 깜짝 놀랄만한 말을 거침없이 내뱉었다.

"종구야. 아까 본 가시나들 중에서 눈에 꽉 찬 딸아가 있던? 막내가 고1이야. 어때?"

종구는 온 전신에 힘이 빠져나가는 느낌이었다. 황장수가 쏟아내는 말들을 어디서부터 간추려야만 체계가 성립되어 나갈지 아리송하기만 했다. 약간이라도 거리감이 있었다면 놀림조로 받아들일 수도 있었지만 그는 그런 사람이 아니었다. 진심을 담아서 가볍게 툭툭 뱉어내는 말들 같았다. 그의 형은 마산에서 알아주는 갑부집안인데다, 지역 인심도 나쁜 편이 아니었다. 남부러울 것 없는 집안에서 외지인이면서도 거의 노예처럼 홍합 양식장에 묶여있고 신원도 확실치 않은 자신에게 무엇 때문에 이러는 것인지 그 의도를 알 수가 없었다. 어쩌면 황장수의 호방한 성격에서 나온 본인의 생각을 피력했을 거라는 추측만 해볼 뿐이었다. 얼굴을 붉혀가면서 소주잔을 바라보고만 있는 것이 지루했던지 황장수가 다시 입을 열었다.

"종구야. 인간들이 살아가는 도중에는 불가능한 행운들이 도사리고 있거든? 그런 행운은 그림자 같은 조력자가 있을 때에만 비로소 가능해진단 말이야. 모든 사람들에게는 알 수 없는 축이라는 것이 있지. 그 축이 실 같은 인연이고, 그 인연이라는 것이 하도 오묘하여 행운이 되고 불행도 되는 거지. 다시 말해서 종구 너는 그 경계선에 있다고 생각하란 말이야. 선택권은 너에게 있는 거니까."

종구는 아리아리한 감정 속으로 빠져들었다. 지금까지 겪어본 황장수는 근거 없는 헛소리는 내뱉지 않는 성격이었다. 아무튼 시간이 지나면서 말껍질이 벗겨져야만 알 수 있을 것만 같았다.

"형님, 다 맘에 듭니다. 그렇다 하더라도 속사정은 형님께서 더잘 아실 것 아닙니까. 형님께서 추천해주신다면 큰 도움이 될 것

같습니다."

"좋아. 시간이 나는 대로 내가 가시나들의 프로필을 넘겨줄 테니까 잘 심사숙고 해봐?"

장구섬으로 돌아오는 버스 안에서 오만가지 상념에 빠져든 종구는 이런 현실들이 꿈처럼 느껴지기만 했다. 물론 자신의 성실성은 부정하고 싶지 않았다. 그렇다 하더라도 도저히 납득이 가질 않았다. 대체 황장수는 무슨 생각을 품고 있는지가 의문 속의 의문이었다.

종구는 양종훈에게 마산 황명수 집안의 족보에 대하여 파고들었다. 양종훈은 본인이 알고 있는 그 집안의 내력을 소상하게 들려주었다. 황명수의 고향은 6.25 때 양민 학살사건이 일어난 것으로 유명한 거창군 신원면이었다. 그가 어떤 연유로 마산에 정착했는지는 모르지만, 8.15 해방 후부터 마산에 뿌리를 내리고 살았는데, 무질서한 부둣가의 건달생활부터 시작했다. 당시 30대 후반이었던 그는 얼핏 평범한 듯했으나 소위 통뼈로 불리는 괴력을 가진 장사(壯士)였다. 양미간을 치받친 짙은 눈썹과 찢겨져 나간 듯한 눈에서 내뿜는 살기는 선창 바닷물이 뒤집힐 정도였다. 소리소문없이 1년 안에 부둣가를 장악한 그는 외지에서 유입되어 가난하게 살아가는 부둣가의 노동자들을 규합하여 자신의 사단을 만들어가면서 부두 노동조합원들과 유대관계를 돈독하게 이어나갔다. 이때부터 부둣가에서 건달들이 사라졌고 상인들은 황명수를 적극적으로 지지해주었다. 상인들의 지지와 노동조합의 후원으로 '거산 해산물 유통 상사'라는 상호를 내걸고 시작한 사업이 오늘날의 번영을 이루어냈다는 것이다.

외지인인 황명수가 마산 사회에서 좋은 평가를 받는 이유는 또 있었다. 거산(居山)이라는 상호는 거창군의 살 거(居)와 마산의 뫼 산 (山) 자로 출발했고, 항상 수익금의 일부를 장학금으로 기부해가면서 외지에서 흘러온 어려운 사람들에게 관대하다는 평이었다. 그는 '신의'를 자신의 좌우명으로 삼고 있는 인물이기도 했다.

3

처서가 지나고 추석이 가까워져 가고 있었다. 홍합 양식장들의 일들도 소강상태로 접어들었다. 종구의 하루 일과는 8㎞ 거리의 잘패와 장구섬을 오가며 채묘의 성장상태와 양식장으로 몰려드는 해초나 스티로폼 부이에 잔뜩 낀 이끼 청소 정도였다. 그나마도 잘패의 양식장은 다른 사람의 명의로 넘어가버려 더욱더 한가해졌다. 양종훈이 사우디 사기 배상을 해주기 위해서 처분한 것이었다. 그가 종구에게 말했다.

"종구야. 니 구산에 온지도 마 1년 넘었다 아이가?"

"네. 일 년하고도 한 달이 지났습니다."

"그래. 그리 됐을끼다. 종구야? 이제 마, 서울 집으로 가그라. 내는 니를 볼 때마다 가슴팍이 찌끄려 들엇능기라. 아무 죄 없는 니를 잡아 둔 거이 어쩔 수 없었다 치드라도 너무 미안했능기라. 내도 인자는 모든 거를 정리해야 될 끼다. 이곳 양식장도 조만간 처분해부러야만 빚 청산이 끝난다 아이가."

양종훈의 말을 들은 종구는 처참한 결말 앞에서 가슴이 메어왔다. 정직한 사람이었는데 무슨 놈의 업보가 있어서 처참한 결말들을 떠안아야만 하는가에 대한 미련 때문이었다. 유한한 삶은 영혼을 사유한다고 했다. 관념의 유회가 아닌 삶의 중요한 근거에 의해서다. 그랬다. 모든 개체들은 삶의 근거에 뿌리내리고 살아간다. 그 뿌리는 민중의 삶이면서 국가라는 유기체의 근간인 것이다. 민중의 뿌리는 자존이면서 개인의 영달을 만들어내기도 한다. 이러한 생성이 있어서 인간들은 끝임없는 노력으로 자신의 정체성을 만들어가고 있는 것이다.

양종훈의 정체성은 대속 앞에서 무너졌다. 일말의 허영이 있었다지만, 한평생 일궈낸 터전이 초토화되어 파멸에 이른 엄혹한 현실을 모두 안아야 하는 그였다. 대속치고는 너무나 잔인했다. 종구는 눈앞에서 아른거리는 그의 처참한 앞날에 진저리를 느꼈다. 그는 너무나도 깊은 사고에 빠져서 살점이 하나도 남아있지 않은 생선 가시처럼 보였다.

"형님, 저야 아직까지 젊고 팔팔해서 빈손일지라도 두려움 같은 건 없습니다. 다만 형님이 안고 가야 할 앞날의 먹구름들이 걱정입니다."

종구는 그의 표정을 살펴가면서 최소한의 간결한 어조로 말했다. 혹여 내뱉는 말에 감정의 무게가 실릴 경우 우발적인 몸부림을 거둬들일 자신이 없어서였다. 양종훈도 종구의 조심성을 느끼고 있었다. 그는 종구의 무릎 위로 손을 얹었다. 손바닥이 너무나 뜨거워서 그의 가슴속이 본인의 심장처럼 느껴져 왔다.

"종구야, 우리 인연은 참 고약했제. 그러니까네 들입다 더러운 꾸정물에서 만난기라. 나는 그 꾸정물 속에서 니를 건질라고 했었능기라. 쪼매만 지나면 잘 풀릴 줄 알았는데, 뜻대로 안 대갖고 상고생만 시켜서 미안타. 글치만 내 맘속을 누구보다도 잘 알고 있을 것 아이가. 그라몬 내도 마음 편할 것 같다. 그라고 내 앞날을 영그

렀지만 우야겠노. 사는데까지 살다 가야지."

　종구는 더 이상 애끓는 마음은 갖지 않으려고 노력했다. 더 이상 말을 주고받다 보면 양종훈과의 이별 앞에 놓일 연민의 고리가 무거운 사슬로 변할 것만 같아서였다. 그는 주머니에서 5만 원을 꺼내어 종구의 손에 쥐어주었다. 종구는 그 돈을 받을 수가 없어서 2만 원만 받았다. 한 푼이 아쉬운 그의 부담감을 눈곱만큼이라도 덜어주고픈 마음에서였다. 2만 원은 서울로 올라갈 교통비였다. 지난했던 1년하고도 두 달의 구산면 생활은 스물일곱 청춘의 기억 속에서 지워버릴 수 없는 아픔이었다. 물론 밥과 담배와 술과 작업복은 제공을 받았으나 노동의 대가는 무일푼이었다. 그런 조건 속에서도 빨리 발을 빼내지 못한 것은 양종훈과 같은 대속의 일면이 살아있어서였다. 만약에 송영범이 성공했다면, 그것은 자신의 성공과 직결된 것이었다. 반대로 그의 실패 역시 본인과 연관성이 있었던 것이다.

　난마처럼 얽혀 있는 사회공학이라는 주제는 모순의 변증법이었다. 모순은 음지와 양지를 안고 있었다. 아니 모순은 양지에서도 싹이 나왔고 음지에서도 싹이 나왔다. 다만 양지만을 좋아하는 종이 있는 반면에 양지와 음지를 가리지 않는 종들이 존재하기에 모순의 세계가 무한했던 것이다. 송영범의 행위도 범법행위였다. 배고픔의 절도죄가 아닌, 한 인생을 나락으로 내밀어버린 파렴치에 속했다. 그는 음지에서 싹트는 법을 정림통상에서 체득했는지도 모른다. 대한민국의 법 중에서 가장 치졸한 가면을 쓴 법이 있다면 경제사범이었다. 경제사범은 그림자도 없는 관용구 같은 것이었다. 경제라는 지상주의의 찬가 속에서 법은 방패였고 기요틴의 이슬이 되어버린 사람들은 부지기수였다. 양종훈도 기요틴의 이슬이었다.

종구는 속죄의 사슬에서 벗어났다. 벗어는 났다지만 앞날은 암울했다. 지난 세월이 무지해서가 아니라 자신의 무지를 털어내는 일이 급선무였다. 가족들이 너무나 그리웠다. 오매불망 어머니의 지저분한 머릿수건과 야채하우스에서 짓물린 두 손을 떨쳐낼 수가 없었다. 가난이라는 멍에를 벗어나기 위해서 새로운 각오로 새롭게 도약해야만 했다. 종구는 일기장과 소지품들을 챙겼다. 장구섬을 나설 때 또 하나의 인연으로 목이 메었다. 먼나무였다. 자신의 외로움을 가장 많이 안아준 먼나무. 언제나 변함없이 사색을 안겨준 먼나무. 인내심이 흐트러질 때마다 바로잡아준 먼나무였다. 상록수 같은 먼나무는 연초록의 앵두 같은 열매들을 맺고 있었다. 인연을 끊어내는 매정함 속에는 장구섬의 펌프물 같은 눈물이 숨겨져 있었다. 먼나무는 평생을 안고가야 할 몽환 속의 나무였다.

장구섬을 빠져나온 종구는 마산의 황장수를 찾아갔다. 그에게 고마웠다는 인사를 하지 않으면 평생 마산 땅을 밟기가 불편해질 것만 같아서였다. 그는 진심으로 따뜻한 종이었다. 종구의 아쉬움이 담긴 인사를 받은 황장수는 언제나처럼 간격 없는 말을 해주었다.

"종구야, 그동안 억수로 고생 마이 했다. 아무런 잘못도 저지르지 않았는데 억울한 장구섬 생활을 했다는 거 내는 다 알고 있었다. 짧은 만남이었지만 넌 나에게 가슴을 열어주었고, 난 너의 가슴을 내 가슴속에 넣었단다. 바다가 항상 평안하다면 뱃놈들이 배울 것이 없듯이 인생살이도 험난한 여정이 없다면 무미건조한 삶으로 남을 거다. 너의 의협심과 인내심의 자취는 종훈이와 내 말고도 바다가 알아줄 거야. 오늘의 너의 희생은 아득한 앞날의 티핑 포인트가 되어줄 거라는 것을 나는 믿어 의심치 않는다. 다만 아쉬운 것은 너를 이곳에다 묶어놓을 수 있는 시간이 너무나 촉박했다는 것이다. 너의 인품을 형님에게 인지시키려고 했으나 그 뜻을 이루기도 전에 헤어져야만 하는 현실이 안타까울 뿐이다. 아무튼 아직까지도 나의 촉이 유효하여 앞날에 많은 시간들이 남았다는 것 명심하고, 서울 집으로 가더라도 잊지 말고 가끔 소식 전하자."

마산 사투리에 표준어를 섞어가면서 쏟아내는 황장수의 말 앞에서 종구는 납덩이처럼 무거워진 두 다리를 움직이지 못했다. 그에게 어떤 말로 이별을 건네뜰 수 있는 인사말을 해야 할지 막혀버려서였다. 지나친 감정을 털어내야만 돌아서는 발길이 가벼울 것만 같았다.

"형님, 그동안 너무나 감사했습니다. 앞으로도 형님 말씀을 귀감으로 삼아가며 열심히 살 겁니다. 항상 건강하시고 가끔씩 종훈 형님을 위로해줄 것을 부탁드립니다."

종구는 마산 생활에서의 두 사람을 평생 가슴에 담고 살았다.

먼 후일 양종훈을 만났다. 그는 가족들과도 헤어져서 홀로 살아가고 있었다. 반동리 갯가에서 겨우 바람가림을 할 수 있는 오두막에서 찌들은 조각배 하나에 일엽편주 같은 삶을 살아가면서 얼마 남지 않은 가느다란 생의 끈을 힘겹게 붙잡고 있었다.

11

새로운 도약의 길

1

젊음의 삶이란 원심력과 구심력 사이의 길항으로 이어지는 연속성의 순환이다. 큰 꿈을 찾아서 집밖으로 떠나온 발길의 종착점은 언제나 원점으로 향했다. 시련 없는 성공이란 비누거품처럼 부풀었다가 일순간에 자취도 없이 사라지는 무지갯빛 방울 같은 것이다. 순환하는 젊음은 방황 속에서 성장한다고 자위를 하면서도 지나쳐버린 2년의 무게는 잔인하기만 했다.

온수동은 변함이 없었지만 사우디 사건에 휩쓸린 지 일 년 반이 훨씬 지나 되돌아온 집은 풍비박산이 나 있었다. 허술했지만 자신과 가족들의 온기가 묻어있었던 집은 이미 다른 사람의 집으로 넘어가 버린 후였다. 실개천을 사이에 두고 상계2동이었던 집주소도 상계1동 셋방살이로 바뀌었다. 어머니는 여전히 하우스 일당 일로 이른 아침부터 해거름까지 일해가면서 방위복무를 막 끝내고 개인회사에 취직한 남동생과 고등학교 3학년생인 여동생을 뒷바라지해가며 힘겨운 생활을 해나가고 있었다. 종구는 온몸으로 밀려드는 죄책감 속에서 눈을 마주치는 것조차도 미안했다. 가족들과 밥상머리에 앉는 것도 거북했고, 어머니와 동생들의 위로 앞에서는 스스로의 자격지심에 좌불안석이었다. 본인의 불찰로 인하여 날아가 버린 보금자리. 본인으로 인하여 감내해야만 했던 수많은 고통의 나날들이 뼛속으로 파고들 때마다 점점 밀려드는 자괴감으로 기력마저 소진이 되어갔다. 동네 사람들의 눈이 두려워서 3일 동안 문밖 출입도 삼갔다. 추석이 다가오는 가을로 접어들었으나 무기력증에 빠져들어 좌절감 속으로만 파고들었다. 물론 자신이 자처했던 사기극이나 마산의 실패를 가족들이나 동네에서 누구 하나 입에 올리지 않았지만, 자신이 만들어놓은 자괴감의 덫은 깊기만 했다.

지독한 괴로움이 신열로 발화되어 온몸뚱이의 털구멍에서 치솟은 불덩어리가 활화산처럼 타올라 몇 시간 지나지 않아 두꺼운 이불을 뒤집어쓰고 나서 목까지 잠겨버렸다. 편도가 너무나 부어올라서 밥을 넘기지도 못했다. 혼몽한 한 주가 따가운 가을 햇볕 속으로 묻혔다. 대인 기피증마저 생겨나 버린 자신의 모습에 환멸까지 치솟았다. 가족들은 말이 없었다. 마냥 미안한 마음뿐이었다. 가족들에게, 주위의 모두에게 밑도 끝도 없는 미안함뿐이었다. 깊은 상처는 빨리 회복되지 않았다. 무기력증이 무서웠다. 무기력증을 걷어내는 것도 안고 가는 것도 자신의 의지 속에 있었다.

다음날, 종구는 옆집에서 노가다를 하는 동네 형님을 찾아갔다. 40대의 김영철은 무대뽀라 불렸으나 인정이 많은 사람이었다. 무대뽀는 대개가 노가다 막일꾼들의 공통점이기도 하지만, 그의 노가다 경력만큼은 모두가 인정해주었다. 그의 주특기는 노가다 용어로 아시바도비(비계공)였다. 그 역시도 종구의 사우디 사기극을 잘 알고 있었다. 평소부터 허물이 없었던 종구는 핼쑥해진 얼굴로 말했다.

"형님, 저, 저는 하늘이 두 조각이 나더라도 사우디로 가야만 됩니다. 아라비아 로렌스라는 영화 속에서 보니까 아라비아 반도는 무척 덥다는 것을 알았습니다. 그래서 곰곰이 생각해봤는데, 아무래도 바깥보다는 건물 안이 더 나을 것 같은 생각이 들어서 미장기술을 배우고 싶습니다. 그쪽 방면엔 형님이 마당발 아닙니까. 나를 미장 기술을 배울 수 있게 해주십시오."

김영철은 종구의 부탁을 외면하지 않았다. 그의 호쾌한 성격에서 묻어나오는 말이었다.

"그래. 좌우지간에 도와주는 것은 어렵지가 않은데… 자네, '미쟁이' 일도 할 줄 모르잖나?"

"예. 그래서 뒷일부터 해가면서 기술을 배울까 해서요."

또다시 그의 일면을 드러내 보이는 대목의 말을 거침없이 쏟아내는 김영철이었다.

"어허~ 이 사람아. 자네 어머니에게 말을 들어서 잘 알고 있는데 자네가 지금 한가하게 소걸음을 걸을 땐가? 무슨 일이던지 싸게 싸게 토끼 씹허데끼 해야지 안 그래?"

종구는 뒷머리를 긁적거렸다. 하긴 어머니의 고달픔이 얼마나 힘겨웠는지는 지금도 눈앞에 아른거렸다. 그놈의 이자(利子). 냄새도 없고, 시간개념도 없고, 날짜개념도 없고, 더우나 추우나 공휴일도 반공일도 없이, 콩나물시루 같이 하루가 다르게 쑥쑥 자라나는 돈의 이자. 그 살 떨림의 고리 돈은 써보지 않은 사람은 평생 알 수 없는, 생명체도 없는 공포감. 종구는 고개를 주억거렸다. 김영철이 거대한 물마루처럼 자신 앞에 우뚝 솟구쳐왔다.

"그럼 어떻게 해야지만 급행열차를 탈 수가 있을까요?"

종구의 반문에 그는 담배를 입에 물고서 깊이 빨아들이고는 콧구멍으로 내뿜어가며 치아에 힘이 잔뜩 실린 말을 토해내었다.

"좋은 말인데, 급행도 완행표를 끊어서 몰래 타야지 돈이 덜 들지. 무슨 말이냐 하면, 에~ 상계동 시장으로 가서 냉가 고대하고 쇠손 하나만 사란 말이야. 모래야 눈앞에 지천이고 시멘트는 우리 집에 한 포 있으니까 됐고, 몰탈 받침판은 그냥 사과 궤짝으로 만들면 되고. 자네 셋집 코딱지만 해도 아궁이가 두 개 아닌가. 하나 때려부숴서 만들고 다시 부수고 만들고 한 이틀 열심히 해봐. 그 다음은 내가 알아서 코치해 줄 거니까."

김영철은 시원시원했고, 종구는 눈물겹게 고마웠다. 종구는 그의 말대로 연탄 아궁이 하나를 이틀 동안 대여섯 번 만들고 부수기를 반복했다. 발목까지 올라오는 새카만 값싼 농구화 끈을 질끈 잡아매고서 단단히 각오를 한 다음 김영철을 따라나선 것은 마산에서 올라온 지 9일이 지난 후였다. 새벽 여섯 시에 도봉동 성황당에서 버스를 타고서 의정부 가능동에 있는 새마을 연립주택으로 따라갔다. 새마을 연립주택 현장은 규모가 상당히 큰 현장이었다. 김영철은 미장 오야지 이기영이라는 사람에게 종구를 소개시켰다.

"형님, 옆집에 사는 진종구라는 놈인데요. 상계동에서는 다 알아주는 효자예요. 미쟁이를 쬠 해본 경험자니까 대모도 말고 쭈꾸미(미장속어 중기술자)로 써주세요. 근디 야가 손을 논지가 쫌 오래되실랑 첨에는 쪼깐 버벅거리겠지만, 뭐 형님이나 나나 첨부터 날아다닌 것은 아니었잖소. 그러니까 나를 봐서라도 잘 좀 가르쳐 주십사 합니다. 그럼 잘 부탁드립니다."

옆에서 김영철의 말을 듣고 있던 종구는 얼굴 전체로 복사꽃처럼 피어오르는 뜨거움이 치솟아서 얼굴을 똑바로 쳐들 수가 없었다. 처음 와본 현장의 규모에 위축이 되어 있는데다, 본인의 미장실력을 너무나 과대 포장해버린 뒷감당을 감당해낼 자신마저 없어서였다. 김영철은 종구의 붉어 터진 얼굴을 바라보면서 지나가는 말처럼 덧붙였다.

"종구야. 도둑급행은 아무나 타는 것이 아니다. 아마 개찰원들이

 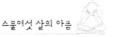

한둘이 아닐 거다. 이곳엔 미쟁이놈들만 스무 명이 넘고, 데모도만
도 열댓 명이 넘는 곳이야. 나는 할 일 다 했다."

본인의 작업 현장으로 가고 있는 김영철을 바라본 종구는 밀려드
는 두려움에 후회감이 겹쳐졌다. 당장이라도 이실직고하고서 데모
도(뒷일)로 바꿔 달라고 해야 될 것만 같았다. 하지만 그러기에는 이
미 때가 늦어버렸다. 데모도들이 몰탈들을 작업장 요소요소에 갖
다놓은데다, 미장기술자들이 쇠손을 들고서 담당 구역으로 배치
가 되어버려서였다. 미장 오야지 이기영이 종구를 불러서 오늘 해
야 할 작업장으로 안내하여 작업지시를 내리기까지 했다. 난감해
진 종구는 눈앞으로 밀려드는 현실을 피해갈 수도 없었다. 그는 뿌
드득 소리가 나도록 이빨을 맞물려가면서 씨부렁거렸다.

"염병. 케세라세라다."

종구가 배치된 작업 현장은 질은 시멘트만을 가지고 천정을 붙
이는 일명 '덴죠'작업이었다. 노가다 현장이나 직장, 심지어 군대까
지도 처음 신입이 배치되면 일단 그 영역 안에서 가장 어려운 여건
을 만들어놓고 신참에 대한 기선제압을 하는 것이 사회나 군대의
정설이었다. 쇠손을 잡은 종구는 그런 느낌이었고, 그 느낌은 걷잡
을 수 없는 불안감을 도출해 내고 있었다. 미장 기술자들에게도 질
은 시멘트 천장 작업은 평평한 벽 작업보다 훨씬 난이도가 있는 작
업이었다. 종구로서는 난생처음 해보는 작업이기도 했다. 그나마도
처음 해보지만 콘크리트의 천장 면이 너무나 오돌토돌하기까지 하
여 짓무른 물시멘트가 아무리 애를 써봐도 천장으로 흡착(吸着)되
지가 않았다. 옆에서 일하는 기술자들은 힘도 들이지 않고 쭉쭉 밀
고 나가는데, 본인은 힘을 가하면 가할수록 흡착은 고사하고 모조

리 얼굴로만 낙진해오고 있었다. 땀을 비오듯이 쏟아냈다. 작업시작 5분이 지나기도 전에 면상 전체가 시멘트 범벅이 되어버렸다. 눈알이 쓰리고 안면에 경련까지 일어났다. 하늘은 노랬고 온 전신으로 파고드는 수치심으로 안절부절 해가면서 용을 써봤으나 모든 것이 도로 아미타불이었다. 어질어질 해오고 있는 삭막함을 헤어날 길이 없었다. 몸부림을 치면 칠수록 반대급부만 쌓여왔다.

시간이 흐를수록 정수리와 면상은 물론 작업복까지 시멘트로 칠갑을 해버렸다. 오야지 이기영이 멀거니 처다보고 있었다. 그는 무심한 표정으로 우측 손가락 중지를 폈다가 오므리면서 종구를 본인 앞으로 잡아끌었다. 그는 한일자로 입을 꾹 다물어서 열리지 않을 것 같은 입을 열고서 치아를 드러냈다. 혀를 끌끌거리더니 말을 뱉어냈다.

"어이, 진종구 씨. 교통신호 위반이면 딱지를 끊지만 이곳은 속도위반 같은 것은 하지 않는 현장이라서 그렇진 않아. 그러니까 그냥 집으로 가세요."

이기영은 말을 내뱉고 바지 주머니에 손을 넣었다. 천 원짜리 지폐 한 장을 꺼내어 종구 앞으로 내밀었다. 낮도깨비 몰골의 종구는 끝까지 돈을 받지 않았다. 이기영은 되돌아서서 다른 현장으로 향했고 아침 햇살에 그의 그림자가 골리앗처럼 커 보이기만 했다. 오전 아홉시에 새참으로 라면이 나왔다. 40여 명이 둘러앉아서 먹고 있는 새참 옆에서 종구는 이방인이 되어버렸다. 돌아선 그는 이를 악물었다. 담배를 피우는 손등이 울고 있었다. 참혹하기만 했다. 참혹 속에서도 종구는 다짐을 했다. 여기서 무너진다면 다시는 못 일어날 것 같은 생각이 가슴을 때려왔다. 철면피가 될지언정 이곳에서 절대 무릎을 끊지는 않겠다며 다시 한 번 이를 갈았다. 지나온 2년. 스물여섯 좌절감의 오기가 용기로 발돋음 해주었다.

새참이 끝나고 작업이 재개됐다. 그는 또다시 쇠손을 들고서 달라붙었다. 결과는 참혹의 반복이었지만 다행이도 천장 작업은 빠르게 종료되었다. 다음 작업 장소는 까치발을 엮어놓은 2층 벽을 바르는 작업이었다. 몰탈을 바르는 쉬운 작업으로, 옆 사람을 흘깃흘깃거려가면서 따라했다. 미장들은 종구 자체를 철저히 외면해버렸다. 점심시간에는 모두들 함바집에서 점심식사를 했으나 그는 쳐다보기만 해도 지긋지긋한 크림빵 하나를 사들고서 아무도 없는 곳으로 찾아가 크림을 핥아가며 주린 배를 채웠다. 점심식사 후 잠깐의 휴식 속에서 끼리끼리 모여 잡담들을 해가며 히히덕거렸지만 자신만은 외톨이였다.

오후 작업이 시작되었고, 4시경에 국수로 참을 먹을 때도 그는 조용히 미장들의 눈에 띄지 않는 외진 장소를 찾았다. 오야지는 물론 미장들 누구 하나 물 한 모금도 권하지 않았다. 추석을 4일 앞둔 가을 해는 석양노을이 유난히도 붉었다. 데모도들의 뒷설거지가 끝날 무렵 땅거미가 내려앉았다. 함바집에서 막걸리를 마시는 오야지 이기영에게 낼 뵙겠다는 인사를 하였으나 그는 쳐다보지도 않았다. 버림받은 슬픔보다는 면전 앞에서 버림받아야만 하는 현실의 비정함에 아려오는 아픔이 가슴을 적셨다. 함바집 문을 나서는데 자신과 비슷한 또래의 젊은 녀석이 현장의 으슥한 곳으로 잡아끌었다. 녀석은 험상궂은 얼굴로 육두문자를 쏟아내 가면서 다그쳐왔다.

"야, 이 씹할 놈아. 이곳 현장이 그렇게도 만만하게 보이냐? 개 같은 자식아. 젊은 놈의 새끼가 아무리 배운 것이 없어서 무식하다지만 여기가 너만큼 무식지대인 줄 아니, 이 새끼야. 아무리 막장이라지만 막장이라는 노가다 판에도 에티켓이 있는 거야. 좆도 모르는 새끼가 이 바닥을 흙탕물로 만들려고 그래."

종구는 당황을 넘어서 황당했다. 초면은 아닌 것 같았고, 현장에서 잠깐씩 마주쳐가면서 스친 면상이었지만 말 한마디 주고받은 적도 없는 녀석이 거침없이 쏟아내는 육두문자에다 여차하면 주먹이라도 날릴 것 같은 살벌한 분위기를 연출해내고 있어서였다. 본인의 행동에 어떤 오류가 있었더라도 절제된 행동과 이치에 부합한 말을 해온다면 충분히 수긍을 하겠지만, 거의 반 협박조의 행동으로 좁혀오는 공간은 묵과하기 어려운 상황이었다. 주먹을 불끈 쥐고서 방어태세를 취해가며 종구도 입을 열었다.

"형씨, 누군지는 모르지만 초면에 말이 거칠어도 너무 거친 것 아닙니까. 제가 아무리 무식해도 개소리까지는 알아듣고서 살아가는 사람이란 말입…."

여기까지 말을 뱉었을 때 종구는 좌측 무릎 정강이가 절단나는 듯한 통증을 느끼면서 그 자리에서 무릎을 꺾고 말았다. 안전화를 착용한 녀석의 우측 발이 어둠을 타고서 쇳덩이 같은 무게가 되어 좌측 정강이로 파고들어 버려서였다.

"이런 개새끼 봐라. 씹 새끼가 낯짝은 안 그렇게 생겼는데 아주 흉학한 놈이네? 야 이 새끼야. 니 눈깔에는 미쟁이들이 그렇게 우습게 보이냐? 인마, 아무리 하찮은 미쟁이들 세계지만 룰이 있고 룰 속에 질서가 있는 거야. 알아들었어? 난 말이야, 열 달째 데모도를 하고 있지만 아직까지도 고대를 안 잡는다는 그런 말이야, 이

새끼야. 내가 고대(미장연장인 흑칼 또는 쇠손)질을 못해서 그런 줄 아니? 인마, 고스리(시멘트) 덴죠는 물론 하리(기둥), 가베(벽), 마루멘(코너 마무리)까지 깨끗하게 할 줄 알아도 아직까지 데모도만 하고 있다 이거야, 인마. 그런데 고대질도 좆도 못하는 새끼가 시건방지게 뭐? 쭈꾸미라고? 넌 미쟁이들을 아주 우습게 본 사기꾼이야, 이 새끼야. 아무리 경우가 없어도 그렇지 우선 데모도부터 시작해야지 구라 쳐가면서 돈 몇 푼 더 챙기려고 중기술자 행세를 해? 식충이보다 못한 새끼가."

열변을 토해내는 녀석 앞에서 종구는 반박할 말이 없었다. 밀려드는 부끄러움에 야무지게 얻어맞은 왼쪽 정강이의 통증도 달아나 버렸다. 막연한 후회감도 들었다. 완행표를 가지고 급행열차를 함부로 타는 것이 아니었다. 너무 단순한 생각으로 봉변당한 것을 후회하지는 않았으나, 우선 상대방에게 오해는 풀어야 될 것 같았다. 그에게 담배를 권해가면서 차분하게 말했다.

"형씨, 진심으로 미안하게 됐습니다. 제가 아직까지 현장경험이 부족하여 미장들의 위계질서를 전혀 몰랐습니다. 여러 우여곡절을 겪다가 너무나 조급하여 이런 어리석을 짓을 하게 된 것 같습니다. 그렇지만 부탁드립니다. 전 내일도 나올 겁니다. 형씨도 젊고 나 역시 젊지 않습니까? 젊음을 걸고 약속하겠습니다. 내일부터는 누구에게도 폐를 끼치는 일 없을 겁니다. 또한 양심을 속일 생각은 추호도 없었습니다. 생활이 너무나 궁지에 몰려서 여기까지 오게 되었습니다. 오늘의 경솔했던 행동은 다시 한 번 사과드립니다."

종구의 정중한 사과의 말을 들은 녀석은 한숨을 내쉬면서 한동안 정면을 응시해왔다.

"좋아. 너의 그 간절함의 깊이가 어느 정도인지는 모르겠지만 행동만 올바르게 한다면 난 일체 간섭을 않겠어. 니 좆 꼴리는 대로 해도 좋아. 그리고 내일부터 나를 아는 척하지 마. 눈인사도 하지 말고. 하지만 한 가지는 명심해. 나는 너의 행동을 항상 눈여겨볼 거니까."

어둠 속으로 사라지는 녀석을 바라본 종구는 온몸에서 힘이 빠져나가는 느낌이었다. 허물어져 버린 몸을 추스른 종구의 내면에서는 목표의식이 뚜렷하게 살아났다. 사우디였다. 그 누구의 도움도 바라지 않고서 오롯이 자신의 힘으로만 사우디로 가야한다는 다짐이 몸서리칠만큼 가슴 속으로 파고들었다. 한동안 장승처럼 굳어서 어둠을 걷어냈으나, 되살아난 왼편 무릎 통증이 욱신욱신거렸다. 허정허정 벗어나는 현장은 어둠 속으로 잠겨들었다.

2

종구는 다음날 통행금지가 해제되는 새벽 4시에 집을 나섰다. 아직까지도 왼편 정강이가 욱신거렸다. 반 시간을 넘게 걸어서 성황당에서 첫차를 타고 가능동 현장에 도착했다. 서울 연립현장은 아직까지 새벽의 어둠에 잠들어 있었다. 제일 먼저 찾은 곳은 모래 집합장소였다. 시멘트 20포대를 모래밭으로 옮겨놨다. 쌀쌀한 새벽이었지만 웃옷을 벗어버리고 러닝셔츠 차림으로 삽을 들었다. 시멘트 포장을 풀어가면서 사모래 작업을 시작했다. 시멘트 20포대를 몽땅 사모래로 만들었다. 사모래 작업이 끝나기 무섭게 고운 사모래를 만들기 위해 자신의 신장보다도 높은 사각 얼맹이를 세워놓고 고운 사모래로 거르는 작업을 해놓았다. 비어있는 50여 개의 물통마다 물을 채워놨다. 온몸이 땀으로 뒤범벅이 되어버렸다.

　어둠을 걷어낸 현장은 빠르게 살아났다. 땀에 절어있는 종구를 바라본 40여 명의 미장반원들은 아무 말도 하지 않았다. 눈이 동그진래 오야지 이기영도 애써가면서 외면했다. 종구 역시도 그들을 외면했다. 오늘은 벽 바르는 작업이었다. 그는 사모래부터 물까지 본인이 사용할 수 있는 양을 날라가면서 기술자들과 함께했다. 미장기술자들의 손놀림들은 무척이나 가벼워 보였다. 종구는 그들의 면면을 살펴가면서 손동작들을 따라가면서 함께했지만 어려웠다. 어려워서 그들과 같이 갈 수는 없었어도 뭔가는 모르게 발현이 되어가는 느낌이었다. 오전 새참이 나왔다. 상황은 어제와 한 치의 변화도 일어나지 않았다. 그들끼리의 오순도순 새참이었고, 종구는 그 자리에서 멀찌감치 떨어져서 그들의 눈에 띄지 않는 장소를 찾았다. 오전 아홉 시였으나 새참의 냄새가 콧구멍으로 파고들기 무섭게 눈치 없는 허기가 찾아들어서 신 침이 계속 솟구쳐 올라와 다시 목구멍으로 넘어갔다.

　오전 작업이 끝날 무렵 그는 몸속의 에너지가 모두 고갈되어버렸다. 어젯밤 어머니에게 부탁하여 도시락을 냄비로 준비한 덕분에 점심은 양껏 먹을 수가 있었다. 점심 후 풍경도 어제와 다를 바가 없었다. 모두들 30여 분의 휴식을 취했지만 종구는 삽을 들고 사모래 작업을 했다. 퇴근 시간에는 끝까지 남아서 미장들의 뒷설거지까지 함께 마무리했다. 퇴근 버스에 올라탄 그는 어둠과 함께 퇴색되어가는 가로수 잎들을 바라보면서 속마음을 더더욱 강하게 추슬렀다. 군대 제대 후 지난 2년 동안의 모진 시간들을 털어내는 길은 죽음도 불사하는 백절불굴의 정신을 되살려야만 가능하리라고 여겼다. 모든 것을 견디어내야만 사우디 앞으로 한 걸음, 한 걸음 더 가까이 다가설 수 있다는 다짐이었다.

다음날도 어김없이 새벽 4시에 집을 나와 가능동 현장 땅을 제일 먼저 밟았다. 퇴근하여 집에 도착하면 저녁밥이 창자에 채워지기 전에 눈꺼풀이 감겼다. 다음날도 똑같았다. 그럴수록 사우디는 한 발, 한 발 더 가까워지는 것이라고 굳게 믿었다.

내일이 추석이었다. 40여 명의 미장팀들은 함바집 앞으로 모였다. 오야지가 추석 떡값과 임금을 계산해주고 있었다. 그는 오야지에게 인사를 한 다음 허전한 손으로 무거운 발걸음을 재촉했다. 집은 오랜만에 추석기분으로 활기를 보였으나, 종구는 미안함을 숨기기조차도 어색했다.

추석이었다. 명절들이 다 그랬던 것 같았다. 서로가 복된 말들을 가장 많이 쏟아내는 날들이라서 색동저고리 한복치마가 곱기만 했다. 유목민들의 나라와 달리 주식이 벼농사와 농경으로 유기체 집단을 이루어온 우리 사회는 행정구역의 금긋기로 고향을 바꾸지는 못했다. 이런 현실이 살아있어 추석이나 구정이면 모두들 고향을 찾았다. 형편상 찾아가지 못하더라도 그리워하면서 향수에 젖는다. 30여 호 남짓한 온수동 철거민촌은 팔도의 집합체였다. 거의가 고향을 찾지 못하는 아쉬움을 내던진 마을은 척사놀이로 화합했고, 각자 태어난 고향 자랑으로 추석을 맞이했다. 페이스메이커를 자청한 김영철이 낡아빠진 고깔을 쓰고서 징소리를 내주어 상계1동과 2동으로 갈라진 마을이 더더욱 화기애애했다. 종구는 5년 만에 느껴보는 온수동의 추석날이 고향보다 더 가깝게 다가왔다. 수처작

주 입처개진(隨處作主 立處皆眞)이었다.

가능동 연립공사 현장의 휴일은 추석 다음날까지 이어졌다. 추석을 보낸 다음날 종구는 지난 간 2년을 되돌아봤다. 무엇하나 해낸 것이 없었다. 자신의 무엇 하나를 잃어버렸다는 생각까지 들었다. 그것은 처절한 젊음의 메아리였다. 젊음의 메아리는 잃어버린 시간도 모른 채 시공간 건너편으로 사라졌다. 그러나 떠나간 혼적이 있어서 제자리로 돌아오는데는 많은 시간이 걸리지 않았다. 젊음의 우주는 그만큼 넓어서 자멸했다가도 다시 소생한다. 젊음은 일순간 사라졌다가 다시 돌아오는 것이었다. 그랬다. 그것은 메아리, 메아리였다.

온수동의 가을은 먹 골 배들이 통통히 올라온 석세포의 달콤한 향으로 삭막해져 가는 마들평야를 적셨고, 수락산 골들은 가을 햇살을 깊게 빨아들여 마들평야를 헐겁게 만들었다. 어머니의 모습은 수심으로 남겨진 머리카락 같은 잔주름 위로 많은 세파의 혼적이 쌓여 있었다. 그 잔주름은 아들의 앞날에 대한 일말의 가능성을 묻고 있는 것 같았다. 종구는 깊어가는 밤중에 어머니 앞에서 본인이 기획하고 실천으로 옮겨야 할 앞날들을 얘기했다.

"어머니, 아들의 지난 잘잘못을 지금에 와서 소상히 되짚어본다고 당장 달라질 것은 아무것도 없을 것 같습니다. 중요한 것은 지난 허물이 하나의 교훈으로 남아 다시는 그런 전철을 밟지 않고, 새롭게 발돋음할 때에는 같은 비극을 피해갈 수 있다는 지혜를 얻었다는 사실입니다. 그런 깨달음을 얻었기에 이번에는 전처럼 돈은 단 한 푼도 쓰지 않고 사우디로 갈 작정입니다."

종구의 깨달음 있는 말을 들은 어머니는 깊은 한숨으로 그간 본인의 가슴 속에 담겨있던 애간장을 담아서 말했다.

"종구야, 너의 마음을 이 세상의 누구보다도 더 잘 알고 있단다. 너는 내 뱃속에서 자라나 지금까지 내 앞에 있지 않느냐. 아직까지도 네가 태어나던 날 흰 천의 배내옷에 진동했던 젖 냄새가 안겨오고 있단다. 세상 사람들이 너에게 무슨 말을 할지라도 이 어미는 지금도 너의 말을 먹고서 살아가고 있단다. 모쪼록 네가 하고픈 것, 풀어낼 수 있는 거라면 무엇이든지 해봐라. 어미의 소원이라면 가난하게 살더라도 지금처럼 착하게, 건강하게 살았으면 하는 것. 그것 한 가지뿐이란다."

종구는 두 볼을 타고 흐르는 눈물로 지난날의 속죄를 대신하고 있었다. 자신의 잘잘못을 떠나서 오늘의 극한상황을 만들어낸 장본인이라는 자책감에서였다. 마음의 안정을 찾은 그는 어머니에게 자신의 계획에 대하여 자세하게 설명했다.

"그간의 마음 보상을 받는 길은 사우디에서 찾을 겁니다. 잘못 내디딘 사우디 바람으로 일 년 반 이상을 소비해버렸지만, 그것은 포기가 아닌 시작으로 생각하고 있습니다. 틈틈이 신문을 보고서 깨달음을 얻었습니다. 정직한 실력만 갖춘다면, 수시로 모집하는 대형건설사에 응모해서 당당하게 합격만 한다면, 사우디로 가는 길이 어렵지 않다는 것을 알았습니다. 이런 현실로 의정부 현장에서 급하게 미장기술자인양 속여가며 일하다가 들통이 나버렸습니다. 그래도 데모도는 하지 않고 기술부터 빨리 배우려고 하다보니 일당도 포기한 채로 일하고 있습니다. 어머니, 앞으로 반년은 족히 걸릴 겁니다. 우리 가족들이 하루빨리 빚을 않고 살아가는 멍에와 굴레에서 벗어나는 길은 이 길뿐일 겁니다."

스물여섯 살의 아픔

종구의 말에 어머니는 연신 고개를 주억거렸다. 그리고 동의한다면서 위로해주었다.

"그래라. 여지껏 참아왔는데 그깟 일당 반년 안 받는다고 살림살이가 이보다 더 궁핍해지지는 않을 거다. 다만 가족들이 도울 수가 없어서 안타까울 뿐이란다."

모자지간의 경계가 있다면 그것은 물방울 같은 것일 것만 같았다. 더구나 그녀는 16세에 시집와서 26세에 과부로 살아왔다. 남편은 세상의 이치를 외면한 채 그녀 곁을 떠나서 불혹도 채우지 못하고 세상을 버렸다. 스물여섯에 안아야 하는 모진 세월 속에서 어린 4남매와 함께 품어야 할 둥지도 없었다. 매정한 세파 속에서도 종구가 무탈하게 자라나 주었다. 그녀에게 종구는 큰아들이면서 남편이었다. 그러기에 종구는 그녀에게 애증의 산물이었다. 그런 아들에게 경계란 바람이었다. 본인의 분신이었고 본인 그 자체였다. 모자는 신이 만든 가죽주머니 속에서 살아가고 있는 것이다. 가을 밤은 깊어갔다. 가을 귀뚜라미가 유난스럽게 울어댔다.

가을밤이 깊어졌다.

한가위 그림자가 소멸된 가능동 연립주택 공사 현장은 무산자들의 동맥이었다. 연립단지는 드넓었고 일감들은 많았다. 무산자들의 움직임은 삶의 표본이었다. 데모도들의 어깨 위에서 시멘트 포대로 옮겨지는 사모래는 가족이라는 유기체의 결정체였다. 사모래에 짓눌려서 흐르는 땀방울이나 사모래를 붙이기 위해서 흐르는 땀방울이나 땀방울 안에는 가족이라는 결정체가 있었다.

종구는 추석 후에도 언제나 새벽 4시면 어김없이 집을 나섰다. 반복된 일과였다. 항상 시멘트 20포를 풀어서 사모래 작업을 해놓았다. 10여 일이 지나자 서서히 발현되는 서광이 보이기 시작해왔다. 손에 잡히는 미장고대가 강약의 리듬을 타기 시작했고 척력의 원리와 인력의 미학에 길들여지고 있었다. 5일째 코피가 흘러내렸고, 시멘트 독(毒)으로 우측 손가락 중지가 비틀렸지만 개의치 않았다. 손가락이 뒤틀리고 손목 하나가 잘려나간대도 포기란 없었다. 지난 2년의 세월 속에 남겨진 잔상들을 걷어내는 길목에서 또다시 무너진다면 스물여섯 아픔의 의미는 영원히 소멸이 되어 나약한 껍데기로 남을 것이다. 의지를 꺾어버리면 내일도 없는 것이다. 종구는 마음가짐을 한층 더 굳세게 가다듬었다.

현장에선 아침이면 미장들이나 데모도들에게 면장갑 한 켤레씩을 지급해 주었다. 종구는 그마저 해당되지 않았다. 사비로 구입하기도 어려워 버려진 장갑들을 주워다가 빨아서 재사용을 해야만 했다. 그는 미장반의 천덕꾸러기로 전락해 있었다. 그렇다고 살아있는 시간마저 그를 외면하지는 않았다. 점점 미장의 면모를 갖추어가고 있어서였다. 간절한 사우디는 그만큼 가까워져 오고 있다는 뜻이기도 했다. 시간이 흐르는 와중에서도 가장 힘든 것은 지독한 고독이었다. 이곳으로 발을 내딛은지도 열흘이 지났으나 말 한마디 내뱉을 수 없는 고독감은 살갖이 벗겨져서 뼈마디까지 시려왔다. 말을 시키는 사람도 없었고 들어주는 사람도 없어서였다. 이러한 현실도 젊음의 성찰이라면 받아들여야 한다고 마음을 독하게 먹을 수밖에 없었다. 2주가 지나면서부터 미장 기술자 한 사람이 말을 걸어왔다. 나이가 40대 후반쯤으로 보였다. "진 씨. 젊은 사람이 알다가도 모를 짓을 하는 걸 보다가 도대체 이해가 안 가서 물어보는데, 뭐 집안에 미쟁이들하고 원수진 일이라도 있는 거야? 데모도들부터 오야지까지도 별로 반기지도 않고, 새참이나 점심때도 눈들 한번 주지도 않는데. 하루이틀도 아니고 날이면 날마다 꼭두새벽부터 꼭 미친 것 맹이로 사모래 개놓고, 단도리(준비) 해놓고, 점심시간까지도 오두방정을 떨어가면서 사모래 작업을 하는 것을 보며는 내 대가리로는 아무리 생각해도 알 수가 없단 말이야. 정신은 멀쩡한 것 같은데. 그 정성이면 다른 좋고 좋은 직업들도 쌔고 쌨는데 왜 하필이면 좆 같은 미쟁이요, 미쟁이."

가난이라는 탈을 쓰고 사는 사람들은 거의가 대동소이했다. 직장에서나 노가다 판에서나 본인들이 하고 있는 일에 대한 만족도가 낮다는 것이다. 특히나 미장 기술자들의 비유는 지나칠 정도였다. 자신들을 지칭할 때마다 '에이 씹할 놈의 미쟁이'가 다반사였다. 종구는 자신에게 말을 시켜준 미장이 무척이나 고마웠다. 2주가 지나가는 동안 누구 한 사람 말을 걸어오지 않았는데 삭막했던 물꼬가 터진 것이었다. 방금 전까지는 잔인한 현장이었고 본인의 행동이 허깨비에게 칼을 휘두르는 것만 같다는 생각과, 시도 때도 없이 밀려드는 외로움은 미루어 말할 수 없는 깊은 상처였다. 다만 아름다운 모습은 본인이 보는 것이고 더러운 모습은 타인이 볼 것이라는 생각뿐이었다. 그 테두리 안에서의 변화가 새털 같았지만 목련이 붓필 같은 꽃눈을 하룻밤 사이에 터트림과도 같았다. 아무리 경험이 전무한 미장일이라지만, 직관적이고 주간적인 사고를 가지고 사변적으로 더듬어가면서 객관적인 활동성만 살려낸다면 못해낼 일이 무애겠는가? 편협한 행동의 이기주의에 물들었던 지난날 사우디행의 어리석었던 일들은 빨리 떨쳐내 버리는 것이 가장 현명한 처사였다. 종구는 이빨 빠진 톱날 같은 그의 질문에 답하는 마음이 가벼웠다.

"아, 아닙니다. 미장기술도 엄연한 기술인데다 미켈란젤로도 미장기술을 예술로 평가했답니다. 그런 것을 떠나서 저는 빨리 이 기술을 배워야만 하는 사연이 있어섭니다."

"염병. 미켈인지 지랄인지 그놈도 대갈통이 이상한 놈이구만. 예술이라고? 허긴 김밥 옆구리 터진 것도 예술이라는 종자들이 득실거리니까."

종구는 실웃음이 나왔다. 실로 오랜만에 웃어보는 가식 없는 웃음이었다. 미장기술자는 한 씨라 불렸고, 미장 세계에서는 인정해주는 실력자였다. 남들에게 추앙받는 노가다 현장의 실력자들이 지닌 허탈함은 본인들의 생활고와 함수관계가 있어서 스스로를 질책하는 편향된 이데올로기에 갇혀 있었다. 본인의 경력과 실력에 비하여 살림살이는 언제나 팍팍해서였다. 미장들뿐만 아니라 노가다 현장 자체의 생태계가 그랬다. 비 오면 쉬고, 아프면 쉬어야 되고, 데마찌가 나면 놀아야 되고, 너무 추의면 얼어서, 일하기 좋은 계절인데도 일감이 없어서, 이리 빼고 저리 빼면 항상 그 나물에 그 밥이었다. 그렇다고 퇴직금은 물론 어떠한 사회 보장제도도 없었다. 그러니 그들의 자조가 당연할 수도 있었다. 종구의 실웃음은 그들의 일상에서 통용되는 용어의 악센트 때문이었고, 그들의 그런 악센트가 있었기에 힘겨운 노가다 판에서 유유자적할 수가 있는 것 같았다.

"아저씨, 그래도 기술자이신데 너무나 비속적으로 생각하시는 것 아닙니까?"

"자네가 아직 젊고 경험이 많지 않아 잘 몰라서 그러는 거야. 이놈의 미쟁이는 기술자 대접도 못 받는 직업이야. 얼마 전에 말이야, 옆에서 쓰미(조적) 데모도 아주머니가 무거운 오지 벽돌(불에 구운 붉은 벽돌)을 지게에다 지고서 지팡이까지 짚어가면서 3층까지 나르는데 땀을 삐질삐질 흘려가면서 수건으로 닦고 있기에 하도 안쓰러워서 내가 말했지. '아주머니 그렇게 무거운 오지 벽돌을 나르는 것보다는 가벼운 사모래만 나르는 미쟁이 데모도를 하시지 그러세요.' 그랬더니 그 아주머니가 뭐라고 한 줄 알아?"

"고맙게 생각했겠죠."

"에~ 헤이. 그러니까 자네가 세상 물정을 몰라도 한참 모르는 거야. 그 아주머니가 나를 빤히 쳐다보면서 말하는데 나가 뒤집어졌어. 뭐라고 한 줄 아나? '야, 이 씹할 놈아. 니 눈에 내가 그렇게 우습게 보여? 우습게 보이냐구! 나보고 미쟁이새끼들 데모도를 하라고? 내가 말이야, 미쟁이놈들 데모도를 하느니 차라리 목수 좆을 빨겠다. 알아들었어? 씨팔 재수없게시리.' 이러는 거야."

종구와 한 씨는 담배 한 개비씩을 물고서 송추 방향으로 사위어가는 저녁노을을 바라보고 있었다.

3

종구가 가능동 현장으로 출근한 지도 19일이 되었다. 그 19일은 똑같은 19일이었다. 새벽 4시 출근. 시멘트 20포 사모래 작업. 빈 물통 채우기. 새참 옆으로 가지도 못하고 점심식사가 끝나기 무섭게 또다시 사모래 작업이었다. 물론 변화도 있었다. 제법 미장티를 내가고 있었다. 일과를 끝내고 함바집에 들러서 어느 때와 마찬가지로 오야지 이기영에게 퇴근 인사를 마쳤다. 오늘이 추석 연휴가 지난 지 보름째였다. 이곳 현장의 간주날은 보름 단위였다. 40여 명의 미장팀들은 오야지가 나누어준 봉투를 주머니 속으로 넣는 사람들과 입으로 호 불어가면서 내용물을 확인하는 사람들로 나뉘어 있었다. 계속 봉투를 돌리는 오야지 이기영에게 인사를 마친 종구는 함바집 출입문을 열고서 밖으로 나왔다. 몇 발자국 걷기도 전에 함바집 문이 열리면서 오야지의 목소리가 뒤통수를 잡아당겼다.

"어이, 진종구 씨. 그냥 가지 말고 함바집으로 들어와. 할 말이 있으니까."

뒤돌아선 종구는 뜻모를 불안이 엄습해왔다. 혹여 내일부터는 출근을 못하게끔 하는 것은 아닌지, 무슨 실수를 저지르지나 않았는지를 생각해가면서 얼굴을 붉힌 채 다시 한 번 생각해보았다. 간주 때문에 정신이 없어서 인사가 제대도 전달되지 못한 것 같아서 허리를 꺾으면서 말했다

"이 사장님. 내일도 일찍 나오겠습니다. 점점 좋아지고 있습니다. 일할 수 있게 해주셔서 항상 고맙게 생각합니다. 바쁘셔서 인사를 제대로 못한 것 같습니다. 죄송합니다."

미장기술을 배워서 사우디로 가겠다는 일념 하나로 본인의 육신마저도 내동댕이쳐버린 종구의 간절한 표현이었다. 인사를 마치고 돌아서는 그에게 이기영이 쏟아내는 전혀 예상 밖의 말은 그를 망부석처럼 굳어지게 만들었다.

"진종구 씨, 그동안 참 고생 많았어. 함바 안으로 들어오지? 오늘이 간주 날이잖아. 19일 동안 열심히 일했으니까 돈을 받아가야지."

종구는 자신의 귀를 의심했다. '돈을 받아가야지.'라는 말 앞에서

그는 머릿속이 하얘지고 말았다. 1분 전까지도 돈은 언감생심이었고 사람대접을 해주는 것만으로 감사했는데, 돈까지 주겠다는 오야지의 말 앞에서 허물어지는 자신을 주체할 수가 없어서였다. 자신도 모르게 눈물이 나왔다. 대한민국에서 제일 빡세다는 노도부대 소총수로 제대한 후 단 한 번도 양심을 져버리지 않겠다며 지나온 나날들이 너무나 혹독해서도 아니었고, 19일간 미장들의 가혹한 처사에 분개해서도 아니었다. 비로소 올바르게 살아가려는 이정표를 찾아냈다는 안도감 때문이었다. 고개를 푹 숙이고 어깨를 들썩이는 종구를 낚아채듯이 함바집 안으로 잡아당긴 이기영이 큰소리로 말했다.

"예. 여러분, 오늘 우리 미장팀에 새로운 쭈꾸미 한 사람이 동참했습니다. 이름이 '진종구'라 하는데 미장일을 무척이나 잘합니다. 내일부터는 우리 미장반의 한가족입니다. 힘찬 박수로 환영을 해주십시오."

여러 사람들의 박수나 오야지 이기영의 고마움 때문만은 아니었다. 끝까지 좌절하지 않고 이겨낸 자신의 본모습을, 진실의 민낯으로 얻어낸 보람 때문이었다. 도저히 자제가 안 되는 뜨거움이 두 어깨를 옭아메었다. 수치스러운 허물을 구정물처럼 뒤집어쓰고서 새참 때마다 먼발치에서 가슴을 적셨던 설움들, 본인 스스로가 하류 인생임을 냉엄하게 뒤집어써야만 했던 지난날들을 허물어뜨리는 시간들이 서서히 사라져갔다. 이기영이 봉투를 내밀면서 말했다.

"진 씨, 오늘까지는 데모도 일당으로 1,500원씩 19일분을 계산했어. 내일부터는 쭈꾸미 일당으로 지급할 거야. 그동안 자네가 하는 행동들을 무관심하게 살핀 것 같아 보였으나, 사실은 아니었지. 자네의 진심과 성실성을 눈여겨보고 있었단 말이야. 그리고 내일부터는 도시락을 가져오지 말게. 새참도, 점심도, 함께 먹어야 해. 자넨 진짜로 미쟁이가 된 거니까. 알았지?"

종구는 일본의 잉어 고이를 생각했다. 동생이 한때 만화가 지망생이어서 알고 있는 잉어였다. 바로 '극복의 꿈'이라는 메신저였다. 오야지가 넘겨준 봉투에는 28,500원이 들어 있었다. 종구는 그 돈에서 막걸리 두 말과 담배 네 보루를 샀다. 미장들에게 나누어주면서 그간의 무례함을 이해해주기를 바라는 마음에서였다. 간주 날이어서 안주를 사는 사람, 막걸리를 한 말 더 사는 사람들이 있어서 함바집은 축제의 장으로 변했다. 일행들 중에는 종구가 이곳 현장에 처음 발을 들여놓았을 때 그의 왼편 정강이를 내리찍었던 데모도 반장인 세화(미장들 뒷일을 단도리 짓는 책임자)도 있었다. 그의 이름은 엄동철이었고 종구보다 두 살 위였다. 까칠한 녀석이었다. 신장도 작고 메마른 것 같으면서도 강단져 보이는 차가운 얼굴이었다. 그 외모 때문이었던지 미장반에서는 언동태라 불렀다. 그 엄동철이 종구를 밖으로 불러냈다. 그는 정식으로 통성명을 해오면서 친구로 인정해주었다. 그날 밤 종구는 만취가 되어서 집으로 돌아왔다.

12

오사이 칼

1

다음날도 종구는 이른 새벽부터 현장에 도착하여 사모래 작업과 단도리를 했으나, 오야지와 엄동철의 만류로 다음날부터 정상 출근을 시작했다. 종구의 사연을 미장반 사람들 모두가 알게 되었다. 사우디 사기를 당하고 미장으로 사우디를 가기 위해서 마치 미친놈처럼 미장기술을 배우려고 몸부림쳤다는 것을 알게 된 것이다. 세상의 이치라는 것은 순리 속에서 생성되는 것이다. 아무리 하찮게 여기는 미장기술이라 할지라도 한두 달 만에 완숙의 경지에 도달한다는 것은 언어도단이었다. 손재간이 남들보다 특출났다 하더라도 최소 1년은 지나야 눈을 뜨는 것이 미장들의 현실이었다. 그것도 기술의 숙련도를 자랑할 수 있다는 말이 아니었다. '겨우'라는 말이 정설인 것이다. 종구는 특출하고는 거리가 먼 보편적인 인간이었다. 40여 명의 미장들 모두가 한마음으로 그를 도와주려고 해왔다. 한 씨 같은 기술자는 벽 바르기를 집중적으로 전수해 주었고, 엄동철은 난이도가 있는 하리 작업과 기고대(나무고대) 쓰는 방법, 조깃대(자나무), 덴죠 등등 많은 것을 하나씩 습득해나가게끔 해주었다.

동류의식의 힘은 대개 어려운 생활을 해나가고 있는 사람들만이 가지고 있는 원천 같았다. 하지만 사람들이 모여 사는 세상은 단순하지가 않았다. 다양한 계층들이 저마다 가지고 있는 관심과 이해, 이익, 신념들이 서로 상충되면서 전개되어가는 것이 세상살이이기 때문이다. 그럼에도 함께 살아야 하고, 바로 이런 이유가 있어서 엉키고 설키며 서로를 이해하려는 노력을 해가면서 살아간다. 가난한 사람들은 부스럼 같은 가난을 벗어나기 위해서. 많이 가진 사람들은 더 많은 부의 축적을 위해서. 눈코 뜰 새 없이 바빴다. 시대의 하중은 무거웠다. 무산계급들은 움직임이 없는 정하중(靜荷重)이어서 몸부림을 치지만, 유산계급들은 유동성이 있는 동하중(動荷重)이어서 자유로웠다. 자유 속의 단결은 수동적이고 몸부림의 단결은 능동적이었다.

가능동 서울연립 현장 미장들의 능동적인 힘은 종구가 사우디로 갈 수 있는 근간 역할을 만들어 주었다. 미장고대를 손에 쥔 지 한 달 만에 경남기업에 접수시킨 미장시험 통지서가 날아왔다. 미장들은 하나같이 종구가 실기시험에 합격하기를 바라며 격려해 주었다. 반가움과 두려움이 교차하는 마음이 되어 퇴근하려는 종구에게 엄동철이 말해왔다.

"야, 종구야. 난 네가 이력서를 그리 빨리 넣었는지도 몰랐다. 근데 뭐 하나만 물어보자. 경력란에 몇 년이라고 기재했니?"

엄동철의 뜬금없는 질문에 종구는 의아했다. 물론 5년으로 경력을 부풀려서 이력서를 제출했다. 그 5년간 이동했다는 현장을 꿰맞추느라 온수동 노가다의 달인인 김영철 형님에게 막걸리 서너 대박을 바쳐가면서 서울 지역의 현장 퍼즐을 놓고서 거의 날밤을 보냈다.

"응. 이력서에 5년 경력이라고 해놓았는데."

종구의 답변을 들은 엄동철은 금세 불안한 표정으로 돌변했다. 본인의 인중과 턱 사이로 집게손가락과 엄지손가락으로 받치고서 한참을 생각하더니 입을 열었다.

"야, 바보야. 대형 건설사들의 시험관들이 모두가 너하고 똑같은 머린 줄 아니? 미장경력 5년이라면 거기에 상응하는 시험문제를 낸단 말이야. 현재 너의 한 달 정도의 실력으로 난이도가 심한 5년짜리 기능시험장으로 내몰면 어떻게 대처할 거니?"

아뿔싸. 그랬다. 엄동철의 말처럼 자신의 빗나간 조급증을 꺾지 못하고 또다시 자각해버린 바보였음을 또 한 번 깨달았으나, 지금에 와서 되돌릴 수도 없는 노릇이었다. 조급증이란 이런 거였다. 조급증의 결과는 항상 후회의 보따리 속에다 스펙트럼을 쌓아놓기가 일쑤였다. 조급증은 늘 비가시적인 성공만을 쫓아다녔다. 멍청이 같았다. 아니 나름대로 한다고 했다. 잔머리까지 굴렸다. 거기에는 시급(시간급료)이라는 덫이 있어서였다. 경력이란 시급의 반비례였다. 그러니까 경력이 짧으면 시급이 형편없고, 경력이 많으면 시급이 좋아진다는 현실에 눈이 멀어져 버렸던 것이었다. 본인의 소견머리가 거기까지밖에 미치지 못해서였다. 경험과 차분함, 정직함이 배어있는 엄동철의 말 앞에서 대답마저도 함부로 할 수가 없어진 종구는 미적거리면서 말했다.

"그럼 어쩌지."

"글쎄다. 막상 말을 쏟아내놓고 생각해보니 너에게 너무나 많은 부담감을 안겨놓은 것도 같고 괜한 걱정을 했나 싶기도 하고 그렇다. 아마도 시급 때문에 그런 것 같은데 이제 와서 어쩌겠어. 최선을 다해 놓고 천운을 바래야지. 여하튼 앞으로도 기회는 얼마든지 있을 거니까 다음부터 이력서를 쓸 때는 심사숙고 해봐야 할 것 같다."

눈물겹게 고마운 엄동철이었다. 겉 다르고 속 다른 인간이어서 겉모습의 냉철함이 그가 살아가는 삶의 표피였다는 사실을 알 수 없었던 종구는 소인배 같았던 자신의 경솔함을 뉘우쳤다. 내일이면 경남기업에서 치러야 할 면접과 실기시험은 진인사대천명에 맡기기로 마음먹었다. 그러면서도 떨쳐내버릴 수 없는 실낱같은 희망을 품고서 노량진에 있는 시험장을 찾아갔다. 엄동철의 예상은 한치의 오차도 없었다. 5년의 미장 경력에 알맞은 실기시험장에서 치러야 할 과목은 하시라(기둥) 바르기부터 데스리 마무리 작업인 마루멘까지였다. 결과는 일언지하의 불합격이었다. 종구는 섭섭하거나 후회하지 않았다. 다만 아쉬움이 있다면 자신의 경솔함과 기술 미숙으로 인한 반성뿐이었다.

다음날 가능동 현장으로 출근해서도 그는 의기소침하지 않았다. 오야지 이기영과 세화인 엄동철이 지나가는 말처럼 위로해 주었다.

"넓은 바다도 근원은 솔잎에서 떨어지는 물방울이야. 그 물방울이 바다를 만나려면 길기도 하고 짧기도 하지. 다만 솔잎이 바다 앞에 있는가 심산계곡 속에 있는가의 차이뿐이지."

종구는 피식 웃었다. 흑손을 잡고서 살아가는 노가다 세계에서도 선문답이 뽕짝 가사처럼 다가와서였다.

다시 시작된 미장작업에 피치를 올린 그는 흑칼의 놀림 하나도 허투루 돌리지 않았다. 오로지 정신일도하사불성이었다. 오야지에게 부탁하여 난이도가 있는 현장작업만을 파고들었다. 실력을 떠나서 열심 그 자체였다. 한편으로 벽면을 빠르게 발라놓으면 그만큼 사우디와의 거리가 좁혀질 것만 같아서였다. 작업이 끝난 후에도 끝까지 남아서 뒷설거지까지 철저하게 해놓았고, 내일의 작업조건을 미리 챙겼다. 덕분에 일당까지 붙어났다. 휴일 작업 출근까지도 앞장서서 한 달에 7만 원을 넘게 수령하여 모처럼 어머니와 동생들에게 체면치레까지 할 수가 있었다.

현장으로 출근한지도 한 달 반이 되어갔다. 첫서리가 내리고 조석으로 장작불을 피우기 시작했다. 노가다 현장의 장작불은 가난한 노동자들의 삶 같은 불꽃이었다. 이른 아침부터 삼삼오오 모여든, 온기 없는 현장은 지난밤 내린 된서리가 살얼음을 만들어 놓는다. 출근복을 작업복으로 갈아입을 때마다 전날 오후 늦가을 햇살에 절어있던 작업복들이 밤샘 추위 속에서 빳빳하게 굳어져 있었다. 빳빳한 작업복의 냉기는 냉랭한 아침 공기와 맞물려 빳빳한 산승각처럼 온몸을 경직시켰다. 경직된 몸뚱이를 녹일 수 있는 장작불들은 가난한 가슴을 따스하게 품어주었다. 노가다의 일상이란 계절하고는 무관했다. 시야가 트이면 작업 시작, 땅거미가 찾아들면 작업 끝인 것이다. 작업이 끝나면 땀에 절은 작업복들은 현장의 음습한 곳에서 추위에 떨어가며 밤도깨비들을 바라보다가 아침을 맞는다. 내일이 다르지 않았고, 일 년 후가 다르지 않았다. 획일화된 노가다의 삶에는 변화의 파도마저도 없었다. 진정으로 사회가 보편화되려면 가난한 사람들의 노력보다 부를 축적한 사람들의 인식전환이 우선되어야 했다. 공정성의 문제는 이러한 카테고리 안에 속하는 것이다. 그러나 양분이 되어버린 사회의 소외자들은 온몸을 다 바쳐서 몸부림을 쳐보아도 매정한 구분 앞에서 냉혹한 현실만 껴안았다.

두 번째 시험 통지서를 받았다. 이번에는 동아건설에서 날아왔다. 물론 이력서의 경력란에는 2년으로 줄여서 제출했다. 여기까지는 과유불급이 아니라 생각해서였다. 마포에 있는 동아건설 해외인력 모집현장 시험장을 찾아갔다. 응모자들이 바글거렸다. 전에 미역국을 먹어본 종구는 차분하게 순번을 기다리면서 본인의 각오를 되새겼다. 최선을 다해보자였다. 이번 시험장에서는 2년 경력의 이력서나 지난번 5년 경력의 이력서처럼 어떤 차이도 느낄 수 없어 보였다. 시험에도 운 7이 따른다는 말이 현실감 있게 다가왔다. 2년 경력으로 치러진 과목이 그 어렵다는 덴죠 작업이었고, 7년짜리 경력자는 가장 쉽다는 벽 바르기 시험이었다. 종구는 덴죠 작업에서 낙방했고 7년 경력자는 합격을 했다. 그런데 그 과정이 좀 이상했다. 7년 경력자는 쉬운 벽 바르기를 했는데 서너 번 바르기 무섭게 합격을 했고 자신은 십 분 가까이 바르고도 불합격이었다. 이번만큼은 떨어지고 싶지가 않았기에 허전함도 배가 됐다. 억울한 느낌마저 들었다. 7년 경력의 합격자에게 물어봤다. 자신이 불합격한 가장 큰 이유가 무엇 때문이었는가를. 그는 좋은 인상을 갖춘 사람답게 차분한 어조로 차근차근 설명해 주었다.

"각 분야마다 전문가라는 딱지가 붙어있는 것은, 전문가의 몸속에 자신도 모르는 사이에 인이 박혀버린 행동의 미학이 있다는 뜻이지. 예를 들어보자. 지루박을 십 년 이상 추어온 춤 선생하고 1년 된 날라리하고 비교해보면 어떤 면에서는 날라리가 훨씬 박력이 있어 보이면서도 강력하게 다가와서 잘 추는 것 같아 보이지? 하지만 그건 얼핏 보면 그렇단 얘기지. 돌리거나 끌어당길 때마다 구분 없이 화려해 보이는 것 같아도 스텝을 밟을 때나 당기고 밀어낼 때마다의 유연성, 자연미, 예술적 감각이 현저하게 차이가 난다는 말이야. 자네가 미장고대질을 할 때에 뒤에서 보고 있으면 넘쳐나는 힘과 빠른 손목 돌림으로 미장처럼 보이지만 행동이 딱딱하고 발려진 면을 꼭 다시 한 번 더듬는단 말이야. 그런데 대개가 본인들의 행동을 자신들이 볼 수가 없으니까 추상적 감각 속으로 빠져버린다 이런 말이야. 거기에다 시험관들도 미장전문가들이라서 그들은 나보다 더 정확한 눈을 가지고 있다는 방증이란 말이야. 알아들었나?"

종구는 할 말이 없었다. 다만 그 사람은 춤추는 미장 같아 보였다. 비유를 춤으로 풀어주어서였다. 가능동 현장에서는 두 번의 낙방소식에도 모두들 놀라거나 아쉽다는 미장들은 아무도 없었다. 어쩌면 당연한 귀결을 모두가 예상하고 있었을 것 같았다. 아쉬워하는 사람이 딱 한 명이 있기는 있었다. 당사자인 종구였다. 그러면서도 그는 낙담도 실망도 하지 않았다. 오로지 유연성과 자연미를 자신의 몸에 흡착시키기에 몰두해나갔다. 그는 또다시 현대건설 해외인력 모집광고란에 재빨리 이력서를 제출했다. 이번에는 경력란에 1년을 명시했다.

퇴근을 준비하는데 오야지 이기영과 세화 엄동철이 종구와 동행하여 온수동 집까지 함께했다. 그들의 갑작스런 방문 목적을 알 수가 없었던 종구는 의아했으나 두 사람은 통닭, 과일, 소주까지 사들고서 허름한 셋방살이의 안주인인 종구 어머니를 예방했다. 놀란 어머니는 급하게 술상을 준비했고, 술상 앞에 앉은 이기영이 말을 쏟아내기 시작했다.

"어머님, 대강은 아시겠지만 저는 아드님이 다니는 현장의 오야지입니다. 오늘 진지하게 상의드릴 일이 있어서 염치불구하고 찾아뵙습니다. 모친께서도 소주 한 잔 받으시지요."

오야지 이기영은 어머니에게 소주까지 따라가면서 분위기를 잡았다. 어머니는 소주는 물론 담배까지도 피우시는 분이었다. 황망해진 그녀는 혹여 아들이 또 무슨 실수 같은 것을 저지르지나 않았는지 아들의 눈치를 살펴가면서 '누추해서'라는 궁색한 짧은 말로 화답했다. 가벼운 덕담과 몇 순배 소주잔이 오가면서 오야지가 다시 입을 열었다.

"종구의 고통스러웠던 사연은 잘 알고 있습니다. 내가 모친을 찾아뵌 것은 종구의 장래 문제를 상의해보려고 온 것입니다. 지금까지 수많은 사람들을 겪어보았지만 아드님만큼 똥도 버릴 것이 없는 놈은 처음 봤습니다. 아들을 사우디로 보내려는 목적은 물론 돈 때문이시겠지요. 하지만 그 돈이라는 것이 반드시 사우디를 가야만 번다는 보장도 없지 않겠습니까. 우리나라에서도 노력 여하에 따라서 돈은 얼마든지 벌 수가 있는 곳도 있다는 말입니다. 해서, 앞으로는 이 사람이 아드님에게 돈을 벌 수 있게끔 이끌어주려고 찾아뵙게 된 것입니다. 모친께서 이 사람을 믿고서 아드님을 저에게 맡기시면 어떻겠습니까?"

오야지 이기영의 전혀 예상하지도 못한 발언으로 당사지인 종구와 어머니는 눈만 깜빡거렸고 어깨를 움츠렸다. 놀라는 두 모자를 옆에서 바라보던 엄동철이 끼어들었다.

"저는 종구의 친구 엄동철이라고 합니다. 저도 한 때는 이 일, 저 일 가리지 않고 해가면서 어려운 생활도 많이 했습니다. 또한 미쟁이 일이라면 너무 하찮게 생각하여 아예 배우려고도 하지 않았는데, 외삼촌의 권유로 미장일을 한 지가 1년 정도 됩니다. 제가 미장일에 치중하게 된 이유는 단지 미장일을 배우기 위해서만이 아닙니다. 옆에 계시는 외삼촌도 미장출신이신데, 실은 연립주택 사업을 겸하고 계십니다. 제가 배우려는 것은 바로 그 사업이고, 지금 그것을 배우는 중인데 사업에 앞서 노가다의 특성과 흐름을 읽을 줄 알아야 했기에 그 과정을 배우는 중이기도 합니다. 그 와중에 종구를 만나게 되었습니다. 그런데 왜 나와 외삼촌이 종구어머님을 만나서 이런 말을 드리느냐면, 20년 넘게 미장일을 해오신 외삼촌께서 종구 같은 친구를 첨 본다고 했습니다. 일하는 것, 본인의 행동, 항상 옆 사람을 먼저 배려하는 것, 사람들과의 교감 같은 것이 너무나 특출나다는 것을 눈여겨보았다고 합니다. 그래서 같이 함께 가보자는 뜻이었습니다."

엄동철과 이기영은 외삼촌과 조카 사이였다. 현재 가능동에서 공사 중인 서울 연립주택 공사현장 12개 동의 연립 중에서 3개 동은 이기영이 짓고 있는 건물이기도 했다. 종구의 비루한 현실에서 본다면, 이기영 같은 사람을 만나게 된 것은 크나큰 행운이었다. 먼 훗날 알게 되었다. 이기영은 서울 강북인 장위동에서 알토란 같은 부자가 되어 있었다. 1978년 당시 연립주택 공사에 눈을 뜬 사람들은 거의가 부를 축적했다. 그러나 종구라는 인간은 천성적으로 배금주의자는 아니었다. 본인의 일에는 충실했으나 방랑 기질과 한량 기질까지 있어서 지독한 가난 속에서도 본인과 격이 맞지 않을 것 같은 음악을 좋아하고, 시간만 나면 역사를 탐독했고, 풍월도 좋아했다. 오로지 지긋지긋한 가난을 벗어나려는 몸부림을 치고 있던 중이었다. 나름 책을 가까이 하고 있었기에 그의 좌우명은 '거짓 없는 진솔함'이었다. 그런 과정에서 인간성이 좋은 이기영, 엄동철과 조우하게 되었던 것이었다. 종구는 두 사람에게 형제애 같은 고마움을 느꼈다. 물론 어머니도 그러했겠지만, 고마움 속에서도 종구의 생각은 달랐다. 어떠한 역경이 닥치더라도 목표는 사우디행이었다. 업보처럼 등짝에 따라 붙어있는 처참한 가난의 틀을 빨리 깨뜨리는 것은 사우디뿐이라고 굳게 믿고 있었다.

"이 사장님, 동철이 형. 두 분의 배려는 이놈이 살아가는 동안 평생 잊지 못할 겁니다. 그렇다 하더라도 저는 사우디로 가야만 합니다. 그놈의 사우디 때문에 저의 가족들에게 지울 수 없는 상처를 만들어 놓았고, 여러 사람들의 가슴을 아리게 만들기도 했습니다. 제가 반드시 사우디로 가야 하는 이유 중에는 저희 가족과 그 사람들의 인격에 대한 답안지이기 때문이기도 합니다. 이 점을 이해해주시길 부탁드립니다."

종구의 대답에 이기영과 엄동철은 고개를 끄덕거렸다. 술잔이 몇 번씩 오고가면서 이기영이 다시 입을 열었다.

"참, 알 수 없는 것이 사람의 마음이야. 내가 자네를 도운다면서 좋은 조건을 제시하면 자네나 모친께서 무척 고마워해 하며 함께할 것이라 알았거든. 그런데 고마움을 표하는 동시에 애절한 거부를 전해오니 내 마음이 더더욱 같이 가보고픈 감정이 생기는 거야. 그러면서도 내가 아쉬운 것은 하나도 없는데라는 생각이 들기도 해. 이런 걸 두고 집착이라는 건지. 아무튼 좋아. 종구야, 내년부터는 한 달에 십만 원 넘게까지 벌 수 있는 여건을 만들어줄 거니까 다시 한 번 되돌아 생각해봐라. 모친께서도 다시 한 번 고려해보시고요."

모자는 돌아서는 두 사람에게 무한한 고마움을 느꼈다. 두 사람의 그림자가 사라질 즈음 어머니는 조심스러운 표정으로 아들의 얼굴을 살펴왔다. 그 내면에는 저 두 사람들과 함께할 것을 고려해보라는 암시 같은 것이 담겨있는 것 같았다. 하지만 종구의 가슴 속에는 확고한 결심이 굳어져 있었다. 애오라지 사우디. 사우디였다.

2

　겨울 해는 점점 짧아져만 갔다. 아침저녁의 추위만 없다면 노가
다 현장의 일상 중에서 가장 좋은 계절이기도 했다. 동지를 향해서
치닫는 날들은 초여름인 6월에 비해서 하루 3시간 정도 노동시간
이 줄어들기 때문이었다. 현대건설에서 우편엽서가 날아왔다. 미장
시험에 참여하라는 안내문이었다. 시험 날짜를 오야지 이기영과 엄
동철에게 알리고서 열심히 일하고 있는데, 시험 날짜를 이틀 앞둔
아침 오야지 이기영이 종구를 본인 사무실로 호출해왔다. 종구는
오야지가 사우디 취업을 만류하는 것으로 예상하면서 그의 사무
실로 들어섰다. 종구의 추측은 빗나갔다. 이기영은 그에게 의자를
내밀면서 입을 열었다.
　"종구야, 이번이 세 번째 시험이지?"
　"네."
　"그럼 앞선 두 번째 시험에서 왜 연달아 떨어진 줄 아니?"
　오야지의 돌발질문에 종구는 꼭 집어서 말할 수 있는 답이 없었
다. 물론 자신의 실력 부족이었다. 자신의 실력이 부족함은 말하지
않아도 모두들 잘 알고 있는 사실인 것이다. 그걸 알고 있는 오야지
의 질문 속에는 뭔가가 또 있다는 의미가 함축되어있다는 뜻으로
들려왔다. 여기까지는 알 수가 있을 것 같았으나 무슨 의미가 담겨
있는지는 알 수가 없었다. 막연하게 또 다른 뭐라고 대답해낼 수도
없었다. 답답하여 머뭇거리는 사이에 오야지가 다시 말했다.

"자네가 미장경력이 일천해서 잘 모르는 것이 있어. 모두들 미장이라고 하면 그냥 고대로 사모래만 문지르는 줄로만 알고 있는 것이 보편적이지. 하지만 아니란다. 목수가 사용하는 톱부터 조적들이 사용하는 냉가, 고대는 물론 전공들이 사용하는 뺀찌 등등 노가다 현장의 각 분야에서 기능인들이 사용하는 연장들은 국산, 일제, 미제 심지어는 독일제까지 각양각색이야. 그 중에서 오래오래 사용할 수 있는 연장들이 최고지. 왜 그러느냐 하면, 오래 사용해 봐야지만 본인들의 손에 감기기 때문이야. 특히 미장들의 얼굴 같은 고대는 쇠의 질(質)에 따라서 접착성과 유연성이 맞물리게 되어 있단 말이야. 미장 고대는 독일제의 쇠날을 최고로 쳐주지만, 그들의 고대는 한국인들이 사용하는 고대하고 달라서 우리와 동일하게 일하는 일본제를 최고로 여기기도 하지. 그러나 자네 같은 신출내기들은 미장 고대에 달라붙는 사모래의 질감을 못 느낀단 말이야. 아직까지 국산 고대는 쇠(鐵)의 표면이 거칠어서 미장 전문가들은 오사이 칼(시아게 고대의 미장용어)로 사용하지 않지. 미장 고수들은 대개 본인들의 '오사이 칼' 하나씩을 가지고 있어. 그 칼은 본인들의 자존심이기도 하지. 이런 사실로 미장들 세계에서 나도는 말이 있어. 마누라는 빌려줘도 오사이 칼은 안 빌려준다는. 내 말이 이해가 가나?"

이기영 오야지의 말을 듣고서 퍼뜩 떠오르는 답이 있었다. 마포에서 두 번째 시험을 치르던 날, 7년 경력 미장의 말이 떠올랐다. 몸과 일치시키는 유연성이었다. 종구는 그저 눈만 꿈틀거릴 뿐이었다. 이기영은 한동안 종구를 물끄러미 바라보다가 두툼한 노란 뭉치를 앞으로 내밀어왔다. 노란 포장지는 두 겹으로 쌓여 있었다.

한 겹을 풀어헤치자 손때에 절은 고대 손잡이가 보였고, 날을 감싼 포장지를 벗겨내자 기름이 잔뜩 발려진 고대가 나왔다. 고대의 양 날이 섬뜩했다. 회칼처럼 날이 서 있는 고대였다. 종구는 우측 손으로 고대 손잡이를 잡고서 돌려보았다. 바람 가르는 소리가 들려왔다. 왼손 두 번째 손가락으로 고대 날을 튕겨보았다. 칼날의 반사 작용으로 띠이잉~ 소리를 만들어냈다. 종구는 현기증이 밀려들어왔다. 지금까지 본인이 사용하고 있는 시장표 고대는 두꺼우면서도 둔탁했고, 사모래와 닿는 부분이 질박하면서도 밀리는 면이 무거웠다. 이기영의 고대를 왼손바닥으로 올려놓고서 밀고 당겨봤다. 조금만 힘을 가한다면 손바닥이 베일 것 같은 느낌이었다. 그는 처음 만져보는 고대 앞에서 넋을 놓고 말았다. 종구의 행동을 유심히 바라보던 이기영이 미소를 머금으며 말문을 열었다.

"어때? 칼이 맘에 들지?"

종구는 고개만 끄덕였다.

"방금 전에도 말했지만, 이 칼이 내가 가장 아끼는 오사이 칼이란다. 일본 가와사키 철공소에서 근무하는 교포에게 10년 전에 선물로 받은 쇠손인데, 좀 전에도 말했지만 마누라하고도 안 바꾼다는 그 칼이야. 이 고대를 너에게 이틀간만 빌려주려고 너를 부른 거야. 아무리 좋은 연장이라도 당일 한 번 사용해보고서는 본인 손에서 자유롭지가 못하지. 그래서 오늘 현장 일을 할 때에 네 손에 익히란 말이야. 그래야만 내일 시험을 치를 때 너의 몸, 어깨, 손까지 밀착이 되거든."

이기영이 쏟아내는 말을 들어가며 그를 바라본 종구는 자신도 모르는 사이 뜨겁게 달구어지는 콧등이 시큰시큰해왔다. 대체 자신은 무슨 복을 타고나서 이런 호의를 누려야 하는지 아무리 생각해봐도 실감이 나지가 않았다. 그는 오야지에게 고맙다는 말도 할수가 없었다. 격양된 감정덩어리 앞에서 스스로 무너져 내릴 것만 같아서였다.

고개를 푹 숙인 그는 현장으로 향했다. 현장에서는 제각각 본인들의 분야에서 작업에 열중이었다. 종구는 일차적으로 벽 바르는 팀 옆으로 달라붙었다. 사모래 판 위에 사모래를 잔뜩 퍼 안기고, 이기영의 혼이 붙어있을 것 같은 오사이 칼로 쭉 밀어봤다. 입이 저절로 벌어져 버렸다. 감히 말로써는 형언할 수 없는 현상이 일어나고 있었던 것이다. 이제까지 자신이 사용했던 고대는 우측 어깨에 힘을 잔뜩 넣고 위쪽으로 밀면서 끝부분을 찍어 눌러줘야만 고대와 사모래의 분리가 이루어졌는데, 오야지의 고대는 마무리 부분에 칼날이 닿으면서 자연스럽게 사모래와 저절로 분리가 되어버렸다. 그것도 미는 힘을 반으로 줄여도 쭉쭉 밀리는 질감이 마치 사모래에 참기름을 혼합시켜놓은 것처럼 부드러우면서도 매끄러웠다. 바로 경이 그 자체였다.

똑같은 고대로만 여겼던 자신의 무지에 자신이 놀라고 말았다. 표준어로 똑같은 흑손의 차이는 실로 어마어마했던 것이다. 여지껏 사용해왔던 본인의 고대는 벽면에 붙은 사모래의 면이 머리카락 같은 잔줄이 남아있으면서 표면도 거칠어서 항상 재작업을 해주어야만 했다. 그러나 이기영 오야지의 칼은 그럴 필요가 없었다. 단한 번의 고대질에도 면 자체가 너무나 깨끗해버려서였다. 종구는 감격하여 점심을 목구멍으로 넘겼는지 하루 일과가 끝났는지조차도 가늠할 수 없었다. 진종일 감격의 황홀함, 그 자체뿐이었다.

퇴근준비를 끝낸 그는 이기영, 엄동철과 마주했다. 두 사람은 분에 넘치는 격려와 함께 함바집으로 이끌어가면서 푸짐한 안주에 술까지 대접해주었다. 쌀쌀한 겨울 날씨였으나 스물일곱의 인생 중에서 이렇게나 따스한 겨울은 처음이었다. 너무나 포근하게 가슴 속으로 파고드는 하루였다. 포만의 자존감이 녹아내린 자아의 의식 속에서 새로운 인생관들이 새롭게 발돋움해주고 있었다. 이 세상은 항상 불행만 안고 사는 인생의 장이 아니었다. 음지와 양지가 공존해가면서 숙성하는 세월인 것이다. 그 세월 속에서 모진 고통의 무게가 더 무겁게 다가오는 것은 틀림이 없겠지만, 젊음은 지난한 시간이라 하여 쉽게 허물어지면 안 된다는 사실을 비껴만 가고 있는지도 모른다. 종구는 인생을 달관한 현자 같은 이기영에게, 노가다 판에서도 척촉화가 피어난다는 사실에 무한한 고마움을 느꼈다.

　엄동철과 헤어진 종구는 다음날 현대건설 해외파견 기능공 시험장이 있는 종로구 원서동으로 향했다. 미장들 시험장은 휘문고등학교의 건물에서 치러졌다. 오랜 전통의 휘문고는 강남으로 이전하여 학교건물을 현대건설에서 사용하고 있었다. 오늘도 미장들의 실기 시험은 앞선 시험과 별반의 차이가 없어 보였다. 종구가 배정받은 시험은 미장작업 중에서 가장 쉽다는 일명 가베(벽) 치기였다. 허름한 청바지에 농구화 끈을 야무지게 엮어 매고서 양팔에 검정 토시까지 착용한 그는 시험관의 지시에 따라 사모래 판에 가득 쌓인 사모래를 벽으로 밀착시켜가면서 오야지의 혼이 들어있는 오사이 칼을 야무지게 쥐고 반 정도를 쭉 밀어붙였다. 착 달라붙은 사모래는 매끄러운 면을 만들어 주었다. 나머지 사모래도 같은 절차로 붙여 놓고서 냉가 고대로 두 번째 사모래를 퍼 담으려는 순간, 시험관이 앞을 가로막으면서 행동을 제지시켰다. 너무나도 짧은 시간이었다. 불과 1분 정도도 지나지 않은 시간이었다.

당황한 종구는 또다시 악몽이 되살아났다. 몇 번쯤 오사이 칼을 휘둘러보고서 제지를 당했다면 참담하지는 않았을 것인데, 딱 두 번의 고대질에 판정이 나버린 것이다. 얼떨떨해진 그는 시험관이 지정해주는 왼편 복도에 앉아서 대기해야만 했다. 50여 명이 넘는 미장시험 응모자들이 시험을 치른 다음, 순번에 따라 복도 좌우측에서 대기했다. 불안감이 밀물처럼 밀려들었다. 또다시 불합격을 예상하니 모골이 송연하기까지 했다. 무엇 때문인지는 몰라도 그 빠른 시간에 제지를 당했다면 십중팔구 불합격이라는 느낌이 들었고, 확신에 가까웠다.

50명이 넘는 미장시험의 마무리까지는 거의 두 시간가량의 시간이 걸렸다. 낙담한 종구는 이것이 또한 운명이라면 거부할 수 없을 것이라며 자위를 했지만, 밀려드는 두려움은 떨쳐내기가 힘들었다. 앞에 놓여있는 오사이 칼 속에서 오야지와 엄동철의 얼굴이 아른거렸다. 두려움은 자신의 모든 괄약근을 남김없이 막아놓았다. 심지어 자신의 정체성이라 믿었던 전인적인 사고까지 무너져 내리는 것이었다.

채점까지도 끝났다. 자신과 함께 왼편 복도에 앉은 사람은 16명이었고, 우측에 앉은 사람들은 40여 명 정도였다. 시험관의 호명이 시작되었다. 열여섯 번의 호명에도 자신의 이름은 없었다. 종구는 낙담을 넘어서 침통하기까지 해왔다. 눈물이 고였다. 울지 않기 위해서 이를 악물었다. 또다시 오야지와 엄동철의 얼굴이 교차되면서 자신의 몸뚱이가 마치 강아지처럼 쪼그라들었다. 점점 작아지더니 쥐구멍으로 들어갈 만큼이나 줄어드는 느낌이었다.

호명이 서른다섯 번째로 이어졌다. 그때까지도 자신의 이름이 불리지 않았다. 마지막 호명에도 끝끝내 본인의 이름이 없어서 모든 것을 체념하기에 이르렀다. 아무런 생각도 떠오르지 않았다. 이젠 집으로 돌아가면 더더욱 심기일전하여 다시 재도전할 것이라며 마음을 다잡았으나, 이번 시험이 세 번째라는 것은 동네에서 알 만한 사람은 다 알고 있었다. 그렇더라도 절대 포기하지 않겠다면서 일어서려는데 전혀 예상치 못했던 소리가 들려와 그의 귀 톱을 잡아당겼다. 시험관의 낭랑한 목소리가 허물어져서 막혀 있는 천공을 뚫고서 파고들었다.

"예. 지금까지 호명한 40명은 불합격입니다. 나머지 호명하지 않은 16명은 합격자들이니 2차인 면접 준비를 하시길 바랍니다."

종구는 자신의 귀를 의심했다. 뒷다리가 풀리면서 주저앉고 말았다. 사지의 온 힘이 다 빠져나가서 혓바닥마저 까칠해졌다. 거의 두 시간가량 안고 있어야만 했던 적멸의 순간에서 소생한 기분은 허탈감의 무게 앞에서 스스로 자진해버렸다.

몸뚱이는 허공에서 움직였고, 정신은 땅 냄새조차도 맡을 수가 없었다. 경남기업과 동아건설의 두 번의 시험장에선 항상 합격자들의 명단을 먼저 발표했었다. 그렇게 알고, 그렇게 생각했는데, 이곳 현대건설 시험장에서는 반대현상이 일어났던 것이었다. 시험관의 지시에 따라 16명의 대열 속에 합류해 사무실로 향하는 걸음조차도 본인의 몸이 아니라 말라버린 수수깡 같았다. 시험 합격자들을 면접하는 면접관은 세 사람이었다. 면접의 주 목적은 사우디 현장에서 근무하는 시급 문제를 결정하는 절차였다. 다행히 종구는 세

번째 면담줄에 해당되어 혼망해진 정신을 수습할 수 있었다. 합격
자들과 면접관들의 설전은 치열했다. 자신의 바로 앞에서 시급문제
를 논하던 합격자는 끝내 취업 포기 선언을 하기까지에 이르렀다.
시급이 터무니없이 적다는 이유에서였다. 종구는 의아했으나, 그것
은 본인처럼 기술실력이 모자란 사람에게나 해당되는 사안이었다.
실력만 좋다면 우리나라에서 중동진출을 한 회사는 우후죽순처럼
널려 있어서였다. 후일 알게 된 일이지만 시급 1불 20센트와 1불 45
센트는 실로 대단한 차이를 가져왔다. 사우디 현장의 한 달 근무
시간을 평균 430시간으로 잡아도, 주 월차까지 합한다면 한 달 수
령금액이 100불에서 120불까지 차이가 벌어졌다. 이 금액을 1년으
로 환산한다 치면 시급의 중요성이 얼마나 절실한가를 느낄 수 있
는 대목이었다. 면접관과의 시급 문제로 취업을 포기한 미장은 50
살이 넘어 보였고, 본인의 미장실력이 대단한 것 같아 보였다. 그는
면접관 앞에서 큰소리로 취업 포기의 변을 토해냈다.

"여보시오. 미장경력이 28년이란 말이오. 우리나라에서 제일 까
다롭다는 용산의 미군 부대, 청와대, 국회의사당에서도 인정받는
사람이었소. 이런 사람에게 시급 1불35센트라고? 당신들, 해도 해
도 너무한 거요. 그래서 난 이따위 시급책정에 동의할 수가 없다는
말입니다. 다른 회사로 취업을 하기 위해 당신네들이 내미는 근로
계약서에는 도장을 찍지 않을 거요."

너무나도 당당하게 본인의 주장을 거침없이 쏟아내는 미장실력
자를 바라본 종구는 알 수 없는 희열 속에서도 부럽다는 감정이
가슴속으로 스며들었다. 지금까지 사우디 취업을 생각한 이래로
조마조마했던 미시적인 감정과 두려움들이 모두 걷혀져 나가고 있

었다. 종구의 면접순서가 다가왔다. 면접관은 그의 면상을 훑어보면서 우측 손바닥을 펴보기도 하면서 이력서를 꼼꼼히 살펴보다가 입을 열었다.

"미장경력이 일천하네요. 그럼에도 시험관들이 합격을 시킨 이유는 무엇 때문이라고 생각했습니까?"

면접관의 도드라진 질문에 당황한 종구는 자신의 급소가 아려옴을 느꼈다. 합격했으면 그냥 형식적인 절차만 진행할 것으로 여겼는데 '합격시킨 이유'라는 질문이 명치끝을 파고들어 왔다. 본인을 합격시킨 이유에 대해서는 오히려 자신이 그들에게 물어보고픈 말이었는지도 모른다. 면접관이 질문을 한 의도가 무엇이었는지는 모르지만 답은 해야 할 것만 같았다. 자신이 당장 내세울 수 있는 것이라면 드러난 본인의 외모뿐이었다. 그는 당시 174cm의 키에 73kg의 몸무게였다. 솔직한 본인의 심정을 말할 수밖에 없었다.

"네. 아마도 저의 미장 실력보다는 젊다는 것에 방점을 찍은 것 같습니다."

"하하하. 정말 진심으로 듣고 싶은 말이었습니다. 대개 이런 질문을 던지면 거의가 본인의 실력부터 앞세우거나 때론 애사심, 애국심, 가정환경 등을 내세우는데…. 참 드물게도 솔직해서 좋습니다. 시급은 1불 25센트로 하겠습니다. 얼핏 보면 시급이 상당히 적어 보일 겁니다. 하지만 꼭 그렇지는 않습니다. 우리 현대건설은 시급과 별개로 현장의 여건에 따라 능률급 제도가 있어서 본인의 시급보다는 능력 위주로 평가하여 거기에 준하는 급료를 지급해오고 있습니다. 나의 개인적인 생각이지만 진종구 씨의 태도를 보면 아마도 한 달에 40만 원 이상은 충분히 보장되리라 확신을 합니다.

근로계약서에 서명하시겠습니까?"

"네."

종구는 주저 없이 근로계약서 서명 날인에 본인의 성명과 함께 도장까지 찍었다. 면접관들은 흡족해하면서 서류들을 정리하고 있었다. 종구는 본능적으로 느끼고 있었다. 건설회사, 그것도 대한민국의 대표 건설회사인 현대건설의 면접관들이라면 본인의 능력 밖에서 천 리 앞을 내다보는 선구안을 가진 사람들일 것이라는 생각이었다. 그들 앞에서 시급 운운은 허공의 메아리보다도 못할 것이라는 생각도 함께 따라붙었다. 다음 일정을 통보해 주겠다는 면접관을 뒤로하고서 휘문고등학교를 등지고 걸어 나온 종구는 괜스레 눈물이 나왔다. 안도의 눈물이었고, 의지의 눈물이었고, 굴곡진 눈물이었다. 지난했던 2년이 넘는 고통 속에서 벗어날 수 있다는 해방감의 눈물이었다.

걷다 보니 비원 앞이었다. 첫 눈발이 솜사탕처럼 날리는 고궁의 큰 대문이 활짝 열려서 자신을 맞이하는 것 같았다. 솜사탕 같은 눈발은 새카만 아스팔트 위에서 너울거렸다. 활짝 열려있는 큰 대문은 아무런 제약이 없었다. 종구는 대문을 향하여 뚜벅뚜벅 걸어가다가 자신도 모르게 소스라쳤다. 대문 앞에는 이창석과 붉은색 오토바이, 박광규와 창준이, 강형준과 정림통상의 하자들, 송영범, 그리고 황장수와 양종훈이 있었다. 그들을 향하여 거침없이 다가서는 자신의 모습이 보였다. 흰 눈이 그의 발바닥에서 일렁거리다가 허벅지로 휘감겨왔다.

아들의 합격 소식을 전해 들은 어머니는 종구의 두 손을 부여잡

 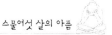

고 울었다. 이를 보이지 않으려고 꽉 다문 입술은 울음소리를 묶어 눈물로 승화시켰다. 그 눈물은 지나간 세파들이 짓물러서 가슴에 담겨 있었던 것들을 쏟아내는 눈물이었다. 어머니의 눈물은 양명하여 아련했던 지난날들이 봄꽃처럼 피어났다. 종구는 비로소 어머니 앞에서 아들이라는 떳떳함을 내보이는 자신을 보았다. 오늘이 있기까지의 수많은 나날들이 주마등 빛에서 반짝이는 한 조각의 편린이 되어 소실점을 찾아가고 있었다. 그는 젊음이 있었기에 그 젊음을 바탕으로 세파와 싸워나갈 수가 있었다. 스물다섯 앞의 세속은 녹록치 않았을지라도 결코 굴하지 않은 스물여섯과 이어져 있어서였다. 그 시간들 속에는 더러운 것, 하찮은 것, 고귀한 것들이 없어야만 했다. 높고 낮은 세속의 신분제도라는 것은 허울에 불과했다. 세상의 순수성을 짓밟는 사람들은 대개 앙가주망의 씨앗에서 싹텄다. 지나친 도덕심도 화려하게 치장되면 순수성은 퇴색되었다. 성공이라는 단어를 출세라는 말과 함께 혼돈해서는 안 된다. 성공은 젊은이들의 지향점이다. 맑은 정신의 청렴한 성공은 세속 사회의 근간인 것이다. 그러나 세속 사회의 검은 그림자는 아름다운 성공이 출세와 욕망이라는 비계덩어리 속에서 함몰되어버린다. 서울의 명문대를 나오고 수재라는 수식어에 관(官)과 부(富)로 화려하게 치장한 그림자는 안티고네와 같은 비극이 붙어 다녔다. 탐욕과 이기는 인간의 지성이 얼마나 얄팍한지를 적나라하게 보여주는 단면이었다. 종구는 보편적인 가치관 속에서 양명한 어머니의 눈물을 닦아가며 가난한 부자로 살고 싶었다. 오랜만에 온 가족들과 안온한 밤을 맞이할 수가 있었다.

다음날, 의정부 가능동 현장의 미장반은 환희의 열기로 들떠 버렀다. 불과 70여 일 전까지만 하더라도 미장의 '미'자도 모르던 문외한이 당당하게 현대건설 해외인력 미장시험에 합격해 주어서였다. 그들의 공감대는 기울어져 있는 세속의 한 축이었다. 아마 어사화 화간을 썼다 하더라도 이런 환대를 받기는 어려웠을 것이다. 그 내면에는 억눌린 희열이 뭉쳐져 있었던 것이다. 모두들 진심 어린 격려를 아끼지 않았다. 이기영과 엄동철은 애절한 눈빛을 띠면서 종구를 껴안았다. 축복의 힘은 간절함의 발로였다. 자그마한 성공일지라도 세속적인 가난 앞에서 피어나는 한 떨기 장미꽃이었다. 종구는 두 손을 공손하게 모아가며 오사이 칼을 이기영 앞으로 내밀었다. 오야지의 눈가에는 잔 이슬이 맺혀 있었다.

종구의 스물여섯은 결코 무너지지 않았다.

1979년 2월 12일 김포공항 송영대에서 어머니와 동생들, 이기영과 엄동철이 종구를 배웅해주었다. 종구는 뒤돌아보고 또 뒤돌아보았다. 그는 마음속으로 되새겼다.

'당신들이 함께해주어 오늘이 있었고 당신들의 후원이 있어서 편안한 마음이 되어 사우디로 갑니다.'

DC-10 전세기는 진종구와 110여 명의 기능공들을 태우고서 사우디아라비아 동부에 있는 다란 공항으로 출발했다.